计算机科学与技术专业规划教材

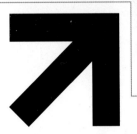

（第二版）

# 软件工程

主　编　李伟波　刘永祥　王庆春

副主编　刘　军　姚　峰　易国洪

参　编　丁杰敏　沈　伟

WUHAN UNIVERSITY PRESS

武汉大学出版社

图书在版编目(CIP)数据

软件工程/李伟波,刘永祥,王庆春主编.—2版.—武汉:武汉大学出版社,2010.8
计算机科学与技术专业规划教材
ISBN 978-7-307-07982-3

Ⅰ.软…  Ⅱ.①李…  ②刘…  ③王…  Ⅲ.软件工程  Ⅳ.TP311.5

中国版本图书馆 CIP 数据核字(2010)第 127223 号

责任编辑:林 莉    责任校对:刘 欣    版式设计:支 笛

出版发行:武汉大学出版社    (430072  武昌  珞珈山)
　　　　(电子邮件:cbs22@whu.edu.cn 网址:www.wdp.com.cn)
印刷:安陆市鼎鑫印务有限责任公司
开本:787×1092  1/16  印张:21.5  字数:550 千字  插页:1
版次:2006 年 1 月第 1 版    2010 年 8 月第 2 版
　　2010 年 8 月第 2 版第 1 次印刷
ISBN 978-7-307-07982-3/TP·364    定价:35.00 元

# 前　言

软件工程是指导计算机软件开发和维护的一门工程学科，强调采用工程的概念、原理、技术和方法来开发与维护软件。软件工程的最终目的是以较少的成本获得易理解、易维护、可靠性高、符合用户需要的软件产品。软件工程主要研究一套符合软件产品开发特点的工程方法，包括软件设计与维护方法、软件工具与环境、软件工程标准与规范、软件开发技术与管理技术等。随着计算机技术的飞速发展和软件项目的复杂多样化，软件工程的理论和方法也在不断地更新和进步。根据软件工程的发展现状和教学实践的经验总结，本书对基本原理和方法更加凝练，略去过多的概念论述，在强调知识领域的重要性、完整性和衔接性的同时，更加注重理论与实际的结合，突出了统一建模语言（UML）的使用。

全书共分 10 章。第 1 章主要讲述软件、软件危机、软件工程等基本概念，简要介绍了软件开发方法和软件工具与环境。第 2 章讲述各种软件过程、软件生存周期等基本知识，重点讲述软件过程模型和统一建模语言（UML）。第 3 章主要讲述需求分析的任务、原则和方法，重点讲述结构化分析、功能建模、数据建模和行为建模的原理和实现方法。第 4 章主要讲述软件设计的基本概念和原则、概要设计和详细设计的任务和工具，以及程序设计语言的选择和软件编码准则，重点讲述了结构化设计方法和面向数据结构的设计方法。第 5 章主要讲述面向对象方法学的基本概念和面向对象的分析，重点讲述运用用例分析建立功能模型、运用类图建立对象模型和运用各种交互图建立动态模型的方法。第 6 章主要讲述面向对象设计的基本概念，重点讲述系统设计、详细设计和面向对象的编码。第 7 章主要讲述软件测试的基本概念，重点讲述白盒测试技术、黑盒测试技术、灰盒测试技术、面向对象的测试技术、软件测试过程、测试工具和测试文档等。第 8 章主要讲述软件配置和软件维护的基本概念，重点讲述版本管理和变更管理的方法、软件维护的实施方法等。第 9 章主要讲述软件质量、软件可靠性和复杂性、软件工程标准化和软件能力成熟度模型等基本概念，重点讲述软件质量保证体系和软件可靠性评价方法。第 10 章主要讲述软件项目管理的基本概念，包括风险管理、人员管理、进度管理、成本管理和文档管理等多方面内容，重点讲述软件规模估算、风险识别和评估方法及进度跟踪与控制技术等。

为方便教学，书中每章都附有学习目的与要求、小结及习题。另外还将出版与本书配套的教学辅导材料。

本书是在 2006 年第一版的基础上修订完成的，是作者多年来软件工程课程及相关课程的教学和实践的总结。本书适用面广，内容满足软件工程教学的基本要求，可作为高等院校软件工程课程的教材或教学参考书，也可作为软件工程管理者和技术人员的参考书。

由于时间和水平所限，书中的不足之处，请各位读者批评指正，欢迎反馈用书信息。

　　本书在编写过程中，参考了大量相关书籍和资料，并得到武汉大学出版社的大力支持，在此一并表示感谢！

作　者

2010 年 5 月

# 目　录

计算机科学与技术专业规划教材

# 第1章　软件工程概述

【学习目的与要求】在经济建设、日常生活中，我们经常接触到有关工程的概念，如三峡工程、电气工程、爱心工程、扶贫工程等。本课程讲述的也是工程，只不过是软件工程。什么是软件工程？软件工程的原理和内容是什么？软件工程的发展趋势如何？本章围绕上述问题，详细介绍软件、软件危机、软件工程等基本概念，讲述软件工程的基本原理与原则和研究内容，简单介绍软件开发方法和软件工具与环境。通过本章的学习，要求掌握软件工程的基本概念，了解使用软件工程思想指导开发软件的基本方法，了解软件工具的作用与分类，了解软件工程发展的新动向。

## 1.1　计算机软件

要学习软件工程，首先必须了解软件的概念，即软件是什么？软件有什么特点？

### 1.1.1　软件的概念

众所周知，一个完整的计算机系统由两部分组成：硬件和软件。

计算机硬件是一系列可见、可感知的电子器件、电子设备的总称，计算机硬件是计算机系统的物理部件，是计算机系统运行的物质基础。

软件是计算机系统的逻辑部件，是保障计算机系统运行的基础。软件控制硬件运行、发挥计算机效能、处理各种计算和事务。概括地说，软件是程序、数据及其相关文档的完整集合。其中，程序是按事先设计的功能和性能要求编写的指令序列；数据是使程序能正常操纵信息的数据结构；文档是与程序开发、维护和使用有关的图文材料。因此，程序并不等于软件，程序只是软件的组成部分。

计算机系统的硬件和软件互为依存、缺一不可，它们互相配合，共同完成人们预先设计好的操作或者动作。

### 1.1.2　软件的特点

软件的特点表现在以下几个方面：

（1）软件是逻辑产品，更多地带有个人智慧因素。软件难以大规模、工厂化地生产，其产品数量及其质量，在相当长的时期内还得依赖少数技术人员的才智。软件的开发效率受到很大限制。

（2）软件不会磨损。软件不同于硬件设备，它不会磨损，但会随着适应性以及计算机技术进步的变化而被修改或者被淘汰。

（3）软件的成本高。软件的成本主要体现在人力成本方面，在很多情况下，软件的投入远远超过硬件的投入，开发或者购买软件的花费很高。

（4）软件维护困难。软件开发过程的进展时间长，情况复杂，软件质量也较难评估，软件维护意味着修改原来的设计，使得软件的维护很困难甚至无法维护。

（5）软件对硬件的依赖性很强。硬件是计算机系统的物质基础，由于技术的进步，硬件的发展很快，为了适应硬件的变化，必然要求软件随之变化，然而软件生产周期长，开发难度大，这就使得软件难以及时跟上硬件的应用，往往是出现了新的硬件产品，却没有相应的软件与之配合。因此，许多软件必须不断地升级、修改或者维护。

（6）软件对运行环境的变化敏感。软件对运行环境的变化也很敏感，特别是对与之协作的软件或者支撑它运行的软件平台的变化很敏感，其他软件一个很小的改变，往往会引起软件的一系列改变。

## 1.1.3　软件的分类

软件有很多不同类型，人们可以根据需要，选择使用不同的软件。软件通常按以下六个方面分类。

**1. 按软件功能划分**

系统软件：协调、控制、管理计算机硬件的软件。例如操作系统软件。

应用软件：应用于指定领域或者特定目的的软件。例如财务软件。

支撑软件：支持用户开发软件的工具软件。例如 JAVA 语言、软件测试工具等。

**2. 按软件工作方式划分**

实时处理软件：在事件或数据产生时，立即予以处理，并及时反馈信息的软件。

分时软件：允许多个联机用户同时使用计算机。

交互式软件：能实现人机通信的软件。

批处理软件：把一组输入作业或一批数据以成批方式按顺序逐个处理的软件。

**3. 按软件规模划分**

微型：一个人在几小时或者几天之内完成的软件，一般程序不到 500 行语句。

小型：一个人在半年之内完成的软件，一般程序在 2000 行语句以内。

中型：5 个人在一年多时间里完成的软件，一般程序语句在 5000 行到 5 万行之间。

大型：5～10 个人在两年多的时间里完成的软件，一般有 5 万～10 万行语句。

超大型：100～1000 人参加，用 4—5 年时间完成的具有 100 万行语句的软件。如电子政务系统、航天控制系统等。

极大型：2000～5000 人参加，10 年内完成的 1000 万行语句以内的软件。如导弹防御系统软件。

**4. 按失效影响划分**

高可靠性软件：应用于国民经济建设、国家安全、军事指挥等领域，对可靠性要求极高的软件。由于要求高可靠性，因此这类软件开发难度大，开发技术复杂，开发费用高，开发周期长。

一般可靠性软件：可靠性能满足预先设置的标准或者可靠性可以控制的软件。

**5. 按服务对象划分**

项目软件：在开发软件过程中临时使用的软件。

产品软件：为用户开发，提供给用户使用的软件。

**6. 按使用频度划分**

一次性使用软件。

频繁性使用软件。

## 1.1.4　软件的发展历程

在计算机技术发展的初期，人们主要的注意力和兴奋点集中在计算机硬件研制与开发方面，20 世纪 60 年代以前，人们对于软件的认识仅仅只是停留在程序设计阶段。到了计算机硬件技术进入按照"摩尔定律"发展的时期，人们才感觉到软件的重要性，软件工程的思想逐步建立，软件的发展进入了兴旺时期。软件的发展大致有如下几个阶段：

第一阶段：程序设计阶段（20 世纪 60 年代中期以前）。

这一阶段的特点是程序员针对具体机型编制程序，编制程序没有规范，编写的程序规模小，强调编写程序的个人技巧，程序设计的效率低。

第二阶段：程序系统阶段（20 世纪 60 年代中期到 70 年代中期）。

由于受"软件危机"的困扰，人们开始运用结构化的思想和方法开发软件，建立了"程序=程序语言+数据结构+算法"的概念，强调了程序的可读性、可理解性。这一阶段是"软件工程"的萌芽阶段。

第三阶段：软件工程阶段（20 世纪 70 年代中期到 80 年代中期）。

随着大型、超大型软件开发需求的旺盛，作坊式的软件生产方式完全不能满足发展的需要，软件开发的工程化思想、理论、方法、工具得到迅速发展，"软件工程"学科逐步形成。这一阶段的主要特点是强调软件生产的"工程化"、"产品化"、"标准化"，以达到软件产品的"可理解"、"可阅读"、"易维护"、"可重用"、"低成本"的要求。

第四阶段：软件产业阶段（20 世纪 80 年代中期至今）。

软件工程的开发方法缓解和部分克服了软件危机，但是并不能完全克服软件危机，软件产品的开发依然周期长、成本高、难以维护。人们开始研究新的理论、新的方法、自动工具以及智能生产过程，以求达到软件产品生产的产业化、规模化，以期从根本上解决软件危机。这一阶段也可以称为"现代软件工程"阶段。近年来出现的"构件技术"、"面向应用的开发方法"、"云计算架构"、"软件流水线装配生产"等，都是这一阶段发展的轨迹。

计算机硬件的迅猛发展、计算机应用的更加深入、广泛，不断地对软件提出新的、更多的要求，软件及其开发技术的发展依然是"路漫漫其修远兮"。

## 1.1.5　软件危机及其解决危机的途径

了解了软件产品的逻辑特点及其发展状况，我们再来讨论什么是软件危机。

**1. 软件危机（Software Crisis）**

"软件危机"是一种现象，是落后的软件生产方式无法满足迅速增长的计算机软件需求，从而导致软件开发与维护过程中出现一系列严重问题的现象。从总体上看，软件危机就是"落后的软件生产方式与现实需求之间的矛盾"。

IBM 大型电脑之父佛瑞德·布鲁克斯（Fred Brooks）在 1987 年发表了一篇关于软件工程的经典论文——《没有银弹》（*No Silver Bullet*），在该论文中对软件危机有下列一段精彩的描述：

在所有恐怖民间传说的妖怪中，最可怕的是人狼，因为它们可以完全出乎意料地从熟悉

**3**

的面孔变成可怕的怪物。为了对付人狼，我们在寻找可以消灭它们的银弹。大家熟悉的软件项目具有一些人狼的特性（至少在非技术经理看来），常常看似简单明了的东西，却有可能变成一个落后进度、超出预算、存在大量缺陷的怪物。因此，我们听到了近乎绝望的寻求银弹的呼唤，寻求一种可以使软件成本像计算机硬件成本一样降低的尚方宝剑。但是，我们看看近十年来的情况，没有银弹的踪迹。

作者高度概括了软件危机的现象：软件的开发"落后进度、超出预算、存在大量缺陷"，并且把软件危机比喻为人狼，由于软件的复杂性本质，直至现在，人们依然没有找到消灭人狼的银弹。

### 2. 软件危机的表现

软件危机表现在两个方面：软件开发中的问题和软件维护中的问题。

（1）软件开发中的问题：

① 开发的成本与进度估计不准，开发成本难以控制，进度不可预计。

软件开发的"人月数"随着软件行数的增加而呈指数式的增长。例如：IBM 公司开发的 MVS 操作系统，有 700 万行程序，花费 20 亿美元，平均 285 元/行，但该系统却是不成功的。

② 开发的软件常常不能满足用户的需要，或者用户的要求已经改变。

③ 开发的软件的质量和可靠性很差。

④ 软件文档不全，难以使用，难以维护。

⑤ 调试时间太长，占全部开发工作量的 40%，其中 30%为编程错误，70%为规范及设计错误。

⑥ 软件越来越复杂，软件开发生产率很低。

（2）软件维护中的问题：

① 软件常常是不可维护的。在维护的同时又有可能产生新的错误。

② 软件维护的费用很高。软件维护的费用往往占全部费用的 40%。

### 3. 软件危机产生的原因

软件危机的产生有两个方面的原因：客观原因和主观原因。

（1）客观原因

① 软件是逻辑部件，因此，软件的质量、性能因个人能力而异。

② 现实问题的复杂性、感知接受的复杂性、理性表达的复杂性、交流沟通的复杂性，这些复杂因素构成了软件的复杂性。

③ 用户需求不明或者需求不断变化，软件生产跟不上需求变化。

④ 硬件发展太快，软件需求剧增。

（2）主观原因

开发过程不科学、不规范。具体表现为如下几个方面的不规范问题：

① 软件开发范型不规范（模型）。

② 软件设计方法不规范（方法）。

③ 软件开发支持不规范（工具）。

④ 软件开发管理不规范（过程）。

另外，还有软件维护方法不科学、软件维护手段落后、软件维护工具缺乏等问题。

### 4. 解决危机的途径

解决软件危机主要从主观方面找问题，找到克服主观因素的办法。一般而言，我们可以从如下几个方面入手：

（1）正确地认识软件，摒弃"软件就是程序"的错误观念。充分理解到软件是程序、数据、文档等的完整集合。

（2）软件开发不是个别人的神秘劳动技巧，而应该是一种组织良好、管理严密、各类人员协同配合、共同完成的工程项目。

（3）推广软件开发成功的技术和方法，并且探索研究更好的技术和方法。

（4）开发和使用更好的软件工具以提高软件开发的效率。

总结上述各条，可以看到，克服软件危机的途径在于：以现代工程的理论与实践为指导，把技术措施（方法、工具）和组织管理措施二者结合起来开发和维护软件。

## 1.2　软件工程

### 1.2.1　软件工程的概念

人类社会已经进入了 21 世纪，计算机系统的发展也经历了四个不同的阶段，但是，我们仍然没有彻底摆脱"软件危机"的困扰，软件已经成为限制计算机系统发展的关键因素。为了更有效地开发与维护软件，从 20 世纪 60 年代后期开始，人们开始研究消除软件危机的方法。1968 年，在联邦德国召开的北大西洋公约组织科技委员会国际会议上，计算机科学家和工业界巨头讨论了软件危机问题以及解决危机的途径，在这次会议上正式提出并使用了"软件工程"（Software Engineering）这个名词，一门新兴的工程学就此诞生了。

软件工程采用工程的概念、原理、技术和方法来开发、维护软件，把管理技术与开发技术有效地结合起来，这就是软件工程。

软件工程提出了一系列的概念、方法、原理以及开发模型，其研究的核心问题是：在给定的成本、进度前提下，使用什么方法开发软件，能获得可使用、可靠性好、易于维护、成本合适的软件。

软件工程是多学科、跨学科的一门科学，它借鉴了传统工程的原理和方法，同时应用了计算机科学、数学、工程科学和管理科学的很多理论和知识，以求高效地开发高质量的软件。软件工程知识结构主要有三个支撑，如图 1-1 所示。

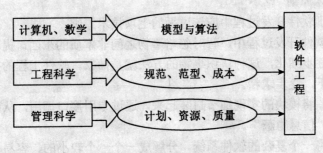

图 1-1　软件工程知识体系

这三个知识支撑具有下列作用与意义：

（1）计算机科学和数学用于构造模型与算法。

（2）工程科学用于指定规范、设计模型、评估成本及确定权衡。

（3）管理科学用于计划、资源、质量和成本的管理。

### 1.2.2 软件工程的基本原理和原则

#### 1. 软件工程的原理

软件工程的基本原理是指导软件开发与维护的最高准则和规范，这些原理包括：

（1）采取适宜的开发模型，控制易变的需求。

（2）采用合适的技术方法：软件模块化、抽象与信息隐藏、局部化、一致性、适应性等。

（3）提供高质量的工程支持：软件工具和环境对软件过程的支持。

（4）重视开发过程的管理：有效利用可用的资源、生产满足目标的软件产品、提高软件组织的生产能力。

#### 2. 软件工程的基本原则

为了确保软件质量和开发效率，必须坚持实施以下七个方面的基本保障措施，这些措施称为"软件工程的基本原则"。

（1）严格管理。一个软件从定义、开发、使用和维护，直到最终被废弃，要经历一个较长的时期，通常把软件经历的这个时期称为生存周期。在软件开发与维护的生命周期中，需要完成许多性质各异的工作，应该把软件生命周期划分为若干阶段，并相应制订出切实可行的计划，严格按计划对软件的开发与维护工作进行管理。

（2）阶段评估。软件质量的保证工作不能等到编码阶段结束之后再进行，每个阶段都要进行严格的评审，以便尽早地发现在软件开发中的错误，以减少软件改正错误的代价。

（3）产品控制。一切有关修改软件的提议，必须经过严格的审核，获得批准才能实施修改，以保证产品的质量。

（4）现代程序设计技术。尽可能地采用当今成熟的先进技术，提高软件开发和维护效率。

（5）审查。根据开发项目的总目标及完成期限，规定开发组织的责任和产品的标准，以使得所得到的结果能够清楚地审查。

（6）合理安排人员。软件开发小组人员的素质要好，人数不应过多。合理安排人员可以减少开发成本，提高工作效率。

（7）不断改进软件工程实践（技术、经验、工具）。不断总结经验，采用新的软件技术。

#### 3. 软件工程技术原则

软件工程归纳了软件开发过程中应该遵循的七项技术原则。

（1）抽象。在软件开发过程中，暂时忽略事物之间非本质的东西，提取事物最基本的特征和行为，从抽象逐步细化，这种认识事物的方法就是抽象。软件工程的抽象原则可以概括为八个字：自顶向下，逐步求精。

（2）信息隐蔽。将模块的实现细节封装起来，通过专用接口调用，从而避免不合法的使用，这种技术称为"信息隐蔽"。

（3）模块化。将一个复杂的软件系统，分解成一个一个较小的、容易处理的、具有独立功能的模块。模块是具有确定的名称、确定的功能的程序单元，通过接口，它可以调用其他模块，也可以被其他模块调用。模块化有助于复杂问题简单化、信息的隐藏与抽象，是软件开发中最重要的技术原则之一。

（4）局部化。局部化指的是计算机资源集中的程度，局部化原则要求把模块内部的资源和成员局限于模块内部，共同实现模块的功能。局部化原则有助于控制软件结构的复杂性。

（5）一致性。保持软件系统中模块、接口等各个部分在概念、定义、操作的一致性，避免产生异义和歧义。

（6）完备性。软件系统不丢失任何有效成员，保持软件功能在需求规范中的完整性。

（7）可验证性。在"自顶向下，逐步求精"的分解过程中，对所有分解得到的模块，必须易于检查、测试和评审。

### 1.2.3  软件工程学研究的内容

从 20 世纪 70 年代软件工程学科创立以来，人们不断地总结软件工程研究的成果，形成了一门新兴的学科——软件工程学。这是一个跨学科、跨领域、范围广泛的新兴学科，是计算机软件理论研究的前沿和核心之一，是当前一个十分活跃的研究方向。

软件工程学研究的内容包含三个方面：软件工程理论、软件工程方法学、软件工程管理。

（1）软件工程理论：程序正确性证明、软件可靠性理论、成本估计模型、软件开发模型等。

（2）软件工程方法学：是研究软件开发方法的学科，包括以下三个方面：

①方法：完成软件开发各项任务的技术方法。回答"技术上如何做"的问题。

②工具：为方法的应用提供自动或半自动的软件支撑环境和软件工具。

③过程：为了获得高质量软件而需要执行的一系列任务的框架（开发模型）和工作步骤。回答"怎么做才能做好"的问题。

（3）软件工程管理：所谓管理就是通过计划、组织和控制等一系列活动，合理地配置和使用各种资源，以达到既定目标的过程。管理技术包括：软件质量管理、软件项目管理 、软件经济等。

### 1.2.4  软件开发方法简述

20 世纪 60 年代中期爆发了众所周知的软件危机。为了克服这一危机，在 1968 年和 1969 年连续召开的两次著名的 NATO 会议上提出了软件工程这一术语，并在以后不断发展并完善。与此同时，软件研究人员也在不断探索新的软件开发方法，至今已形成多种软件开发方法，简要介绍如下。

**1. Parnas 方法**

最早的软件开发方法是由 D．Parnas 在 1972 年提出的。由于当时软件在可维护性和可靠性方面存在着严重问题，因此 Parnas 针对这两个问题提出了以下两个原则：

（1）信息隐蔽原则。在概要设计时列出将来可能发生变化的因素，并在模块划分时将这些因素放到个别模块的内部。这样，在将来由于这些因素变化而需修改软件时，只需修改这些个别的模块，其他模块不受影响。

（2）在软件设计时应对可能发生的种种意外故障采取措施。软件是很脆弱的，很可能因为一个微小的错误而引发严重的事故，所以必须加强防范。如在分配使用设备前，应该读取设备状态字，检查设备是否正常。此外，模块之间也要加强检查，防止错误蔓延。

**2. 结构化方法**

1978 年，E．Yourdon 和 L．L．Constantine 提出了结构化方法，即 SASD 方法，1979 年 Tom DeMarco 对此方法作了进一步的完善。Yourdon 方法是 20 世纪 80 年代使用最广泛的软

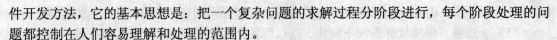

件开发方法，它的基本思想是：把一个复杂问题的求解过程分阶段进行，每个阶段处理的问题都控制在人们容易理解和处理的范围内。

结构化方法的基本要点是：自顶向下、逐步求精、模块化设计。它首先用结构化分析（SA）对软件进行需求分析，然后用结构化设计（SD）方法进行总体设计，最后是结构化编程（SP）。这一方法不仅开发步骤明确，SA、SD、SP 相辅相成，一气呵成，而且给出了两类典型的软件结构（变换型和事务型），便于参照，使软件开发的成功率大大提高，从而深受软件开发人员的青睐。

### 3. 面向数据结构方法

一般来说输入数据、内部存储的数据（数据库或文件）以及输出数据都有特定的结构，这种数据结构既影响程序的结构又影响程序的处理过程。比如：重复出现的数据通常由具有循环控制结构的程序来处理，选择数据要用带有分支控制结构的程序来处理。面向数据结构的设计方法就是从目标系统的输入、输出数据结构入手，导出程序框架结构。面向数据结构的软件开发方法主要有 Jackson 方法和 Warnier 方法两种最著名的设计方法。

### 4. 问题分析法

问题分析法（Problem Analysis Method，PAM）是 20 世纪 80 年代末由日立公司提出的一种软件开发方法。PAM 方法希望能兼顾 Yourdon 方法、Jackson 方法和自底向上的软件开发方法的优点，而避免它们的缺陷。它的基本思想是：从输入、输出数据结构导出基本处理框；分析这些处理框之间的先后关系；按先后关系逐步综合处理框，直到画出整个系统的 PAD 图。

这一方法本质上是综合的自底向上的方法，但在逐步综合之前已进行了有目的的分解，这个目的就是充分考虑系统的输入、输出数据结构。该方法的另一个优点是使用 PAD 图。这是一种二维树形结构图，是到目前为止最好的详细设计表示方法之一，远远优于 NS 图和 PDL 语言。

### 5. 面向对象方法

面向对象（Object Oriented）方法简称为 OO 方法。面向对象方法追求的是软件系统对现实世界的直接模拟，将现实世界中的事物抽象成对象直接映射到软件系统的解空间，以消息驱动对象实现操作的一种全新的程序设计方法，它在需求分析、可维护性和可靠性这三个软件开发的关键环节和质量指标上都有实质性的突破。常用的面向对象开发方法有 Coad 方法、Booch 方法、OMT 方法和 UML 工具等。

### 6. ICASE

提高人类的劳动生产率，提高生产的自动化程度，一直是人类坚持不懈的追求目标。随着软件开发工具的积累，自动化工具的增多，软件开发环境进入了第三代 ICASE（Integrated Computer-Aided Software Engineering，综合计算机辅助软件工程）。系统集成方式经历了从数据交换（早期 CASE 采用的集成方式：点到点的数据转换），到公共用户界面（第二代 CASE 采用的集成方式：在一致的界面下调用众多不同的工具），再到目前的信息中心库方式。这是 ICASE 的主要集成方式。它不仅提供数据集成（1991 年 IEEE 为工具互联提出了标准 P1175）和控制集成（实现工具间的调用），还提供了一组用户界面管理设施和一大批工具，如垂直工具集（支持软件生存期各阶段，保证生成信息的完备性和一致性）、水平工具集（用于不同的软件开发方法）以及开放工具槽。

ICASE 的进一步发展则是与其他软件开发方法的结合，如与面向对象技术、软件重用技术结合，以及智能化的 I-CASE。近几年已出现了能实现全自动软件开发的 ICASE。

ICASE 的最终目标是实现应用软件的全自动开发，即开发人员只要写好软件的需求规格说明书，软件开发环境就自动完成从需求分析开始的所有的软件开发工作，自动生成供用户直接使用的软件及有关文档。

## 1.2.5 软件工具与环境

### 1. 软件工具

软件工具以及软件工具的使用，是软件工程学中重要的研究内容。软件工具是支持和辅助软件开发人员进行开发和维护活动的特殊软件，软件工具为软件开发方法提供自动的或者半自动的支撑环境，减轻开发人员的劳动强度，提高开发效率。

软件工具种类繁多，涉及面广泛，主要有开发工具、软件维护工具、软件管理和支撑工具。

（1）开发工具。

①需求分析工具：在需求分析阶段使用的工具，辅助系统分析员生成完整、准确、一致的需求分析说明。这类工具包括分析工具和描述工具。

②设计工具：系统设计阶段使用的工具，检查并排除需求说明中的错误。一种是描述工具，如图形、表格、伪语言工具等；一种是变换工具，从一种描述转换成另一种描述。

③编码工具：编程阶段使用的工具，包括语言程序、编译软件、解释程序等。

④测试工具：测试阶段使用的工具，包括测试数据生成程序、跟踪程序、测试程序、调试程序、验证和评价程序。

（2）软件维护工具。

① 版本控制工具：用于存储、更新、恢复和管理某个软件的多个版本。

② 文档分析工具：对软件过程形成的文档进行分析，得到软件维护活动所需要的信息。

③ 逆向工程工具：辅助软件开发人员将某种形式表示的软件转换成更高形式表示的软件。

④ 再工程工具：支持软件重构，提高软件功能、性能和可维护性。

（3）软件管理和支持工具。

① 项目管理工具：辅助软件管理人员进行项目的计划、成本估算、资源分配、质量监控。

② 开发信息库工具：对项目开发信息库维护的工具。

③ 配置管理工具：对软件配置的标识、版本控制、变化控制的工具。

④ 软件评价工具：对软件质量评价的工具。

### 2. 常用软件工程工具举例

目前有许多常用的软件工程工具，其中包括 **MS Project 2000**、**Visual SourceSafe**、**Rational Rose**、**WinRunner** 等。

（1）项目管理工具 MS Project 2003。

MS Project 2003 是一个功能强大、使用灵活的项目管理软件，可以帮助用户有效地制订任务计划、进度计划、资源计划，进行成本控制，并对项目管理的各个阶段提供比较全面的支持。

（2）版本控制工具 Visual SourceSafe 6.0。

现在的软件往往都比较复杂，通常由研发小组来共同分析、设计、编码和维护，并由专门的小组对其进行测试和验收。在软件开发的整个过程中，研发小组的成员之间、研发小组之间、客户和研发者之间在不断地交流各种信息。这些交流将导致对软件的模型、设计的方案、程序代码等文档的修改，并形成软件的不同版本，同时要保证不出现错误的修改，保证修改的一致性。Microsoft 公司的 Visual SourceSafe 6.0（简称 VSS）能较好地辅助软件工程师进行版本管理和控制修改。

（3）可视化建模工具 Rational Rose。

Rational Rose 是一个完整的可视化建模工具软件，被国际数据组织 (IDC) 认为是分析、建模和设计（AMD）工具的业界领导者。Rational Rose 将基于构件的构架、可靠的代码生成和基于模型的构件测试组合成一个软件开发工具，能够更迅速地编写高质量的代码。

（4）测试工具 WinRunner。

Mercury Interactive 公司的 WinRunner 是一种企业级的功能测试工具，用于检测应用程序是否能够达到预期的功能及正常运行。通过自动录制、检测和回放用户的应用操作，WinRunner 能够有效地帮助测试人员对复杂的企业级应用的不同发布版本进行测试，提高测试人员的工作效率和质量，确保跨平台的、复杂的企业级应用无故障发布及长期稳定运行。

### 3. 软件开发环境

现在的软件开发工具往往不是孤立的，软件开发工具按照一定的开发模式或者开发方法组织起来，为一定的领域所使用，从而构成一个辅助软件开发的工具集合，这个工具集合就是"软件开发环境"，如大家熟悉的集成开发环境。对软件开发环境有一些不同的称呼，如软件工程环境、软件支撑环境、工具盒、工具箱等。

软件工程工具和软件工程的理论是相辅相成的，正确地使用这些工具，需要掌握软件工程的基本概念、原理、方法和技术。利用这些工具辅助软件的开发，将提高软件开发效率并提高软件的质量，同时也将加深对软件工程的概念、原理、方法和技术的认识。

# 本 章 小 结

本章对软件工程作了一个简要的概述，力求使读者对软件工程的基本原理和方法有概括性的本质认识。

本章首先从计算机系统开发的历史经验出发，阐明了软件危机的严重性以及发生危机的主、客观原因，提出了解决软件危机的途径——软件工程及其软件开发方法。本章同时指出，由于计算机科学迅猛发展，解决软件危机的根本方法则是最终使软件的生产工厂化、产业化。

软件工程学研究的内容包括三个方面：软件工程理论、软件工程方法学、软件工程管理。本章对软件开发方法作了一个简单描述，这些内容在后面的章节中会更深入地学习。软件工具和环境是一定软件的方法和过程的体现，正确地使用软件工具和环境将有助于对软件方法和过程的理解。

# 习　　题

1. 软件开发与程序编写有什么不同？

2．什么是软件危机？怎样克服软件危机？

3．在网上搜索或者在现实中搜集"软件危机"的两个实例，并分析"软件危机"产生的原因。

4．简述软件工程的知识体系及其意义。

5．软件工程方法学研究的内容有哪些？

6．你使用过什么软件工具？简述该软件工具的主要特点和功能。

# 第2章 软件过程和模型

**【学习目的与要求】** 对于一个软件项目的开发，无论其规模的大小，首先需要一个清晰、详细、完整的软件开发过程，并选择一个合适的软件过程模型。本章主要讲述软件过程和软件生存周期的基本知识，重点介绍软件过程模型和统一建模语言。通过本章的学习，了解软件过程与软件生存周期的基本概念，熟悉软件过程的各种模型，掌握统一建模语言和运用统一建模语言的图形工具建立软件模型的方法，为下一阶段的学习和实践奠定基础。

## 2.1 软件过程与软件生存周期

软件项目的开发首先需要一个清晰、详细、完整的软件开发过程，软件生存周期就是从提出软件产品开始，直到该软件产品被淘汰的全过程，从时间角度将复杂的软件开发维护时期分为若干阶段，每个阶段都有其相对独立的任务，然后逐步完成各个阶段的任务。

### 2.1.1 软件过程

过程是针对一个给定目标的一系列活动的集合，活动是任务的集合，任务要起着把输入进行加工然后输出的作用。活动的执行可以是顺序地、重复地、并行地、嵌套地或者是有条件地引发的。

软件过程（Software Procedure）就是按照软件项目的进度、成本和质量要求，开发和维护软件所必需的一系列有序活动的集合。软件过程可概括为三类：基本过程类、支持过程类和组织过程类。基本过程类包括需求获取、开发、维护等基本活动以及与基本活动相关的里程碑事件和质量保证点。支持过程类包括文档、配置管理、质量保证、确认和评审等活动。组织过程类包括基础设施、过程和培训等活动（见图2-1）。

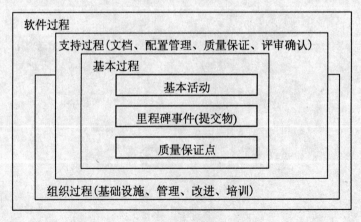

图2-1 软件过程

有效的软件过程可以提高生产能力，提高决策的正确性，便于软件标准化工作的实施，提高软件的可重用性和团队间的协作水平，还可以改善软件的维护工作，便于软件项目的管理。随着一个组织的成熟，其软件过程得到更好的定义，并在整个组织内得到更一致的实施，整个组织的开发能力将得到更大的提高。

国际上用软件过程能力来评价遵循软件过程能够实现预期结果的程度，并建立评价模型，即软件能力成熟度模型（Capability Maturity Model for Software，SW-CMM），关于这部分内容将在本书第 9 章详细介绍。

## 2.1.2　软件生存周期

软件生存周期就是从提出软件产品开始，直到该软件产品被淘汰的全过程。研究软件生存周期是为了更科学地、有效地组织和管理软件的生产，从而使软件产品更可靠、更经济。采用软件生存周期的目的是将软件开发过程划分为若干阶段，依次进行，前一个阶段任务的完成是后一个阶段的开始和基础，而后一个阶段通常是将前一个阶段提出的方案进一步具体化。每一个阶段的开始与结束都有严格的标准，前一个阶段结束的标准就是与其相邻的后一个阶段开始的标准，每一个阶段结束之前都要接受严格的技术和管理评审，不能通过评审时，就要重复前一阶段的工作，直至通过上述评审后才能结束。采用软件生存周期的划分方法，有利于简化整个问题，便于不同人员分工协作，便于软件项目的管理，提高软件质量，提高软件开发的成功率和生产率。

软件生存周期一般可分为三个主要阶段：定义阶段、开发阶段和维护阶段。而这三个阶段往往又可以细分为一些子阶段。

### 1. 定义阶段

定义阶段还可根据实际情况分为两个子阶段：软件计划和需求分析。

软件计划：主要任务是从待开发的目标系统出发，定义软件的性质与规模，确定软件总的目标；研究在现有资源与技术的条件下能否实现目标这个问题；推荐目标系统的设计方案，对目标系统的成本与效益做出估算，最后还要提出软件开发的进度安排，提交软件计划文档。

需求分析：在待开发软件的可行性研究和项目开发计划获得评审通过以后，进一步准确地理解用户的要求，分析系统必须"做什么"，并将其转换成需求定义，提交软件的需求分析文档。

### 2. 开发阶段

开发阶段也可分为三个子阶段：设计、编码和测试。

设计阶段：主要根据需求分析文档对软件进行体系结构设计、定义接口、建立数据结构、规定标记、进行模块过程设计、提交设计说明书文档和测试计划。

编码阶段：按照设计说明书选择程序语言工具进行编码和单元测试，提交程序代码和相应文件。

测试阶段：根据测试计划对软件项目进行各种测试，对每一个测试用例和结果都要进行评审，提交软件项目测试报告。

### 3. 维护阶段

软件经过评审确认后提交用户使用，就进入了维护阶段。在这个阶段首先要做的工作就是配置评审，通过检查软件文档和代码是否齐全、一致，分析系统运行与维护环境的现实状况，确认系统的可维护性；为了实施维护，还必须建立维护的组织，明确维护人员的职责；

当用户提出维护要求时，根据维护的性质和类型开展有效的维护活动，以保持软件系统正常的运行以及持久地满足用户的需求。软件维护的过程漫长，维护内容广泛，从软件维护活动的特征以及维护工作的复杂性来看，我们甚至可以认为软件维护是系统的第二次开发。

## 2.2　典型软件过程模型

所谓模型就是一种策略，这种策略针对工程项目的各个阶段提供了一套规范模型和框架，使工程能按规定的策略进展达到预期的目的。而软件过程模型则是按照工程化的思想设计提炼出的指导策略，是一个覆盖整个软件生存周期全部活动和任务的结构框架，这个框架给出了软件开发活动各阶段之间的关系，相应的工作方法和步骤。

对于一个软件项目的开发，无论其规模的大小，都需要选择一个合适的软件过程模型。选择模型要根据软件项目的规模和应用的性质、采用的方法、需要的控制，以及要交付的产品的特点来决定。一个错误模型的选择会使开发者迷失方向，并可能导致软件项目开发的失败。鉴于软件系统的复杂性和规模的不断增大，需要建立不同的模型对系统的各个层次进行描述。

模型通常包括:数学模型、描述模型和图形模型。软件过程模型在使用文字描述的同时，更注重直观的图示表达，以期能更好地反映软件生存周期内各种工作组织及周期内各个阶段衔接的状况。

在软件工程实践中有许多模型，如线性顺序过程（瀑布模型）、演化过程模型（原型模型、螺旋模型、协同开发模型、增量模型、RAD 模型）、专用过程模型（基于构件的开发模型、统一过程模型、形式化方法模型、面向方面的软件开发模型），以下根据流行情况，介绍其中几种典型的模型。

### 2.2.1　瀑布模型

瀑布模型（Waterfall Model）又称生存周期模型，是由 W. Royce 于 1970 年提出来的，也称为软件生存周期模型。其核心思想是按工序将问题化简，采用结构化的分析与设计方法，将逻辑实现与物理实现分开。瀑布模型规定了软件生存周期的各个阶段的软件工程活动及其顺序，即开发计划、需求分析和说明、软件设计、程序编码、测试及运行维护，如同瀑布流水，逐级下落，自上而下，相互衔接。

**1. 瀑布模型的基本原理**

瀑布模型是一种线性模型，软件开发的各项活动严格按照线性方式进行，如图 2-2 所示，每项开发活动均以上一项活动的结果为输入对象，实施该项活动应完成的内容，给出该项活动的工作结果作为输出传给下一项活动，对该项活动实施的工作进行评审。若其工作得到确认，则继续进行下一项活动，否则返回前项，甚至更前项的活动进行返工。

**2. 瀑布模型的特点**

（1）清晰地提供了软件开发的基本框架，有利于大型软件开发过程中人员的组织、管理，有利于软件开发方法和工具的研究与使用，因此，在软件工程中占有重要的地位。

（2）阶段间存在有序性和依赖性。有序性是指只有等前一阶段的工作完成后，后一阶段的工作才能开始；前一阶段的输出文档就是后一阶段的输入文档。有序地展开工作，避免了软件开发、维护过程中的随意状态。依赖性又同时表明了，只有前一阶段有正确的输出

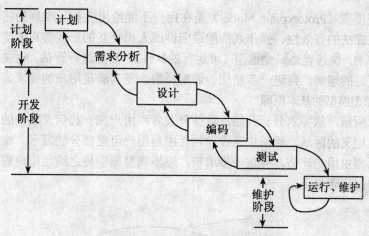

图 2-2 瀑布模型参考图

时，后一阶段才可能有正确的结果。

（3）把逻辑设计与物理设计清楚地划分开来，尽可能推迟程序的物理实现。因为过早地考虑程序的实现，常常导致大量返工。瀑布模型在编码以前安排了定义阶段和设计阶段，并且明确宣布，这两个阶段都只考虑目标系统的逻辑模型，不涉及软件的物理实现。

（4）具有质量保证的观点。为了保证质量，在各个阶段坚持了两个重要的做法：每一阶段都要完成规定的文档，没有完成文档，就认为没有完成该阶段的任务；每一阶段都要对完成的文档进行复审，以便尽早发现问题，消除隐患。

**3. 应注意的问题**

（1）瀑布模型的阶段间的依赖性的特征会导致工作中发生"阻塞"状态，如果大的错误要在软件生存周期的后期才能发现，将导致灾难性的后果。

（2）瀑布模型是一种以文档作为驱动的模型，管理工作主要是通过强制完成日期和里程碑的各种文档来跟踪各个项目阶段，阶段之间的大量规范化文档和严密评审增加了项目工作量。

（3）缺乏灵活性，特别是无法解决软件需求不明确或不准确的问题。另外，软件开发需要合作完成，因此开发工作之间的并行和串行等都是必要的，但在瀑布模型中并没有体现出这一点。

（4）一般适用于功能、性能明确、完整、无重大变化的软件系统的开发，如操作系统、编译系统、数据库管理系统等系统软件的开发，应用有一定的局限性。

## 2.2.2 快速原型模型

软件就像其他复杂系统一样，开发一个原型往往达不到要求，需要经过一段时间的演化改进才能够最终满足用户需求。业务和产品需求随着开发的进展常常发生变更，因而难以一步到位地完成最终的软件产品，但是，紧迫的市场期限又不允许过多地延长开发周期。为了应对市场竞争或商业目标的压力，构造了"演化软件模型"，它的基本思想是"分期完成、分步提交"。可以先提交一个有限功能的版本，再利用"迭代"方法逐步使其完善。演化模型兼有线性顺序模型和原型模型的一些特点。根据开发策略的不同，演化模型又可以细分为快速原型模型、螺旋模型和增量模型。

快速原型模型（Prototyping Model）是在用户不能给出完整、准确的需求说明，或者开发者不能确定算法的有效性、操作系统的适应性或人机交互的形式等许多情况下，根据用户的一组基本需求，快速建造一个原型（可运行的软件），然后进行评估，也使开发者对将要完成的目标有更好的理解，再进一步精化、调整原型，使其满足用户的要求。

**1. 快速原型模型的基本原理**

如图 2-3 所示，从需求分析开始，软件开发者和用户在一起定义软件的总目标，说明需求，并规划出定义的区域，然后快速设计软件中对用户可见部分的表示。快速设计导致了原型的建造，原型由用户评估，并进一步求精，逐步调整原型使之满足用户需求，这个过程是迭代的。其详细步骤如下。

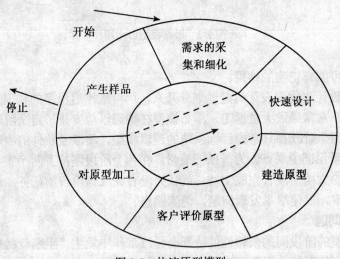

图 2-3　快速原型模型

第一步：弄清用户的基本信息需求。

目标：讨论构造原型的过程；写出简明的框架式说明性报告，反映用户/设计者的信息需求方面的基本看法和要求；列出数据元素和它们之间的关系；确定所需数据的可用性；概括出业务原型的任务并估计其成本；考虑业务原型的可能使用对象。

用户和设计者的基本责任是根据系统的输出要求来清晰地描述自己的基本需要。设计者和构造者共同负责来规定系统的范围，确定数据的可用性。构造者的基本责任是确定现实的设计者期望，估价开发原型的成本。这个步骤的中心是设计者和构造者定义基本的信息需求。讨论的焦点是数据的提取、过程模拟。

第二步：开发初始原型系统。

目标：建立一个能运行的交互式应用系统来满足用户/设计者的基本信息需求。

在这个步骤中设计者没有责任，由构造者去负责建立一个初始原型，其中包括与设计者的需求及能力相适应的对话，还包括收集设计者对初始原型的反应的设施。

主要工作包括：逻辑设计所需的数据库；构造数据变换或生成模块；开发和安装原型数据库；建立合适的菜单或语言对话来提高友好的用户输入/输出接口；装配或编写所需的应用程序模块；把初始原型交付给用户/设计者，并且演示如何工作、确定是否满足设计者的基本需求、解释接口和特点、确定用户/设计者是否能很舒适地使用系统。

本步骤的原则：建立模型的速度是关键因素；初始原型必须满足用户/设计者的基本需求；初始原型不求完善，它只响应设计者的基本已知需求；设计者使用原型必须要很舒适；装配和修改模块时构造者不应编写传统的程序；构造者必须利用可用的技术；用户与系统接口必须尽可能简单，使设计者在用初始原型工作时不至于受阻碍。

第三步：用原型系统完善用户/设计者的需求。

目标：让用户/设计者能获得有关系统的自身经验，必须使之更好地理解实际的信息需求和最能满足这些需要的系统种类；掌握设计者做什么，更重要的是掌握设计者对原型系统不满意些什么；确定设计者是否满足于现有的原型。

原则：对实际系统的亲身体验能产生对系统的真实理解；用户/设计者总会找到系统第一个版本的问题；让用户/设计者确定什么时候更改是必需的，并控制总开发时间；如果用户/设计者在一定时间里（比如说一个月）没有和构造者联系，那么用户可能是对系统满意，也可能是遇到某些麻烦，构造者应该与用户/设计者联系。

责任划分：系统/构造者在这一步中没有什么责任，除非设计者需要帮助或需要信息，或者设计者在一个相当长的时间里没有和构造者接触。用户/设计者负责把那些不适合的地方，不合要求的特征和他在现有系统中发现的所缺少的信息建立文档。

这个步骤的关键是得到用户/设计者关于系统的想法，有几种技术可达到这一目的：让用户/设计者键入信息，使用原型本身来得到他们的想法。利用系统特点来键入信息；使用日记来记录信息；当设计者认为进行某些更改是适当的时候，他就与构造者联系，安排一次会议来讨论所需要的更改。

第四步：修改和完善原型系统。

目的：修改原型以便纠正那些由用户/设计者指出的不需要的或错误的信息。

原则：装配和修改程序模块，而不是编写程序；如果模块更改很困难，则把它放弃并重新编写模块；不改变系统的作用范围，除非业务原型的成本估计有相应的改变；修改并把系统返回给用户/设计者的速度是关键；如果构造者不能进行任何所需要的更改，则必须立即与用户/设计者进行对话；设计者必须能很舒适地使用改进的原型。

责任划分同第二步。

**2. 快速原型模型的特点**

（1）原型模型法在得到良好的需求定义上比传统生存周期法好得多，不仅可以处理模糊需求，而且开发者和用户可充分交流，以改进原先设想的、不尽合理的系统。

（2）原型模型比较适合低风险和柔性较大的软件系统的开发。可降低总的开发费用，缩短开发时间。

（3）原型模型使系统更易维护、用户交互更友好。

**3. 应注意的问题**

（1）"模型效应"或"管中窥豹"。对于开发者不熟悉的领域把次要部分当做主要框架，做出不切题的原型。

（2）原型迭代不收敛于开发者预先的目标。为了消除错误，每次更改，次要部分越来越大，"淹没"了主要部分。原型过快收敛于需求集合，而忽略了一些基本点。

（3）资源规划和管理较为困难，随时更新文档也带来麻烦。

（4）特别适用于需求分析与定义规格说明、设计人机界面，但不太适合嵌入式软件、实时控制软件、科技数值计算软件的开发。

### 2.2.3 螺旋模型

螺旋模型（Spiral Model）是 B. Boehm 于 1988 年提出的。螺旋模型将瀑布模型与原型的迭代特征结合起来，并加入两种模型均忽略了的风险分析，弥补了两者的不足。

**1. 螺旋模型的基本原理**

螺旋模型可以看做是接连的弯曲了的线性模型。螺旋模型沿着螺线旋转，如图 2-4 所示，在笛卡儿坐标的四个象限上分别表达了四个方面的活动，即：

制订计划：确定软件目标，选定实施方案，弄清项目开发的限制条件。

风险分析：分析所选方案，考虑如何识别和消除风险。

实施工程：实施软件开发。

用户评估：评价开发工作，提出修正建议。

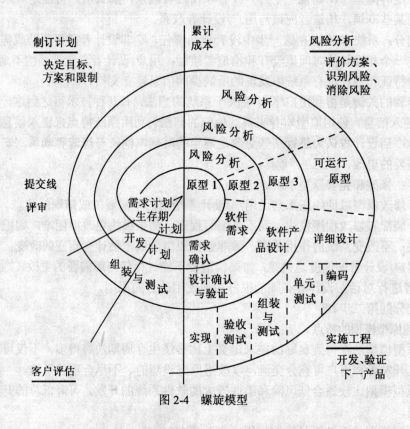

图 2-4　螺旋模型

沿螺线自内向外每旋转一圈便开发出更为完善的一个新的软件版本。例如，在第一圈，确定了初步的目标、方案和限制条件以后，转入右上象限，对风险进行识别和分析。如果风险分析表明需求有不确定性，那么在右下的工程象限内，所建的原型会帮助开发人员和用户考虑其他开发模型，并对需求做进一步修正。用户对工程成果做出评价之后，给出修正建议，在此基础上需再次计划，并进行风险分析。在每一圈螺线上，做出风险分析的终点是否继续下去的判断。假如风险过大，开发者和用户无法承受，项目有可能终止。大多数情况下沿螺线的活动会继续下去，自内向外，逐步延伸，最终得到所期望的系统。

如果软件开发人员对所开发项目的需求已有了较好的理解或较大的把握，则无需开发原型，可采用普通的瀑布模型，这在螺旋模型中可认为是单圈螺线。与此相反，如果对所开发项目需求理解较差，则需要开发原型，甚至需要不止一个原型的帮助，那就需要经历多圈螺线。在这种情况下，外圈的开发包含了更多的活动，某些开发也可能采用了不同的模型。

**2. 螺旋模型的特点**

（1）支持需求不明确，特别是较高风险大型软件系统的开发。支持面向规格说明、面向过程、面向对象等多种软件开发方法，是一种具有广阔前景的模型。

（2）原型可看做形式的可执行的需求规格说明，易于为用户和开发人员共同理解，还可作为继续开发的基础，并为用户参与所有关键决策提供了方便。

（3）螺旋模型特别强调原型的可扩充性，原型的进化贯穿了整个软件生存周期，这将有助于目标软件的适应能力。也支持软件系统的可维护性，每次维护过程只是沿螺旋模型继续多走一两个周期。

（4）螺旋模型是一种风险驱动型模型，为项目管理人员及时调整管理决策提供了方便，进而可降低开发风险。

**3. 应注意的问题**

（1）支持用户需求的动态变化，这就要求构造的原型的总体结构、算法、程序、测试方案应具有良好的可扩充性和可修改性。

（2）螺旋模型从第一个周期的计划开始，一个周期一个周期地不断迭代，直到整个软件系统开发完成。如果每次迭代的效率不高，致使迭代次数过多，将会增加工作量和成本并有可能推迟提交时间。

（3）使用该模型需要有相当丰富的风险评估经验和专门知识，如果风险较大，又未能及时发现，势必造成重大损失。因此，要求开发队伍水平较高。

（4）螺旋模型是出现相对较晚的新模型，不如瀑布模型普及，要让广大软件人员和用户充分肯定它，还有待于更多的实践。

### 2.2.4 增量模型

增量模型（Incremental Model）融合了瀑布模型的基本成分和原型模型的迭代特征，其实质就是分段的线性模型，如图 2-5 所示。采用随着日程时间的进展而交错的线性序列，每一个线性序列产生软件的一个可发布的"增量"。当使用增量模型时，第一个增量往往是核心的产品，也就是说第一个增量实现了基本的需求，但很多补充的特征还没有发布。用户对每一个增量的使用和评估，都作为下一个增量发布的新特征和功能。这个过程在每一个增量发布后不断重复，直到产生了最终的完善产品。增量模型强调每一个增量均发布一个可操作的产品。

**1. 增量模型的特点**

（1）每次增量交付过程都可总结经验和教训，有利于后面的改进和进度控制。

（2）每个增量交付一个可操作的产品，便于用户对建立好的模型作出反应，易于控制用户需求。

（3）任务分配灵活，逐步投入资源，将风险分布到几个更小的增量中，降低了项目失败的风险。

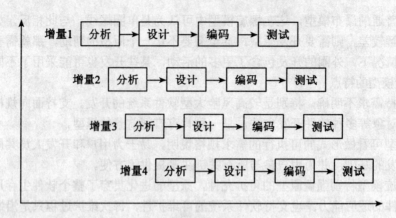

图 2-5　增量模型

**2. 应注意的问题**

（1）由于各个构件是逐渐并入已有的软件体系结构中的，所以加入构件必须不破坏已构造好的系统部分，这需要更加良好的可扩展性架构设计，这是增量开发成功的基础。要避免退化为边做边改模型，从而使软件过程的控制失去整体性。

（2）由于一些模块必须在另一个模块之前完成，必须定义良好的接口。

（3）管理必须注意动态分配工作，技术人员必须注意相关因素的变化。要避免把难题往后推，首先完成的应该是高风险和最重要的部分。

（4）自始至终需要用户密切配合，以免影响下一步进程。

（5）适合初期的需求不够确定或需求会有变更的软件开发过程。

## 2.3　面向对象的软件过程模型

传统的软件开发过程大多建立在软件生存周期概念的基础上，螺旋模型、原型模型、增量模型、螺旋模型等实际上都是从瀑布模型拓展或演变而来的，通常把它们称为传统的软件过程模型。

面向对象的软件开发过程的重点放在软件生存周期的定义阶段。这是因为面向对象方法在开发早期就定义了一系列面向问题域的对象，即建立了对象模型。整个开发过程统一使用这些对象，并不断地充实和扩展对象模型。不仅如此，所有其他概念，如属性、关系、事件、操作等也是围绕对象模型组成的。定义阶段得到的对象模型也适用于设计阶段和实现阶段，并在各个阶段都使用统一的概念和描述符号。因此，面向对象的软件开发过程的特点是：开发阶段界限模糊，开发过程逐步求精，开发活动反复迭代。每次迭代都会增加或明确一些目标系统的性质，但不是对前期工作结构本质性改动，这样就减少了不一致性，降低了出错的可能性。

### 2.3.1　构件复用模型

面向对象技术将事物实体封装成包含数据和数据处理方法的对象，并抽象为类。构件是软件系统中有价值的、几乎独立的并可替换的一个部分，它在良好定义的体系结构语境内满足某项清晰的服务功能，可以通过其接口访问它的服务。经过适当的设计和实现的类也可成为构件，在基于构件的软件开发中，软件由构件装配而成。

构件复用模型如图 2-6 所示，它融合了螺旋模型的特征，本质上是演化的，并且支持软件开发的迭代方法，它是利用预先包装好的软件构件的复用为驱动构造来应用程序。首先标识候选类，通过检查应用程序操纵的数据及实现的算法，并将相关的算法和数据封装成一个类。把以往软件工程项目中创建的类存于一个类库或仓库中，根据标识的类，就可搜索该类库。如果该类存在，就类库中提取出来复用。如果该类不存在，就采用面向对象的方法开发它，以后就可以使用从库中提取的类及为了满足应用程序的特定要求而建造的新类。进而完成待开发应用程序的第一次迭代。过程流程后又回到螺旋，最后进入构件组装迭代。

长期以来的软件开发多数都是针对某个具体的应用系统从头进行开发的，导致大量的同类软件重复开发，造成大量人力、财力的浪费，而且软件的质量也不高。构件复用技术可以减少重复劳动，提高了产品质量和生产效率，其良好的工程特性，有利于促进分工合作，有利于满足软件按工业流程生产的需要。

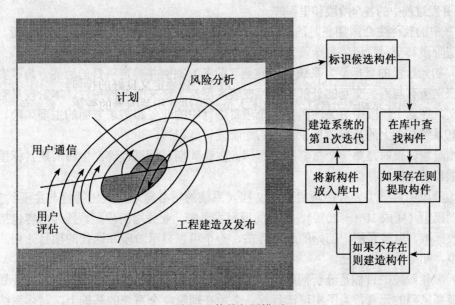

图 2-6　构件复用模型

常用的构件标准：

**1. CORBA（Common Object Request Broker Architecture，公共对象请求代理体系结构）**

由 OMG（Object Management Group，对象管理组）发布的构件标准，其核心是 ORB（Object Request Broker），定义了异构环境下对象透明地发送请求和接收响应的基本机制。

**2. COM+**

微软开发的一个构件对象模型，提供了在运行于 Windows 操作系统之上的单个应用中使用不同厂商生产的对象的规约。

**3. EJB**

一种基于 Java 的构件标准。

提供了让用户端使用远程的分布式对象的框架，EJB 规约规定了 EJB 构件如何与 EJB 容器进行交互。

## 2.3.2　统一过程模型 RUP

统一过程（Rational Unified Process，RUP）具有较高认知度的原因之一恐怕是因为其提出者 Rational 软件公司聚集了面向对象领域三位杰出专家 Booch、Rumbaugh 和 Jacobson，同时它又是面向对象开发的行业标准语言——标准建模语言（UML）的创立者，是目前最有效的软件开发过程模型。

**1. RUP 的二维开发模型**

统一过程首先建立了整个项目的不同阶段，包括初始阶段、细化阶段、构造阶段、交付阶段。同时每个阶段中又保留了瀑布模型的活动，这里称为工作流，即从需求、分析到设计和实现、测试等活动。所以，可以将其理解为一个二维坐标，工作流是一个竖坐标，阶段构成了横坐标。但是，二维坐标并不是统一过程的主要思想，它的主要思想是每个竖坐标表示的活动可能会产生多次迭代，每个迭代会随着横坐标（阶段）的进展而产生变更，最终逐渐减少直至消失，如图 2-7 所示。

**2. 开发过程中的各个阶段和里程碑**

RUP 中的软件生命周期在时间上被分解为四个顺序的阶段，分别是：初始阶段、细化阶段、构造阶段和交付阶段。每个阶段结束于一个主要的里程碑。

（1）初始阶段的目标是为系统建立商业（业务）案例并确定项目的边界。为了实现该目标必须识别所有与系统交互的外部实体，在较高层次上定义交互的特性。本阶段具有非常重要的意义，在这个阶段中所关注的是整个项目进行中的业务和需求方面的主要风险。对于建立在原有系统基础上的开发项目来讲，初始阶段可能很短。

初始阶段结束时是第一个重要的里程碑：生命周期目标里程碑。生命周期目标里程碑用来评价项目基本的生存能力。

初始阶段的成果主要有：项目蓝图文档（系统的核心需求、关键特性与主要约束）、初始的用例模型（完成 10%~20%）、初始的项目术语表、业务用例模型。具体内容包括商业环境、验收标准和财政预测，初始的风险评估，一个可以显示阶段和迭代的项目计划，一个或多个原型，初始的架构文档。

（2）细化阶段的目标是分析问题领域，建立健全的体系结构基础，编制项目计划，淘汰项目中最高风险的元素。为了实现该目标，必须在理解整个系统的基础上，对体系结构作出决策，包括范围、主要功能和诸如性能等非功能需求。同时为项目建立支持环境，包括创建开发案例，创建模板、准则，并准备工具。

细化阶段结束时是第二个重要的里程碑：生命周期结构里程碑。生命周期结构里程碑为系统的结构建立了管理基准并使项目小组能够在构建阶段中进行衡量。此刻，要检验详细的系统目标和范围、结构的选择以及主要风险的解决方案。

细化阶段的成果主要有：系统架构基线、UML 静态模型、UML 动态模型、UML 用例模型、修订的风险评估、修订的用例、修订的项目计划、可执行的原型。

（3）在构造阶段，所有剩余的构件和应用程序功能被开发并集成为产品，所有的功能被详细测试。从某种意义上说，构造阶段是一个制造过程，其重点放在管理资源及控制运作以优化成本、进度和质量。

构造阶段结束时是第三个重要的里程碑：初始功能里程碑。

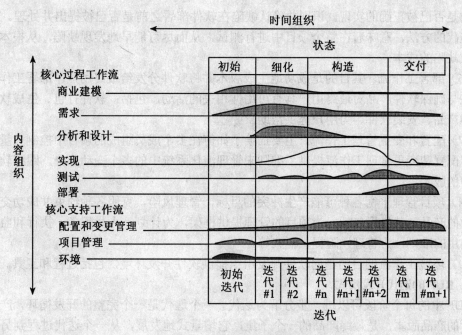

图 2-7　RUP 的二维开发模型

构造阶段的成果主要有：可运行的软件系统、UML 模型、测试用例、用户手册、发布描述。

（4）交付阶段的重点是确保软件对最终用户是可用的。交付阶段可以跨越几次迭代，包括为发布做准备的产品测试，基于用户反馈的少量的调整。如用户反馈的产品调整，设置、安装和可用性等问题。

在交付阶段的终点是第四个里程碑：产品发布里程碑。

交付阶段的成果主要有：可运行的软件产品、用户手册、用户支持计划。

**3. RUP 的核心工作流**

RUP 中有九个核心工作流，分为六个核心过程工作流和三个核心支持工作流。九个核心工作流在项目中轮流被使用，每一次迭代都有相应的重点和强度。

（1）商业建模工作流。描述了如何为新的目标组织开发一个构想，并基于这个构想在商业（业务）用例模型和商业对象模型中定义组织的过程、角色和责任。

（2）需求工作流。描述了系统应该做什么，并使开发人员和用户就这一描述达成共识。理解系统所解决问题的定义和范围。

（3）分析和设计工作流。将需求转化成未来系统的设计，为系统开发一个健壮的结构并调整设计使其与实现环境相匹配，优化其性能。分析和设计的结果是一个设计模型和一个可选的分析模型。设计模型是源代码的抽象，由设计类和一些描述组成。设计类被组织成具有良好接口的设计包和设计子系统，而描述则体现了类的对象如何协同工作实现用例的功能。

（4）实现工作流。包括以层次化的子系统形式定义代码的组织结构。以组件的形式（源文件、二进制文件、可执行文件）实现类和对象，将开发出的组件作为单元进行测试以及集成由单个开发者（或小组）所产生的结果，使其成为可执行的系统。

（5）测试工作流。验证对象间的交互，验证软件中所有组件的集成是否合理，检验所有的需求是否已被正确的实现。识别并确认缺陷在软件部署之前是否已被提出并处理。RUP 提出了迭代的方法，意味着在整个项目中进行测试，从而尽可能早地发现缺陷，从根本上降低了修改缺陷的成本。

（6）部署工作流。其目的是成功地生成版本并将软件分发给最终用户。部署工作流描述了那些与确保软件产品对最终用户具有可用性相关的活动，包括：软件打包、生成软件本身以外的产品、安装软件、为用户提供帮助。

（7）配置和变更管理工作流。主要描绘了如何在多个成员组成的项目中控制大量的各种产品。配置和变更管理工作流提供了准则来管理演化系统中的多个变动部分，跟踪软件创建过程中的版本。

（8）项目管理平衡各种可能产生冲突的目标，管理风险，克服各种约束并成功交付使用户满意的产品。其目标包括：为项目的管理提供框架，为计划、人员配备、执行和监控项目提供实用的准则，为管理风险提供框架等。

（9）环境工作流的目的是向软件开发组织提供软件开发环境，包括过程和工具。

**4. RUP 的迭代开发模式**

RUP 中的每个阶段可以进一步分解为迭代。一个迭代是一个完整的开发循环，产生一个可执行的产品版本，是最终产品的一个子集，它增量式地发展，从一个迭代过程到另一个迭代过程到成为最终的系统。

在工作流中的每一次顺序的通过称为一次迭代。软件生命周期是迭代的连续，它可以使软件开发是增量开发，这就形成了 RUP 的迭代模型，如图 2-8 所示。

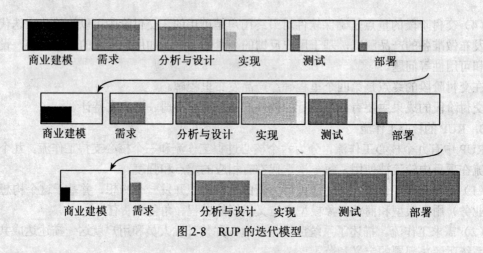

图 2-8　RUP 的迭代模型

与瀑布模型比较，RUP 的迭代模型具有以下优点：

（1）降低了在一个增量上的开支风险。如果开发人员重复某个迭代，那么损失只是这一个开发有误的迭代的花费。

（2）降低了产品无法按照既定进度进入市场的风险。通过在开发早期就确定风险的方法，可以尽早解决软件中存在的问题，而不至于在开发后期匆匆忙忙。

（3）加快了整个开发工作的进度。因为开发人员清楚问题的焦点所在，他们的工作会更有效率。

（4）由于用户的需求并不能在一开始就完全界定，它们通常是在后续阶段中不断细化的。

因此，迭代过程的这种模式使适应需求的变化更容易。

（5）能提高团队生产力，在迭代的开发过程、需求管理、基于组件的体系结构、可视化软件建模、验证软件质量及控制软件变更等方面，为每个开发成员提供了必要的准则、模板和工具指导，并确保全体成员共享相同的知识基础。RUP 的迭代模型建立了简洁和清晰的过程结构，为开发过程提供较大的通用性。

同时，RUP 的迭代模型也存在一些不足：RUP 只是一个开发过程，并没有涵盖软件过程的全部内容，例如它缺少关于软件运行和支持等方面的内容；没有支持多项目的开发结构，这在一定程度上降低了在开发组织内大范围实现重用的可能性。

## 2.4  统一建模语言 UML

统一建模语言（Unified Modeling Language，UML）是一种用于描述、构造可视化和文档软件系统的图形语言，它是由面向对象方法领域的三位著名专家 Grady Booch，James Rumbaugh 和 Ivar Jacobson 提出的，该方法结合了 Booch，OMT 和 OOSE 方法的优点，统一了符号体系，并从其他的方法和工程实践中吸收了许多经过实际检验的概念和技术，已成为国际软件界广泛承认的标准，其发展历程如图 2-9 所示。

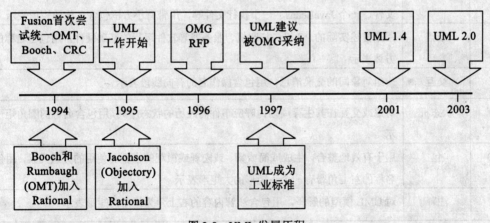

图 2-9  UML 发展历程

UML 是一种基于面向对象、定义良好、易于表达、功能强大且普遍实用的建模语言，它独立于过程，从需求分析、软件规范、结构设计、测试到配置管理都提供了模型化和可视化的支持。UML 作为一种模型语言，为不同领域的用户提供了统一的交流标准——UML 图，UML 图最适于数据建模、业务建模、对象建模、组件建模，它使开发人员专注于建立产品的模型和结构，而不是选用什么程序语言和算法实现。当模型建立之后，模型可以被 UML 工具转化成指定的程序语言代码。

### 2.4.1  UML 的结构

UML 由三个关键要素构成：面向对象的基本"构造块"、支配这些构造块的建模"规则"和运用于整个 UML 的"公共机制"。

**1. UML 中的基本构造块**

构成 UML 模型的基本构造块有"事务"、"关系"、"图"三种积木元素或积木组合体。

事务：UML 模型中的静态元素。UML 中共有 11 种不同的事务，分为结构事务（类、接口、协作、用例、主动类、构件、节点）、行为事务（交互、状态机）、分组事务（包）和注释事务（注释），如表 2-1 和图 2-10 所示。

表 2-1　　　　　　　　　　　　　UML 中的"事务"

| 序号 | 事务名称 | 语义及表示 |
| --- | --- | --- |
| 1 | 类 | 就是面向对象方法中的类，用具有上、中、下三部分的矩形表示 |
| 2 | 接口 | 一个类或一个构件的服务的操作集，用一个带有名称的圆表示 |
| 3 | 协作 | 表示多个元素的交互，用一个仅包含名称的虚线椭圆表示 |
| 4 | 用例 | 表示系统参与者为完成某一功能而进行的一组动作序列（可以是人、设备或其他系统），用仅包含名称的实线椭圆表示 |
| 5 | 主动类 | 拥有进程或线程的类，用外框线加粗的类表示 |
| 6 | 构件 | 物理上可替代的软部件，比"类"更大的实体，例如一个 COM 组件、一个 DLL 文件、一个 JavaBeans、一个执行文件等，用带有小方框包含名称的矩形表示 |
| 7 | 节点 | 用来描述实际的 PC 机、打印机、服务器等软件运行的基础硬件，用包含名称的立方体表示 |
| 8 | 交互 | 一组对象间的交换消息，用包含操作名的有向线段表示 |
| 9 | 状态机 | 对象或交互在其生存周期内呼应事件而经历的状态序列，用包含名称的圆角矩形表示 |
| 10 | 包 | 用于有效地整合，生成或简或繁、或宏观或微观的模型而使用的分组元素，用包含名称的左上角带有一个小矩形的大矩形表示 |
| 11 | 注释 | 对 UML 模型的解释，用包含注解内容的右上角为折角的矩形表示 |

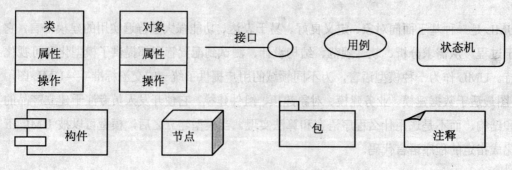

图 2-10　UML 中的模型

关系：也是 UML 模型的构造块，它们反映的是类与类之间联系的方法与性质，关系有关联、依赖、泛化、实现和聚合五种（见表 2-2）。

表 2-2                               UML 中的关系

| 关系 | 功　能 | 表示法 |
|---|---|---|
| 关联 | 是一种结构关系，说明一个事务的对象与另一个事务的对象间的联系 | ——————— |
| 依赖 | 它描述了一个事务的变化会影响到另一个使用它的事务（如访问、调用、导出、发送、使用……） | - - - - - - -> |
| 泛化 | 一般事务（父类）和特殊事务（子类）之间的关系，适用于继承 | 子类 ————▷ 父类 |
| 实现 | 一个类元指定了由另一个类元保证执行的契约，例如接口和实现它们的类或组件之间的关系 | 实现 - - - - -▷ 界面 |
| 聚合 | 是一种特殊形式的关联，表示整体与部分的关系。有共享聚合与组合聚合，前者作为部分的对象可以共享作为整体的对象，而后者作为部分的只能属于整体 | （共享）整体 ◇———— 部分<br>（组合）整体 ◆———— 部分 |

图：是一组元素的表示，包含了事务及其关系的组合。UML 主要用图来表达模型的内容，用代表模型元素（例如，用例、类、对象、消息和关系）的图形符号组成。学会使用 UML 的图，是学习、使用统一建模语言 UML 的关键。UML 中有九种图，如表 2-3 所示。

表 2-3                               UML 中的图

| 图名称 | 图定义 | 图性质 |
|---|---|---|
| 类图 Class Diagram | 一组类、接口、协作及它们的关系 | 静态结构 |
| 对象图 Object Diagram | 一组对象及它们的关系 | 静态结构 |
| 用例图 Use-case Diagram | 一组用例、参与者及它们的关系 | 静态结构 |
| 时序图 Sequence Diagram | 一个交互，强调消息的时间顺序 | 动态行为 |
| 协作图 Collaboration Diagram | 一个交互，强调消息发送和接受的对象的结构组织 | 动态行为 |
| 状态图 State Chart | 一个状态机，强调对象按事件排序的行为 | 动态行为 |
| 活动图 Activity Diagram | 一个状态机，强调从活动到活动的流动 | 动态行为 |
| 构件图 Component Diagram | 一组构件及关系 | 物理架构 |
| 部署图 Deployment Diagram | 一组节点及它们的关系 | 物理架构 |

## 2.　UML 中的规则——UML 建模的"黏合剂"

UML 中的规则是为了将 UML 中的构造块有机地组装在一起，形成一个结构良好的模型而对事务进行描述的语义规则。共有五种规则：

命名规则：为事务、关系和图命名。

范围规则：给一个名字以特定含义的语境。

可见性规则：描述名字可见或如何使用（见表 2-4）。

完整性规则：描述事务正确、一致地相互联系。

执行规则：描述运行或模拟动态模型的含义。

表 2-4　　　　　　　　　　　　　　可见性规则

| 可见性 | 规　则 | 表示法 |
|---|---|---|
| public | 任一元素，若能访问包容器，就可以访问它 | + |
| protected | 只有包容器中的元素或包容器的后代才能够看到它 | # |
| private | 只有包容器中的元素才能够看到它 | - |
| package | 只有声明在同一个包中的元素才能够看到该元素 | ~ |

### 3. 应用于 UML 的公共机制——UML 模型的图纸说明

为了对 UML 模型进行进一步的说明，同时增强其表达能力，UML 提供了四种在整个语言中可以一致应用的"公共机制"，可以认为是对 UML 模型的图纸说明。

规格说明：UML 图形的每一部分背后都有一个详细的说明，提供了对 UML 构造块的语法和语义的文字描述。

修饰：UML 表示法中的每一个元素都有一个基本符号，这些符号对元素的最重要的方面进行了可视化的表示，还包含了对元素其他细节的描述，例如不同可视性的符号、用斜体字表示抽象类。

通用划分：UML 中的构造块存在两种通用的划分方法：类和对象、接口与实现。类是一个抽象，对象是该抽象的一个实例，可同时对类和对象建模；接口声明一个契约，实现表示对该契约的具体实施，可同时对接口和实现建模。

扩展机制：扩展机制进一步提高了 UML 的语言表达能力，它包含构造型、标记值和约束三种类型。构造型：扩展 UML 的词汇，允许创造新的构造块，该构造块既可从现有构造块派生，也可针对要解决的问题另建。标记值：扩展 UML 构造块的特性，允许创建元素的新信息。约束：扩展 UML 构造块的语义，允许增加新的规则或修改现有的规则。

## 2.4.2　UML 建模机制

模型是对客观事物的一种抽象，通过模型，人们可以更透彻地了解事物的本质，进而抓住问题的要害，删除那些与问题无关的、非本质的东西。由于处理的问题不同，人们观察的角度也不同，因此所建立的模型也是不同的。UML 为了适应不同的情况，提供了不同的模型，这表现在它的"九个模型、九种图和五张视图"上。

### 1. 九个模型

业务模型：业务操作流程，建立组织的一个抽象。

领域模型：业务操作规程，建立系统的语境。

用例模型：用户功能需求列表，建立系统的功能需求。

分析模型：系统的逻辑设计，建立概念设计。

设计模型：物理设计（含字典设计），建立问题的词汇以及解决方案。

过程模型：系统的进程设计，建立系统的并发和同步机制。

部署模型：系统的网络节点设计，建立系统的硬件拓扑网络结构。

实现模型：系统的软件和硬件配置设计，建立用于实施和发布物理系统的各部件。

测试模型：系统的测试计划设计，建立验证和校验系统的路径。

**2. 九种图**

可以将这九种图分为两类，一类用于结构建模，称为结构图；一类用于行为建模，称为行为图。图的定义如表 2-3 所示。

**3. 五张视图**

统一建模语言 UML 是用来描述模型的，它用模型来描述系统的结构、静态特征及动态特征，它从不同的视角为系统建模，就形成了不同的视图（View）。每个视图代表完整系统描述中的一个对象，显示这个系统中的一个特定的方面，每个视图又由一组图构成。

用例视图（Use-case View）：描述系统应该具有的功能集，它从系统外部用户的角度出发，实现对系统的抽象表示。在用例视图中，角色（Actor）代表外部用户或其他系统，用例（Use-case）表示系统能够提供的功能，通过列举角色和用例，显示角色在每个用例中的参与情况。用例视图是其他视图的核心和基础，其他视图的构造和发展依赖于用例视图所描述的内容。用例视图用用例图来描述，有时也用活动图来进一步描述其中的用例。

逻辑视图（Logical View）：也称为设计视图（Design View），用来揭示系统功能的内部设计和协作情况。它利用静态结构和动态行为描述系统的功能，其中，静态结构描述类、对象及其关系等，主要用类图和对象图；动态行为主要描述对象之间发送消息时产生的动态协作、一致性和并发性等，主要用状态图、时序图、协作图和活动图。

进程视图（Process View）：用于展示系统的动态行为及其并发性，也称为行为模型视图。它用状态图、时序图、协作图、活动图、构件图和部署图来描述。

实现视图（Implementation View）：描述逻辑设计的对象是在哪个模块或组件中实现的，展示系统实现的结构和行为特征，包括实现模型和它们之间的依赖关系，也称组件视图，一般用构件图来描述。

部署视图（Deployment View）：显示系统的实现环境和组件被部署到物理结构中的映射。如：计算机、设备以及它们相互间的连接，哪个程序或对象在哪台计算机上的执行等。部署视图用部署图来描述。

## 2.4.3　UML 图形示例

**1. 类图与对象图**

类图描述类、类与类之间的静态关系，它是从静态角度表示系统的（见图 2-11）。对象是类的实例，对象之间的连接是类之间关联的实例。因此，对象图可以看做是类图的实例，有助于理解一个比较复杂的类图。

绘图步骤：

（1）研究分析问题领域，确定系统的需求。

（2）发现对象和类，明确他们的含义和责任，确定属性和操作。

（3）发现类之间的静态联系。着重分析找出类之间的一般和特殊关系，部分与整体的关系，研究类的继承性和多态性，把类之间的静态联系用关联、泛化、聚合、依赖等联系表达出来，虽然对象类图表达的是系统的静态结构特征，但是应当把对系统的静态分析与动态分析结合起来，这样更能准确地了解系统的静态结构特征。

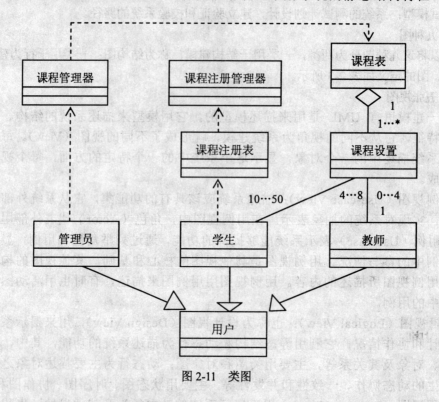

图 2-11　类图

（4）设计类与联系。调整和细化已得到的对象类和类之间的联系，解决诸如命名冲突、功能重复等问题。

（5）绘制对象类图并编制相应的说明。

**2. 用例图**

用例的发起者在用例图的左侧，接受者在用例图的右侧。参与者的名字放在参与者图标的下方。关联线用实线，连接参与者和用例并且表示参与者与用例之间有通信关系。

用例分析的一个好处是它能够展现出系统和外部世界之间的边界。参与者是典型的系统外部实体，而用例属于系统内部。系统的边界用一个矩形来代表，里面写上系统的名字，系统的用例装入矩形之内（见图 2-12）。

绘图步骤：

（1）找出系统外部的活动者和外部系统，确定系统的边界和范围。

（2）确定每一个活动者所希望的系统行为。

（3）把这些系统行为命名为用例。

（4）把一些公共的系统行为分解为一批新的用例，供其他的用例引用。把一些变更的行为分解为扩展用例。

（5）绘制用例图。

（6）区分主业务流和例外情况的事件流。可以把表达例外的情况的事件流的用例图画成一个单独的子用例图。

（7）细化用例图，解决用例间的重复与冲突问题，简化用例中的对话序列，用例图可以有不同的层次，高层次系统的用例可以分解为若干个下属子系统中的子用例。

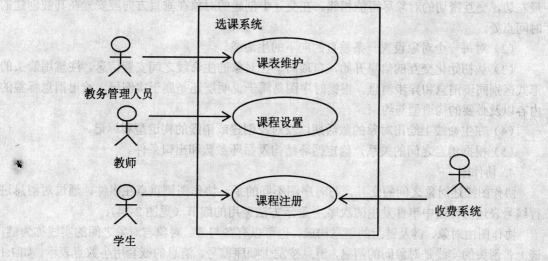

图 2-12 用例图

### 3. 时序图

时序图描述对象之间的动态交互关系，着重表现对象间消息传递的时间顺序（见图 2-13）。时序图有两个坐标轴：纵坐标轴表示时间，横坐标轴表示不同的对象（对象的排列顺序不重要）。对象用一个矩形框表示，内标有对象名。从矩形框向下的垂直虚线是对象的"生命线"，用于表示在某段时间内该对象是存在的。对象间的通信用对象生命线之间的水平消息线来表示，消息箭头的形状表明消息的类型（同步——实箭头、异步——枝箭头、返回——虚箭头）。

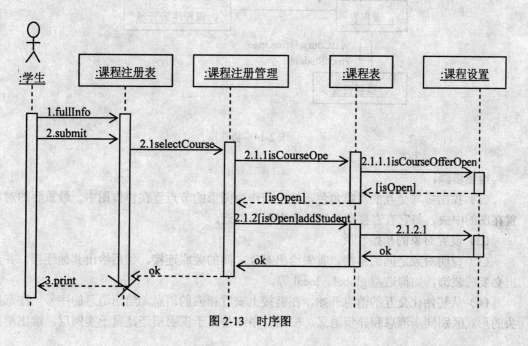

图 2-13 时序图

**绘图步骤：**

（1）找出参与交互的对象角色，把它们横向排列在时序图的顶部，最重要的对象安置在最左边，交互密切的对象尽可能相邻。在交互中创建的对象在垂直方向应安置在其被创建的时间点处。

（2）对每一个对象设置一条垂直的向下的生命线。

（3）从初始化交互的信息开始，自顶向下在对象的生命线之间安置信息。注意用箭头的形式区别同步消息和异步消息。根据时序图是属于说明层还是属于实例层，给出消息标签的内容以及必要的构造型与约束。

（4）在生命线上绘出对象的激活期以及对象创建或销毁的构造型和标记。

（5）根据消息之间的关系，确定循环结构及循环参数和出口条件。

**4. 协作图**

协作图描述对象之间的交互，与时序图不同的是，协作图侧重点在事件。通过对消息进行编号表述协作图中事件发生的次序，并显示方法调用的细节（见图2-14）。

协作图由对象、链及链上的消息构成，也可以有参与者。对象与对象之间的实线称为链，链上带箭头的实线是对象间的消息，消息按发生顺序编号，消息的嵌套用小数点表示，如1.1表示嵌套在消息1中的第1条消息。

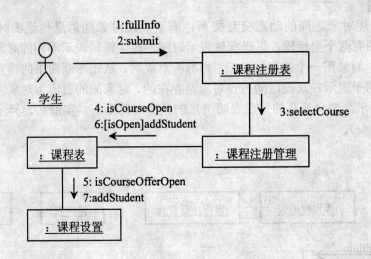

图2-14　协作图

**绘图步骤：**

（1）找出参与交互的对象角色，把它们作为图形的节点置在协作图中。最重要的对象安置在图的中央，与它有直接交互的对象安置在邻近。

（2）设置对象的初始性质。

（3）说明对象之间的链接。首先给出对象之间的关联连接，然后给出其他连接，并且给出必要的装饰，如构造型 global、local 等。

（4）从初始化交互的消息开始，在链接上安置相应的消息，给出消息的序号。注意用箭头的形式区别同步消息和异步消息。根据时序图是属于说明层还是属于实例层，给出消息标签的内容以及必要的构造型和约束。

（5）处理一些特殊情况，如循环、自调用、回调、多对象等。

**5. 状态图**

状态用圆角框表示，框内标注状态名，用箭头连线表示状态的转换，上面标记事件名及相关活动，箭头方向表示转换的方向，初始状态用圆点表示，终止状态用圆圈内一个圆点表示（见图 2-15）。

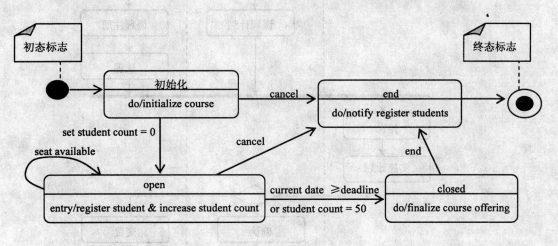

图 2-15　状态图

绘图步骤：

（1）确定状态机的上下文，它可以是一个类、子系统或整个系统。

（2）选择初始状态和终结状态。一张状态图中只能有一个初态，而终态可以有 0 个或者多个。

（3）发现对象的各种状态。应当仔细找出对问题有意义的对象状态属性，这些属性具有少量的值，且该属性的值的转换受限制。状态属性值的组合，结合行为有关的事件和动作，就可以确定具有特定的行为特征的状态。

（4）确定状态可能发生的转移。注意从一个状态可能转移到哪些状态，对象的哪些行为可引起状态的转移并找出触发状态转移的事件。

（5）把必要的动作加到状态或转移上。

（6）用超状态、子状态、分支、历史状态等概念组织和简化复杂的状态机。

（7）分析状态的并发和同步情况。

（8）绘制状态图。

（9）细化状态中的可选项（状态变量/活动表等）。

**6. 活动图**

活动图（见图 2-16）是另一种描述交互的方式，它描述采取何种动作，动作的结果是什么（动作状态改变），何时发生（动作序列）以及在何处发生（泳道）。活动图常被用来描述一个用例的处理流程，它显示活动序列、判定点和分支。活动图与过程流程图类似，区别在于活动图可以处理并行进程。在一个活动图中只有一个起始状态，可以有 0 个或多个终止状态。

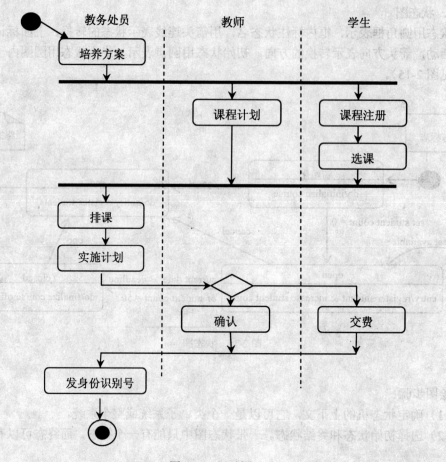

图 2-16　活动图

绘图步骤：

（1）找出负责实现工作流的业务对象。这些对象可以是现实业务领域中的实体，也可以是一种抽象的概念或事物。为每一个重要的业务对象建立一条通道。

（2）确定工作流的初始状态和终结状态，明确工作流的边界。

（3）从工作流的初始状态开始，找出随时间而发生的活动和动作，把它们表示成活动状态或动作状态。

（4）对于复杂的动作或多次重复出现的一组动作，可以把它们组成一个活动状态，并且用另外一个活动图来展开表示。

（5）给出连接活动和动作的转移（动作流）。首先处理顺序动作流，然后处理条件分支，最后处理分散和接合。

（6）在活动图中给出与工作流有关的重要对象，并用虚箭线把它们与活动状态或动作状态相连接。

**7. 构件图**

构件图（见图 2-17）显示软件构件之间的依赖关系，便于人们分析和发现当修改某个构件时可能对哪些构件产生影响，以便对它们做相应的修改或更新。一般来说，软件构件可以是源代码文件、二进制代码文件和可执行文件等。构件图可以用来显示编译、链接或执行时构件之间的依赖关系。每个构件实现（支持）一些接口，并使用另一些接口。如果构件间的依赖关系与接口有关，那么构件可以被具有同样接口的其他构件替代。

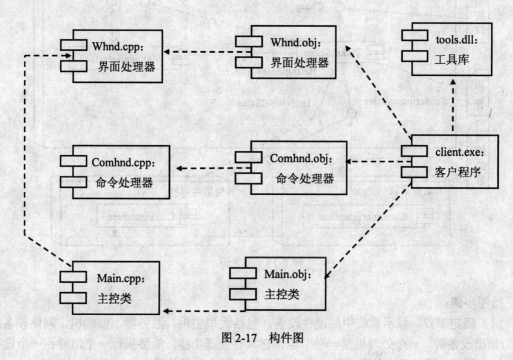

图 2-17　构件图

绘图步骤：

（1）确定构件。首先要分解系统，考虑有关系统的组成管理、软件的重用核物理节点的配置等因素，把关系密切的可执行程序和对象库分别归入组件，找出相应的对象类、接口等模型元素。

（2）对构件加上必要的构造型。可以使用 UML 的标准构造型 executable、library、table、file、document 或自定义新的构造型来说明组件的性质。

（3）确定构件之间的联系。最常见的构件之间的联系是通过接口依赖。一个构件使用某个接口，另一个构件实现该接口。

（4）必要时把构件组织成包。构件和对象、协作等模型元素一样可以组织成包。

（5）绘制构件图。

**8. 部署图**

部署图（见图 2-18）用于系统的硬件拓扑结构建模。在配置图中，用节点表示实际的物理设备，如计算机和各种外部设备等，并根据它们之间的连接关系，将相应的节点连接起来，并说明其连接方式。在节点里面，说明分配给该节点上运行的可执行组件或对象，从而说明哪些软件单元被分配在哪些节点上运行。

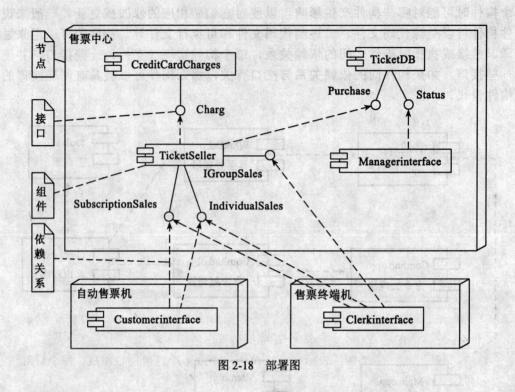

图 2-18　部署图

绘图步骤：

（1）确定节点。标示系统中的硬件设备，包括大型主机、服务器、前端机、网络设备、输入/输出设备等。一个处理机是一个节点，它具有处理功能，能够执行一个组件；一个设备也是一个节点，即使没有处理功能，但也是系统和现实世界的接口。

（2）对节点加上必要的构造型。可以使用 UML 的标准构造型或自定义新的构造型来说明节点的性质。

（3）确定联系，这是关键步骤。部署图中的联系包括节点与节点之间的联系，节点与构件之间的联系，构件与构件之间的联系，可以使用标准构造型或自定义新的构造型说明联系的性质。把系统的构件如可执行程序、动态链接库等分配到节点上，并确定节点与节点之间，节点与组件之间，构件与构件之间的联系，以及它们的性质。

（4）绘制部署图。

# 本 章 小 结

本章首先介绍了软件过程与软件的有关概念，软件项目的开发首先需要一个清晰、详细、完整的软件开发过程，软件生存周期就是从提出软件产品开始，直到该软件产品被淘汰的全过程，从时间角度将复杂的软件开发维护时期分为若干阶段，每个阶段都有其相对独立的任务，然后逐步完成各个阶段的任务。

然后本章详细讨论了软件过程模型，软件过程模型是一个跨越整个软件生存周期的系统开发、运行、维护所实施的全部工作和任务的结构框架，这个框架给出了软件开发活动各阶段之间的关系以及软件开发方法和步骤的高度抽象。传统的软件开发过程大多建立在软件生存周期概念基础上，快速原型、增量、螺旋等软件过程模型实际上都是从瀑布模型拓展或演变而来的，通常把它们称为传统的软件开发模型。面向对象的软件开发过程的特点是建立对象模型、逐步求精、反复迭代，重点放在软件生存周期的定义阶段。

最后本章介绍了统一建模语言 UML 和 UML 图。UML 是一种基于面向对象、定义良好、易于表达、功能强大且普遍实用的建模语言，它为不同领域的用户提供了统一的交流标准——UML 图，用九种不同类型的图来描述系统的五个不同视图，它适用于数据建模、业务建模、对象建模、组件建模，使开发人员专注于建立产品的模型和结构，而不是选用什么程序语言和算法实现。当模型建立之后，模型可以被 UML 工具转化成指定的程序语言代码。

# 习　题

1. 软件生成周期一般可分为哪几个阶段？
2. 在用瀑布模型开发软件时，每项开发活动均应具有哪些特征？
3. 简述在软件开发模型中原型模型的优点和缺点，适用范围和不适用范围。
4. 简述统一过程 RUP 模型基本过程和技术要领。
5. 时序图和协作图各有什么特点？会在哪些情况下使用它们？
6. 使用 UML 绘制一幅类图，表示一个订单由一个或多个订单项目组成。每个订单项目包括项目名称、项目数量以及需要该项目的时间。每个订单项目都由一个项目订单规格描述，包括销售商地址、单价和生产厂家等细节信息。

计算机科学与技术专业规划教材

# 第3章 需求分析与建模

【学习目的与要求】需求分析是软件生命周期中的重要组成部分,是软件设计的基础。需求分析是开发者对目标软件系统的"理解、分解与表达"的过程,是借助于当前系统的逻辑模型推导出新系统的逻辑模型。本章主要讲述需求分析的任务、原则和方法,重点讲述结构化分析、功能建模、数据建模和行为建模的原理和实现方法。通过本章的学习,要求掌握需求分析的任务、原则、步骤以及获取需求的方法;熟悉结构化分析方法的基本思想与表达手段、功能建模、数据建模、行为建模方法;能够将目标系统的需求定义转化为需求规格说明。同时,了解软件需求的正确性以及软件需求确认的方法。

## 3.1 需求分析

需求分析是软件设计的基础,需求分析建造了软件处理的数据模型、功能模型和行为模型。需求分析为软件设计师提供了可被翻译成数据、体系结构、界面和过程设计的模型,需求分析文档为软件后续各阶段提供了质量评估的依据。

### 3.1.1 需求分析的任务和原则

#### 1. 需求分析的任务

所谓"需求"指的是用户对目标系统在功能、性能、数据和运行环境等方面的要求。需求分析的任务就是分析当前系统的物理模型（待开发系统的系统元素）,导出符合用户需求的目标系统的逻辑模型（只描述系统要完成的功能和要处理的数据）,得到目标系统 "做什么"的抽象化描述。

系统功能需求:指定系统必须提供的服务,主要是划分出满足用户业务流程的软件功能以及软件系统所需要的各种功能。

系统性能需求:指定系统必须满足的定时约束或容量约束,通常包括速度（响应时间）、信息量速率、主存容量、磁盘容量、精确度指标需求、可操作性、安全性等。

数据需求:输入、输出数据的结构和格式需求,包括数据元素组成、数据的逻辑关系、数据字典格式、数据模型等。

错处理需求:这类需求说明系统对环境错误应该怎样响应。例如,如果一个系统接收到从另一个系统发来的违反协议格式的消息,该系统应该做什么?

接口需求:接口需求描述应用系统与其环境通信的格式,常见的接口需求有用户接口需求、硬件接口需求、软件接口需求和通信接口需求。

约束需求:约束描述了应用系统应遵守的限制条件,在需求分析阶段提出这类需求,并不是要取代设计（或实现）过程,这只是反映了用户或环境强加给项目的限制条件。常见的约束有:精度约束、工具和语言约束、设计约束、应该使用的标准、应该使用的硬件平台等。

运行需求：主要表现为对系统运行时所处环境的需求。

将来可能提出的需求：主要考虑系统预期的扩展和系统今后维护的需求。

**2. 需求分析的原则**

需求分析有一些共同适用的基本原则，它们主要有以下几点：

（1）详细了解用户的业务及目标，充分理解用户对功能和质量的要求。只有分析人员认真了解用户的业务，尽可能地满足用户的期望，并对无法实现的要求做充分的解释，才能使开发的软件产品真正满足用户的需要，达到期望的目标。

（2）运用合适的方法、模型和工具，正确地、完整地、清晰地表示可理解的问题信息域，定义软件将完成的功能和软件的主要行为。

（3）能够对问题进行分解和不断细化，建立问题的层次结构。作为一个整体来看，可能很大、很复杂、很难理解，但可以通过把问题以某种方式分解为几个较易理解的部分，并确定各部分间的接口，从而实现整体功能。

（4）尽量重用已有的软件组件。需求通常有一定灵活性，分析人员可能发现已有的某个软件组件与用户描述的需求很相符。在这种情况下，分析人员应提供一些修改需求的选择，以便开发人员能够降低新系统的开发成本并节省时间。

（5）准确、规范、详细地编写需求分析文档和认真细致地评审需求分析文档。

## 3.1.2 获取需求的方法

需求获取可能是软件开发中最需要与用户交流的方面。需求获取只有通过与用户进行有效的合作才能成功。作为一个分析者，必须透过用户所提出的表面需求理解他们的真正需求，而不是用户所说内容的简单拷贝。需求获取应该利用所有可用的信息来源，这些信息描述了问题域或在软件解决方案中各种合理的特性。研究表明：比起不成功的项目，一个成功的项目在开发者和用户之间采用了更多的交流方式。

进行需求分析要脚踏实地地围绕两个核心问题来开展：应该了解什么？通过什么方式去了解？

这两个问题实际上也就是目标、方法、处理三个部分。

**1. 目标**

用书面的方式记录和归整用户的需求报告。

（1）首先调查组织机构情况。包括了解该组织的部门组成情况、各部门的职能等，为分析信息流程做准备。

（2）然后调查各部门的业务活动情况。包括了解各个部门输入和使用什么数据，如何加工处理这些数据，输出什么信息，输出到什么部门，输出结果的格式是什么。

（3）协助用户明确对系统的各种要求。包括信息要求、功能要求、处理要求、安全性要求、完整性要求。

（4）确定系统的边界。确定哪些功能由计算机完成或将来准备让计算机完成，哪些活动由人工完成。由计算机完成的功能就是新系统应该实现的功能。

**2. 方法**

（1）跟班作业。通过亲自参加业务工作来了解业务活动的情况。这种方法可以比较准确地理解用户的需求，但比较耗费时间。

（2）开调查会。通过与用户座谈来了解业务活动情况及用户需求。座谈时，参加者之间可以相互启发。

（3）请专人介绍和咨询。对某些调查中的问题，可以找专人询问。

（4）设计调查表请用户填写。如果调查表设计得合理，这种方法是很有效也很易于为用户接受的。

（5）查阅档案记录。即查阅与原系统有关的数据记录，包括原始单据、账簿、报表等。

### 3. 处理

通过调查了解了用户需求后，还需要进一步分析和表达用户的需求，并建立快速原型，以便进行技术评审。

## 3.1.3  需求分析的模型和方法

提出目标系统的数据模型、功能模型和行为模型是需求分析的核心任务。所谓模型就是系统的一种书面描述，通过抽象、概括和一般化，把研究的对象或问题转化为本质相同的另一对象或问题，以便解决的方法。模型不一定必须用某种数学公式表示，可以是图形，甚至可以是文字叙述。因而可以说，"不管何种形式，只要 M 能回答有关实际对象 A 的所要研究的问题，就可以说 M 是 A 的模型"。

### 1. 逻辑模型

需求分析是将现实世界的问题映射到信息世界，因此，在这一映射过程中涉及物理模型、概念模型和逻辑模型。

（1）物理模型是对现实世界的客观表示，描述的是对象系统"如何做"、"如何实现"系统的物理过程。当它用于表示逻辑模型的一个实例时，主要用于软件系统操作层次的描述。常用的建模工具有系统流程图等。

（2）概念模型是现实世界到信息世界的第一层本质抽象，即它是物理模型的映射，是对象系统的整体概括描述，主要用于软件系统宏观层次的描述。

（3）逻辑模型是概念模型的延伸和细化，在技术规范中表示概念之间的逻辑次序，描述的是对象系统要"做什么"，或者说具有哪些功能，主要用于软件系统方法层次的描述。逻辑模型包含数据模型、行为模型和功能模型。

① 数据模型。描述对象系统的本质属性及其关系。常用的建模工具有实体—联系图等。

② 功能模型。描述对象系统所能实现的所有功能，而不考虑每个功能实现的次序。常用的建模工具有数据流图、IDEF0 等。

③ 行为模型。描述对象系统为实现某项功能而发生的动态行为。常用的建模工具有控制流图、状态转换图等。

### 2. 需求分析方法

需求分析的方法主要有以下两种：

（1）结构化分析方法。

（2）面向对象分析方法。

## 3.1.4  需求分析的主要过程

需求分析过程主要由以下五个步骤构成（见图 3-1）。

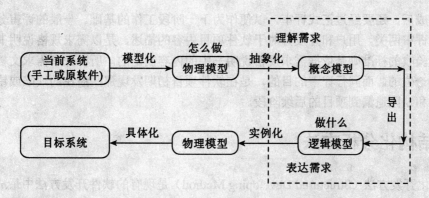

图 3-1　需求分析一般过程

**1. 获取需求以建立当前系统的物理模型**

　　调查、分析、理解当前系统是如何运行的，了解当前系统的组织机构、输入/输出、资源利用情况和日常数据处理过程，用能描述现实系统是如何在物理上实现的物理模型来反映对当前系统的理解，此步骤也可以称为业务建模。当然，如果系统相对简单，也可不做业务建模，只要做一些简单的业务分析即可。如图 3-2（a）所示的是学生购买教材的物理模型示例。

**2. 抽象出当前系统的概念模型**

　　在理解当前系统怎样做的基础上，抽取出做什么的本质，建立概念模型。如图 3-2（b）所示的是学生购买教材的概念模型示例。

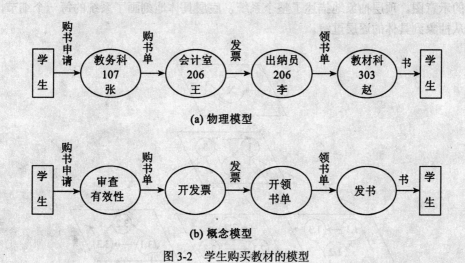

图 3-2　学生购买教材的模型

**3. 建立目标系统的逻辑模型**

　　分析目标系统与当前系统逻辑上的差别，明确目标系统要做什么，从而从当前系统的概念模型（或逻辑模型）中导出目标系统的逻辑模型（数据模型、功能模型和行为模型等）。

**4. 对目标系统逻辑模型进行补充**

　　具体内容如用户界面、启动和结束、出错处理、系统输入输出、系统性能、其他限制等。

**5. 编写和评审需求分析文档**

　　需求分析文档可以使用自然语言或形式化语言来描述，还可以添加图形的表述方式。需

计算机科学与技术专业规划教材

41

求文档完成后，还要经过正式评审，以便作为下一阶段工作的基础。一般的评审分为用户评审和同行评审两类。用户和开发方对于软件项目内容的描述，是以需求规格说明书作为基础的；用户验收的标准则是依据需求规格说明书中的内容制定的，所以评审需求文档时用户的意见是第一位的。而同行评审的目的，是在软件项目初期发现那些潜在的缺陷或错误，避免这些错误和缺陷遗漏到项目的后续阶段。

## 3.2　结构化分析方法

结构化开发方法（Structured Developing Method）是现有的软件开发方法中最成熟、应用最广泛的一种方法，主要特点是快速、自然和方便。结构化开发方法由结构化分析方法（SA法）、结构化设计方法（SD法）及结构化程序设计方法（SP法）构成。

结构化分析是一种建模活动，主要是根据软件内部的数据传递、变换关系，自顶向下逐层分解，描绘出满足功能要求的软件模型，使用的手段主要有系统流程图、数据流图、数据字典、实体—关系图和状态转换图等。

### 3.2.1　基本思想和分析过程

结构化分析方法的基本思想是"分解"和"抽象"。

分解是指对于一个比较复杂的系统，为了将其复杂性降低到可以掌握的程度，从而把大问题分解成若干个小问题，然后分别求解，这是一种分治策略。如图3-3所示是自顶向下逐层分解的示意图。顶层抽象地描述了整个系统，底层具体地刻画了系统的每一个细节，而中间层是从抽象到具体的逐层过渡。

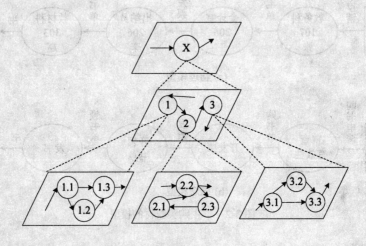

图3-3　自顶向下逐层分解图

结构化分析的过程如下：

（1）建立当前系统（现在工作方式）的概念模型。系统的概念模型就是现实环境的忠实写照，可用系统流程图来表示。这样的表达与当前系统完全对应，用户容易理解。

计算机科学与技术专业规划教材

（2）抽象出当前系统的逻辑模型。分析系统的概念模型，抽象出本质因素，排除次要因素，获得用数据流图 DFD 图等描述的当前系统的逻辑模型。

（3）建立目标系统的逻辑模型。分析目标系统与当前系统逻辑上的差别，从而进一步明确目标系统"做什么"，建立目标系统的"逻辑模型"（修改后的数据流图 DFD 图等）。

（4）建立人机交互接口和其他必要的模型，确定各种方案的成本和风险等级，据此对各种方案进行分析，选择其中一种方案，建立完整的需求规约。

分析模型的结构如图 3-4 所示。

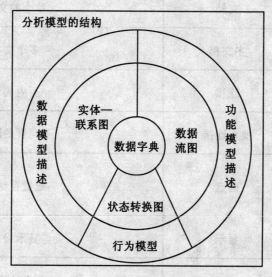

图 3-4    分析模型的结构

## 3.2.2  系统流程图

系统流程图将系统中的各个物理部件用相应的图形符号表示，并按照系统工作的实际流程（或者业务处理的流程）加入数据或者信息流动方向的描述，形成高度概括整个系统工作过程的流程图。

系统流程图所表达的是数据或者信息在各个部件中的流动过程，而不表达数据或者信息加工的控制过程，也就是说系统流程图不表示由谁控制着数据或者信息的流动，而仅仅表示它们在各个物理部件中应该或者可能流动的方向。

**1. 系统流程图符号**

系统流程图的图形元素比较简单，容易理解。一个图形符号表示一种物理部件，这些部件可以是程序、文件、数据库、表格、人工过程等。

系统流程图常用符号有下列几种（见表 3-1）。

在系统流程图的绘制过程中，要注意以下几个方面的问题：

（1）将物理部件的名称写在图形符号内，用以说明该部件的含义。

（2）在系统流程图中不应该出现信息加工控制的符号。

表 3-1　　　　　　　　　　　　　　　　系统流程图基本符号

| 符号 | 名称 | 说明 |
|---|---|---|
| ▭ | 处理 | 加工、部件程序、处理机等 |
| ⏢ | 人工操作 | 人工完成的处理 |
| ▱ | 输入/输出 | 信息的输入/输出 |
| ⬠ | 文档 | 单个的文档 |
| ⬙ | 多文档 | 多个文档 |
| ◯ | 连接 | 一页内的连接 |
| ⬠ | 换页连接 | 不同页的连接 |
| ⬭ | 磁盘 | 磁盘存储器 |
| ⬡ | 显示 | 显示设备 |
| ← | 信息流 | 信息的流向 |
| ⏄ | 通信链路 | 远程通信线路传送数据 |

（3）表示信息流的箭头符号，不必标注名称。

（4）可以将那些共同完成一个功能的部件用虚线方框圈定起来，并加以文字说明。

**2. 系统流程图分层**

当一个系统比较复杂时，系统流程图需要分层画出，高层画总体的关键功能，低层画详细的、关键的功能，逐级细化。

**3. 系统流程图举例**

如图 3-5（a）所示是描述某个学校运动会信息处理系统的系统流程图，这个系统是人工操作的系统，该系统分为三个部分：报名处理（处理报名、生成报名表、运动项目册）、成绩处理（成绩录入、分类、统计、计算）、成绩发布与奖励（发布所有运动员比赛成绩、给破校纪录运动员以及成绩前三名者颁奖）。每一个部分用虚线方框圈定，并且加上文字说明。在系统流程图的每一个部件上标注了该部件的名称，部件之间用信息流向线表示出信息流动的方向。

根据校运动委员会的建议和要求，计划建立计算机管理的运动会信息系统，分析员经过

仔细研究，结合系统的功能要求进行细化，推荐了一个新的系统方案，该系统方案如图 3-5
（b）所示。

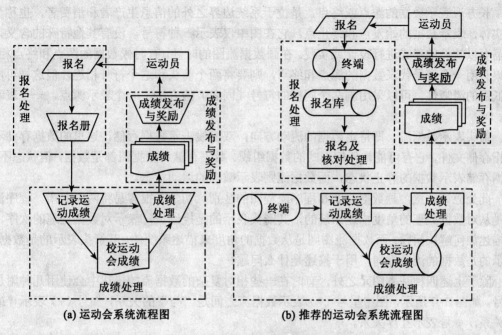

(a) 运动会系统流程图　　　　　　　　(b) 推荐的运动会系统流程图

图 3-5　系统流程图

### 3.2.3　数据流图

数据流图（Data Flow Diagram，DFD），是一种用来刻画数据处理过程的工具，它从数据传递和数据处理的角度，以图形的方式刻画数据流从输入到输出的移动变换过程。它是系统逻辑功能的图形化描述，能被非专业技术人员容易地理解，可作为分析设计人员和用户之间进行沟通的媒介。

**1. 基本图元**

数据流图有四种基本图形元素，如图 3-6 所示。

　　　　　　变换数据处理

　　　　　　数据的源点或终点

　　　　　　数据流

　　　　　　数据存储

图3-6　数据流图基本图元

圆形表示数据变换处理过程，它的名字应该能够简明扼要地概括出它所完成的到底是什么处理。这里的处理不一定是一个程序，可能表示一个程序，也可能表示多个程序或者一个连续的处理过程。

长方形表示数据的源点或终点，是位于系统边界之外的信息生产者和消费者，也称为外部实体，表示数据的始发点和终止点，它在图中仅表示一种符号，没有其他特殊的含义，也不需要以软件的形式进行设计或实现。在画数据流图的时候，有时候数据的源点和终点相同，如果只用一个符号代表数据的源点和终点，则要将两个箭头和这个符号相连，但这样可能会降低图的清晰性。可以采用画两个同样的符号（同名）的方法，一个表示源点，一个表示终点。

箭头表示数据流，即特定数据的流动方向；双横线表示数据存储，这里的数据存储不仅仅指存储文件，它有可能是任何形式的数据组织。数据存储和数据流都是数据，但状态不同，数据存储表示数据的静止状态，而数据流则表示数据的运动状态。

此处应该注意，画数据流图和程序流程图的区别，初学者很容易将两者混淆。程序流程图是从对数据处理的角度描述系统的，其箭头表示的是控制流，表示对数据处理的次序，用于描述如何解决问题；而数据流图则是从数据的角度来描述系统的，其箭头表示的是数据流，表示的是数据的流动方向，用于描述是什么问题。

除了上述四种基本图元之外，有时在一些相对复杂的数据流的描述中会使用几种附加的符号。如图3-7所示，图中星号（*）表示数据流之间是"与"的关系，加号（+）表示"或"的关系，⊕号表示互斥关系。

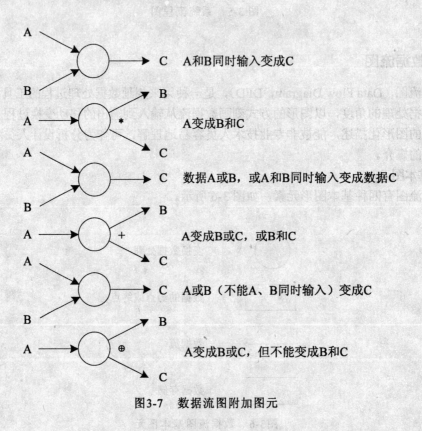

图3-7　数据流图附加图元

例如，有一个图书管理系统，首先接收顾客发来的订单，对订单进行验证，验证过程是根据图书目录检查订单的正确性，同时根据顾客档案确定是新顾客还是老顾客，检查该顾客是否有信誉。经过验证的正确订单，暂存放在待处理的订单文件中。然后对订单进行成批处理，根据出版社档案，将订单按照出版社进行分类汇总，并保存订单存根，最后将汇总订单发往各出版社。要求画出图书预定系统的 DFD 图。

　　画图步骤如下：

　　（1）确定源点、终点（顾客、出版社）及输入、输出数据流（订单、出版社订单）。

　　（2）分解顶层的处理（验证订单、汇总订单）。

　　（3）确定所用的数据存储（图书目录、顾客档案等）。

　　（4）用数据流把各个部分连接起来，形成连通数据流。

　　按上述步骤画出的图书预定系统 DFD 如图 3 -8 所示。

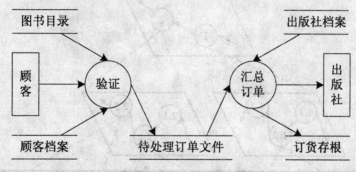

图3-8　图书预定系统的DFD

## 2. 分层的数据流图

　　对于相对复杂的问题，为了刻画数据处理过程，仅用一个数据流图往往难以描述清楚，会使得系统变得复杂而且难以理解，为了降低系统复杂度，采用逐层分解的技术，画分层的DFD 图。

　　画分层 DFD 图的一般原则是"先全局后局部，先整体后细节，先抽象后具体"。

　　通常将这种分层 DFD 图分为顶层、中间层、底层。初始时，一般先画出顶层图，用以说明系统的边界，即系统的输入和输出数据流，顶层 DFD 图通常只有一张图（见图 3-9（a））。随着分析活动的逐渐深入，抽象级别较高的复杂转换可以精化为一系列相互关联的数据流和子转换，形成中间层和底层 DFD 图（见图 3-9（b））。中间层表示对其上层父图的细化，它的每一个变换处理可以继续细化，形成子图，中间层次的多少视系统的复杂程度而定。底层指其变换处理不需再做分解的 DFD 图，也称为"原子处理"。

　　在画分层数据流图时，首先遇到的问题就是应该如何分解。不能够一下子把一个加工分解成它所有的基本加工，一张图中画出过多的加工是使人难以理解的，但是如果每次只是将一个加工分解成两个或三个加工，又可能需要分解过多的层次，也会影响系统的可理解性。

　　一个变换处理每次分解成多少个子处理才合适呢？

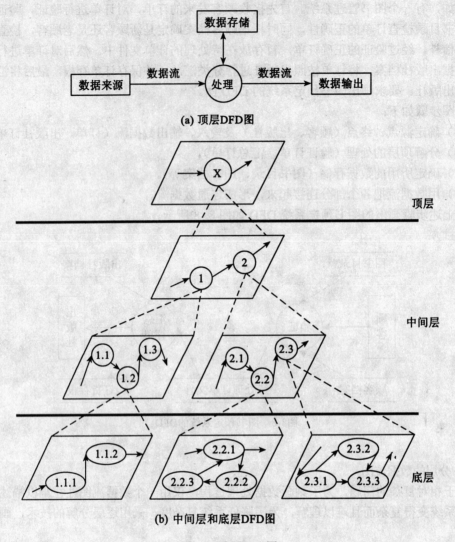

**(a) 顶层DFD图**

**(b) 中间层和底层DFD图**

图3-9　分层DFD图

　　根据经验，一个变换处理每次分解的子处理数目"最多不要超过七个"。统计结果表明，人们能有效地同时处理七个或七个以下的问题，但当问题多于七个时，处理效率就会下降。当然也不能机械地应用，关键是要使数据流图易于理解。同时还有以下几条原则可供参考：

　　（1）分解应自然，概念上要合理、清晰。

　　（2）只要不影响数据流图的"易理解性"，可以适当地多分解成几部分，这样分层图的层数就可少些。

　　（3）一般来说，在上层可以分解得快些，而在中、下层则应分解得慢些，因为上层是一些综合性的描述，相对容易理解。

　　**3. 数据流及处理命名**

　　数据流图中的基本图元的命名是否合适，将影响数据流图的可理解性。因此，给这些基本图元命名时应该注意以下一些问题：

（1）为数据流和数据存储命名时：

名字应该能代表整个数据流或数据存储的内容；

不要使用抽象的、缺乏具体含义的名字；

如果为某个数据流或数据存储命名感觉困难时，应该考虑该数据流图分解是否得当，可以考虑重新分解克服该命名困难。

（2）为变换处理命名时：

名字应该能代表整个变换处理的功能；

名字最好能用一个具有具体含义的"动宾短语"组成，避免抽象、笼统的动词或名词；

如果为某个变换处理命名感觉困难时，可能是由于数据流图分解不当导致，可考虑重新分解克服困难。

（3）为数据的源点或终点命名时：

数据的源点和终点不属于数据流图的核心内容，只是目标系统的外部实体，并不需要在开发系统的过程中设计和实现。命名时一般使用它们在信息域中的惯用名即可，如"用户"、"管理员"等。

### 3.2.4　数据字典

数据流图机制并不足以完整地描述软件需求，因为它并没有描述数据流的内容，需要和数据字典共同构建系统的逻辑模型。数据字典是数据流图中所有组成元素的定义集合，其作用是提供数据流图中确切的数据描述信息，供相关人员参考。

**1.　数据字典的内容**

通常，数据字典应该包含下列五类元素的定义：数据流；数据元素；数据存储；变换处理；源点及终点（汇点）。

其中每类元素的定义应该包含以下内容：

元素的名称或别名；数据类型；所有与该元素相关联的输入、输出流的转换列表；使用该数据条目的简要说明；补充说明，如完整性约束、使用限制条件等。

如数据流词条应该给出的内容：

数据流名：

　　说明：简要介绍其作用及它产生的原因和结果。

　　数据流来源：源点。

　　数据流去向：终点。

　　数据流组成：数据结构。

　　补充说明：补充性说明。

**2.　数据结构的描述**

在数据字典的编制中，常用的数据结构的方式有定义式和 Warnier 图。

（1）定义式。在数据流图中，数据流和数据存储都有一定的数据结构，因此必须用一种简洁、准确、无歧义的方式来描述数据结构。使用下列符号来描述数据结构是一种严格的描述方式。

=　　　　意思是　等价于或定义为

+　　　　意思是　与关系

[ ]　　　意思是　或关系（从方括号内列出的由"│"分隔的多个分量中选择一个）

| | | |
|---|---|---|
| { } | 意思是 | 重复（重复花括号内的分量） |
| m{ }n | 意思是 | 重复（m 表示重复的上限；n 表示重复的下限） |
| ( ) | 意思是 | 可选（圆括号内的分量可有可无） |

下面举例说明上述定义的数据结构的使用方法。某应用系统规定，注册用户名是长度不超过 32 个字符的字符串，使用上面讲过的符号，可以这样的格式定义注册用户名：

用户名=0{字母字符|数字字符}32

由于和项目相关人员都知道字母字符和数字字符的含义，因此，关于注册用户名的定义分解到这种程度就可以结束了。

（2）Warnier 图。法国计算机科学家 Warnier 提出了表示数据层次结构的一种图形工具——Warnier 图。它用树形结构描述信息，可以表明信息的逻辑组织，即它可以指出一类信息或一个信息元素是重复出现的，也可以表示特定信息在某一类信息中是有条件地出现的。因为重复和条件约束是说明软件处理过程的基础，所以很容易把 Warnier 图转变成软件的设计描述。

图 3-10 是用 Warnier 图描绘一个报纸组版系统的例子，它说明了这种图形工具的用法。图中花括号用来区分数据结构的层次，在一个花括号内的所有名字都属于同一类信息；异或符号表明一类信息或一个数据元素在一定条件下才出现，而且在这个符号上、下方的两个名字所代表的数据只能出现一个；在一个名字右面的圆括号中的数字指明了这个名字代表的信息类在这个数据结构中重复出现的次数。

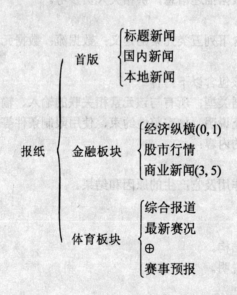

图3-10　报纸组版系统Warnier图

根据上述符号约定，图 3-10 中花括号内的信息条目构成顺序关系，圆括号内的数字表示重复次数，例如，经济纵横可以有 0～1 条，商业新闻可以有 3～5 条，异或符号表示不可兼具的选择关系。

### 3.2.5　加工逻辑说明

尽管数据流图给出了系统数据流向和加工等情况，但其各个成分的具体含义仍然不清楚或不明确。因此，在实际中常采用一些方法对其作进一步的详细说明。

目前大多采用结构化语言和 IPO 图的方式描述。

**1. 结构化语言**

用结构化语言描述说明的形式如下：

（1）加工编号：在数据流图中的编号。

（2）加工名：在数据流图中的加工名字。

（3）加工逻辑：本加工的处理方法说明。

有关信息：执行条件等。

例如，大学教务管理问题中的加工定义如下：

① 加工编号：2.1。

② 加工名：检验。

③ 加工逻辑：读入"学生证"及"申请单"，检验"学生证"的有效性和"申请单"的合格性，如果检验均通过则让"申请单"通过，否则输出"谢绝"。

④ 加工编号：2.2。

⑤ 加工名：审查接受申请。

⑥ 加工逻辑：根据传送过来的"申请单"审查申请人的以往注册记录，如果审查通过则根据申请内容区分不同的申请事务，否则输出"注册记录无效"。

⑦ 加工编号：2.3。

⑧ 加工名：注册登记。

⑨ 加工逻辑：为申请人进行本次注册登记。

⑩ 有关信息：每学期开学注册时间内执行此加工。

⑪ 加工编号：2.4。

⑫ 加工名：检索课程。

⑬ 加工逻辑：根据"申请单"检索课程开设情况，如果有满足要求的课程则让"选课"通过，否则输出"无此课"。

⑭ 有关信息：每学期开学选课时间内执行此加工。

⑮ 加工编号：2.5。

⑯ 加工名：选课登记。

⑰ 加工逻辑：为申请人进行选课登记和选课单打印。

⑱ 息：每学期开学选课时间内执行此加工。

**2. IPO 图**

加工逻辑可以用结构化语言形式表示，也可用 IPO（Input/Process/Output）图的方法，也就是加工说明的描述方法。

IPO 图是输入/处理/输出图的简称，它是美国 IBM 公司开发并完善起来的一种图形工具，能够方便地描述输入数据、对数据的处理和输出数据之间的关系。

IPO 图使用的图形符号很少，其基本形式是在左边的输入数据框中列出有关的输入数据，在中间的处理框中按顺序列出主要的处理，在右边的输出数据框中列出处理产生的输出数据（包括中间结果）。IPO 图中还用箭头指出数据通信的情况，如图 3-11 所示是一个使用 IPO

图描述使用事务文件对主文件进行更新的例子。

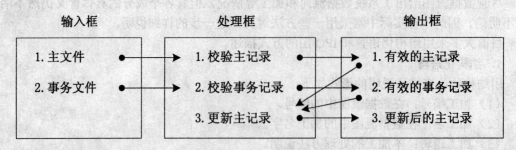

图 3-11　IPO 图的例子

## 3.3　功能建模

功能建模中最为传统的方法是 IDEF0 法，IDEF 是 ICAM DEFinition method 的缩写，是美国空军在 20 世纪 70 年代末到 80 年代初 ICAM（Integrated Computer Aided Manufacturing）工程在结构化分析和设计方法基础上发展的一套系统分析和设计方法，是比较经典的系统分析理论与方法。最初开发的三种方法是功能建模（IDEF0）、数据建模（IDEF1）和动态建模（IDEF2）。后来，随着信息系统的相继开发，又开发出了其他方法，如数据建模（IDEF1X）、过程描述获取方法（IDEF3）、面向对象的设计（OO 设计）方法（IDEF4）、实体描述获取方法（IDEF5）、设计理论（Rationale）获取方法（IDEF6）、人—系统交互设计方法（IDEF8）、业务约束发现方法（IDEF9）和网络设计方法（IDEF14）等。

### 3.3.1　IDEF0 模型

IDEF0 是一种自顶向下逐层分解，由图形化语言表示的结构化分析和设计技术（SADT），主要描述被建模系统的功能（活动）或过程，其特点如下：

（1）全面描述系统，通过一个模型来理解系统。IDEF0 能够表示系统的活动和数据流，通过对系统活动的分解，阐述各环节之间的内在联系和相互作用。

（2）明确说明模型的目的和视点。目的是指为什么要建系统，视点是指从哪个角度去反映问题或者站在什么人的立场上来分析问题。

（3）区分"做什么"和"怎么做"。IDEF0 强调在分析阶段首先应该表示清楚一个系统、一个功能具体做什么，在设计阶段才考虑如何做。

IDEF0 功能模型主要由矩形盒子、箭头、规则、图示组成，图形是 IDEF0 模型的主体。每个盒子说明一个功能，功能可以逐步分解细化，形成一系列父—子图示，箭头只表示功能相关的数据或目标，不表示流程或顺序，规则定义建立模型的各种规定，图示是文字和图形表示的模型格式。

### 3.3.2　IDEF0 建模方法

**1. 矩形盒子**

输入（左边线）：指出完成功能（活动）所需要的数据（Input）。

输出（右边线）：指出功能（活动）执行后产生的数据（Output）。

控制（上边线）：指出功能（活动）受到的约束条件（Control）。

机制（下边线）：指出功能（活动）由谁完成（How）。

矩形盒子实例如图 3-12 所示。

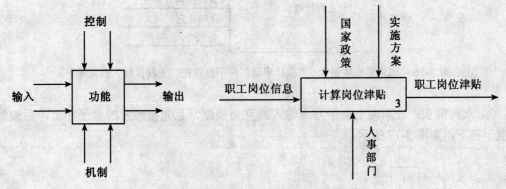

图 3-12　盒子实例

**2. 箭头**

① 分支箭头：表示多个功能（活动）需要同一种数据的不同成分，如图 3-13 所示。

② 汇合箭头：表示多个活动产生（或合并）同一种数据，如图 3-14 所示。

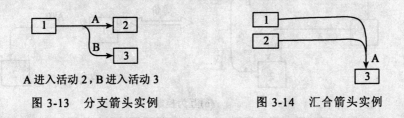

A 进入活动 2，B 进入活动 3

图 3-13　分支箭头实例　　　　　图 3-14　汇合箭头实例

③ 通道箭头：表示箭头将不出现在子图（或父图）中，如图 3-15 和图 3-16 所示。通道箭头实例 1 可简化子图，通道箭头实例 2 可以避免在高层图形中出现信息过细的现象，干扰分析人员对图形的准确理解。

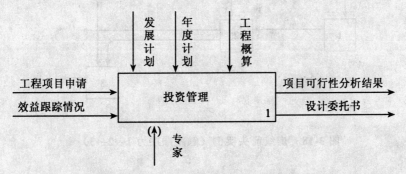

图 3-15　通道箭头实例 1（"专家"将不出现在"投资管理"的子图中）

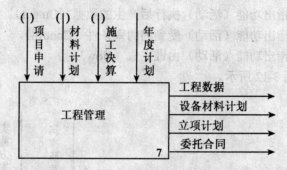

图 3-16　通道箭头实例 2（"项目申请"将不出现在"工程管理"的父图中）

④ 双向箭头：表示两个盒子互为输入或互为控制，且先被触发的盒子在上，后被触发的盒子在下，如图 3-17 所示。

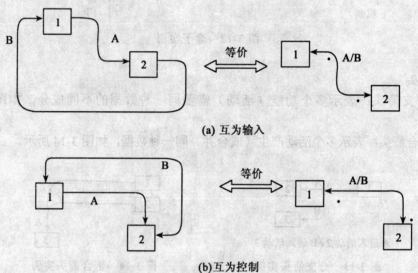

(a) 互为输入

(b)互为控制

图 3-17　双向箭头实例（"·"表示强调以引起注意）

⑤ 虚线箭头：表示触发顺序，即输出控制，如图 3-18 所示。

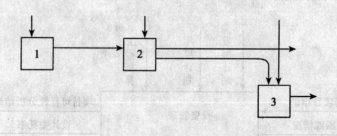

图 3-18　虚线箭头实例（触发顺序为 1→2→3）

⑥ 选择箭头：表示数据的选择关系，如图 3-19 所示。

图 3-19　选择箭头实例

### 3. ICOM 码

对于来自父盒子的数据约束，分别用 ICOM 代表（输入、控制、输出、机制），然后再加上顺序号，就构成了 ICOM 码，并在字母之后添加该数据在父盒子中的数字序号（编号顺序为从左至右、从上至下），以表明其在父盒子中的位置，如图 3-20 所示。

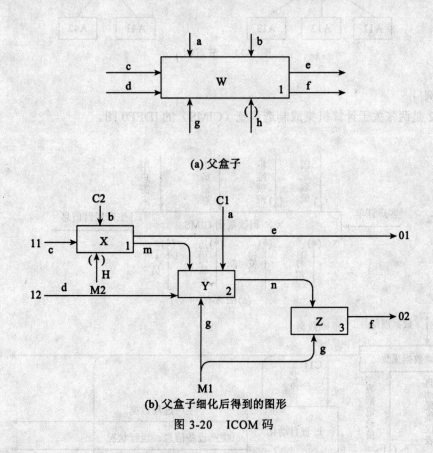

**(a) 父盒子**

**(b) 父盒子细化后得到的图形**

图 3-20　ICOM 码

### 4. 节点

节点号是用来表示图形或盒子在层次中的位置，其编码规则是：

① 所有节点都用 A（Activity）开头；

② 最顶层图形称为 A0；

③ A0 以上只用一个盒子代表系统的内外关系，如 A-1、A-2 等；

④ 子图的编码要继承父图，如 A21、A331。

此外，对于图形的文字说明，其编号为图形节点号加上字母 "T"，例如 A16T；

对于图形的其他参考图形，其编号为图形编号加上字母"F"后再加上序号，例如 A2F2。

所有层次图形的节点编号集合起来便形成节点树，如图 3-21 所示。

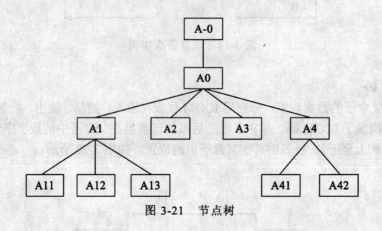

图 3-21　节点树

## 5. 实例

图 3-22 是两张关于计算机集成制造系统（CIMS）的 IDEF0 图。

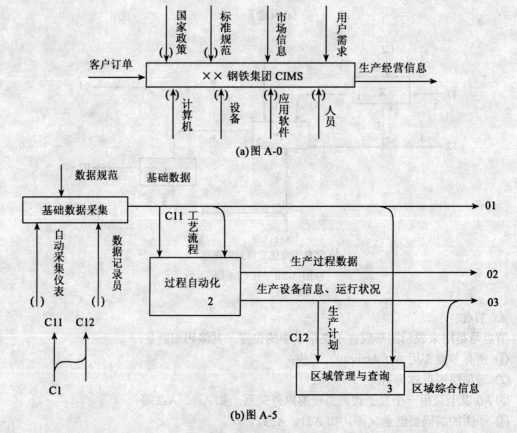

图 3-22　IDEF0 图实例

### 3.3.3　IDEF0 建模步骤

建立 IDEF0 模型的基本目标是描述系统的功能。IDEF0 方法是在详细功能需求调研的基础上，用严格的自顶向下、逐层分解的方式来进行的，其基本步骤如下：

（1）确定建模的范围、观点、目的。

范围描述的是系统的外部接口，即系统与环境之间的界限，它确定了要讨论的问题是什么；观点表明了从什么角度去观察问题，以及在一定范围能看到什么；目的则反映了建立模型的意图和理由。

（2）建立系统的内外关系（A-0 图）。

A-0 图确定了系统的边界，是进一步分解的基础。如果想从更大的范围来考虑全局性的问题，则可以画出 A-1 图、A-2 图等，以从更大范围表明各模块间的相互关系。

（3）画出顶层图 （A0 图）。

按建模的特点，将 A-0 图在建模范围内分解为 3～6 个主要功能，便得到 A0 图。

（4）画出 A0 图的一系列子图（A.图）。

在对图中的盒子进行分解，形成一系列的子图时，应注意以下两个问题：其一是分解应尽量在同一层次上进行，其二是在选择要被分解的盒子时，先选择较难的盒子。一个模块在向下分解时，分解成不少于 3 个且不多于 6 个的子模块。上界为 6，保证了采用递阶层次来描述复杂事物时，同一层次中的模块数不会太多。

（5）书写文字说明。

一般来说，每张 IDEF0 图应该附有一页简短的文字说明，以补充图形不能表达的重要信息，并对有关的名词在第一次出现时给予解释。但是，如果图形本身已表达得足够清楚，则可以不要文字说明。

## 3.4　数据建模与 E-R 图

为了把用户要求的复杂数据以及数据之间的相互关系清晰、准确地描述出来，系统分析人员通常需要建立一个概念性的数据模型。它是按照用户的观点对数据进行建模，是现实世界到机器世界的一个中间层。

概念模型用于信息世界的建模，它是现实世界到信息世界的第一层抽象，是数据库设计的有力工具，也是数据库开发人员与用户之间进行交流的语言。因此概念模型要有较强的表达能力，应该简单、清晰、易于理解。概念模型中包含三种相互关联的信息：实体、对象属性以及对象间的相互关系。目前常用实体—联系图（Entity-Relationship Diagram，E-R 图）来表示概念模型。

### 3.4.1　实体、属性与联系

**1. 实体**

实体是现实世界中实体的抽象，在数据流分析方法中，实体包括数据源、外部实体的数据部分以及数据流的内容。实体一般由一系列不同的性质或属性刻画，仅有单个值的事物一般不是实体，例如长度。

实体只封装了数据，没有包含施加于数据上的功能和行为，这一点与面向对象设计方法中的"类"或"对象"有着显著的区别。

**2. 属性**

属性定义了实体的性质，实体的属性通常包括：

（1）命名性属性。对实体的实例命名，其中常有一个或一组关键属性，用来唯一地标识实体的实例。

（2）描述性属性。对实体实例的性质进行刻画。

（3）引用性属性。将自身与其他实体的实例关联起来。

一般来说，现实世界中任何一个实体都具备很多属性，面对众多的属性，分析设计人员应该根据对所要解决的问题的理解，来确定特定实体的一组合适的属性，也就是说只考虑与应用问题有关的属性。例如，对于机动车管理系统，描述汽车的属性应该有生产厂商、品牌、型号、发动机号码、车体类型、颜色、车主姓名、住址、驾驶证号码、生产日期及购买日期等。但是，如果是开发设计汽车的 CAD 系统，用这些属性描述汽车就不合适了，其中车主姓名、住址、驾驶证号码、生产日期和购买日期等属性就不应该包含在内，而描述汽车技术指标的大量属性应该被包含在内。

**3. 联系**

现实世界中的任何事物往往不是孤立的，它们彼此之间一般都存在着各种各样的关联。例如：教师与课程间存在着"教"这种联系，而学生和课程间存在着"学"的联系。实体彼此之间存在着的这种关联称为联系，也称为关系。

**4. 基于实体、属性与联系的原则**

基于实体、属性与联系，分析设计人员可以为目标系统建立概念模型。为确保概念模型的一致性并消除数据冗余，分析人员要掌握以下基本的规范化原则：

（1）实体的实例对每个属性必须有且仅有一个属性值。

（2）属性是原子数据项，不能包含内部数据结构。

（3）如果实体的关键属性多于一个，那么其他的非关键属性必须表示整个实体而不是部分关键属性的特征。

（4）所有的非关键属性必须表征整个实体而不是部分属性的特征。

### 3.4.2 实体—联系图

实体—联系图是表示实体及其对象间联系的图形语言机制。实体一般用长方形表示，实体的属性用椭圆表示，联系方式用菱形表示，用连线表示实体与属性间的联系。

**1. 联系的三种类型**

（1）一对一联系（1∶1）。

例如：一个班级有一个班长，而每一个班长只在一个班级任班长，则班级和班长的联系是一对一的。

（2）一对多联系（1∶n）。

例如：一个班级有多名学生，而每一名学生只属于一个班级，则班级和学生的联系是一对多的。

（3）多对多联系（n∶n）。

例如：一名学生可以学多门课程，而每一门课程又可以被多个学生学，则学生和课程之间的联系是多对多的。

图 3-23 是大学教务管理系统中关于学生注册和选课的实体关系图。学生档案是有关学生情况的集合，课程档案是有关开设的课程情况集合，注册记录、选课单则分别是学生注册和选课情况的集合。它用简单的图形方式描述了学生和课程等这些教学活动中的数据之间的关系。

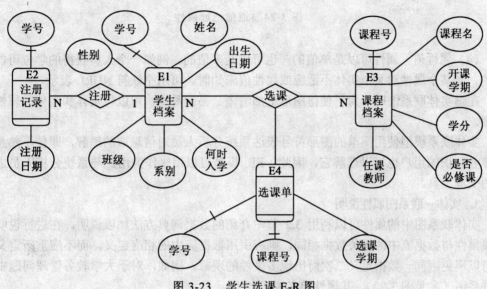

图 3-23 学生选课 E-R 图

联系也可以有属性，例如学生选修某门课程，它既不是学生的属性，也不是课程的属性，因为它依赖于某个特定的学生，又依赖于某门特定的课程，所以它是学生与课程之间的联系"选课"的属性。联系"选课学期"的属性被概括在从属实体"选课单"中。联系具有属性这一概念对于理解数据的语义是非常重要的。

**2. 在实体联系图中关于属性的几个重要概念**

（1）主键。如果实体的某个属性或某几个属性组成的属性组的值能唯一地决定该实体其他所有属性的值，也就是能唯一地标识该实体，而其任何真子集无此性质，则这个属性或属性组称为实体键。如果一个实体有多个实体键存在，则可从其中选一个最常用到的作为实体的主键。例如实体"学生"的主键是学号，一个学生的学号确定了，那么他的姓名、性别、出生日期和系别等属性也就确定了。在实体联系图中，常在作为主键的属性或属性组与相应实体的连线上加一短垂线表示。

（2）外键。如果实体的主键或属性（组）的取值依赖于其他实体的主键，那么该主键或属性（组）称为外键。例如，从属实体"注册记录"的主键"学号"的取值依赖于实体"学生"的主键"学号"，"选课单"的主键"学号"和"课程号"的取值依赖于实体"学生"的主键"学号"和实体"课程"的主键"课程号"，这些主键和属性就是外键。

（3）属性域。属性可以是单域的简单属性，也可以是多域的组合属性。组合属性由简单属性和其他组合属性组成。组合属性中允许包括其他组合属性意味着属性可以是一个层次结构，如图 3-24 所示的通信地址就是一种具有层次结构的属性。

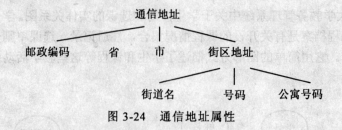

图 3-24　通信地址属性

（4）属性值。属性可以是单值的，也可以是多值的。例如一个人所获得的学位可能是多值的。当某个属性对某个实体不适应或属性值未知时，可用空缺符 NULL 表示。

在画实体联系图时，为了使得图形更加清晰、易读易懂，可以将实体和实体的属性分开来画。

实体联系模型使用简单的图形符号表达系统分析人员对信息域的理解，即使不熟悉计算机专业知识的用户也可以理解它，因此，ER 模型可以用来作为用户与系统分析人员之间有效的交流工具。

### 3. 实体—联系图属性说明

实体联系图中的属性可以利用 3.2 节中介绍的数据词典方法加以说明。在进行说明时，如果属性与数据流中的相关数据相同，则应引用数据流中的相应定义，而不应重新定义，这样可以避免因同一数据定义二次而出现多义性的现象。例如，对于大学教务管理问题中的实体联系图（参见图 3-22），其属性定义说明如下。

E1：学生档案

（E1.01）学号＝d01.1

（E1.02）姓名＝1{"汉字"}20

（E1.03）性别＝["男"|"女"]

（E1.04）出生日期＝日期

（E1.05）入学日期＝日期

（E1.06）系别＝1{"汉字"}24

（E1.04.1）日期＝"0000".."9999"＋"/"＋"01".."12"＋"/"＋"01".."31"

E1.1：研究生

（e1.1.01）导师＝姓名

（e1.1.02）硕博士生＝["硕士生"|"博士生"]

E1.2：本科生

（e1.2.01）班级＝1{"汉字"}4＋"00000".."99999"

E2：注册记录

（E2.01）学号＝E1.01

（E2.02）注册日期＝日期

E3：课程档案

（E3.01）课程号＝d02.2

（E3.02）课程名＝1{"汉字"}24

（E3.03）学分＝"1".."19"

（E3.04）开课学期＝["秋季"|"春季"]

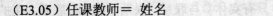

（E3.05）任课教师＝ 姓名

E3.1：研究生课

（e3.1.01）是否学位课＝["是"|"否"]

E3.2：本科生课

（e3.2.01）是否必修课＝["是"|"否"]

E4：选课单

（E4.1）学号＝E1.01

（E4.2）课程号＝E3.01

（E4.3）选课学期＝d02.3

这些说明的主要作用是便于准确地描述系统中的元素特征，避免定义的二义性。

### 3.4.3　扩充实体—联系图

以实体、联系和属性等基本概念为基础的实体—联系图是基本实体—联系图。为了满足新的应用需求和表达更多的语义，实体—联系图历经了不少扩充。下面介绍一种通过引入分类概念和聚集概念而扩充的实体—联系图（Extended E-RD）。

（1）分类。实体实际上是具有某些共性的事物的表示，如果将这些事物再进一步细分，它们又可能还具有各自的特殊性。例如，对于大学里"学生"这个实体，具有所有学生的共性，如果进一步考虑各类学生的特殊性的话，则可以分为本科生和研究生，研究生又可以再进一步分为硕士生和博士生等。这是一种从一般到特殊的分类过程，这个过程称为特殊化。

如果把几个具有某些共性的实体概括成一个更一般的实体，则这种分类过程称为一般化。例如，硕士生和博士生可以概括为研究生，本科生和研究生可以概括为学生。

从一般到特殊，从特殊到一般，是人们认识事物的常用方法，因而在实体联系图中扩充这种分类概念是很有用的。

扩充了分类概念的扩充实体—联系图的例子如图 3-25 所示。图 3-25 中，有 U 符号的线表示特殊化，圆圈中的 d 表示不相交特殊化，o 表示重叠特殊化；在必要的时候，可用双线表示全部特殊化，单线表示部分特殊化。其中，在职进修生既是教职工又是学生，因此它有教职工和学生两个超实体，继承了它们的属性。

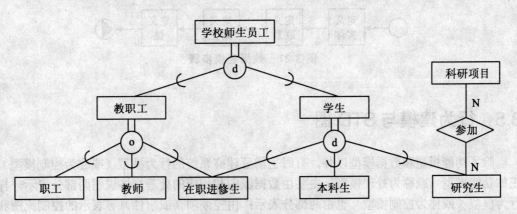

图 3-25　分类的应用

计算机科学与技术专业规划教材

（2）聚集。在基本实体—联系图中，只有实体参与联系，联系不能参与联系。在扩充的实体—联系图中，可以把联系与参与联系的实体组合成一个新的实体，这个新的实体称为参与联系的实体的聚集，它的属性就是参与联系的实体的属性和联系的属性的并。有了聚集这个抽象概念，联系也就可以参与联系了。聚集的应用例子参见图 3-26。

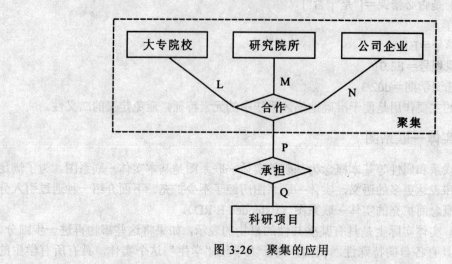

图 3-26　聚集的应用

### 3.4.4　数据建模步骤

使用实体—联系图建立数据模型有四个阶段，这四个阶段分别是定义实体、定义联系、定义键和定义属性。

（1）标识和定义在建模问题范围内的实体。

（2）标识实体和定义实体之间的基本联系，其中有些联系可能是非确定的，需要在以后的阶段中改进。

（3）主要包括开发属性池、定义属性、建立属性的所有权、改善模型等。

（4）定义主键和外键，以便标识唯一的实体。

四个阶段的关系如图 3-27 所示。

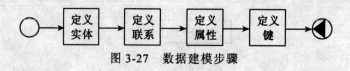

图 3-27　数据建模步骤

## 3.5　行为建模与 STD 图

除了功能模型和数据模型以外，有时也需要建立系统的行为模型（或称为控制模型）。正如功能模型（或称为处理模型）主要由数据流图和相应的处理规格说明两部分表示一样，行为模型（或称为控制模型）也由两部分表示：由控制项（或事件）等表示的控制流图和控制流图对应的控制规格说明。

行为建模方法对那些具有多种互相转换的状态的系统开发尤其重要。

### 3.5.1 处理模型和控制模型之间的关系

在处理模型和控制模型之间的关系图中（见图3-28），这两个模型之间通过两种方式连接：数据条件和处理激活。作用于处理模型的数据输入产生控制输出时，系统就会设置响应的数据条件。处理激活则是通过包含在控制规范说明中的处理激活信息实现的。

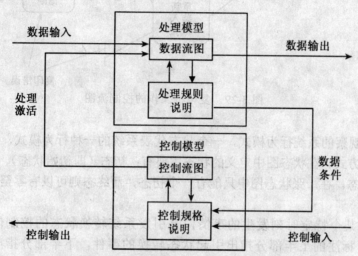

图 3-28　处理模型和控制模型之间的关系

### 3.5.2 控制流图

在控制流图中主要表示"流入"和"流出"的各个加工的控制流向，以及响应的控制规范说明。有时作为一个事件流动的"事件流"，也可以直接"流入"到一个处理当中。为了清晰起见，控制流图中的数据流用细实线及箭头表示，控制流用虚线及箭头表示。

如图3-29所示是一个控制复印机工作的控制流图。在图3-29中，"进纸状态"和"开始/结束"事件流入了图中所示的粗的竖线，这就意味着这些事件将激活控制流图中的某个处理。比如，"开始/结束"事件对应的是"管理复印"处理当中的"激活/去活（或称为冷冻）"处理，"塞纸"事件会激活"完成问题诊断"的处理。值得注意的是，当"复印错误"事件的控制流不会直接激活相应的处理，而是为相应的处理算法设置控制信息。

### 3.5.3 状态转换图

状态转换图（State Transition Diagram，STD）通常用来描述系统的状态和引发状态发生改变的事件，以此来表示系统的动态行为特征,因此，状态图提供了行为建模机制。

状态转换图中主要有状态、变迁和事件三种符号。

计算机科学与技术专业规划教材

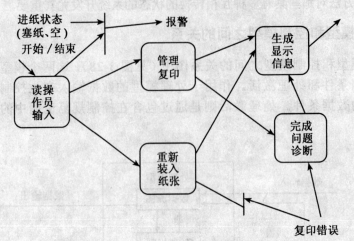

图 3-29　复印机操作的控制流图

　　状态是可观察的系统行为模式，一个状态代表系统的一种行为模式，状态规定了系统对事件的响应方式。在状态图中定义的状态主要有：初态（即初始状态）、终态（即最终状态）和中间状态。在一张状态图中只能有一个初态，而终态则可以有零至多个，用圆角矩形表示。

　　事件是在某个特定时刻发生的事情，是引发系统转换状态的控制信息，用箭头上的标记表示。标注的上半部分指出引起状态转换的事件，下半部分指出该事件将引起的动作。

　　变迁表示状态的转换，用箭头表示。

　　状态转换图既可以表示系统循环运行的过程，也可以表示系统单程生命期。当描绘循环过程时，通常不关心循环是怎样启动的。当描绘单程生命期时，需要标明初始状态和最终状态。

　　例如，图书管理系统如何判断一本书是否可借的条件是：图书馆库存的该图书的可借册数（n）大于预约该图书的借者数目（m）。可用状态转换图来描述系统的可借与不可借的行为（见图 3-30）。

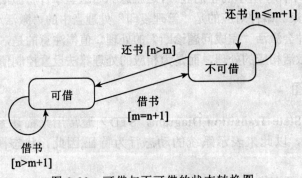

图 3-30　可借与不可借的状态转换图

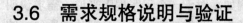

## 3.6 需求规格说明与验证

在结束需求分析时，要形成需求规格说明书。在需求规格说明书提交之前，必须进行需求验证，分析需求规格说明的正确性和可行性。验证过程中若发现说明书中存在错误或缺陷，应及时进行更正，重新进行相应部分的需求分析和需求建模，修改需求规格说明书后再进行验证。本节详细介绍需求规格说明书的主要内容、验证软件需求的方法。

### 3.6.1 需求规格说明书的主要内容

需求规格说明书与需求定义覆盖的范围是相同的，需求定义是根据用户的需求描述编写的，内容包括目标产品的工作环境、预期功能等，其目的在于向开发人员解释其需求。而需求规格说明书是从开发人员的角度编写的，其内容将更为系统、精确和全面，作为开发人员进行软件开发的基本出发点。

下面给出一种国际上较为流行的需求规格说明书标准。读者可从中进一步了解需求规格说明书的内涵，并在实际的软件开发过程中裁剪适合自己使用的格式。

**1. 引言**

1.1 编写目的

说明编写这份软件需求说明书的目的，指出预期的读者范围。

1.2 范围

说明：

待开发的软件系统的名称；

说明软件将干什么，如果需要的话，还要说明软件产品不干什么；

描述所有相关的利益、目的及最终目标。

1.3 定义

列出本文件中用到的专门术语的定义和缩写词的原词组。

1.4 参考资料

列出用得着的参考资料，如：

本项目的经核准的计划任务书或合同、上级机关的批文；

属于本项目的其他已发表的文件；

本文件中各处引用的文件、资料，包括所要用到的软件开发标准。列出这些文件资料的标题、文件编号、发表日期和出版单位，说明能够得到这些文件资料的来源。

**2. 项目概述**

2.1 产品描述

叙述该项软件开发的意图、应用目标、作用范围以及其他应向读者说明的有关该软件开发的背景材料。解释被开发软件与其他有关软件之间的关系。如果本软件产品是一项独立的软件，而且全部内容自含，则说明这一点。如果所定义的产品是一个更大的系统的一个组成部分，则应说明本产品与该系统中其他各组成部分之间的关系，为此可使用一张方框图来说明该系统的组成和本产品同其他各部分的联系和接口。

2.2 产品功能

本条是为将要完成的软件功能提供一个摘要。例如，对于一个记账程序来说，需求说明可以用这几个部分来描述：客房账目维护、客房财务报表和发票制作。不必把功能所要求的大量的细节描写出来。

### 2.3 用户特点

列出本软件的最终用户的特点，充分说明操作人员、维护人员的教育水平和技术专长以及本软件的预期使用频度，这些是软件设计工作的重要约束。

### 2.4 一般约束

本条对设计系统时限制开发者选择的其他一些项作一般性描述，而这些项将限定开发者在设计系统时的任选项。这些包括：管理方针；硬件的限制；与其他应用间的接口；并行操作；审查功能；控制功能；所需的高级语言；通信协议；应用的临界点；安全和保密方面的考虑。

### 2.5 假设和依据

本条列出影响需求说明中陈述的需求的每一个因素。这些因素不是软件的设计约束，但是它们的改变可能影响到需求说明中的需求。例如：假定一个特定的操作系统是在被软件产品指定的硬件上使用的，然而，事实上这个操作系统是不可能使用的，于是，需求说明就要进行相应的改变。

## 3. 具体需求

### 3.1 功能需求

#### 3.1.1 功能需求1

对于每一类功能或者有时对于每一个功能，需要具体描述其输入、加工和输出的需求。由四个部分组成：

A．引言

描述的是功能要达到的目标、所采用的方法和技术，还应清楚说明功能意图的由来和背景。

B．输入

详细描述该功能的所有输入数据，如：输入源、数量、度量单位、时间设定、有效输入范围（包括精度和公差）。

操作员控制细节的需求，其中有名字、操作员活动的描述、控制台或操作员的位置。例如：当打印检查时，要求操作员进行格式调整。

指明引用接口说明或接口控制文件的参考资料。

C．加工

定义输入数据、中间参数，以获得预期输出结果的全部操作。它包括如下说明：

输入数据的有效性检查；

操作的顺序，包括事件的时间设定；

响应，例如溢出、通信故障、错误处理等；

受操作影响的参数；

降级运行的要求；

用于把系统输入变换成相应输出的任何方法（方程式、数学算法、逻辑操作等）；

输出数据的有效性检查。

D．输出

详细描述该功能所有输出数据，例如：输出目的地、数量、度量单位、时间关系、有效输出的范围（包括精度和公差）、非法值的处理、出错信息、有关接口说明或接口控制文件的参考资料。

### 3.1.2 功能需求 2

······

### 3.1.n 功能需求 n

### 3.2 外部接口需求

### 3.2.1 用户接口

提供用户使用软件产品时的接口需求。例如，如果系统的用户通过显示终端进行操作，就必须指定如下要求：

对屏幕格式的要求；

报表或菜单的页面打印格式和内容；

输入输出的相对时间；

程序功能键的可用性。

### 3.2.2 硬件接口

要指出软件产品和系统硬部件之间每一个接口的逻辑特点，还可能包括如下事宜：支持什么样的设备，如何支持这些设备，有何约定。

### 3.2.3 软件接口

在此要指定需使用的其他软件产品（例如数据管理系统、操作系统或数学软件包）以及同其他应用系统之间的接口。对每一个所需的软件产品，要提供如下内容：

名字；

助记符；

规格说明号；

版本号；

来源。

对于每一个接口，这部分应说明与软件产品相关的接口软件的目的，并根据信息的内容和格式定义接口，但不必详细描述任何已有完整文件的接口，只要引用定义该接口的文件即可。

### 3.2.4 通信接口

指定各种通信接口，如局部网络的协议等。

### 3.3 性能需求

从整体来说，本条应具体说明软件或人与软件交互的静态或动态数值需求。

静态数值需求可能包括：支持的终端数；支持并行操作的用户数；处理的文卷和记录数；表和文卷的大小。

动态数值需求可能包括：欲处理的事务和任务的数量，在正常情况和峰值工作条件下一定时间周期中处理的数据总量。

所有这些需求都必须用可以度量的术语来叙述。例如，95%的事务必须在小于 1 秒内处理完，否则操作员将不等待处理的完成。

### 3.4 设计约束

设计约束受其他标准和硬件限制等方面的影响。

### 3.4.1 其他标准的约束

本项将指定由现有的标准或规则派生的要求。例如：

报表格式；

数据命名；

财务处理；

审计追踪，等等。

### 3.4.2 硬件的限制

本项包括在各种硬件约束下运行的软件要求。例如，应该包括：

硬件配置的特点（接口数，指令系统等）；

内存储器和辅助存储器的容量。

### 3.5 属性

在软件的需求之中有若干个属性，以下指出其中的几个（注意：对这些不应理解为是一个完整的清单）。

### 3.5.1 可用性

可以指定一些因素，如检查点、恢复和再启动等，以保证整个系统有一个确定的可用性级别。

### 3.5.2 安全性

指的是保护软件的要素，以防止各种非法的访问、使用、修改、破坏或者泄密。这个领域的具体需求必须包括：

利用可靠的密码技术；

掌握特定的记录或历史数据集；

给不同的模块分配不同的功能；

限定一个程序中某些区域的通信；

计算临界值。

### 3.5.3 安全性

规定把软件从一种环境移植到另一种环境所要求的用户程序，用户接口兼容方面的约束等。

### 3.5.4 警告

指定所需属性十分重要，它使得人们能用规定的方法去进行客观的验证。

### 3.6 其他需求

根据软件和用户组织的特性等，如数据库需求、用户要求的一些常规或者特殊的操作、场合适应性需求。

## 4. 附录

对一个实际的需求规格说明来说，若有必要应该编写附录。附录中可能包括：

输入输出格式样本，成本分析研究的描述或用户调查结果；

有助于理解需求说明的背景信息；

软件所解决问题的描述；

用户历史、背景、经历和操作特点；

交叉访问表，按先后次序进行编排，使一些不完全的软件需求得以完善；

特殊的装配指令用于编码和媒体，以满足安全、输出、初始装入或其他要求。

当包括附录时，需求说明必须明确地说明附录是不是需求要考虑的部分。

### 3.6.2　软件需求的验证

需求分析阶段的工作成果是开发软件系统的重要基础，软件系统开发中有很大一部分错误来源于错误的需求。为了提高软件质量，提高软件系统开发的成功率，降低软件开发成本，必须严格验证系统需求的正确性。一般来说，验证的角度不同，验证的方法也不同。按重要性列出衡量需求规格说明书的方法如下：

**1. 正确性**

需求规格说明书中的系统信息、功能、行为描述必须与用户对目标软件系统的期望完全吻合，确保能够满足用户需求、解决用户问题。

**2. 无歧义性**

对于最终用户、分析人员、设计人员和测试人员来说，需求规格说明书中的任何语义信息必须是唯一的、无歧义的。尽量做到无歧义的一种有效措施是在需求规格说明书中使用标准化的术语，对二义性的术语进行明确的、统一的解释说明。

**3. 完备性**

需求规格说明书不能遗漏任何用户需求，必须包含用户需要的所有功能、行为和性能约束。一份完备的需求规格说明书应该对所有可能的功能、行为和性能约束都进行完整、准确的描述。

**4. 一致性**

需求规格说明书的各部分之间不能相互矛盾。比如一些专业术语使用方面的冲突、功能和行为描述方面的冲突、需求优先级方面的冲突以及时序方面的冲突。

**5. 可行性**

可行性验证是指根据现有的软硬件技术水平和系统的开发预算、进度安排，对需求的可行性进行验证，以保证所有的需求都能实现。可行性验证主要包括以下三方面的内容：一是验证《软件需求规格说明》中定义的需求对软件的设计、实现、运行和维护而言是否可行；二是验证《软件需求规格说明》中规定的模型、算法和数值方法对于要解决的问题而言是否合适，它们是否能够在给定的约束条件下实现；三是验证约束性需求中所规定的质量属性是个别地还是成组地可以达到。

**6. 可跟踪性**

可跟踪性是指需求的出处应该被清晰地记录，每一项功能都能够追溯到要求它的需求，每一项需求都能追溯到用户的要求。可跟踪性验证主要包括以下三方面的内容：一是验证每个需求项是否都具有唯一性并且被唯一标识，以便被后续开发文档引用；二是验证在需求项定义描述中是否都明确地注明了该项需求源于上一阶段中哪个文档，包含该文档中哪些有关需求和设计约束；三是验证是否可以从上一阶段的文档中找到需求定义中的相应内容。

**7. 可调节性**

可调节性是指需求的变更不会对其他系统带来较大的影响。可调节性验证主要包括以下三方面的内容：一是验证需求项是否被组织成可以允许修改的结构（例如采用列表形式）；二是验证每个特有的需求是否被规定了多余一次，有没有冗余的说明（可以考虑采用交叉引用表避免重复）；三是验证是否有一套规则用来在余下的软件生命周期里对《软件需求规

《格说明》进行维护。

一般而言，需求验证是以用户代表、分析人员和系统设计人员共同参与的会议形式进行，首先，分析人员要说明软件系统的总体目标、系统具体的主要功能、与环境的交互行为以及相关性能指标。然后，对需求模型进行确认，讨论需求模型及其说明书是否在上述的关键属性方面具备良好的品质，决定说明书能否构成良好的软件设计基础。经过协商，最终形成用户和开发人员均能接受的软件规格说明书。

# 本 章 小 结

传统软件工程方法学使用结构化分析方法与技术，完成分析用户需求，导出需求规格说明书，该过程是发现、精化、协商、规格说明和确认的过程。需求分析的第一步是了解用户环境、需要解决的问题和对目标系统的基本需求；精化阶段是对发现阶段得到的信息进行扩展和提炼，由一系列建模和求精任务构成；协商过程主要解决一些过高的目标需求或者相互冲突的需求，使系统相关方均能达到一定的满意度；规格说明是采用自然语言和图形化模型来描述的需求定义，是需求分析人员完成的最终工作产品，它将作为软件开发工程师后续工作的基础，它描述了目标系统的功能和性能及其相关约束；在确认阶段对需求分析的工作产品进行质量评估，确认需求的正确性、无歧义性、完备性、一致性、可行性、可跟踪性、可调节性。

# 习 题

1. 为什么要进行需求分析？对软件系统来说，常见的需求有哪些？
2. 怎样与用户有效地沟通以获取用户的真实需求？
3. 试考察某个学生档案管理系统，用实体—关系图描述该系统的主要数据。
4. 试考察某个学生成绩管理系统，对其进行尽可能详细地功能建模和数据建模。
5. 当需求必须从三五个不同的用户中提取时可能会发生什么问题？
6. 某学校计算机教材购销系统有以下功能：

学生买书，首先填写购书单，计算机根据各班学生用书表及售书登记表审查有效性，若有效，计算机根据教材库存表进一步判断书库是否有书，若有书，计算机把领书单返回给学生，学生凭领书单到书库领书。对脱销的教材，系统用缺书单的形式通知书库，新书购进库后，也由书库将进书通知返回给系统。

请就以上系统功能画出分层的 DFD 图，并用实体联系图描绘系统中的实体。

C（P1）≥C（P2），和 C（P1）+C（P2）

是意义的，如果一个问题由 P1 和 P2 两个问题组合而成，那么它的复杂度比分别考虑每个问题时的复杂度还要大。

# 第 4 章 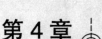 软件设计与编码

【学习目的与要求】软件设计阶段包括软件概要设计和详细设计两部分内容，是继需求分析之后的又一个重要环节。本章主要介绍讲述软件设计的基本概念和原则、概要设计和详细设计的任务和工具，以及程序设计语言的选择和软件编码准则，重点介绍结构化设计方法和面向数据结构的设计方法。通过本章学习，要求理解软件设计的基本概念和原理；掌握概要设计的原则、过程、软件体系结构风格、结构化设计方法以及采用的图形工具；掌握详细设计的基本方法；熟练应用面向数据结构的设计方法；掌握界面设计的原则和设计方法；了解如何选择编程语言以及正确的编码风格。

## 4.1　软件设计的基本概念和原则

经过需求分析阶段，项目开发者对系统的需求有了完整、准确、具体的理解和描述，知道了系统"做什么"，但是还不知道系统应该"怎么做"。软件设计的工作就是回答如何实现这些需求即系统应该"怎么做"的问题。

系统应该"怎么做"包含着"概括地说，系统应该如何做"的概要设计和"具体地说，系统应该如何做"的详细设计。其目的是通过设计给出目标系统的完整描述，以便在编码阶段完成计算机程序代码的实现。

目前软件设计的主要方法有结构化方法、面向数据结构的设计方法和面向对象的设计方法。无论采用何种具体的软件设计方法，模块化、抽象与求精、信息隐蔽、体系结构、设计模式、重构、功能独立等有关原理都是设计的基础，为"程序正确性"提供了必要的框架。

### 4.1.1　模块化

在计算机领域，模块化的概念一直被推崇使用至今，如软件体系结构就体现了模块化的设计思想。也就是说，把软件划分为独立命名和编址的构件，每个构件称为一个模块，这些构件集成到一起可以满足问题的需求。

有人提出"模块化是唯一的能使程序获得智能化管理的属性"。完全由一个模块构成的程序，其控制路径错综复杂、引用的跨度、变量的数量和整体的复杂度都使得它难以理解。为此，通过对人类解决问题的过程和规律，可以得到如下结论：

设函数 C（x）定义问题 x 的复杂程度，函数 E（x）确定解决问题 x 需要的工作量（按时间计）。对于两个问题 P1 和 P2，如果

$$C（P1）>C（P2）$$

则 E（P1）>E（P2），因为解决一个复杂问题总比解决一个简单问题耗费多。根据人数解决一般问题的经验，另一个有趣的规律是：

$$C（P1+P2）>C（P1）+C（P2）$$

也就是说，如果一个问题由 P1 和 P2 两个问题组合而成，那么它的复杂程度大于分别考虑每个问题时的复杂程度之和。

综上所述，得到下面的不等式：

$$E（P1+P2）>E（P1）+E（P2）$$

这个不等式导致"各个击破"的结论：把复杂的问题分解成许多容易解决的问题，原来的问题也就容易解决了。这就是模块化的根据。

由上面的不等式似乎还能得出下述结论：如果无限地分割软件，最后为了开发软件而需要的工作量也就小得可以忽略了。然而这样却忽略了另外一个因素，就是模块间接口对开发工作量的影响。参看图 4-1，当模块数目增加时每个模块的规模将减小，开发单个模块需要的成本工作量确实减少了。但随着模块数目增加，设计模块间接口所需要的工作量也将增加。综合这两个因素，得出了图中的总成本曲线。每个程序都相应地有一个最适当的模块数目 M，使得系统的开发成本最小。

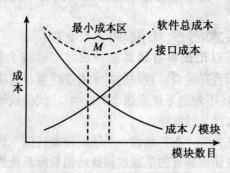

图 4-1　模块化和软件成本

虽然目前还不能精确地预测出 M 的数值，但是在考虑模块化方案的时候，总成本曲线确实是有用的指南。本章讲述的设计原理和设计原则，可以在一定程度上帮助确定合适的模块数目。

### 4.1.2　抽象

抽象是指在现实世界中，一定事物、状态或过程之间总存在着某些相似的方面（共性）。把这些相似的方面集中和概括起来，暂时忽略它们之间的差异，这就是抽象。抽象是人类处理问题的基本方法之一，由于人类思维能力的限制，如果每次面临的因素太多，是不可能做出精确思维的。处理复杂系统的唯一有效的方法是用层次的方式构造和分析它。一个复杂的动态系统首先可以用一些高级的抽象概念构造和理解，这些高级概念又可以用一些较低级的概念构造和理解，如此下去，直到最低层次实现模块中的具体元素。

这种层次的思维和解题方式必须反映在定义动态系统的程序结构之中，每级的一个概念将以某种方式对应于程序的一组成分。

当考虑任何问题的模块化解法时，可以提出许多抽象的层次，软件工程过程的每一步都是对软件解法的抽象层次的逐步精化。在抽象的最高层次使用问题环境的语言，以概括的方式叙述问题的解法。 在较低抽象层次采用更过程化的方法,把面向问题的术语和面向实现的术语结合起来叙述问题的解法。最后,在最低的抽象层次用可以直接实现的方式叙述问题的解法,从而达到了抽象的具体实现。

模块化是抽象概念的一种表现形式。在软件开发的过程中,用自顶向下、由抽象到具体的方式分配控制,简化了软件的设计和实现,提高了软件的可理解性和可测试性,也使软件更容易维护。

### 4.1.3 求精

逐步求精是由 Niklaus Wirth 最先提出的一种自顶向下的设计策略。通过连续精化层次结构的程序细节来实现程序的开发,层次结构的开发将通过逐步分解功能的宏观陈述直至形成程序设计语言的语句。

求精实际上是细化过程。从在高抽象级别定义的功能陈述(或信息描述)开始,也就是说,该陈述仅仅概念性地描述了功能或信息,但是并没有提供功能的内部工作情况或信息的内部结构。求精要求设计者细化原始陈述,随着每个后续求精(细化)步骤的完成而提供越来越多的细节。

抽象与求精是一对互补的概念。抽象使得设计者能够说明过程和数据,同时却忽略低层细节。事实上,可以把抽象看做是一种通过忽略多余的细节同时强调有关的细节,从而实现逐步求精的方法。求精则帮助设计者在设计过程中提示出低层细节。这两个概念都有助于设计者在设计演化过程时创造出完整的设计模型。

### 4.1.4 信息隐藏

模块化的概念会让每一个软件设计师面对一个问题,就是如何分解一个软件系统以求获得最好的模块化组合?信息隐藏原则建议每个模块应该对其他所有模块都隐蔽了自己的设计决策,也就是说,模块应该详细说明且精心设计以求在某个模块中包含的信息不被不需要这些信息的其他模块访问。

信息隐藏意味着通过定义一系列独立的模块可以得到有效的模块化,模块间只交流实现系统功能所必需的那些信息。这里隐藏和抽象有着密切的联系,抽象有助于定义组成软件的过程实体,隐藏则定义并施加了对试题内部过程细节和使用的局部数据结构的访问限制。

如果在测试期间和以后的软件维护期间需要修改软件,那么使用信息隐藏原理作为模块化系统设计的标准会带来极大好处。因为绝大多数数据和过程对于软件的其他部分而言是隐藏的(也就是"看不见"的),在修改期间由于疏忽而引入的错误就很少有可能传播到软件的其他部分。

### 4.1.5 体系结构

简单地说,软件体系结构就是程序构件(模块)的结构和组织、构件间的交互形式以及这些构件所用的数据结构。在更广泛的意义上,构件可以被推广,用于指代主要的系统元素及其元素间的交互。软件设计的目标之一就是导出系统的体系结构图,该图作为一个框架,将指导更为详细的设计活动。

### 4.1.6 设计模式

设计模式（Design Pattern）是一套被反复使用的、多数人知晓的、经过分类编目的、代码设计经验的总结。使用设计模式是为了可重用代码，让代码更容易被他人理解，保证代码可靠性。设计模式使代码编制真正工程化，它是软件工程的基石，如同构筑高楼大厦的一块块砖石一样。

每个设计模式的目的都是提供一个描述，以使得设计人员能够确定模式是否适合当前的工作；模式是否能够复用，增加可维护性；模式是否能够用于指导开发一个类似但功能或结构不同的模式。

### 4.1.7 重构

重构是一种重要的软件设计活动，它是一种重新组织代码的技术。在软件工程学里，重构代码一词通常是指在不改变代码的外部行为的情况下而修改源代码，有时非正式地称为"清理干净"。在极限编程或其他敏捷方法学中，重构常常是软件开发循环的一部分：开发者轮流增加新的测试和功能，并重构代码来增进内部的清晰性和一致性。自动化的单元测试保证了重构不至于让代码停止工作。

重构既不修正错误，又不增加新的功能性。它是用于提高代码的可读性或者改变代码内部结构与设计，并且移除死代码，使其在将来更容易被维护。重构代码可以是结构层面抑或是语意层面，不同的重构手段施行时，可能是结构的调整或是语意的转换，但前提是不影响代码在转换前后的行为。特别是在现有的程序的结构下，给一个程序增加一个新的行为可能会非常困难，因此开发人员可能先重构这部分代码，使加入新的行为变得容易。

### 4.1.8 功能独立性

功能独立的概念是模块化、抽象、求精和信息隐藏等概念的直接结果，也是完成有效的模块设计的基本标准。

开发具有专一功能而且和其他模块之间没有过多的相互作用的模块，可以实现功能独立。换句话说，我们希望这样设计软件结构，使得每个模块完成一个相对独立的特定子功能，并且和其他模块之间的关系很简单。

功能独立很重要的原因主要有两条：

（1）具有有效模块化的软件比较容易开发出来。这是由于功能被分隔而且接口被简化，当许多人分工合作开发同一个软件时，这个优点尤其重要。

（2）独立的模块比较容易测试和维护。这是因为相对而言，修改设计和程序需要的工作量比较小，错误传播范围小，需要扩充功能时能够"插入"模块。

总之，模块独立是设计的关键，而设计又是决定软件质量的关键环节。

独立性可以由两个定性标准来度量，这两个标准分别称为耦合和内聚。耦合衡量不同模块彼此间互相依赖（连接）的紧密程度；内聚衡量一个模块内部各个元素彼此结合的紧密程度。

**1. 耦合**

耦合是对一个软件结构内不同模块之间彼此联系程度的一种定性度量。耦合强弱取决于模块间接口的复杂程度，进入或访问一个模块的点，以及通过接口的数据。

耦合共有以下七种类型：

（1）非直接耦合（no direct coupling）：模块之间无直接联系。

（2）数据耦合（data coupling）：当操作需要传递较长的数据参数时就会发生这种耦合。随着模块之间通信"带宽"的增长以及接口复杂性的增加，测试和维护就会越来越困难。

（3）标记耦合（stamp coupling）：当模块（类）A 被声明为模块（类）B 中某个操作中的一个参数类型时，会发生此种类型的耦合。由于模块（类）A 现在作为模块（类）B 的一部分，所以修改系统就会变得更为复杂。

（4）控制耦合（control coupling）：当模块 A 调用模块 B，并且向 B 传送了一个控制标记时，就会发生此种耦合。接着，控制标记将会指引 B 中的逻辑流程。此种形式耦合的主要问题在于 B 中的一个不相关变更，往往能够导致 A 所传递控制标记的意义也必须发生变更。如果忽略这个问题，就会引起错误。

（5）外部耦合（external coupling）：当一个模块和基础设施构件（操作系统功能、数据库管理系统等）进行通信和协作时会发生这种耦合。尽管这种类型的耦合有时是必要的，但是在一个系统中应当尽量将此种耦合限制在少量的模块中。

（6）公用耦合（coon coupling）：当多个模块都要使用同一个全局变量时发生此种耦合。尽管有时候这样做是必要的，如设立一个在整个应用系统中都可以使用的缺省值，但是当这种耦合发生变更时，可导致不可控制的错误蔓延和不可预见的副作用。

（7）内容耦合（content coupling）：当一个模块使用另一个模块中的数据或控制信息时，就发生了内容耦合。这违反了基本设计概念当中的信息隐蔽原则。

软件必须进行内部和外部的通信，因此，耦合是必然存在的。然而，在耦合不可避免的情况下，设计人员应该尽力降低耦合度，并且要充分理解高耦合度可能导致的后果。

**2. 内聚**

内聚标志一个模块内各个元素彼此结合的紧密程度，它是信息隐藏和局部化概念的自然扩展。

内聚包括以下七种类型：

（1）偶然内聚（coincident cohesion）：模块内各成分之间没有结构关系，只是程序员常常为了缩短程序长度而编写成一个程序模块。

（2）逻辑内聚（logical cohesion）：模块内各成分之间在逻辑上有相互联系。

（3）时间内聚（temporal cohesion）：模块内各成分之间不仅在逻辑上而且在时间上也有相互关系。

（4）过程内聚（procedure cohesion）：模块内的各成分在同一个特定次序被执行。

（5）通信内聚（communicational cohesion）：模块内的所有成分均集中于一个数据结构的某个区域内。

（6）顺序内聚（sequential cohesion）：模块内各成分中，一个成分的输出恰是另一个成分的输入，且在同一数据结构上进行加工处理。

（7）功能内聚（functional cohesion）：模块内各成分都是完成该模块的单一功能所不可缺少的部分。

设计时应该力求做到高内聚，通常中等程度的内聚也是可以采用的，而且效果和高内聚相差不多，但是低内聚最好不要使用。

内聚和耦合是密切相关的，模块内的高内聚往往意味着模块间的松耦合。内聚和耦合都是进行模块化设计的有力工具，但是实践表明内聚更重要，应该把更多注意力集中到提高模块的内聚程度上。

在偶然内聚的模块中，各种元素之间没有实质性联系，很可能在一种应用场合需要修改这个模块，在另一种应用场合又不允许这种修改，从而陷入困境。事实上，偶然内聚的模块出现修改错误的概率比其他类型的模块高得多。

在逻辑内聚的模块中，不同功能混在一起，合用部分程序代码，即使局部功能的修改有时也会影响全局。因此，这类模块的修改也比较困难。

时间关系在一定程度上反映了程序的某些实质，所以时间内聚比逻辑内聚好一些。

耦合和内聚的概念是由 Constantine,Yourdon,Myers 和 Stevens 等人提出来的。按照他们的观点，如果给上述七种内聚的优劣评分，将得到如下结果：

| | | | |
|---|---|---|---|
| 功能内聚 | 10 分 | 时间内聚 | 3 分 |
| 顺序内聚 | 9 分 | 逻辑内聚 | 1 分 |
| 通信内聚 | 7 分 | 巧合内聚 | 0 分 |
| 过程内聚 | 5 分 | | |

事实上，没有必要精确确定内聚的级别。重要的是设计时力争做到高内聚，并且能够辨认出低内聚的模块，有能力通过修改设计提高模块的内聚程度降价模块间的耦合程度，从而获得较高的模块独立性。

任何一种程序设计语言的数据类型的种类总是有限的，要使任一个语言结构简单又能满足复杂程序的各种需求，则该语言应当具有从简单数据类型构造抽象数据类型的能力。例如 Modula 语言和 Simula 语言均具有这种构造能力，从而也引出了面向对象程序设计的方法。

## 4.2 概要设计

软件的设计阶段通常可以划分为两个子阶段：概要设计和详细设计。概要设计的主要任务是回答"系统总体上应该如何做"，即将分析模型映射为具体的软件结构。详细设计则将概要设计的结果具体化。概要设计通常也称为总体设计。概要设计主要采用结构化设计方法、面向对象的设计方法等。

### 4.2.1 概要设计的任务和过程

系统分析员采用面向数据建模、面向功能建模或面向对象建模等方法，得到各种分析模型及相应的规格说明文档，并征得用户方的确认之后，软件开发的下一阶段就是进行概要设计。概要设计的目的就是将分析模型转换到设计模型（见图 4-2），转换过程和步骤主要包括：体系结构设计、数据结构设计、数据库设计、接口设计及过程设计、编制设计文档等。

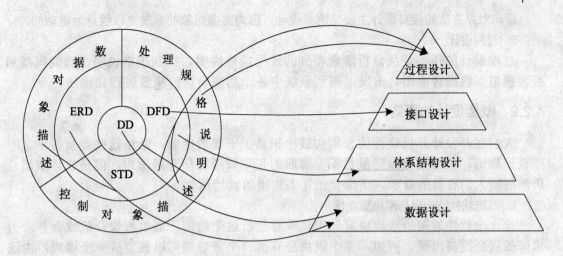

图 4-2　传统的结构化分析模型到设计模型的转换示意图

**1. 体系结构设计**

软件体系结构设计的任务是：定义软件的主要结构元素及相互的联系，可用于实现系统需求的体系结构类型以及影响体系结构实现方式的约束。体系结构可以从需求规格说明、分析模型和分析模型中定义的子系统的交互导出。结构化设计的方法是从数据流图出发对数据进行分析，得出软件层次化的模块结构图。面向对象方法是从分析模型划分子系统（问题域子系统、人机交互子系统、任务管理子系统、数据管理子系统）。不论用什么方法，首先确定的是系统的总体结构。

**2. 数据结构设计**

数据结构设计的任务是从分析阶段得到的数据模型出发，设计出相应的数据结构。结构化方法是从分析阶段得到的数据模型（E-R 图）和数据字典出发，设计相应的数据结构。面向对象方法把数据作为类（通常为实体类）的一个属性，设计合适的数据结构来表示类的属性。

**3. 数据库设计**

目前大多数应用软件都要使用数据库技术，所以数据库的分析设计也是软件设计的重要内容。由于数据库设计是较大的主题，也是独立的课程，本书只对其做简要的介绍，详细内容请参照有关书籍。

**4. 接口设计**

接口设计的任务是要描述系统内部、系统与系统之间以及系统与用户之间如何通信。接口包含了数据流和控制流等消息，因此，数据流图和控制流图是接口设计的基础。例如有模块 A 和模块 B 互相不知道对方实现的细节，当模块 A 要用到模块 B 中的功能时，就要使用模块 B 提供的外部接口，接口可以理解为一些功能函数的原型，包括函数名、参数列表和返回值。同样，模块 A 内可以定义内部接口，供模块 A 内部的函数调用。当各个模块中的接口完全设计好并通过评审后，各个模块就可以进行独立的详细设计及编码了。所以，接口的设计内容包括决定命名方案（用于函数命名）、调用方案（用于加载正确的库，以使函数可用）以及数据方案（用于将数据向前或向后传输）。

面向对象方法的接口设计主要是消息设计，因为面向对象的系统是以消息为驱动的。

**5. 过程设计**

过程设计的任务是从分析阶段得到的过程规格说明、控制规格说明、功能模型和行为模型（状态转换图）出发，得到系统中各个功能模块的概要过程化描述。

## 4.2.2 概要设计的原则

人们在开发计算机软件的长期实践中积累了丰富的经验，总结这些经验得出了一些设计原则。这些设计原则虽然不像前面的基本原理那样普遍适用，但是在许多场合仍然能给人们有益的启示。下面介绍几条常用的设计原则。

**1. 改进软件结构提高模块独立性**

设计出软件的初步结构以后，应该审查分析这个结构，通过模块分解或合并，力求降低耦合提高内聚。例如，多个模块公有的一个子功能可以独立成一个模块，由这些模块调用；有时可以通过分解或合并模块以减少控制信息的传递及对全程数据的引用，并且降低接口的复杂程度。

**2. 模块规模应该适中**

经验表明，一个模块的规模不应过大，最好能写在一页纸内（通常不超过 60 行语句）。有人从心理学角度研究得知，当一个模块包含的语句数超过 30 行以后，模块的可理解程度迅速下降。

过大的模块往往是由于分解不充分造成的，因此，可以通过进一步的分解来缩小模块规模。但是进一步分解必须符合问题结构，一般说来，分解后不应该降低模块独立性。

过小的模块使得模块数目过多，从而使系统接口复杂。因此，当只有一个模块调用这个模块时，通常可以把它合并到上级模块中去而不必让其单独存在。

**3. 深度、宽度、扇出和扇入都应适当**

深度表示软件结构中控制的层数，它往往能粗略地标志一个系统的大小和复杂程度。深度和程序长度之间应该有粗略的对应关系，当然这个对应关系是在一定范围内变化的。如果层数过多则应该考虑是否有许多管理模块过分简单了，应考虑能否适当合并。

宽度是软件结构内同一个层次上的模块总数的最大值。一般说来，宽度越大系统越复杂。对宽度影响最大的因素是模块的扇出。

扇出是一个模块直接控制（调用）的模块数目，扇出过大意味着模块过分复杂，需要控制和协调过多的下级模块。经验表明，一个设计得好的典型系统的平均扇出通常是 3 或 4（扇出的上限通常是 5～9）。如扇出太大一般是因为缺乏中间层次，应该适当增加中间层次的控制模块。扇出太小时可以把下级模块进一步分解成若干子功能模块，或者合并到它的上级模块中去。当然分解模块或合并模块必须符合问题结构，不能违背模块独立原理。

一个模块的扇入表明有多少个上级模块直接调用它，扇入越大则共享该模块的上级模块数目越多，这是有好处的，但是不能违背模块独立原理单纯追求高扇入。

观察大量软件系统后发现，设计得很好的软件结构通常顶层扇出比较高，中层扇出比较少，底层扇入到公共的实用模块中去（底层模块有高扇入）。软件的总体结构形成一个水滴状。

### 4. 模块的作用域应该在控制域之内

模块的作用域定义为受该模块内一个判定影响的所有模块的集合。模块的控制域是这个模块本身以及所有直接或间接从属于它的模块的集合。例如，在图 4-3 中模块 A 的控制域是 A、B、C、D、E、F 等模块的集合。

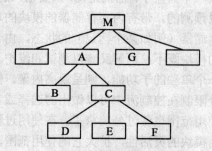

图 4-3 模块的作用域和控制域

在一个设计得很好的系统中，所有受判定影响的模块应该都从属于做出判定的那个模块，最好局限于做出判定的那个模块本身及它的直属下级模块。例如，如果图 4-3 中模块 A 做出的判定只影响模块 B，那么是符合这条规则的。但是，如果模块 A 做出的判定同时影响模块 G 中的处理过程，又会有什么坏处呢？首先，这样的结构使得软件难以理解。其次，为了使得 A 中的判定能影响 G 中的处理过程，通常需要在 A 中给一个标记设置状态以指示判定的结果，并且应该把这个标记传递给 A 和 G 的公共上级模块 M，再由 M 把它传给 G。这个标记是控制信息而不是数据，因此将使模块间出现控制耦合。

怎样修改软件结构才能使作用域是控制域的子集呢？一个方法是把做判定的点往上移，例如，把判定从模块 A 移到模块 M 中。另一个方法是把那些在作用域内但不在控制域内的模块移到控制域内，例如，把模块 G 移到模块 A 的下面，成为神经质直属下级模块。

到底采用哪种方法改进软件结构，需要根据具体问题统筹考虑。一方面应该考虑哪种方法更现实，另一方面应该使软件结构能最好地反映原来的结构。

### 5. 力争降低模块接口的复杂程度

模块接口复杂是软件发生错误的一个主要原因。应该仔细设计模块接口，使得信息传递简单并且和模块的功能一致。

例如，求一元二次方程的根的模块 QUAD_ROOT（TBL，X），其中用数组 TBL 传送方程的系数，用数组 X 回送求得的根。这种传递信息的方法不利于这个模块的理解，不仅在维护期间容易引起混淆，在开发期间也可能发生错误。下面这种接口可能是比较简单的：

QUAD_ROOT（A，B，C，ROOT1，ROOT2），其中，A、B、C 是方程的系数，ROOT1 和 ROOT2 是算出的两个根。

接口复杂或不一致（即看起来传递的数据之间没有联系）是紧耦合或低内聚的征兆，应该重新分析这个模块的独立性。

**6. 设计单入口单出口的模块**

这条启发式规则警告软件工程师不要使模块间出现内容耦合。当从顶部进入模块并且从底部退出时，软件是比较容易理解的，因此也是比较容易维护的。

**7. 模块功能应该可以预测**

模块的功能应该能够预测，但也要防止模块功能过分局限。

如果一个模块可以当做一个黑盒子，也就是说，只要输入的数据相同就产生同样的输出，则这个模块的功能就是可以预测的。带有内部存储器的模块的功能可能是不可预测的，因为它的输出可能取决于内部存储器（例如某个标记）的状态。由于内部存储器对于上级模块而言是不可见的，所以这样的模块既不易理解又难以测试和维护。

如果一个模块只完成一个单独的子功能，则呈现高内聚。但是，如果一个模块任意限制局部数据结构的大小，过分限制在控制流中可以做出的选择或者外部接口的模式，那么这种模块的功能就过分局限，使用范围也就过分狭窄了。在使用过程中将不可避免地需要修改功能过分局限的模块，以提高模块的灵活性，扩大它的使用范围，但是，在使用现场修改软件的代价也是很高的。

**8. 各个设计步骤不一定严格按照顺序进行**

每个设计步骤都应该有相应的设计文档，它们是进行后续的详细设计、编程和测试等的依据。

**9. 需要对设计文档进行严格的技术方面和管理方面的复审**

对设计文档进行严格复审可以保证设计的质量，为后续阶段奠定良好的基础。

### 4.2.3 常见的软件体系结构

软件系统的体系结构就是为组成系统的所有构件建立一个结构。描述一种体系结构时，应包括：一组构件（如数据库、计算模块），完成系统需要的某种功能；一组连接器，它们能使构件间实现通信、合作和协调；一组约束，定义构件如何集成为一个系统；语义模型，它能使设计师通过分析系统的构成成分的性质来理解系统的整体性质。

对软件体系结构风格的研究和实践促进了对设计的复用，一些经过实践证实的解决方案也可以可靠地用于解决新的问题。体系结构风格的不变部分使不同的系统可以共享同一个实现代码。只要系统是使用常用的、规范的方法来组织，就可使别的设计者很容易地理解系统的体系结构。例如，如果某人把系统描述为"客户/服务器"模式，则不必给出设计细节，我们立刻就会明白系统是如何组织和工作的。下面是 Garlan 和 Shaw 对通用体系结构风格的分类：

（1）数据流风格：批处理序列；管道/过滤器。

（2）调用/返回风格：主程序/子程序；面向对象风格；层次结构。

（3）独立构件风格：进程通信；事件系统。

（4）虚拟机风格：解释器；基于规则的系统。

（5）仓库风格：数据库系统；超文本系统；黑板系统。

下面是几种经典的体系结构风格。

**1. 以数据为中心的体系结构**

数据（如文件或数据库）存储在这种体系结构的中心位置，其他构件会经常访问该数据中心，并对存储在此位置的数据进行增加、删除、更新。如图 4-4 所示的是一个典型的以数据为中心的体系结构，其中各个客户端软件访问数据中心。在某些情况下，中心的数据是被动的，也就是说，客户软件独立于数据的任何变化或其他客户软件的动作而访问数据。该体系结构的一个变种是将该数据中心变换成一个"黑板"，当用户感兴趣的数据发生变化后，它将通知客户软件。

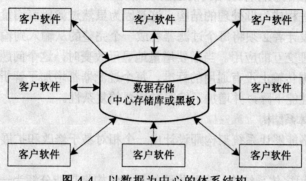

图 4-4 以数据为中心的体系结构

以数据为中心的体系结构提升了系统的可集成性，也就是说，现有的构件可以被容易地修改，新的构件也可以方便地集成到系统中来，不用考虑其他的客户。

**2. 数据流体系结构**

当输入数据需要经过一系列的计算和变换形成输出数据时，可以使用这种体系结构。管道和过滤器结构拥有一组被称为过滤器的构件，这些构件通过管道连接，管道将数据从一个构件传输到下一个构件。每个过滤器独立于其上游和下游的构件工作，过滤器的设计要针对某种形式的数据输入，并且产生某种特定形式的数据输出，过滤器不需了解与之相邻的其他过滤器的具体工作。如果数据流退化成单线的变换，则称为批处理序列。数据体系结构如图4-5 所示。

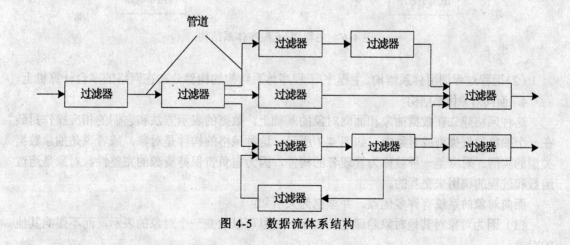

图 4-5 数据流体系结构

管道/过滤器风格的软件体系结构的主要优点：

（1）使得软构件具有良好的隐蔽性和高内聚、低耦合的特点。

（2）支持软件重用。只要提供适合在两个过滤器之间传送的数据，任何两个过滤器都可被连接起来。

（3）系统维护和性能增强简单。

（4）支持并行执行。每个过滤器是作为一个单独的任务完成的，因此可与其他任务并行执行。

管道/过滤器风格的软件体系结构的主要缺点：

（1）通常导致进程成为批处理的结构。这是因为虽然过滤器可增量式地处理数据，但它们是独立的，所以设计者必须将每个过滤器看成一个完整的从输入到输出的转换。

（2）不适合处理交互的应用。当需要增量地显示改变时，这个问题尤为严重。

（3）因为在数据传输上没有通用的标准，每个过滤器都增加了解析和合成数据的工作，这样就导致了系统性能下降，并增加了编写过滤器的复杂性。

**3. 调用和返回体系结构**

该系统结构风格能够让系统架构师设计出一个相对易于修改和扩展的程序结构，有两种具体类型：

（1）主程序/子程序体系结构。这种传统的程序结构将功能分解为一个控制层次，其中主程序调用一组程序构件，这些程序构件又去调用别的程序构件，如图4-6所示。

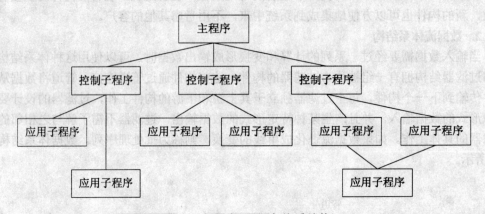

图 4-6　主程序/子程序体系结构

（2）远程过程调用体系结构。主程序/子程序体系结构的构件分布在网络的多台计算机上。

**4. 面向对象体系结构**

这种风格建立在数据抽象和面向对象的基础上，数据的表示方法和它们的相应操作封装在一个抽象数据类型或对象中。如图4-7所示，这种风格的构件是对象，或者说是抽象数据类型的实例。对象是一种被称为管理者的构件，因为它负责保持资源的完整性。对象是通过函数和过程的调用来交互的。

面向对象的系统有许多优点，并早已为人所知：

（1）因为对象对其他对象隐藏它的表示，所以可以改变一个对象的表示，而不影响其他的对象。

（2）设计者可将一些数据存取操作的问题分解成一些交互的代理程序的集合。

但是，面向对象的系统也存在着某些问题：

（1）为了使一个对象和另一个对象通过过程调用等进行交互，必须知道对象的标识。只要一个对象的标识改变了，就必须修改所有其他明确调用它的对象。

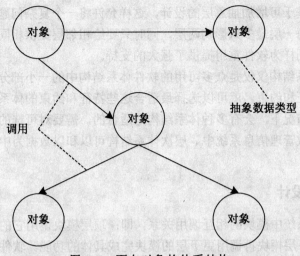

图 4-7　面向对象的体系结构

（2）必须修改所有显式调用它的其他对象，并消除由此带来的一些副作用。例如，如果 A 使用了对象 B，C 也使用了对象 B，那么 C 对 B 的使用所造成的对 A 的影响可能是意想不到的。

**5. 层次体系结构**

层次体系结构的基本结构如图 4-8 所示，其中定义了一系列不同的层次，每个层次各自完成操作，这些操作不断接近机器的指令集。在图 4-8 中，在最外层，构件完成人机界面的操作；在最内层，构件完成与操作系统的连接；中间层则提供各种实用的程序服务和应用软件功能。

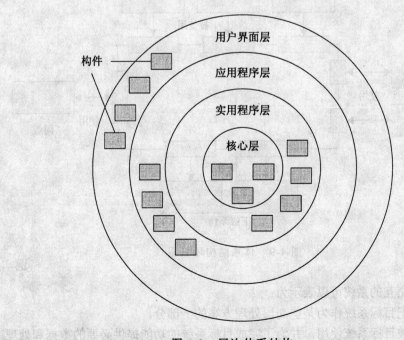

图 4-8　层次体系结构

这种风格支持基于可增加抽象层的设计，这样允许将一个复杂问题分解成一个增量步骤序列的实现。由于每一层最多只影响两层，同时只要给相邻层提供相同的接口，允许每层用不同的方法实现，同样为软件重用提供了强大的支持。

以上列举的体系结构仅仅是众多可用的软件体系结构中的一小部分，一旦需求分析揭示了待构建系统的特征和约束，就可以选择最适合这些特征和约束的体系结构或者几种体系结构的组合。在很多情况下，会有多种体系结构是适合的，需要对可选的体系结构进行设计和评估。例如，在多数管理信息系统中，层次体系结构可以和以数据为中心的体系结构结合起来。

### 4.2.4 体系结构设计

软件结构反映系统中模块的相互调用关系，即：顶层模块调用它的下层模块以实现程序的完整功能，每个下层模块再调用更下层的模块完成具体的功能。软件结构通过层次图或结构图来描绘。

在设计体系结构时，软件必须放在所处的环境中进行开发，也就是说，设计应该定义与软件交互的外部实体（人、设备、其他系统）和交互的特性。一般在需求分析阶段可以获得这些信息。一旦建立了软件的环境模型，并且描述出了所有的外部软件接口，那么设计人员就可以通过定义和求精实现体系结构的构件来描述系统的结构。

在体系结构设计时，软件架构师用体系结构环境图（Architectural Context Diagram，ACD）对软件与外部实体的交互方式进行建模。如图4-9所示是体系结构环境图的通用结构。

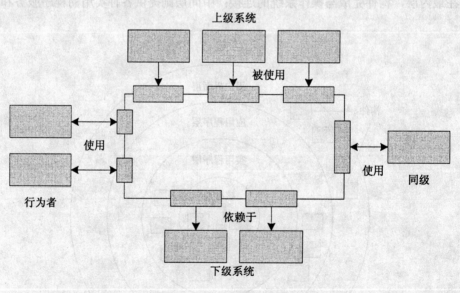

图4-9 体系结构环境图

与目标系统交互的系统可以表示为：

上级系统：把目标系统作为某些高层处理方案的一部分。

下级系统：被目标系统使用，并为了完成目标系统的功能提供必要的数据和处理。

同级系统：和目标系统在对等的地位上相互作用。例如，信息要么由目标系统和同级系统产生，要么被目标系统和同级系统消耗。

行为者：指那些通过产生和消耗必不可少的处理所需的信息，实现与目标系统交互的实体（人、设备）。

每个外部实体都通过某个接口与系统进行通信。作为体系结构设计的一部分，必须说明图 4-9 中每个接口的细节。目标系统所有的流入和流出数据必须在这个阶段表示出来。

### 4.2.5 数据库的概念结构设计

数据结构设计的任务是从需求分析阶段得到的分析模型（数据流图）出发，设计出相应的数据结构，一般使用 E-R 图。由于目前大多数应用软件都要使用数据库技术，因此本节以数据库概念结构设计为例进行数据结构的设计。

基于 E-R 图方法的概念结构设计就是利用需求分析阶段得到的数据流图模型和数据字典，对收集到的数据根据应用问题抽取所关心的共同特征，进行分类、组织（聚集）和概括，形成实体及实体的属性，标识实体的码，确定实体之间的联系类型（1∶1，1∶n，m∶n），设计分 E-R 图，然后综合成一个系统的综合 E-R 图，以确定系统的全局信息结构，作为在详细设计阶段数据库设计的基础。具体做法如下：

（1）根据系统的具体情况，在多层的数据流图中选择一个适当层次的数据流图作为设计分 E-R 图的出发点，让这组图中每一部分对应一个局部应用。由于高层的数据流图只能反映系统的概貌，而中层的数据流图能较好地反映系统中各局部应用的子系统组成，因此以中层数据流图作为设计分 E-R 图的依据（见图 4-10）。

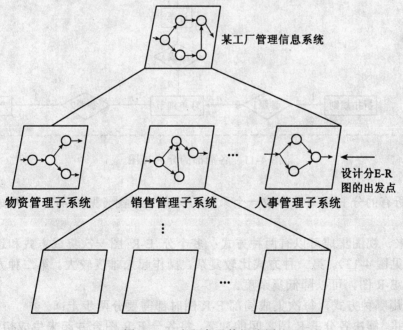

图 4-10 选取中层数据流图

（2）选择好局部应用之后，就要对每个局部应用逐一设计分 E-R 图，亦称局部 E-R 图（见图 4-11）。局部应用涉及的数据都已经收集在数据字典中了，现在就是要将这些数据从数据字典中抽取出来，参照数据流图，设计局部应用中的实体及实体的属性，标识实体的码，确定实体之间的联系及其类型。例如，在数据字典中，"职工"、"产品"和"订单"等都是若干属性有意义的聚合，就体现了这种划分。可以先从这些内容出发定义 E-R 图，然后再进行必要的调整。为了简化 E-R 图的处理，现实世界中能作为属性对待的事物，应尽量作为属性对待。

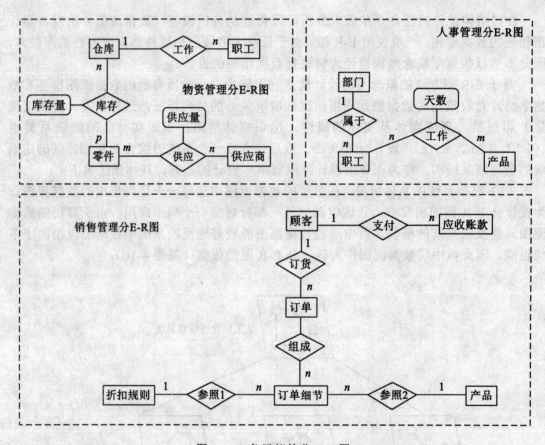

图 4-11　各局部的分 E-R 图

（3）将所有的分 E-R 图综合成一个系统的综合 E-R 图（见图 4-12），形成全局信息结构。

一般说来，视图集成可以有两种方式：多个分 E-R 图一次集成方式和逐步累加集成的方式（见图 4-13）。第一种方式比较复杂，操作起来难度较大。第二种方式每次只集成两个分 E-R 图，可以降低复杂度。

无论采用哪种方式，每次集成局部 E-R 图时都需要分两步走：

（1）合并。解决各分 E-R 图之间的冲突，将各分 E-R 图合并起来生成初步 E-R 图。各分 E-R 图之间的冲突主要有三类：属性冲突、命名冲突和结构冲突。

（2）修改和重构。消除不必要的冗余，生成基本 E-R 图。所谓冗余的数据是指可由基本数据导出的数据，消除冗余主要采用分析方法，即以数据字典和数据流图为依据，根据数据字典中关于数据项之间逻辑关系的说明来消除冗余。还可以用规范化理论来消除冗余。

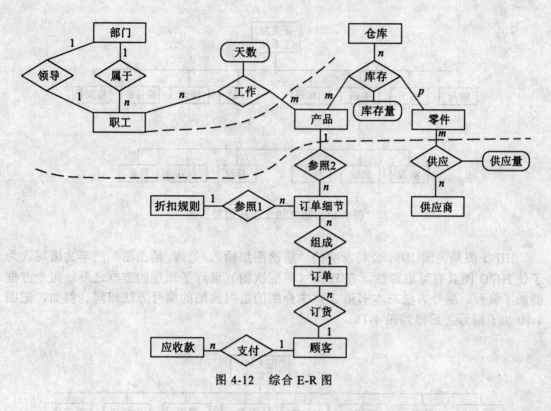

图 4-12 综合 E-R 图

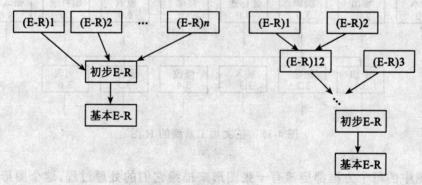

图 4-13 两种集成方式

## 4.2.6 概要设计中常用的图形工具

### 1. 层次图和 HIPO 图

通常使用层次描绘软件的层次结构。在层次图中一个矩形代表一个模块，框之间的连线表示调用关系（位于上方的矩形框所代表的模块调用位于下方的矩形框所代表的模块）。图 4-14 是层次图的一个例子，最顶层的矩形框代表正文加工系统的主控模块，它调用下层模块以完成正文加工的全部功能；第二层的每个模块控制完成正文加工的一个主要功能。例如，"编辑"模块通过调用它的下属模块，可以完成六种编辑功能中的任何一种。在自顶向下逐步求精设计软件的过程中，使用层次图比较方便。

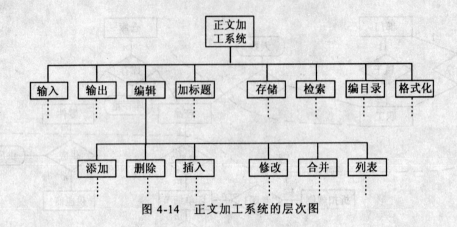

图 4-14　正文加工系统的层次图

HIPO 图是美国 IBM 公司发明的"层次图加输入/处理/输出图"的英文缩写。为了使 HIPO 图具有可追踪性，在 H 图（即层次图）里除了顶层的方框之外，每个方框都加了编号。编号方法与本书第 3 章中介绍的数据流图的编号方法相同。例如，把图 4-10 加了编号之后得到图 4-15。

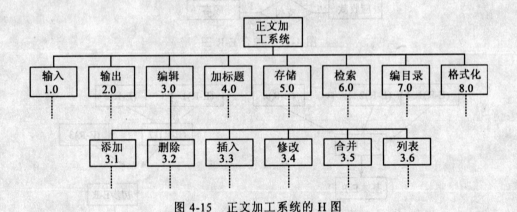

图 4-15　正文加工系统的 H 图

在 H 图中的每个方框都应该有一张图形来描绘它们的处理过程，这个图形就是 IPO 图。

IPO 图使用的基本符号既少又简单，因此很容易学会使用这种图形工具。它的基本形式是在左边的框中列出有关的输入数据，在中间的框内列出主要的处理，在右边的框内列出产生的输出数据。处理框中列出处理的次序暗示了执行的顺序，但是用这些基本符号还不足以精确描述执行处理的详细情况。在 IPO 图中还用类似向量符号的粗大箭头清楚地指出数据通信的情况。如图图 4-16 所示是一个主文件更新的例子，通过这个例子不难了解 IPO 图的用法。

还可以使用一种改进的 IPO 图（也称为 IPO 表），这种图中包含了某些附加的信息，在软件设计过程中将比原始的 IPO 图更有用。如图 4-17 所示，改进的 IPO 图中包含的附加信息主要有系统名称、图的作者、完成的日期、本图描述的模块的名字、模块在层次图中的编号、调用本模块的模块清单、本模块调用的模块的清单、注释以及本模块使用的局部数据元素等。

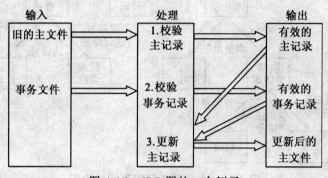

图 4-16　IPO 图的一个例子

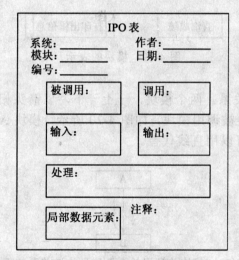

图 4-17　改进后的 IPO 图

## 2. 结构图

结构图（Structured Charts，SC）是准确表达程序结构的图形表示方法，它能清楚地反映出程序中各模块间的层次关系和联系。与数据流图反映数据流的情况不同，结构图反映的是程序中控制流的情况。如图 4-18 所示为大学教务管理系统的结构图。

结构图中的主要成分包括：

（1）模块。以矩形框表示，框中标有模块的名字。对于已定义（或者已开发）的模块，则可以用双纵边矩形框表示，如图 4-19 所示。

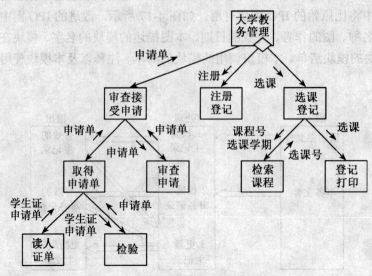

图 4-18  大学教务管理系统结构图

图 4-19  模块的表示

（2）模块间的调用关系。两个模块，一上一下，以箭头相连，上面的模块是调用模块，箭头指向的模块是被调用模块，如图 4-20 所示，模块 A 调用模块 B。在一般情况下，箭头表示的连线可以用直线代替。

图 4-20  模块的调用关系及信息传递关系的表示

（3）模块间的通信。模块间的通信用表示调用关系的长箭头旁边的短箭头表示，短箭头的方向和名字分别表示调用模块和被调用模块之间信息的传递方向和内容。如图 4-10 所示，首先模块 A 将信息 C 传给模块 B，经模块 B 加工处理后的信息 D 再传回给 A。

（4）辅助控制符号。当模块 A 有条件地调用模块 B 时，在箭头的起点标以菱形。模块 A 反复地调用模块 D 时，另加一环状箭头，如图 4-21 所示。

在结构图中条件调用所依赖的条件以及循环调用的循环控制条件通常都无须注明。

一般说来，结构图中可能出现以下四种类型的模块：

① 传入模块。如图 4-22（a）所示，从下属模块取得数据，经过某些处理，再将其传送给上级模块。

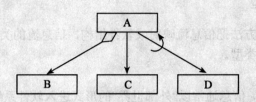

图 4-21　条件调用和循环调用的表示

② 传出模块。如图 4-22（b）所示，从上级模块取得数据，进行某些处理，传送给下属模块。

③ 变换模块。如图 4-22（c）所示，从上级模块取来数据，进行特定处理后，送回原上级模块。

④ 协调模块。如图 4-22（d）所示，对其下属模块进行控制和管理的模块。

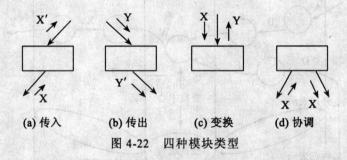

图 4-22　四种模块类型

值得注意的是，结构图着重反映的是模块间的隶属关系，即模块间的调用关系和层次关系，它和程序流程图（常称为程序框图）有着本质的差别。程序流程图着重表达的是程序执行的顺序以及执行顺序所依赖的条件，结构图则着眼于软件系统的总体结构，它并不涉及模块内部的细节，只考虑模块的作用以及它和上、下级模块的关系，而程序流程图则用来表达执行程序的具体算法。

没有学过软件开发技术的人，一般习惯于使用流程图编写程序，往往在模块还未作划分、程序结构的层次尚未确定以前，便急于用流程图表达他们对程序的构想。这就像建造一栋大楼，在尚未决定建筑面积和楼屋有多少时，就已经开始砌砖了，这显然是行不通的。

## 4.3　结构化设计方法

结构化设计方法（也称为基于数据流的设计方法）是进行概要设计（总体设计）的主要方法，它与结构化分析方法衔接起来使用，以结构化分析方法得到的数据流图为基础，通过映射把数据流图变换成软件的模块结构。结构化设计方法尤其适用于变换型结构和事务型结构的目标系统。

### 4.3.1　数据流的类型

面向数据流的设计方法把信息流映射成软件结构，信息流的类型决定了映射的方法。典型的信息流有下述两种类型。

**1. 变换流**

根据基本系统模型，信息通常以"外部世界"的形式进入软件系统，经过处理以后再以"外部世界"的形式离开系统。

变换型系统结构图由输入、变换中心、输出三部分组成（见图 4-23）。信息沿输入通路进入系统，同时由外部形式变换成内部形式，进入系统的信息通过变换中心，经加工处理以后，再沿输出通路变换成外部形式离开软件系统。当数据流图具有这些特征时，这种信息流就叫做变换流。

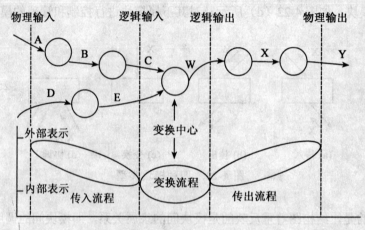

图 4-23　变换流问题

**2. 事务流**

基本系统模型意味着变换流，因此，原则上所有信息流都可以归结为这一类。但是，当数据流图具有和图 4-24 类似的形状时，这种数据流是"以事务为中心的"。也就是说，数据沿输入通路到达一个处理，这个处理根据输入数据的类型在若干个动作序列中选出一个来执行。

这类数据流应该划为一类特殊的数据流，称为事务流。其特点是：接受一项事务，根据事务处理的特点和性质，选择分派一个适当的处理单元，然后给出结果。图 4-24 中的处理 T 称为事务中心，它完成下述任务：

（1）接收输入数据（输入数据又称为事务）；

（2）分析每个事务以确定它的类型；

（3）根据事务类型选取一条活动通路。

### 4.3.2　变换分析

变换分析是一系列设计步骤的总称，经过这些步骤把具有变换流特点的数据流图按预先确定的模式映射成软件结构。

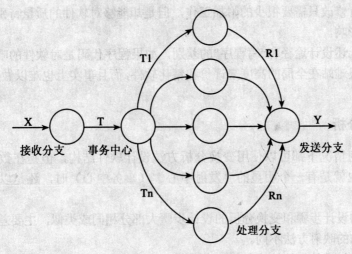

图 4-24　事务流问题

变换型问题数据流图基本形态及其对应的基本结构图分别如图 4-25（a）和图 4-25（b）所示。

图 4-25　变换型问题数据流图基本形态及其结构图

根据如图 4-22 所示的基本映射关系所得到的如图 4-23 所示的变换型问题的结构图如图 4-26 所示。

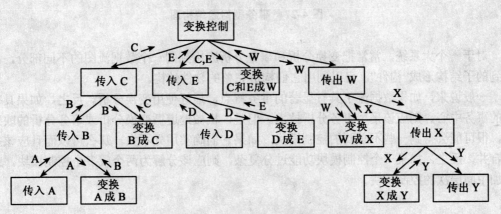

图 4-26　变换型问题结构图

一旦确定了软件结构就可以把它作为一个整体来复查，从而能够评价和精化软件结构。在这个时期进行修改只需要很少的附加工作，但是却能够对软件的质量特别是软件的可维护性产生深远的影响。

仔细体验上述设计途径和"写程序"的差别，如果程序代码是对软件的唯一描述，那么软件开发人员将很难站在全局的高度来评价和精化软件，而且事实上也难以做到"既见树木又见森林"。

### 4.3.3  事务分析

虽然在任何情况下都可以使用变换分析方法设计软件结构，但是在数据流具有明显的事务特点时，也就是有一个明显的"发射中心"（事务中心）时，还是以采用事务分析方法为宜。

事务分析的设计步骤和变换分析的设计步骤大部分相同或类似，主要差别仅在于由数据流图到软件结构的映射方法不同。

由事务流映射成的软件结构包括一个接收分支和一个发送分支。映射出接收分支结构的方法和变换分析映射出输入结构的方法类似，即从事务中心的边界开始，把沿着接收流通路的处理映射成模块。发送分支的结构包含一个调度模块，它控制下层的所有活动模块，然后把数据流图中的每个活动流通路映射成它的流特征相对应的结构。图 4-27 说明了上述映射过程。

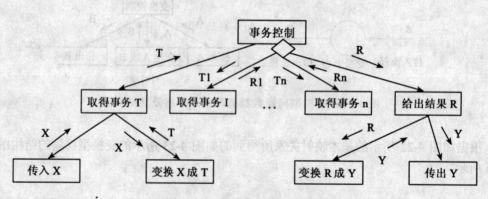

图 4-27  事务型问题结构图

对于一个大系统，常常把变换分析和事务分析应用到同一个数据流图的不同部分，由此得到的子结构形成"构件"，可以利用它们构造完整的软件结构。

一般说来，如果数据流不具有显著的事务特点，最好使用变换分析。反之，如果具有明显的事务中心，则应该采用事务分析技术。但是，机械地遵循变换分析或事务分析的映射规则，很可能会得到一些不必要的控制模块，如果它们确实用处不大，那么可以而且应该把它们合并。反之，如果一个控制模块功能过分复杂，则应该分解为两个或多个控制模块，或者增加中间层次的控制模块。

### 4.3.4 设计过程和原则

**1. 设计过程**

结构化设计的步骤如下（见图4-28）：

（1）评审和细化数据流图；

（2）确定数据流图的类型；

（3）把数据流图映射到软件模块结构，设计出模块结构的上层；

（4）基于数据流图逐步分解高层模块，设计中下层模块；

（5）对模块结构进行优化，得到更为合理的软件结构；

（6）描述模块接口。

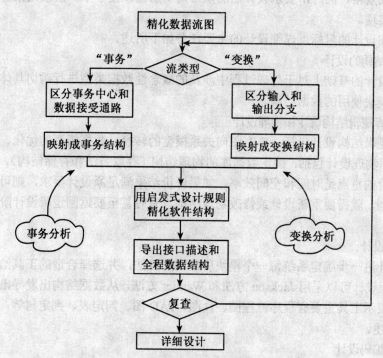

图4-28 结构化设计方法的设计过程

**2. 设计原则**

结构化设计应遵循如下原则：

（1）使每个模块执行一个功能（坚持功能性内聚）；

（2）每个模块用过程语句（或函数方式等）调用其他模块；

（3）模块间传送的参数作数据用；

（4）模块间共用的信息（如参数等）尽量少；

（5）设计优化应该力求做到在有效模块化的前提下使用最少量的模块，并且在能够满足信息要求的前提下使用最简单的数据结构。

# 4.4 详细设计

详细设计并不是直接用计算机程序设计语言编程，而是要细化概要设计的有关结果，做出软件的详细规格说明（相当于工程施工图纸）。为了保证软件质量，软件详细规格说明既要正确，又要清晰易读，便于编码实现和验证。详细设计主要采用面向数据结构的设计方法和面向对象的设计方法等。

## 4.4.1 详细设计的目标与任务

详细设计的目标是在概要设计的基础上对模块实现过程设计（数据结构＋算法），得出新系统的详细规格。同时，要求设计出的规格简明易懂，便于下一阶段用某种程序设计语言在计算机上实现。

依据详细设计的目标，详细设计的主要任务如下所述。

**1. 数据结构的设计**

在概要设计的基础上对于处理过程中涉及的概念性数据类型进行确切具体的细化，确定系统每一个模块使用的数据结构。

**2. 数据库逻辑结构设计和物理设计**

数据库逻辑结构设计包括：E-R 图向关系模型的转换、数据模型的优化、设计用户子模式等。数据库物理设计包括：确定数据库的物理结构（存取方法和存储结构），对物理结构进行评价。评价的重点是时间和空间效率，如果评价结果满足原设计要求，则可进入到物理实施阶段；否则，就需要重新设计或修改物理结构，有时甚至要返回逻辑设计阶段修改数据模型。

**3. 过程设计**

过程设计进一步确定系统每一个模块所采用的算法，并选择合适的工具给出详细的过程性描述。过程设计可以采用 Jackson 方法和 Wamier 方法，从数据结构出发导出软件的过程算法。常用的表示工具主要有程序流程图、盒图、PAD 图、判定表、判定树等，这些工具将在4.4.2 节中描述。

**4. 信息编码设计**

信息编码是指将某些数据项的值用某一代号来表示，以提高数据的处理效率。在进行信息编码设计时，要求编码具有下述特点：

（1）实用性：代码要尽可能反映编码对象的特点，特别是要符合用户业务系统的要求，方便使用。

（2）唯一性：一个代码只反映一个编码对象。

（3）灵活性：代码应该能适应编码对象不断发展的需要，方便修改。

（4）简洁性：代码结构应尽量简单，位数要尽量少。

（5）一致性：代码格式要统一规划。

（6）稳定性：代码不宜频繁变动。

**5. 测试用例的设计**

测试用例包括输入数据和预期结果等内容。由于进行详细设计的软件人员对具体过程的要求最清楚，因而由他们设计测试用例是最合适的。测试用例的设计方法会在

第 7 章介绍。

**6. 其他设计**

根据软件系统的具体要求，还可能进行网络系统的设计、输入/输出格式设计、人机界面设计、系统配置设计等。

**7. 编写"详细设计说明书"**

编写"详细设计说明书"是详细设计阶段最重要的任务，要根据软件项目的规模和系统的实际要求，按照"详细设计说明书"编写的规范，编写出能准确、详细地描述具体实现的文档。"详细设计说明书"的评审是必需的，如果评审不通过，要再次进行详细设计，直到满足要求为止。

软件经过详细设计阶段之后，将形成一系列的程序规格说明。这些规格说明就像建筑物设计的施工图纸，决定了最终程序代码的质量。因此，如何高质量地完成详细设计是提高软件质量的关键。

## 4.4.2 过程设计的常用工具

描述程序处理过程的工具称为过程设计的工具，它们可以分为图形、表格和语言三类。无论是哪类工具，都要求它们能提供对设计的无歧义的描述，能指明控制流程、处理功能、数据组织以及其他方面的实现细节，从而在编码阶段能把对设计的描述翻译成程序代码。过程设计的工具主要有下述几种。

**1. 程序流程图**

程序流程图又称为程序框图，以描述程序控制的流动情况为目的，表示程序中的操作顺序。程序流程图包括以下内容：

（1）指明实际处理操作的处理符号，它包括根据逻辑条件确定要执行的路径的符号。

（2）指明控制流的流线符号。

（3）其他便于读、写程序流程图的特殊符号。

图 4-29 中列出了程序流程图中使用的各种符号。

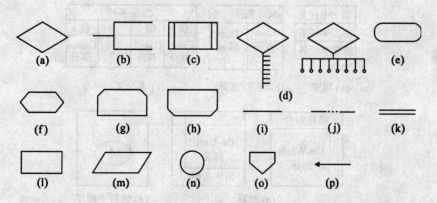

（a）选择（分支）；（b）注释；（c）预定义的处理；（d）多分支；（e）开始或停止；
（f）准备；（g）循环上界限；（h）循环下界限；（i）虚线；（j）省略符；（k）并行方式；
（l）处理；（m）输入/输出；（n）连接；（o）换页连接；（p）控制流

图 4-29　程序流程图中使用的各种符号

从 20 世纪 40 年代末到 70 年代中期，程序流程图一直是过程设计的主要工具。它的主要优点是对控制流程的描绘很直观，便于初学者掌握。由于程序流程图历史悠久，为最广泛的人所熟悉，因此尽管它有种种缺点，许多人建议停止使用它，但至今仍在广泛使用着。不过总的趋势是越来越多的人不再使用程序流程图了。

程序流程图的主要缺点如下：

（1）程序流程图本质上不是逐步求精的好工具，它诱使程序员过早地考虑程序的控制流程，而不去考虑程序的全局结构。

（2）程序流程图中用箭头表示控制流，因此程序员不受任何约束，可以完全不顾结构程序设计的精神，随意转移控制。

（3）程序流程图不易表示数据结构。

（4）详细的微观程序流程图——每个符号对应于源程序的一行代码，对于提高大型系统的可理解性作用甚微。

### 2. 盒图（N–S 图）

出于要有一种不允许违背结构程序设计精神的图形工具的考虑，Nassu 和 Shneiderman 提出了一种符合结构化程序设计原则的图形描述工具，称为盒图，又称为 N-S 图。在 N-S 图中，为了表示五种基本控制结构，规定了五种图形构件：①顺序型；② 选择型；③ WHILE 重复型；④ UNTIL 重复型；⑤ 多分支选择型。N-S 图有下述特点：

（1）功能域（即某特定控制结构的作用域）有明确的规定，并且可以很直观地从 N-S 图上看出来。

（2）不可能任意转移控制。

（3）很容易确定局部和全程数据的作用域。

（4）很容易表现嵌套关系，也可以表示模块的层次结构。

图 4-30 给出了结构化控制结构的 N-S 图表示方法，也给出了调用子程序的 N-S 图表示方法。

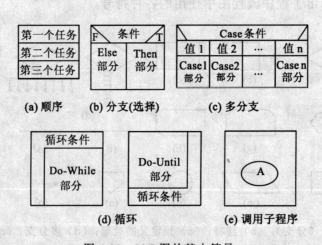

图 4-30　N-S 图的基本符号

N-S 图没有箭头，因此不允许随意转移控制。坚持使用 N-S 图作为详细设计的工具，可以培养程序员使用结构化的方式思考问题和解决问题的习惯。

### 3. PAD图

PAD是问题分析图（Problem Analysis Diagram）的英文缩写，是从程序流程图演化而来的。它设置了五种基本控制结构的图形元素，用这些基本图形元素可以把程序的过程控制结构表示成二维树，并允许递归使用。PAD图自1973年由日本日立公司发明以后，由于将这种二维树图翻译成程序代码比较容易，并且用它设计的程序一定是结构化的程序，因此得到一定程度的推广，将这种二维树图翻译成程序代码比较容易。图4-31给出了PAD图的基本符号。

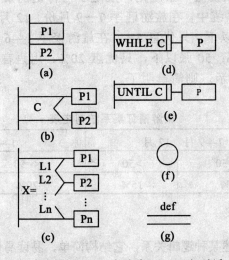

（a）顺序；（b）分支（选择）；（c）多分支；（d）当型循环；（e）直到型循环；

（f）语句标号；（g）定义

图4-31　PAD图的基本符号

PAD图的主要优点如下：

（1）依据PAD图所设计出来的程序必然是结构化程序。

（2）PAD图所描绘的程序结构十分清晰。图中最左边的竖线是程序的主线，即第一层结构。随着程序层次的增加，PAD图逐渐向右延伸，每增加一个层次，图形向右扩展一条竖线。PAD图中竖线的总条数就是程序的层次数。

（3）用PAD图表现程序逻辑，易读、易懂、易记。PAD图是二维树形结构的图形，程序从图中最左边的竖线上端的节点开始执行，自上而下、从左向右顺序执行，遍历所有节点。

（4）容易将PAD图转换成高级语言源程序，这种转换可用软件工具自动完成，从而可省去人工编码的工作，有利于提高软件可靠性和软件生产率。

（5）既可用于表示程序逻辑，也可用于描绘数据结构。

（6）PAD图的符号支持自顶向下、逐步求精方法的使用。开始时设计者可以定义一个抽象的程序，随着设计工作的深入，使用 def 符号逐步增加细节，直至完成详细设计，如图4-31所示。

（7）PAD图是面向高级程序设计语言的，为 FORTRAN、COBOL 和 PASCAL 等每种常用的高级程序设计语言都提供了一整套相应的图形符号。由于每种控制语句都有一个图形符号与之对应，显然将 PAD 图转换成与之对应的高级语言程序比较容易。

### 4. 判定表

当算法中包含多重嵌套的条件选择时，用程序流程图、N-S 图、PAD 图或后面即将介绍的过程设计语言（PDL）都不易清楚地描述，然而判定表却能够清晰地表示复杂的条件组合与应做的动作之间的对应关系。

一张判定表由四部分组成，左上部开出所有条件，左下部是所有可能做的动作，右上部是表示各种条件组合的一个矩阵，右下部是和每种条件组合相对应的动作。判定表右半部的每一列实质上是一条规则，规定了与特定的条件组合相对应的动作。

例如，旅游票预订系统中，在旅游旺季 7—9 月份、12 月份，如果订票超过 50 张，优惠票价的 15%；50 张以下，只优惠 5%。在旅游淡季 1—6 月份、10—11 月份，若订票超过 50 张，优惠 30%；50 张以下，只优惠 20%。用语言表达显得啰唆，如果用表4-1 所示的判定表形式表示，则简单明了。

表 4-1　　　　　　　　　　　旅游预订票系统判定表

| 旅游时间 | 7—9 月，12 月 | | 1—6 月，10—11 月 | |
|---|---|---|---|---|
| 订票量 | <=50 | >50 | <=50 | >50 |
| 折扣率 | 5% | 15% | 20% | 30% |

### 5. 判定树

判定树以图形方式描述某种逻辑关系，它结构简单，易读易懂。它是先从问题定义的文字描述中分清哪些是判定的条件，哪些是判定的结论，再根据描述材料中的连接词找出判定条件之间的从属关系、并列关系、选择关系，通过这些关系构造成判定树。

例如上面的判定表，若用判定树来表示就很清晰，如图 4-32 所示。

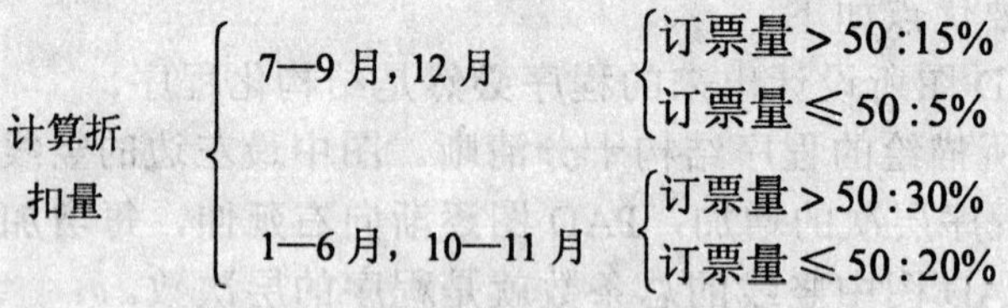

$$
计算折扣量
\begin{cases}
7—9 月，12 月
\begin{cases}
订票量 > 50：15\% \\
订票量 \leqslant 50：5\%
\end{cases} \\
1—6 月，10—11 月
\begin{cases}
订票量 > 50：30\% \\
订票量 \leqslant 50：20\%
\end{cases}
\end{cases}
$$

图 4-32　旅游预订票系统的判定树

判定表虽然能清晰地表示复杂的条件组合与应做的动作之间的对应关系，但其含义却不是一眼就能看出来的，初次接触这种工具的人要理解它需要有一个简短的学习过程。此外，当数据元素的值多于两个时，判定表的简洁程度也将下降。

判定树是判定表的变种，也能清晰地表示复杂的条件组合与应做的动作之间的对应关系。判定树的优点在于，它的形式简单到不需要任何说明，一眼就可以看出其含义，因此易于掌握和使用。它的缺点是结果不唯一，当选择不同的判定条件作为树的根节点时，就得到不同的判定表。多年来判定树一直受到人们的重视，是一种比较常用的系统分析和设计的工具。

### 6. 过程设计语言（PDL）

PDL 也称为伪码，这是一个笼统的名称，现在有许多种不同的过程设计语言在使用。它是用正文形式表示数据和处理过程的设计工具。

下面给出用伪码编写的向量初始化的源码。

```
procedure Pre-process（X,m,minsup）
Begin
{for each xi∈X //X为初始元向量集合
if |xi*t|<minsup*m then
    delete xi from X
else
    L1.Y1=xi    L1.count=|xi*t| L1.contain=Ixi
}// Ixi为向量中包含的项目的集合
End
```

PDL 具有严格的关键字外部语法，用于定义控制结构和数据结构；另一方面，PDL 表示实际操作和条件的内部语法通常又是灵活自由的，以便可以适应各种工程项目的需要。因此，一般说来 PDL 是一种"混杂"语言，它使用一种语言（通常是某种自然语言）的词汇，同时却使用另一种语言（某种结构化的程序设计语言）的语法。

PDL 具有下述特点：

（1）关键字的固定语法为它提供了结构化控制结构、数据说明和模块化的特点。为了使结构清晰和可读性好，通常在所有可能嵌套使用的控制结构的头和尾都有关键字，如 if…if（或 endif）等。

（2）使用自然语言的自由语法描述处理特点。

（3）数据说明的手段，应该既包括简单的数据结构（例如纯量和数组），又包括复杂的数据结构（例如链表或层次的数据结构）。

（4）模块定义和调用的技术，应该提供各种接口描述模式。

PDL 作为一种设计工具，具有如下一些优点：

（1）可以作为注释直接插在源程序中间。这样做能使维护人员在修改程序代码的同时也相应地修改 PDL 注释，因此有助于保持文档和程序的一致性，提高了文档的质量。

（2）可以使用变通的正文编辑程序或文字处理系统，很方便地完成 PDL 的书写和编辑工作。

（3）已经有自动处理程序存在，而且可以自动由 PDL 生成程序代码。

PDL 的缺点是不如图形工具形象直观，描述复杂的条件组合与动作间的对应关系时，不如判定表清晰简单。

## 4.4.3 数据库逻辑结构设计和物理设计

### 1. 数据库逻辑结构设计

数据库逻辑结构设计的任务是把概念模型（E-R 图）转换成所选用的具体的 DBMS 所支持的数据模型。数据库逻辑结构设计的步骤如下：

计算机科学与技术专业规划教材

（1）E-R图向关系模型的转换。

在关系数据库中，数据是以表为单位实现存储的，因此数据库的逻辑结构设计首先应确定数据库中的诸多数据表。可以按以下规则从 E-R 模型中映射出数据表：

①每一个实体映射为一个数据表。实体的属性就是表中的字段，实体的主键就是数据表的主键。

②实体间的联系则有以下不同的情况：

每一个 1：1 联系可以映射为一个独立的数据表，也可以与跟它相连的任意一端或两段的实体合并为数据表。合并方法是将其中的一个数据表的全部字段加入到另一个数据表中，然后去掉意义相同的字段。

每一个 1：n 联系可以转换为一个独立的数据表，但更多的情况是与 n 端对应的实体合并组成一个数据表，组合数据表的字段中应含有 1 端实体的主键。

每一个 m：n 联系映射为一个数据表。与该联系相连的各实体的主键以及联系本身的属性均映射为数据表的字段，且各实体的主键组合起来作为数据表的主键或主键的一部分。

③三个或三个以上实体间的一个多元联系也可以映射为一个数据表。与该联系相连的各实体的主键以及联系本身的属性均映射为数据表的字段，且各实体的主键组合起来作为数据表的主键或主键的一部分（见图 4-33）。

④ 具有相同主键的数据表可合并。

例如，学校教学管理工作涉及教研室、教师、课程、学生四个实体：

教研室：名称、电话、地点。

教师：教师号、姓名、性别、职称。

课程：课程号、课程名、学分、选修课程号。

学生：学号、姓名、性别、出生日期、班级、宿舍区。

一个班的学生住在同一宿舍区，一个学生可以选修多个老师的多门课程，一门课程可被多个学生选修，学生选修的课程要有成绩。

一个教师可以讲授多门课程，一门课程可由多个教师讲授，一个教研室有多名教师，一名教师只能属于一个教研室。

图 4-33 给出了教学管理模块的 E-R 图。

根据 E-R 图向关系模型的转换方法，可以得到如下五张表：

实体表：教研室（<u>名称</u>、电话、地点）。

实体表：教师（<u>教师号</u>、姓名、性别、职称、<u>教研室名称</u>）。

实体表：学生（<u>学号</u>、姓名、性别、出生日期、班级、宿舍区）。

实体表：课程（<u>课程号</u>、课程名、学分、选修课程号）。

联系表：教学（<u>学号</u>、<u>课程号</u>、<u>教师号</u>、成绩）。

（2）对数据表进行优化。

从 E-R 模型映射的数据表是建立在用户需求基础上的，实际上同一种模型可能有不同的数据表组合，为了使数据库逻辑结构更加合理，在设计过程中一般还需按照关系数据规范化的原理进行优化处理，以消除或减少数据表中的不合理现象，如数据冗余和数据更新。

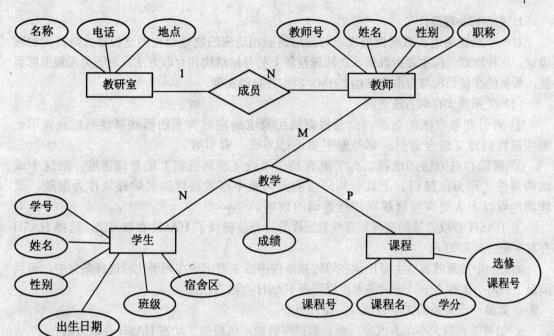

图 4-33 教学管理 E-R 图

通常按照属性间的依赖情况区分规范化的程度。满足最低要求的是第一范式，在第一范式中再进一步满足一些要求的为第二范式，其余以此类推。下面给出第一、第二和第三范式的定义。

① 第一范式：指数据表的每一字段都是不可分割的基本数据项，同一字段中不能有多个值，即实体中的某个属性不能有多个值或者不能有重复的属性。

② 第二范式：满足第一范式条件，且每个非关键字属性都由整个关键字决定，即要求实体的属性完全依赖于主关键字。

③ 第三范式：满足第二范式条件，且要求一个数据库表中不包含已在其他表中已包含的非主关键字信息。

显然通过提高数据表范式级别可以降低数据表的数据冗余，并可减少由此造成的数据更新异常。

（3）设计用户子模式。

将概念模型转换为全局逻辑模型后，还应该根据局部应用需求，结合具体 DBMS 的特点，设计用户的外模式。定义数据库全局模式主要从系统的时间效率、空间效率、易维护等角度出发。由于用户外模式与模式是相对独立的，因此在定义用户外模式时可以注重考虑用户的习惯和使用方便。

① 使用更符合用户习惯的别名。

② 可以对不同级别的用户定义不同的视图，以保证系统的安全性。

③ 简化用户对系统的使用。可以将复杂查询定义为视图，用户每次只对定义好的视图进行查询，大大简化了用户的使用。

**2. 数据库物理设计**

对一个给定的逻辑数据模型求取与应用需要相适应的物理结构的过程称为数据库物理设计。这种物理结构主要指数据库在物理设备上的存储结构和存取方法。对于关系数据库系统，数据的存储结构与存取方法由 DBMS 决定并自动实现。

（1）关系模式存取方法选择。

① 索引存取方法的选择。就是根据应用要求确定对关系的哪些属性列建立索引、哪些属性列建立组合索引、哪些索引要设计为唯一索引等。

② 聚簇存取方法的选择。为了提高某个属性（或属性组）的查询速度，把这个或这些属性（称为聚簇码）上具有相同值的元组集中存放在连续的物理块称为聚簇。聚簇功能可以大大提高按聚簇码进行查询的效率。

③ HASH 存取方法的选择。有些数据库管理系统提供了 HASH 存取方法，选择 HASH 存取方法的规则如下：

如果一个关系的属性主要出现在等连接条件中或主要出现在相等比较选择条件中，而且满足下列两个条件之一，则此关系可以选择 HASH 存取方法：

a. 如果一个关系的大小可预知，而且不变；

b. 如果关系的大小动态改变，而且数据库管理系统提供了动态 HASH 存取方法。

（2）确定数据库的存储结构。

确定数据库物理结构主要指确定数据的存放位置和存储结构，包括确定关系、索引、聚簇、日志、备份等的存储安排和存储结构，确定系统配置等。

① 确定数据的存放位置。为了提高系统性能，应该根据应用情况将数据的易变部分与稳定部分、经常存取部分和存取频率较低部分分开存放。例如，目前许多计算机都有多个磁盘，因此可以将表和索引放在不同的磁盘上，查询时，由于两个磁盘驱动器并行工作，可以提高物理 I/O 读写的效率。也可以将比较大的表分放在两个磁盘上，以加快存取速度，这在多用户环境下特别有效。

② 确定系统配置。系统配置变量很多，例如：同时使用数据库的用户数，同时打开的数据库对象数，内存分配参数，缓冲区分配参数（使用的缓冲区长度、个数），存储分配参数，物理块的大小，物理块装填因子，时间片大小，数据库的大小，锁的数目等。这些参数值影响存取时间和存储空间的分配，在物理设计时就要根据应用环境确定这些参数值，以使系统性能最佳。

在物理设计时对系统配置变量的调整只是初步的，在系统运行时还要根据系统实际运行情况作进一步的调整，以期切实改进系统性能。

（3）评价物理结构。

评价物理数据库的方法完全依赖于所选用的 DBMS，主要是从定量估算各种方案的存储空间、存取时间和维护代价入手，对估算结果进行权衡、比较，选择一个较优的合理的物理结构。如果该结构不符合用户需求，则需要修改设计。

## 4.4.4 人机界面设计

人机界面（用户界面）设计是详细设计的一个重要组成部分。人机界面是人与计算机之间的交流媒介，作为交互式应用软件的门面，它在现实中扮演着越来越重要的角色。友好高效的人机界面不仅是实现软件功能所必需的接口，而且会直接影响用户对软件产品的评价，从而影响软件产品的竞争力和寿命。因此，必须对人机界面设计足够重视。

**1. 人机界面风格**

在计算机出现的不足半个世纪的时间里，人机界面风格经历了巨大的变化。以下从几个不同的角度来观察和总结人机界面发生的变化及发展趋势。

（1）就人机界面的具体形式而言，过去经历了批处理、联机终端（命令接口）、菜单等多通道—多媒体人机界面和虚拟现实系统。

（2）就人机界面中信息载体类型而言，经历了以文本为主的字符人机界面（CUI）、以二维图形为主的图形人机界面（GUI）和多媒体人机界面，计算机与用户之间的通信带宽不断提高。

（3）就计算机输出信息的形式而言，经历了以符号为主的字符命令语言、以视觉感知为主的图形人机界面、兼顾听觉感知的多媒体人机界面和综合运用多种感官（包括触觉等）的虚拟现实系统。

**2. 人机界面设计原则**

多年来，人们积累了丰富的人机界面设计方面的经验，再结合认知心理学等学科的理论，形成了人机界面设计中的一些原则。Theo Mandel 在其关于界面设计的著作中创造了三条"黄金规则"：用户掌控系统、减轻用户的记忆负担、保持界面一致。这些原则对界面设计起着重要的指导作用。

（1）用户掌控系统。

不要强迫用户执行不必要的或不希望的动作。例如：如果在文字处理软件中选择拼写检查，则软件将进入到拼写检查模式。如果用户希望在这种情形下进行一些文本编辑，则没有理由强迫用户停留在拼写检查模式，用户应该能够几乎不需要任何动作就进入和退出该模式。

提供灵活多样的交互。不同的用户有着不同的交互喜好，应该提供可供选择的交互方式。软件可能允许用户通过键盘命令、鼠标操作、手写输入笔或者语音输入等方式进行交互，但是动作并非要受控于每一种交互机制之下。例如，如果使用键盘命令来完成复杂的绘图任务是有一定难度的。

允许用户交互被中断和撤销。即使当用户陷入到一系列动作中时，也能够中断动作序列去做其他某些事情。应该能让用户撤销任何交互动作。

可以考虑让用户定制界面，方便交互。例如：在个人主页中有着多种可供选择的功能区域，如果全部放置于用户的界面上，就会显得繁杂、凌乱。如果提供了界面定制的功能，用户就可以根据自己的喜好，定制自己喜欢的界面。

使用户与内部技术细节隔离。人机界面应该能够将用户移入到应用的虚拟世界中，用户不应该知道应用内部的与实现细节相关的计算机技术，不应该让用户在应用的内部层次上进行交互。

响应时间的低可变性也有助于用户建立相对稳定的交互节奏,便于用户控制运行时间，避免系统响应时间过长造成用户的焦虑和沮丧。

适当地提示错误消息可以提高交互式系统的质量。

（2）减轻用户的记忆负担。

在用户与系统交互时，要求用户记住的东西越多，出错的可能性越大。因此，一个精心设计的人机界面不会加重用户的记忆负担。只要可能，系统应该记住有关的信息，并且随时都能提供交互场景来帮助用户。

减少对短期记忆的要求。当用户陷于复杂的任务时，短期记忆的要求将会加大。界面的设计应尽量不要求记住过去的动作或结果。可行的解决方法是通过提供可视的提示，使得用户能够识别过去的动作，而不是必须记住他们。

建立有意义的缺省值。初始的缺省值集合应该对一般的用户有意义，但因为每个用户的偏好不同，应该允许用户重新定义初始缺省值。

定义直观的快捷方式。当使用助记符来完成系统的功能时，助记符应该以容易记忆的方式被联系到相关动作。例如，使用被激活任务的第一个字母。

界面的视觉布局应该基于真实世界。例如，一个账单支付系统应该使用支票簿和支票登记簿来指导用户的账单支付过程，这使得用户有着一种接近真实场景的体验，而不用记住复杂难懂的交互序列。

以渐进的方式展示信息。界面应该以层次化的方式进行组织，即关于某任务、对象或行为的信息应该首先在高抽象层次上呈现。更多的细节应该在用户用鼠标点击表明兴趣后再展示。

（3）保持界面一致。

用户应该可以用一致的方式展示和获取信息，这意味着：从始至终按照统一的设计标准来组织可视信息的屏幕显示；输入输出机制在整个应用中得到一致的使用；从任务到任务的导航机制要一致地定义和实现。

如果过去用户所使用的系统的交互模型已经建立起了用户期望，除非有不得已的理由，否则不要轻易改变它。一个特殊的交互序列一旦已经成为了事实上的标准，则用户在遇到的每个应用中都会如此期望，如使用 Ctrl+C 来进行拷贝操作，如果改变了将有可能导致混淆。

推行人机界面设计标准，将给设计者和用户带来便利。对于设计者来说，因为大家都按照统一的标准进行设计，每次为新的系统设计界面的时候可以重用原有的模块和对象，这将大大提高界面的生产率和质量。而对用户来说，一旦掌握了某个系统的界面，在学习新的系统时就会感到亲切自然，直观易懂。目前最通用的界面标准是 Windows 系统。

**3. 人机界面设计过程**

人机界面的设计包含以下几个步骤：

（1）确定需要界面交互的任务的目标和含义，将任务设计的结果作为输入，设计成一组逻辑模块，然后加上存取机制，把这些模块组织成界面结构（窗口、菜单、对话框、图标、按钮、输入框等，用实体—联系图等模型表示）。

（2）将每一模块映射为一系列特定动作，描述这些动作将来在界面上执行的顺序（用流程图、控制流图等表示）。

（3）指明上述各动作序列中每个动作在界面上执行时，界面呈现的形式（用状态图等表示）。

（4）定义控制机制，即便于用户修改系统状态的一些设置和操作，说明控制机制怎样作用于系统状态（用状态图等表示）。

（5）简要说明用户应怎样根据界面上反映出的信息解释系统的状态（设计文档）。

（6）一旦设计模型被创建，它就被实现成一个原型，必须对其进行评估，并由用户进行检查，然后根据用户的意见进行修改。

# 4.5 面向数据结构的设计方法

在完成了软件概要设计设计之后，可以使用面向数据结构的方法来设计每个模块的过程。一般来说，输入数据、内部存储的数据（数据库或文件）以及输出数据都有特定的结构，这种数据结构既影响程序的结构，又影响程序的处理过程。比如：重复出现的数据通常由具有循环控制结构的程序来处理，选择数据要用带有分支控制结构的程序来处理。面向数据结构的设计方法就是从目标系统的输入、输出数据结构入手，导出程序框架结构。

本节主要介绍 Jackson 方法和 Wamier 方法这两种最著名的面向数据结构的设计方法。

## 4.5.1 Jackson 方法

1975 年，M．A．Jackson 提出了一类至今仍广泛使用的软件开发方法。Jackson 方法把问题分解为三种基本结构形式：顺序、选择和重复。三种数据结构可以进行组合，形成复杂的结构体系。这一方法从目标系统的输入、输出数据结构入手，导出程序框架结构，再补充其他细节，就可得到完整的程序结构图。这一方法对输入、输出数据结构明确的中小型系统特别有效，如商业应用中的文件表格处理。该方法也可与其他方法结合，用于模块的详细设计。

**1．Jackson 图**

虽然程序中实际使用的数据结构种类繁多，但是它们的数据元素彼此间的逻辑关系却只有顺序、选择和重复三类。因此，逻辑数据结构也只有这三类。

（1）顺序结构。

顺序结构的数据由一个或多个数据元素组成，每个元素按确定次序出现一次。如图 4-34 所示是表示顺序结构的 Jackson 图的一个例子。

图 4-34　顺序结构的 Jackson 图

（2）选择结构。

选择结构的数据包含两个或多个数据元素，每次使用这个数据时按一定条件从这些数据元素中选择一个。如图 4-35 所示是表示三个结构中选一个结构的 Jackson 图。

（3）循环结构。

循环结构的数据，根据使用时的条件，由一个数据元素出现零次或多次构成。如图 4-36 所示是表示循环结构的 Jackson 图。

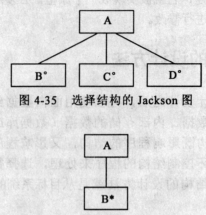

图 4-35　选择结构的 Jackson 图

图 4-36　循环结构的 Jackson 图

Jackson 图具有下述优点：

① 便于表示层次结构，而且是对结构进行自顶向下分解的有力工具；

② 形象直观，可读性好；

③ 既能表示数据结构，也能表示程序结构（因为结构程序设计也只使用上述三种基本结构）。

### 2. 改进的 Jackson 图

用上述这种 Jackson 图的图形工具表示选择或重复结构时，选择条件或循环结束条件不能直接在图上表示出来，影响了图的表达能力。也不便直接把图翻译成程序，框间连线为斜线，不易在行式打印机上输出。为了解决上述问题，建议使用如图 4-37 所示的改进的 Jackson 图。

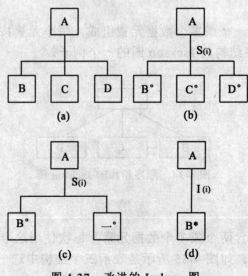

图 4-37　改进的 Jackson 图

虽然 Jackson 图和描绘软件结构的层次图形式相当类似，但是含义却很不相同。

层次图中的一个方框通常代表一个模块；Jackson 图即使在描绘程序结构时，一个方框也并不代表一个模块，通常只代表几个语句。层次图表现的是调用关系，也就是说，一个方框中包括的操作仅仅由它下层框中的那些操作组成。

**3. Jackson 设计方法**

Jackson 设计方法基本上由下述五个步骤组成。

（1）分析并确定输入数据和输出数据的逻辑结构，并用 Jackson 图描绘这些数据结构。

（2）找出输入数据结构和输出数据结构中有对应关系的数据单元。所谓有对应关系是指有直接的因果关系，在程序中可以同时处理的数据单元（对于重复出现的数据单元必须重复的次序和次数都相同才可能有对应关系）。

（3）用下述三条规则从描绘数据结构的 Jackson 图导出描绘程序结构的 Jackson 图。

规则一 为每对有对应关系的数据单元，按照它们在数据结构图中的层次，在程序结构图的相应层次画一个处理框（注意，如果这对数据单元在输入数据结构和输出数据结构中所处的层次不同，则和它们对应的处理框在程序结构图中所处的层次与它们之中在数据结构图中层次低的那个对应）。

规则二 根据输入数据结构中剩余的每个数据单元所处的层次，在程序结构图的相应层次分别为它们画上对应的处理框。

规则三 根据输出数据结构中剩余的每个数据单元所处的层次，在程序结构图的相应层次分别为它们画上对应的处理框。

总之，描绘程序结构的 Jackson 图应该综合输入数据结构和输出数据结构的层次关系而导出。在导出程序结构图的过程中，由于改进的 Jackson 图规定在构成顺序结构的元素中不能有重复出现或选择出现的元素，因此可能需要增加中间层次的处理框。

（4）列出所有操作和条件（包括分支条件和循环结束条件），并且把它们分配到程序结构图的适当位置。

（5）用伪码表示程序。

Jackson 方法中使用的伪码和 Jackson 图是完全对应的。下面是与三种基本结构对应的伪码。

与图 4-37（a）所示的顺序结构对应的伪码，其中 seq 和 end 是关键字：

```
A seq
    B
    C
    D
A end
```

与图 4-37（b）、4-37（c）所示的选择结构对应的伪码，其中 select、 or 和 end 是关键字，cond1 、cond2 和 cond3 分别是执行 B、C 或 D 的条件：

```
A select cond1
    B
A or cond2
    C
A or cond3
```

D

A end

与图 4-37（d）所示的重复结构对应的伪码，其中 iter、until、while 和 end 是关键字（重复结构有 until 和 while 两种形式），cond 是条件：

A iter until（或 while）cond

B

A end

下面结合一个具体例子，进一步说明 Jackson 结构程序设计方法。

【例】一个正文文件由若干个记录组成，每个记录是一个字符串。要求统计每个记录中空格字符的个数，以及文件中空格字符的总个数。要求的输出数据的格式是：每复制一行输入字符串之后，另起一行印出这个字符串中的空格数，最后印出文件中空格的总个数。

对于这个简单例子而言，输入和输出数据的结构很容易确定。如图 4-38 所示是用 Jackson 图描绘的输入/输出数据结构。

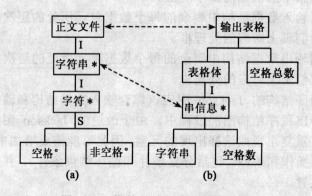

图 4-38　描绘的输入/输出数据结构

确定了输入/输出数据结构之后，下一步是分析确定在输入数据结构和输出数据结构中有对应关系的数据单元。在这个例子中，输出数据总是通过对输入数据的处理而得到的，因此在输入/输出数据结构最高层次的两个单元（在这个例子中是“正文文件”和“输出表格”）总是有对应关系的。这一对单元将和程序结构图中最顶层的方框（代表程序）相对应，也就是说经过程序的处理由正文文件得到输出表格。因为每处理输入数据中一个“字符串”之后，就可以得到输出数据中一个“串信息”，它们都是重复出现的数据单元，而且出现次序和重复次数都完全相同。因此，“字符串”和“串信息”也是一对有对应关系的单元。

下面依次考察输入数据结构中余下的每个数据单元，看是否还有其他有对应关系的单元。“字符”不可能和多个字符组成的“字符串”对应，与输出数据结构中其他数据单元也不能对应。单个空格并不能决定一个记录中包含的空格个数，因此也没有对应关系。通过类似的考察发现，输入数据结构中余下的任何一个单元在输出数据结构中都找不到对应的单元，也就是说，在这个例子中输入/输出数据结构中只有上述两对有对应关系的单元。在图 4-38 中用一对虚线箭头把有对应关系的数据单元连接起来，以突出表明这种对应关系。

Jackson 程序设计方法的第三步是从数据结构图导出程序结构图。按照前面已经讲过的规则，这个步骤的大致过程如下：

首先，在描绘程序结构的 Jackson 图的最顶层画一个处理框"统计空格"，它与"正文文件"和"输出表格"这对最顶层的数据单元相对应。但是接下来还不能立即画与另一对数据单元（"字符串"和"串信息"）相对应的处理框，因为在输出数据结构中"串信息"的上层还有"表格体"和"空格总数"这两个数据单元，在程序结构图的第二层应该有与这两个单元对应的处理框——"程序体"和"印总数"。因此，在程序结构图的第三层才是与"字符串"和"串信息"相对应的处理框——"处理字符串"。在程序结构图的第四层似乎应该是和"字符串"、"字符"及"空格数"等数据单元对应的处理框"印字符串"、"分析字符"及"印空格数"，这三个处理是顺序执行的。但是，"字符"是重复出现的数据单元，因此，"分析字符"也应该是重复执行的处理。改进的 Jackson 图规定顺序执行的处理中不允许混有重复执行或选择执行的处理，所以在"分析字符"这个处理框上面又增加了一个处理框"分析字符串"。最后得到的程序结构图如图 4-39 所示。

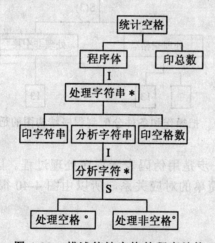

图 4-39 描述统计空格的程序结构

Jackson 程序设计方法的第四步是列出所有操作和条件，并且把它们分配到程序结构图的适当位置。首先，列出统计空格个数需要的全部操作和条件如下：

1）停止      2）打开文件

3）关闭文件      4）印出字符串

5）印出空格数目      6）印出空格总数

7）sum:=sum+1      8）totalsum:=totalsum+sum

9）读入字符串      10）sum:=0

11）totalsum:=0      12）pointer:=1

13）pointer:=pointer+1      I（1）文件结束

I（2）字符串结束      S（3）字符是空格

在上面的操作表中，sum 是保存空格个数的变量，totalsum 是保存空格总数的变量，而 pointer 是用来指示当前分析的字符在字符串中的位置的变量。

计算机科学与技术专业规划教材

经过简单分析，不难把这些操作和条件分配到程序结构图的适当位置，结果如图 4-40 所示。

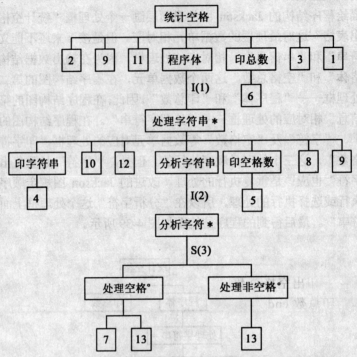

图 4-40　把操作和条件分配到程序结构图的适当位置

Jackson 方法的最后一步是用伪码表示程序处理过程。因为 Jackson 方法使用的伪码和 Jackson 图之间存在简单的对应关系，所以由图 4-40 很容易得到下面的伪码：

```
统计空格 seq
打开文件
读入字符串
totalsum:=0
程序体 iter until 文件结束
处理字符串 seq
   印字符串 seq
      印出字符串
   印字符串 end
   sum:=0
   pointer:=1
   分析字符串 iter until 字符串结束
分析字符 select 字符是空格
   处理空格 seq
      sum:=sum+1
```

```
            pointer:=pointer+1
        处理空格 end
    分析字符 or 字符不是空格
        处理非空格  seq
            pointer:=pointer+1
        处理非空格 end
    分析字符 end
    分析字符串 end
    印空格数 seq
        印空格数目
    印空格数 end
    totalsum:=totalsum+sum
    读入字符串
处理字符串 end
                程序体 end
                印总数 seq
                    印出空格总数
                印总数 end
                关闭文件
                停止
                统计空格 end
```

以上简单介绍了由 Jackson 提出的结构程序设计方法。这个方法在设计比较简单的数据处理系统时特别方便，但当设计比较复杂的程序时常常遇到输入数据可能有错、条件不能预先测试、数据结构冲突等问题。为了克服上述困难，把 Jackson 方法应用到更广阔的领域，需要采用一系列比较复杂的辅助技术。详细介绍这些技术已经超出本书的范围，需要更深入了解 Jackson 方法的读者，请参阅 Jackson 本人的有关专著。

### 4.5.2  Wamier 方法

Wamier 程序设计方法是另一种面向数据结构的设计方法，又称为逻辑地构造程序的方法，简称 LCP（Logical Construction of Programs）方法，1974 年由 J. D. Wamier 提出。Wamier 方法的原理和 Jackson 方法类似，也是从数据结构出发设计程序。它们之间的差别有三点：一是它们使用的图形工具不同，分别使用 Wamier 图和 Jackson 图；二是使用的伪码不同；最主要的差别是在构造程序框架时，Wamier 方法仅考虑输入数据结构，而 Jackson 方法不仅考虑输入数据结构，而且还考虑输出数据结构。

**1. Wamier 图**

Wamier 图又称为 Wamier-Orr 图，同 Jackson 图一样，也可用来表示数据结构和程序结构。其外形紧凑，书写方便，是一种较为通用的表达工具。Wamier 图中使用的主要符号与说明如表 4-2 所示。

表 4-2　　　　　　　　　　　　Wamier 图的主要符号与说明

| 符号 | 含　义 | 说　明 | 意　义 |
|---|---|---|---|
| { | 表示层次组织 | （1 次） | 顺序结构 |
| ⊕ | 表示"或"（or） | （n 次） | 循环结构 |
| ⊕ - | 表示"非" | （0 或 1 次） | 选择结构 |

　　例如某会计管理系统中需要设计一个报表系统。系统的输入文件有两种记录：一种是头记录，记载客户的账号、姓名和旧余额；另一种是借贷事务记录，记载客户账号、（借贷）事务编号、借贷金额和借贷类型代码等。该系统的主要功能是根据上述的输入文件，定期产生有关客户借贷事务的报表。根据系统的设计，可以用 Wamier 图来描述系统的输入和输出数据结构，需要注意的是其图形中次数的说明。如图 4-41 所示为某会计管理系统中输入数据结构的 Wamier 图，如图 4-42 所示为某会计管理系统中输出数据结构的 Wamier 图。

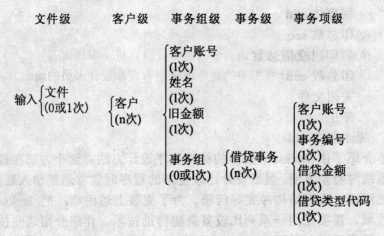

图 4-41　某会计管理系统中输入数据结构

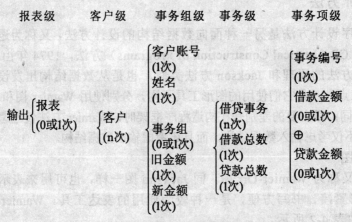

图 4-42　某会计管理系统中输出数据结构

**2. Wamier 设计方法**

Wamier 设计方法基本上由下述四个步骤组成：

（1）分析和确定问题的输入和输出的数据结构，并用 Wamier 图表示；

（2）从数据结构（特别是输入数据结构）导出程序的处理结构，用 Wamier 图表示；

（3）将程序结构改用程序流程图表示；

（4）根据上一步得到的程序流程图，写出程序的详细过程描述。

在第四步中，主要是：

① 自上而下给流程图每一个处理框统一编号；

② 列出每个处理框所需要的指令，加上处理框的序号，并将指令分类；

③ 将上述分类的指令全部按处理框的序号重新排序，序号相同的则基本按"输入/处理/输出"的顺序排列，从而得到了程序的详细过程描述。

# 4.6　编码

作为软件开发的一个步骤，软件编码就是选择某种程序设计语言，按照编程规范，将详细设计的结果变换成用某种程序设计语言编写的可在计算机上编译执行的具体代码。编码质量与设计人员使用的可安装在计算机中的程序设计语言，和设计人员的编码风格密切相关。目前，各种各样的程序设计语言有成千上万种，不同语言有着不同的特点及其适用范围，选择适当的程序设计语言进行编码，有助于进行高质量的编码活动。

## 4.6.1　选择程序设计语言

软件编码要产生在实际计算机上可执行的代码，因此，选择程序设计语言既要考虑其是否能满足需求分析和设计阶段所产生模型的需要，又要考虑语言本身的特性以及要求的软件和硬件环境。选择合适的程序设计语言，可以有效地减少编码的工作量，编写易读、易测试、易维护的代码。对于编制程序过程有如下要求：

（1）编写的源程序易于代码的翻译；

（2）源程序或代码易于移植；

（3）为提高生产率、减少差错、提高质量，尽量利用代码生成工具；

（4）编写的程序易于维护；

（5）使用高效的编程环境。

程序设计语言是实现将软件设计转化到实际执行代码的基本工具。程序设计语言自身的特性将不可避免地影响到设计人员的思维方式和解决问题的方式，影响到程序设计的质量和设计风格。尽管程序设计语言种类繁多，但按影响设计方法的表现形式上看可以分为两类：面向计算机的汇编语言和面向设计人员的高级语言。

汇编语言也称面向机器的语言，它依赖于计算机的硬件结构，不同的计算机有不同的汇编语言。汇编语言的指令系统随机器而异，生产效率低，难学难用，容易出错，难以维护，但运行效率高，易于与系统接口，在一些实时应用场合和底层控制过程的小规模程序设计中仍在使用，在复杂软件开发中较少使用。

高级语言是当前使用最广泛的语言，高级程序设计语言中使用的符号与人们通常使用的概念和符号较接近，一般不依赖于单一类型的计算机，一条语句的作用顶得上多条汇编指令，通用性强，易于移植。因此，开发复杂的软件系统，均选用高级程序设计语言作为编码的主要设计工具。

选择程序设计语言有以下标准：

（1）选用的程序设计语言应该有理想的模块化机制，具有较好的可读性控制结构和数据结构，能减少程序错误，结构清晰；

（2）选用的程序设计语言所对应的开发环境能够尽可能多地自动发现程序中的错误，便于测试和调试，提高软件的可靠性；

（3）选用的程序设计语言有良好的机制，具有符号表达的一致性和语义上的一致性，表达方式简洁，语法简单，便于记忆，易于学习掌握，以降低软件开发和维护成本；

（4）选用的程序设计语言能够满足应用领域功能和性能的要求；

（5）选用的程序设计语言能够满足描述程序模块算法复杂性的要求；

（6）选用的程序设计语言具有配套的软件工具，有利于提高软件开发的生产率；

（7）选用的程序设计语言有较好的移植性、兼容性和适应性；

（8）结合程序设计人员的知识水平和用户要求、标准化程度、系统开发规模、现有设计人员对语言的熟悉程度等因素进行选择。

如果与其他标准不发生矛盾时，应该选择开发人员熟悉的并在以前的项目中成功应用过的语言。当一种语言不能满足要求时，可选用一种语言为主语言，其他几种语言为辅助语言，进行混合编程，满足软件设计的总目标。

高级语言中又可按其特性分为过程性语言和非过程性语言。过程性语言需要描述算法实现的细节，而非过程性语言不需规定具体实现的细节。一般传统的程序设计语言（如标准 C 和标准 PASCAL 等）属于过程性语言，现代的高级语言有些是非过程性语言（如数据库管理系统中的国际标准 SQL 语言等），还有些高级语言具有以上两种特性。

不同的应用领域需要有与之相适应的语言特性。科学计算需要使用计算能力强、运算速度快的高级语言，如传统的 C、Pascal 等语言；商业管理和一般的信息管理需要具有较强的数据管理和多种查询能力的高级语言，如各种数据库管理语言；实时处理和控制需要具有处理速度快、能方便地与系统进行接口的程序设计语言，如汇编语言、C 语言等；智能系统和知识表达系统需要使用具有表达较强逻辑推理能力的语言，如 Lisp、Prolog 等语言。可根据具体应用领域的情况、用户要求、设计人员的背景、经验知识和应用环境的具体要求选用。因为对于设计人员来说，掌握一种新的设计工具是要花费一定的学习时间的，达到熟练程度才能灵活应用。

## 4.6.2　编码的准则

从软件工程的观点来看，系统分析和设计的目的是将软件的定义转换成能在具体计算机上实现的形式。这种转化，必须通过软件编码才能实现。详细设计说明书是软件编码阶段的设计依据与基础。

作为软件开发的一个步骤，编码是软件设计的结果。因此，程序的质量主要取决于软件设计的质量。但是，程序设计语言的特性和编码途径也对程序的可靠性、可读性、可测试性和可维护性产生深远的影响。良好的编程风格意味着在不影响程序性能的前提下，通过有效编排和组织程序代码，可在一定程度上提高程序的可读性和可维护性，编码时可参考下面一组规则进行。

### 1. 保持简洁

使程序尽可能地保持简洁，避免不必要的动作或变量，避免模块冗余和重复，尽量不使用全局变量，避免晦涩难懂的复杂语句。

### 2. 模块化

把代码划分为高内聚、低耦合的功能块。通常可使用分治策略把复杂的长程序段分解为简易、短小的且定义良好的程序段。

### 3. 简单化

去掉过分复杂且不必要的成分，可通过下列措施达到该目的：如采用更加简单有效的算法；在满足功能和性能的前提下，尽量使用简单的数据结构。

### 4. 结构化

把程序的各个构件组织成一个有效的系统。具体措施包括：按标准化的次序说明数据，按字母顺序说明对象名，使用读者明了的结构化程序部件，采用直截了当的算法，根据应用背景排列程序各部分，不随意为效率而牺牲程序的清晰度和可读性，让机器多做琐碎、繁琐的工作，如重复工作和库函数，用公用函数调用代替重复出现的表达式，检查参数传递情况，保证有效性，坚持使用统一缩进规则。

### 5. 文档化

尽量使程序能够自说明，具体措施包括：有效、适当地使用注释，保证注释有意义、说明性强，使用含义鲜明的变量名，协调使用程序块注释和程序行注释，始终坚持编制文档。

### 6. 格式化

尽量使程序布局合理、清晰。具体措施包括：有效地使用编程空间（水平和垂直方向），以助于读者理解。适当地插入括号，使表达式的运算次序清晰直观，排除二义性。有效地使用空格符，以区别程序的不同意群，提高程序的可读性。

# 本 章 小 结

软件设计的重要性在于好的设计才能保证软件的高质量，软件设计阶段通常可以划分为两个子阶段：概要设计和详细设计。

概要设计的主要任务是回答"系统总体上应该如何做"的问题，即将分析模型映射为具体的软件结构，了解体系结构的种类及其设计方法。概要设计应该掌握这样一些原则：提高模块独立性；模块规模、深度、宽度、扇出和扇入都应适当适中；模块的作用域应该在控制域之内；降低模块接口的复杂程度。概要设计中可采用的图形工具有系统流程图、层次图、HIPO 图和结构图。

详细设计则将概要设计的结果具体化。详细设计是进行逻辑系统开发的最后阶段，其质量的好坏将直接影响到系统的编码实现。因此，详细设计除了保证正确性之外，还要考虑到将来编写程序时的可读性、易理解、易测试、易维护等方面的因素。合理地选择和使用详细设计的基本工具，深入理解和掌握其设计思想和方法，对搞好软件开发是非常重要的。

软件编码的质量与软件的详细设计以及所选用的程序设计语言相关。良好的编码风格将极大地提高程序代码的可读性、可测试性、可维护性以及可靠性。

# 习　题

1．简述软件结构设计优化准则。

2．结构化程序设计方法的基本要点是什么？

3．软件详细设计的基本任务是什么？

4．简述变换分析设计的步骤。

5．详细设计主要使用哪些描述工具？各有何特点？

6．高校录取统分子系统有如下功能：

计算标准分：根据考生原始分计算，得到标准分，存入考生分数文件。

计算录取线分：根据标准分、招生计划文件中的招生人数，计算录取线，存入录取线文件。试根据要求画出该系统的数据流程图，并将其转换为软件结构图。

7．下列是直接选择排序算法（描述语言：C++类模板）：

```
template <class Type> void SelectSort （datalist<Type> & list）
{   //对表 list.Vector[0]到 list.Vector[n-1] 进行排序，n 表示当前长度。
    for （int i=0;　i<list.Size-1;　i++）
    {
        int k = i;
      //在 list.V[i].key 到 list.V[n-1].key 中找出具有最小关键码的对象
       for （int j=i+1;　j<list.Size;　j++）
       if （list.V[j].getKey （ ） ＜ list.V[k].getKey （ ） ） k = j;
      //当前具有最小关键码的对象
       if （k != i） Swap （list.V[i], list.V[k]）;          //交换
    }
}
```

画出程序流程图。

8．图书馆的预定图书子系统有如下功能：

（1）由供书部门提供书目给订购组；

（2）订购组从各单位取得要订的书目；

（3）根据供书目录和订书书目产生订书文档留底；

（4）将订书信息（包括数目、数量等）反馈给供书单位；

（5）将未订书目通知订书者；

（6）对于重复订购的书目由系统自动检查，并把结果反馈给订书者。

试根据要求画出该问题的数据流程图，并把其转换为软件结构图。

9．画出下面由 PDL 写出的程序的 PAD 图。

```
A
WHILE  a  DO
    B
    IF   b>0  THEN  C1  ELSE  C2  ENDIF
    CASE OF
```

```
            CASE    d1    THEN   D1
            CASE    d2    THEN   D2
            ELSE    D3
        END CASE
        E
    END WHILE
    F
```

# 第5章 面向对象的分析与建模

**【学习目的与要求】**面向对象方法是一种基于喷泉过程模型，用对象、类、继承、封装、聚合、消息传送、多态性等概念来构造软件系统的开发方法。而面向对象分析的目的是使用面向对象技术来抽取和整理用户需求，并建立起相应问题域的精确模型，这种模型主要由对象模型、动态模型和功能模型组成。本章主要介绍面向对象方法学的基本概念和面向对象的分析，重点介绍运用用例分析建立功能模型、运用类图建立对象模型和运用各种交互图建立动态模型的方法。通过本章学习，要求掌握面向对象方法学的概念和特点，掌握面向对象分析的基本过程和三种模型，能够运用统一建模语言（UML）的方法建立系统的分析模型。

## 5.1 面向对象方法学概述

在客观世界中，数据和处理是密切相关的，然而传统的软件开发方法是从过程的算法角度进行建模，所有的软件都用过程或函数作为其主要构造块，数据和处理分离成两个独立成分根据算法步骤的要求开发。按照这种方法，小规模软件产品开发均获得了成功，但是由于其重用程度低、研制和维护的成本大，应用于大型软件产品的开发时，则明显显示出它的不足，软件产品的成功率大大降低。

为了满足和适应大型软件产品的开发和设计，在 20 世纪 60 年代后期首次出现了面向对象的概念。首个面向对象编程语言 Simula-67 中就引入了类和对象的概念，自 20 世纪 80 年代中期起，人们开始注重面向对象的分析和设计研究，之后面向对象编程语言层出不穷，逐步形成了面向对象方法学。到了 20 世纪 90 年代，人们普遍使用面向对象方法学来开发软件产品，面向对象技术已成为当前主流的软件开发技术。

### 5.1.1 面向对象方法学的概念

面向对象方法学的基本原则是一致性,即从现实世界中客观存在的事物出发来构造软件系统，并在系统构造中尽可能与人类的自然思维方式相一致。

一致性提供了解决问题的方法。客观世界中的实体及实体间的关系构成了客观世界的问题域，人们将客观世界中的实体抽象为问题域中的对象（object）。由于问题域不同，因此问题域中实体的对象也就随着问题域的不同而不同。如：一个学校可以看做一个对象，一件事情也可以看做一个对象等。但如何确定对象，应由所要解决的问题域来确定。

在面向对象开发模式中优先考虑的是实体（问题论域的对象），面向对象方法认为对象是实体属性和实体行为的综合。因此，面向对象程序设计语言整合了数据和处理。

如图 5-1 所示是过程系统和对象系统的对比。

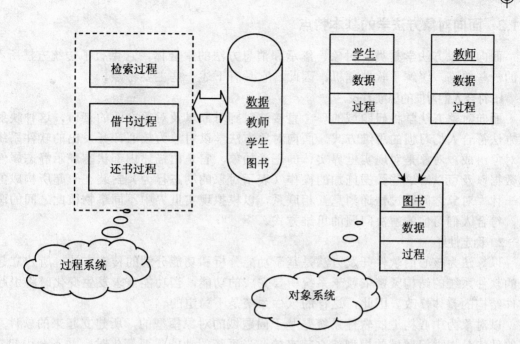

图 5-1 两种不同的系统

面向对象方法具有以下几个要点：

（1）客观世界是由各种对象组成的，因此任何事物都是对象，简单的对象组合成复杂的对象。各种元素对象可组合成面向对象软件系统。

（2）对象类（class）。每个类都定义了一组数据和一组操作方法。数据用于表示对象的静态属性，是对象的状态信息。操作方法用于表示对象的动态属性，是对象的行为信息。类的定义方法是允许施加于该类对象上的操作。

（3）子类（派生类）与父类（基类）具有继承关系。通常派生类具有与基类相同的特性（包括数据和方法），这种现象称为继承（inheritance）。如果在派生类中对某些特性又做了重新描述，则在派生类中将以新的特性描述为准。

（4）对象之间只能通过传递消息互相联系。对象是进行处理的主体，通过发消息请求执行某个操作，处理它的私有数据，一切局部于该对象的私有信息，都被封装在该对象类的定义中，就好像装在一个不透明的黑盒子中，外界是看不见的，也不能直接使用，这就是所说的"封装性"。

综上所述，面向对象的方法学可以用下列方程式来表示：

OO＝object＋classes＋Inheritance＋communication with messages

也就是说，面向对象是使用对象、类、继承和多态等机制，而对象之间仅能通过传递消息实现相互通信。

若只使用对象和消息，则这种方法只能称为基于对象的（object-based）方法，而不能称为面向对象的方法。如果把所有对象都划分为类，则这种方法可称为基于类的（class-based）方法，仍不能成面向对象的方法。只有同时使用了对象、类、继承和消息的方法，才是真正的面向对象方法。

计算机科学与技术专业规划教材

### 5.1.2　面向对象方法学的基本特点

面向对象方法学是类、对象、继承和消息方法的集合体，它克服了传统方法所存在的一些缺陷，缓解了软件危机。因此，它具有下述一些主要特点。

**1. 符合人们习惯的思维方式**

面向对象方法学将问题域的理念直接映射到对象以及对象之间的接口，这种映射的方法符合人们习惯的思维方式。面向对象方法学以对象为核心，开发出的软件系统由对象组成。对象是对现实世界实体的正确抽象，它是由描述内部状态表示静态属性的数据以及可以对这些数据施加的操作（表示对象的动态行为）封装在一起所构成的统一体。对象之间通过传递消息互相联系，以模拟现实世界中不同事物彼此之间的联系，符合人们习惯的解决问题的思维方式。

**2. 稳定性好**

以算法为核心的软件开发方法是基于功能分析和功能分解的传统方法，所建立起来的软件系统的结构紧密依赖于系统所要完成的功能，当功能需求发生变化时将引起软件结构的整体修改。因此，这样的软件系统是不稳定的。

以对象为中心构造的软件系统是基于问题域的对象模型的，所建立起来的软件系统的结构是根据问题域的模型建立起来的，当系统的功能需要变化时，并不会引起软件结构的整体变化，仅需要做一些局部性的修改。因此，以对象为中心构造的软件系统是相对稳定的。

**3. 可重用性好**

面向对象方法学支持软件的重用，即将已有的软件部件装配新的软件产品，是典型的重用技术。传统的软件重用技术是利用标准函数库，也就是用标准函数库中的函数来建造新的软件系统。但是，标准函数不能适应多种应用场合的不同需求，并不是理想的可重用的软件成分。

面向对象的软件技术，是利用可重用的软件成分构造新的软件系统，它有很大的灵活性。有两种方法可以重复使用一个对象类：一种方法是创建该类的实例，从而直接使用它；另一种方法是从它派生出一个满足当前需要的新类。继承性机制使得子类不仅可以重用其父类的数据结构和程序代码，而且可以在父类代码的基础上方便地修改和扩充，这种修改并不影响对原有类的使用。因此，面向对象的软件技术可重用性是好的。

**4. 容易开发大型软件产品**

用面向对象方法学开发大型软件产品时，构成软件系统的每个对象就像一个微型程序，有自己的数据、操作、功能和用途。因此，可以把一个大型软件产品分解成一系列相互独立的小产品来设计，这样不仅降低了开发的技术难度，而且也使开发大型软件产品工作和管理变得相对容易。

许多软件开发公司的经验都表明，使用面向对象方法学开发大型软件产品时，软件成本明显地降低了，软件的整体质量提高了。

**5. 可维护性好**

类是理想的模块机制，它的独立性好，修改一个类通常很少会牵扯到其他类。如果仅修改一个类的内部实现部分（私有数据成员或成员函数的算法），而不修改该类的对外接口，则可以完全不影响软件的其他部分。

面向对象软件技术特有的继承机制，使得对软件的修改和扩充比较容易实现，通常只需从已有类派生出一些新类，无需修改软件原有成分。

面向对象软件技术的多态性机制，使得当扩充软件功能时对原有代码所需做的修改进一步减少，需要增加的新代码也比较少。

面向对象的软件技术符合人们习惯的思维方式，用这种方法所建立的软件系统的结构与问题空间的结构基本一致。因此，面向对象的软件系统比较容易理解。

**6. 易于测试和调试**

为了保证软件质量，对软件必须进行必要的测试和调试，以确保它的正确性。由于类是独立的模块，向类的实例发消息即可运行它，观察它是否能正确地完成要求它做的工作，因此，对类的测试是比较容易实现的。又由于错误往往在类的内部，因而调试也是比较容易的。

## 5.1.3　面向对象的软件工程及开发模型

**1. 面向对象的软件工程**

面向对象的软件工程是按照面向对象方法学的观点，进行面向对象的分析、面向对象的设计、面向对象的实现、面向对象测试和管理的一系列活动。

（1）面向对象的分析。

面向对象的分析是提取系统需求的过程。分析过程主要包括三项内容：

① 理解：由用户与系统分析员、基本领域的专家充分交流，达到充分理解用户的要求和本领域的知识。

② 表达：将所理解的知识用面向对象方法进行表达。

③ 验证：将所表达的知识用面向对象方法进行验证。

（2）面向对象的设计。

面向对象的设计是将分析阶段得到的需求转变成符合要求、抽象的系统。从面向对象的分析到面向对象的设计是一个逐步扩充模型的过程。

（3）面向对象的实现。

面向对象的实现是将面向对象的设计直接翻译成用某种面向对象程序设计语言的面向对象程序。

（4）面向对象的测试、管理和维护。

面向对象的测试和管理是对面向对象程序进行正确性的验证，以保证软件的正确性。维护则是后期的工作。

**2. 面向对象的软件开发模型**

面向对象的软件工程方法是在软件开发的过程中普遍存在的一种内在属性，即软件开发过程中各个阶段之间的迭代，或一个阶段内各个工作步骤之间的迭代，在面向对象类型中更常见，这也正是面向对象软件工程方法的一个重要特点。

使用面向对象方法学开发软件时，应将工作重点放在生命周期中的面向对象分析阶段。这种方法在早期开发阶段定义了一系列面向问题的对象，并在开发的全过程中不断扩充和充实这些对象。

由于在整个开发过程中都使用统一的软件概念"对象"和表示符号，所有其他概

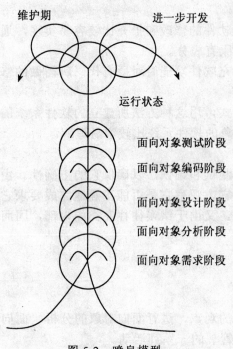

图 5-2　喷泉模型

念（例如功能、关系、事件等）都是围绕对象组成的，因此，对生命周期各阶段的区分自然就不那么重要和明显了。整个开发过程都是一致的，或者说是"无缝"连接的，这自然就很容易实现各个开发步骤的多次反复迭代，达到认识的逐步深化。每次反复都会增加或明确一些目标系统的性质，但却不是对先前工作结果的本质性改动，这样就减少了不一致性，降低了出错的可能性。图 5-2 所示的喷泉模型是典型的面向对象的软件过程模型。分析阶段得到的对象模型也适用于设计阶段和实现阶段。

"喷泉"这个词体现了面向对象软件开发过程迭代和无缝的特性。图 5-2 中代表不同阶段的圆圈相互重叠，这明确表示两个活动之间存在交叠，而面向对象方法在概念和表示方法上的一致性，保证了在各项开发活动之间的无缝过渡。事实上，用面向对象方法开发软件时，在分析、设计和编码等项开发活动之间并不存在明显的边界。图 5-2 中在一个阶段内的向下箭头代表该阶段内的迭代（或求精），较小的圆圈代表维护，圆圈较小象征着采用了面向对象类型之后维护时间缩短了。

为避免使用喷泉模型开发软件时开发过程过分无序，应该把一个线性过程（例如，快速原型模型或图 5-2 中的中心垂线）作为总目标。但同时也应该记住，面向对象类型本身要求经常对开发活动进行迭代或求精，从而实现面向对象软件工程的全过程。

### 5.1.4　常用的面向对象的开发方法

常用的面向对象开发方法有 Coad 方法、Booch 方法、Rumbaugh 方法、Jacobson 方法和 UML 方法等。

**1. OOAD/Coad-Yourdon 方法**

OOAD（Object-Oriented Analysis and Design）方法是由 Peter Coad 和 Edward Yourdon 在 1991 年提出的，这是一种逐步进阶的面向对象建模方法。

在 OOA 中，分析模型用来描述系统的功能，主要包括以下概念：类（class）、对象（object）、属性（attribute）、服务（service）、消息（message）、主题（subject）、一般/特殊结构（Gen-Spec-Structure）、全局/部分结构（Whole-Part-Structure）、实例连接（instance connection）和消息连接（message connection）等。其中，主题是指一组特定的类与对象。OOA 使用了基本的结构化原则，并把它们同面向对象的观点结合起来。

OOA 包括五个步骤：确定类与对象、标识结构、定义主题、定义属性和定义服务。

OOD 包括四个步骤：设计问题域（细化分析结果）、设计人机交互部分（设计用户界面）、设计任务管理部分（确定系统资源的分配）、设计数据管理部分（确定持久对象的存储）。

在 OOAD 方法中，OOA 把系统横向划分为五个层次，OOD 把系统纵向划分为四个部分，从而形成一个清晰的系统模型。OOAD 适用于小型系统的开发。Coad 和 Yourdon 方法经常被视为最容易学习的面向对象分析方法之一。

### 2. OOD/Booch 方法

OOD（Object Oriented Design）方法是 Grady Booch 从 1983 年开始研究，1991 年后走向成熟的一种方法。Booch 最先描述了面向对象的软件开发方法的基础问题，指出面向对象开发是一种根本不同于传统的功能分解的设计方法。

OOD 主要包括下述概念：类（class）、对象（object）、使用（uses）、实例化（instantiates）、继承（inherits）、元类（meta class）、类范畴（class category）、消息（message）、域（field）、操作（operation）、机制（mechanism）、模块（module）、子系统（subsystem）、过程（process）等。其中，使用及实例化是类间的静态关系，而动态对象之间仅有消息传递的连接。元类是类的类，类范畴是一组类，它们在一定抽象意义上是类同的。物理的一组类用模块来表达。机制是完成一个需求任务的一组类构成的结构。

Booch 方法在面向对象的设计中主要强调多次重复和开发者的创造性。方法本身是一组启发性的过程式建议。OOD 的一般过程如下：

（1）标识类和对象。

提出候选对象，然后进行行为分析，接着标识相关场景，最后为每个类定义属性和操作。

（2）标识类和对象的语义。

首先选择场景并进行相应的分析，其次赋予责任以完成期望的行为，并且划分责任以平衡行为，再者选择一个对象，枚举其角色和责任，并且定义操作以满足责任，最后寻找对象间的协作关系。

（3）标识类和对象间的关系（如继承、实例化、使用等）。

定义对象间存在的关系，描述每个参与对象的角色，定义合适的类层次以完成基于类共性的聚合操作，最后通过走查场景进行确认。

（4）实现类和对象。

Booch 方法并不是一个开发过程，只是在开发面向对象系统时应遵循的一些技术和原则。Booch 方法从外部开始，对每个类逐步求精直到系统被实现。因此，它是一种分治法，支持循环开发，它的缺点在于不能有效地找出每个对象和类的操作。

### 3. OMT/Rumbaugh 方法

OMT（Object Modeling Technique）方法是 1991 年由 James Rumbaugh 等五人提出来的，其经典著作为《面向对象的建模与设计》。该方法是一种新兴的面向对象的开发方法，开发工作的基础是对真实世界的对象建模，然后围绕这些对象使用分析模型来进行独立于语言的设计。面向对象的建模和设计促进了对需求的理解，有利于开发更清晰、更容易维护的软件系统。

OMT 覆盖了分析、设计和实现三个阶段，它包括一组相互关联的概念：类（class）、对象（object）、一般化（generalization）、继承（inheritance）、链（link）、链属性（link attribute）、聚合（aggregation）、操作（operation）、事件（event）、场景（scene）、属性（attribute）、子系统（subsystem）、模块（module）等。

OMT 方法定义了三种模型，这些模型贯穿于每个步骤，在每个步骤中被不断地精化和扩充。这三种模型是：

（1）对象模型：用类和关系来刻画系统的静态结构。

（2）动态模型：用事件和对象状态来刻画系统的动态特性。

（3）功能模型：按照对象的操作来描述如何从输入给出输出结果。

分析的目的是建立可理解的现实世界模型。系统设计确定高层次的开发策略。对象设计的目的是确定对象的细节，包括定义对象的界面、算法和操作。实现对象则在良好的面向对象编程风格的编码原则指导下进行。

OMT 方法覆盖了应用开发的全过程，是一种比较成熟的方法，用几种不同的观念来适应不同的建模场合，在许多重要观念上受到关系数据库设计的影响，适合于数据密集型的信息系统的开发，是一种比较完善和有效的分析与设计方法。但是，OMT 在分析方面功能强大，而在设计方面相对比较弱。

### 4. OOSE/Jacobson 方法

OOSE（Object-Oriented Software Engineering）是 Ivar Jacobson 在 1992 年提出的一种使用事例驱动的面向对象开发方法。该方法和其他方法的不同点是特别强调使用实例，即用以描述用户和产品或系统间如何交互的场景。

OOSE 主要包括下列概念：类（class）、对象（object）、继承（inherits）、相识（acquaintance）、通信（communication）、激励（stimuli）、操作（operation）、属性（attribute）、参与者（actor）、使用事例（use case）、子系统（subsystem）、服务包（service package）、块（block）、对象模块（object module）。相识表示静态的关联关系，包括聚合关系。激励是通信传送的消息。参与者是与系统交互的事物，它表示所有与系统有信息交换的系统之外的事务，因此不用关心它的细节。参与者与用户不同，参与者是用户所充当的角色。参与者的一个实例对系统做一组不同的操作。当用户使用系统时，会执行一个行为相关的事物系列，这个系列是在与系统的会话中完成的，这个特殊的系列称为使用事例，每个使用事例都是使用系统的一条途径。使用事例的一个执行过程可以看做是使用事例的实例。当用户发出一个激励之后，使用事例的实例开始执行，并按照使用事例开始事物。事务包括许多动作，事务在收到用户结束激励后被终止。在这个意义上，使用事例可以被看做是对象类，而使用事例的实例可以被看做是对象。

OOSE 开发过程中有以下五种模型，这些模型是自然过渡和紧密耦合的。

（1）需求模型包括由领域对象模型和界面描述支持的参与者和使用事例。对象模型是系统的概念化的、容易理解的描述。界面描述刻画了系统界面的细节。需求模型从用户的观点上完整地刻画了系统的功能需求，因此按这个模型与最终用户交流比较容易。

（2）分析模型是在需求模型的基础上建立的。主要目的是要建立在系统生命期中可维护、有逻辑性、健壮的结构。模型中有三种对象。界面对象刻画系统界面。实体对象刻画系统要长期管理的信息和信息上的行为。实体对象生存在一个特别的使用事例中。第三种是按特定的使用事例作面向事务的建模的对象。这三种对象使得需求的改变总是局限于其中一种。

（3）设计模型进一步精化分析模型并考虑了当前的实现环境。块描述了实现的意图。分析模型通常要根据实现作相应的变化。但分析模型中基本结构要尽可能保留。在设计模型中，块进一步用使用事例模型来阐述界面和块间的通信。

（4）实现模型主要包括实现块的代码。OOSE 并不要求用面向对象语言来完成实现。

（5）测试模型包括不同程度的保证。这种保证从低层的单元测试延伸到高层的系统测试。

OOSE 能够较好地描述系统的需求，是一种实用的面向对象的系统开发方法，适合于商务处理方面的应用开发。

### 5. RDD/Wirfs-Brock 方法

RDD（Responsibility-Driven Design）方法是 Wirfs-Brock 在 1990 年提出的。这是一个按照类、责任以及合作关系对应用进行建模的方法。首先定义系统的类与对象，然后确定系统的责任并划分给类，最后确定对象类之间的合作来完成类的责任。这些设计将进一步按照类层次、子系统和协议来完善。

RDD 方法主要包含以下概念：类（class）、继承（inheritance）、责任（responsibility）、合作（collaboration）、合同（contract）、子系统（subsystem）。对每个类都有不同的责任或角色以及动作。合作是为完成责任而需要与之通信的对象集合。责任进一步精化并被分组为合同。合同又进一步按操作精化为协议。子系统是为简化设计而引入的，是一组类和低级子系统，也包含由子系统中的类及子系统支持的合同。

RDD 分为探索阶段和精化阶段。

（1）探索阶段：确定类、每个类的责任以及类间的合作。

（2）精化阶段：精化类继承层次、确定子系统、确定协议。

RDD 按照类层次图、合作图、类规范、子系统规范、合同规范等设计规范来完成实现。

RDD 是一种用非形式的技术和指导原则开发合适的设计方案的设计技术。它用交互填写 CRC 卡片的方法完成设计，对大型系统设计不太适用。RDD 采用传统的方法确定对象类，有一定的局限性。另外，均匀地把行为分配给类也十分困难。

### 6. VMT/IBM 方法

VMT（Visual Modeling Technique）方法是 IBM 公司于 1996 年公布的。VMT 方法结合了 OMT、OOSE、RDD 等方法的优点，并且结合了可视化编程和原型技术。VMT 方法选择 OMT 方法作为整个方法的框架，并且在表示上也采用了 OMT 方法的表示。VMT 方法用 RDD 方法中的 CRC（Class-Responsibility-Collaboration）卡片来定义各个对象的责任（操作）以及对象间的合作（关系）。此外，VMT 方法引入了 OOSE 方法中的使用事例概念，用以描述用户与系统之间的相互作用，确定系统为用户提供的服务，从而得到准确的需求模型。

VMT 方法的开发过程分为三个阶段：分析、设计和实现。分析阶段的主要任务是建立分析模型。设计阶段的任务包括系统设计、对象设计和永久性对象设计。实现阶段就是用某一种环境来实现系统。

### 7. UML（Unified Modeling Language）工具

软件工程领域在 1995—1997 年取得了前所未有的进展，其成果超过软件工程领域过去 15 年的成就总和，其中最重要的成果之一就是统一建模语言（UML）的出现。UML 是面向对象技术领域内占主导地位的标准建模语言。UML 不仅统一了 Booch 方法、OMT 方法、OOSE 方法等多种表示方法，而且对其作了进一步的发展，最终统一为大众接受的标准建模语言。

从系统模型这一级别上看，UML 表示法由 9 种图构成，它们是：静态结构图（Static Structure Diagram），其中包括类图（Class Diagram）和对象图（Object Diagram）；使用事例图（Use Case Diagram）；顺序图（Sequence Diagram）；协作图（Collaboration）；状态图（Statechart Diagram）；活动图（Activity Diagram）；实现图（Implementation Diagram），其中包括成分图（Component Diagram）和展开图（Deployment Diagram）。UML 的通用表示还有：串（String）、名字（Name）、标签（Label）、关键字（Keyword）、表达式（Expression）、注释（Note）等（参见本书第 2 章）。

UML 是一种定义良好、易于表达、功能强大且普遍适用的建模语言，它融入了软

计算机科学与技术专业规划教材

件工程领域的新思想、新方法和新技术，它的作用域不限于支持面向对象的分析与设计，还支持从需求分析开始的软件开发全过程。UML 的建模能力比其他面向对象方法更强，不仅适合于一般系统的开发，更擅长于并行、分布式系统的建模。UML 是一种表达能力丰富的建模语言，而不是一种方法和标准的开发过程，因此，目前它还不能取代现有的各种面向对象的分析与设计方法。但是，随着 UML 工作的进一步展开，必将有助于实现软件自动化。

## 5.2  面向对象的分析

面向对象分析的目的就是运用面向对象方法，对问题域和系统职责进行分析和理解，找出描述问题及系统责任所需的对象，定义对象的属性、服务以及它们之间的关系，建立满足用户需求的面向对象分析模型。问题域就是被开发系统的应用领域，即在现实世界中由这个系统进行处理的业务范围。系统职责指所开发的系统应该具备的职能或者功能。

尽管有多种面向对象的分析方法，由于 Rumbaugh 的 OMT 方法在分析建模方面比较全面，本章主要采用 OMT 方法和 UML 工具进行面向对象的分析。

### 5.2.1  面向对象分析的任务和模型

OMT 方法的分析任务是在充分了解用户要求的基础上，建立三种分析模型，即：对象模型、动态模型和功能模型（见图 5-3）。

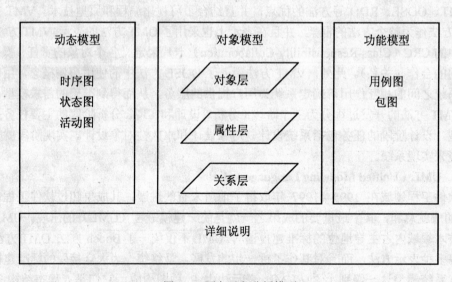

图 5-3  面向对象分析模型

其中，对象模型描述系统的静态结构，用 UML 的类图表示，包括对象层、特征层和关系层三个部分。对象层给出所有与问题域和系统责任有关的类对象，用对象和类来表示；特征层则定义每个对象类的属性与服务；关系层通过已定义的关系描述对象类之间的关系。动态模型描述系统的行为和操作，用 UML 的交互图（时序图、状态图、活动图等）表示。功能模型描述系统的所能够实现的功能，用 UML 的用例图来表示。UML 的包图则用于对关系密切的元素打包，帮助理解系统模型。模型中所有元素都可以进行详细说明。

### 5.2.2　面向对象分析的过程

面向对象分析过程主要包括三项内容：

理解：由用户与系统分析员、基本领域的专家充分交流，达到充分理解用户的要求和本领域的知识。

表达：将所理解的知识用面向对象方法进行表达。

验证：将所表达的知识用面向对象方法进行验证。

随着对象技术的流行，产生了许多种面向对象分析方法，而每种方法都会引入一个产品或系统分析的过程、一组随过程演化的模型，以及使得软件工程师能够以一致的方式创建模型的符号体系。

依据 OMT 方法和 UML 工具的分析过程如下（见图 5-4）：

（1）从业务需求描述出发获取执行者和场景；对场景进行汇总、分类、抽象，形成用例；确定执行者与用例、用例与用例之间的关系，生成用例图，建立功能模型。

（2）从业务需求描述和用例描述中提取"关键概念"，形成领域概念。

（3）依据领域概念和功能模型，研究系统中主要的类之间的关系，生成类图，建立对象模型。

（4）从用例出发，将系统看成"黑盒子"，识别出参与者和系统交互的系统事件，在系统交互图（顺序图、状态图等）中进行描述，并进一步识别出系统操作，建立动态模型。

（5）依据系统动态模型和对象模型，建立操作契约，描述响应系统操作执行后对系统状态的影响，从而回答"做什么"的问题。

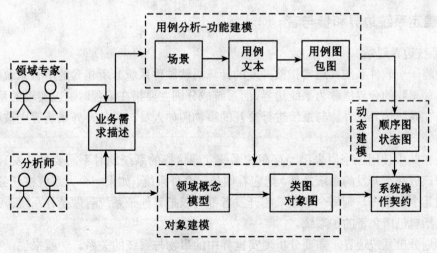

图 5-4　面向对象分析的基本过程

## 5.3　用例分析建立功能模型

系统分析的第一步首先需要确定对"做什么"这个问题进行阐明，对用户需求进行精确的描述。在系统尚未存在时，如何描绘用户需要一个什么样的系统呢？如何规范地定义用户需求呢？用例用来描绘一个系统外在可见的需求情况，是代表系统中各个项目相关人员之间就系统的行为所达成的契约。用例分析技术为软件需求规格化提供了一个基本的元素，而且该元素是可验证、可度量的。用例可以作为项目计划、进度控制、测试等环节的基础。而且用例还可以使开发团队与客户之间的交流更加顺畅。

### 5.3.1　用例分析的步骤

用例分析一般步骤如下：

（1）找出系统外部的活动者和外部系统，确定系统的边界和范围。

（2）确定每一个活动者所希望的系统行为（场景）。

（3）把这些系统行为命名为用例。

（4）定义用例之间的关系。把一些公共的系统行为分解为一批新的用例，供其他的用例引用。把一些变更的行为分解为扩展用例。

（5）绘制用例图。

以下结合实际问题来详细阐述面向对象的分析过程。

问题陈述：以超级市场销售管理系统为例，其描述为超级市场业务管理系统的子系统，只负责电话购物管理。其功能需求为：

（1）售货员为顾客选购的商品计价、供货、打印清单。

（2）供货员记录每一种商品的编号、单价及现有数量，以及时补充货源。

（3）监督员收费、随时按上级系统的要求报告当前的款货数量、增减商品种类或修改商品定价。

（4）商品中有两类特殊商品：特价商品、计量商品。

### 5.3.2　确定系统边界和参与者

#### 1. 系统边界划分

一般将一个软件系统（通常指被开发的计算机软硬件系统）所包含的所有系统成分与系统以外各种事物的分界线称为系统边界，而系统成分则主要指在编程时加以实现的系统元素，即对象，在系统边界以外，与系统进行交互的事物例如人员、设备、外系统等则被称为参与者。

如果在其中使用一个原来已经存在的系统（即这样的系统此时不需要再开发），这样的系统就应该放在正开发的系统之外，把它看做是一个外系统。如果一个大系统在任务分解时，被划分成几个子系统，则每个子系统的开发者都可以把其他子系统看做是外系统，系统边界以内只包括自己所负责的子系统。

为了划分出系统边界，需要分析现实世界中的事物与系统的关系。一般来说，有如下几种情况：

（1）某些事物位于系统边界内，作为系统成分。如超市中的商品，抽象为系统内的"商品"对象。

（2）某些事物位于系统边界外，作为参与者。

（3）某些事物可能既有一个对象作为其抽象描述，而本身（作为现实世界中的事物）又是在系统边界以外与系统进行交互的参与者。如超市中的收款员，他本身是现实中的人，作为参与者；在系统边界内，又有一个相应的"收款员"对象来模拟其行为或管理其信息，作为系统成分。

（4）某些事物即使属于问题域，也与系统责任没有什么关系。如超市中的保安员，在现实中与超市有关系，但与所开发的系统超市商品管理系统无关系。这样的事物既不位于系统边界内，也不作为系统的参与者。

认识清楚上述事物之间的关系，也就划分出了系统边界。

**2. 参与者**

一个参与者定义了用例的使用者在与这些用例交互时所扮演的一组高内聚的角色。参与者可以是在系统之外的与系统进行交互的任何事物。参与者能够完成系统部分的动作，对系统服务的请求，而且可以响应系统的请求，进行系统交互。所有参与者的请求与响应的完全集则构成了系统的问题域边界。显然，一个系统是不会处理没有被设计的请求（输入），即不会对没有被设计的问题域部分做出系统响应。尽管在模型中使用参与者，但参与者实际上并不是系统的一部分。它们存在于系统之外。如果一组参与者具有共同的性质，可以把这些性质抽取出来放在另一个参与者中，它们再从中继承，把这种关系称为参与者之间的泛化关系。而整个系统完成某项任务就是一个参与者的一个实例代表以一种特定的方式与系统进行的单独的交互过程。

那么如何识别参与者呢？首先将精力集中于启动系统行为的参与者，这些是最容易识别的参与者，从中可以找出其他参与者。然后从用户的角度考虑，怎样使用这个系统。接着就可以识别单个参与者在系统中可能担当的角色，然后确定参与者的各个角色。对于识别出来的参与者，要记录它们的责任。也可以通过识别一般的或较特殊的角色来组织参与者。

显然，直接使用系统的人员，也就是用户，应该都可以作为参与者。而这些用户有时候会在系统中可扮演不同的角色，例如，添加数据、使用数据及产生报告的那个人就扮演了三种不同的角色，反映为三种不同的参与者。此外用户角色的类别也可以被分类，例如目标终端用户、管理员、经理或顾客等。

从系统边界的角度，应该把与软件系统运行在同一平台上的应用系统看做是外部的应用。相对于当前正在开发的系统而言，外部应用系统可以是其他子系统、上级系统或任何与它进行协作的系统，但对它的开发并不是当前系统的开发小组的责任。那么，所有与系统交互的外部应用系统都应该是参与者。

除了监视器、键盘、鼠标和其他的标准的用户接口类型设备，通常还需要考虑一些与系统相连的设备，它们向系统提供外界信息，或在系统的控制下运行，例如外部传感器（输入信息）和受控马达（输出信息）等与系统交互的设备都需要识别。

在构造实时和异步交互的系统时，对于时间事件之类的外部事件也需要被识别为潜在的参与者，因为由时间的流逝而激发系统的活动是一种常见的情况。当然也可以将时间事件作为系统的一部分来考虑，还可以把二者结合起来使用。

由此，识别参与者主要是在用户、接口设备、外部应用系统和外部事件等中进行分析识别的。

在电话购物系统中的参与者：售货员、顾客、供货员、监督员、上级系统接口。

### 5.3.3 建立场景和用例

#### 1. 场景

所谓场景是建立用例的基础，是每一个参与者使用系统某项功能所进行的一系列系统行为的描述，在场景中只描述做什么事，不描述怎么做，内部细节不要在其中描述，描述应力求准确、清晰，允许概括。场景可以是执行一个实际系统的历史记录，或者是执行拟采用系统的预想实验。

场景可以显示为一列文本语句，如图5-5所示。在本例中，客户 Tom 打电话给销售员 John，下订单购买 MP3 三台。一段时间后，销售员 John 根据客户 Tom 的要求生成订单，并要求客户 Tom 使用信用卡在线支付。客户 Tom 支付完成后，订单生成，并发送到货运员。货运员处理订单并发货的部分已经不属于此场景的一部分。

这个例子表达了高层交互的流程，例如，客户 Tom 支付订单货款需要登录系统，并与信用卡系统之间进行交互通信，其间的细节并不需要完整描述，因为，需要分析是系统开发的早期阶段，应该注重高层表达场景，而在后续的阶段通过系统和子系统设计来对这部分进一步细化。

场景包含了对象之间的消息以及对象所执行的活动。每条消息把信息从一个对象传递到另一个对象。我们在图5-5所示的场景中就将消息传递给了信用卡系统，让客户能够通过信用卡进行订单支付。可以发现编写场景其实正是识别那些交换消息的对象，然后确定每条消息的发送者和接收者以及消息的顺序。从而在场景转换为代码时，可以很好地保障系统内部活动的编程。

---

客户 Tom 打电话给销售员 John，要求订购 MP3。

销售员 John 记录客户的地址、联系方式等客户信息，并让该客户 Tom 进行确认。

销售员 John 通过系统查询该品牌 MP3 还有 20 台。

销售员 John 告知客户 Tom 该商品还有 20 台。

客户 Tom 确认订购该商品 3 台。

销售员 John 告知客户 Tom，3 台该品牌 MP3 总计 450 元人民币。

销售员 John 根据客户 Tom 的信息生成订单。

客户 Tom 登录信用卡系统。

系统进行安全的通信。

系统验证客户的资金是否充足支付订单。

客户 Tom 确认订单，并支付购买。

信用卡系统支付成功，系统把交易合同号填入订单中。

信用卡系统注销，系统建立非安全的通信。

系统生成有效订单，系统修改该商品库存为 17 台。

销售员 John 告知客户 Tom 订单已经生成，并让客户耐心等待。

系统给库房报告订单结果。

---

图 5-5 电话购物系统中客户电话购物场景

### 2. 捕获用例

用例是对参与者使用系统的一项功能时所进行的交互过程的描述。捕获用例的目的是捕获系统功能。对系统的功能描述的抽象层次分为三类：高层用例、本质用例和具体用例，其中本质用例和具体用例通常也被称为低层用例。高层用例描述对有价值的功能所提供的要素做了总的、简要的描述，并不考虑这些有价值的功能是怎样获得的。低层用例描述提供了表示活动、任务或变化的确切顺序的业务细节。本质用例是独立于实现的（硬件的和软件的）业务解，而具体用例是依赖设计的。

捕获用例的方法主要从参与者、系统功能和场景技术等方面来进行。捕获用例的一般策略是：首先写下两个或三个最常见的简单场景；当有两个或三个场景看上去很相似的时候，就试着产生更"抽象"的场景（用例）；同时应谨慎选择用于不常见事件的附加场景，并保持在可管理的数量上。以增量的方式进行分析最为重要，这需要首先开发主要的、高层的用例模型，然后使用该模型开发主要的、本质的用例模型，进一步地，使用所得到的模型指导开发次要的、非本质的用例。最后，使用该模型开发具体的用例。

在电话购物系统中综合分析场景抽象出如下四个高层用例：

用例一：商品选择；客户通过电话或者网络选择某些商品。

用例二：下订单购货；客户通过电话下订单订购自己选择的商品。

用例三：结算；客户把自己订购商品的订货单使用信用卡进行支付结算。

用例四：商品发货，完善订单信息；货运人员把订单需要的货物从仓库中提取出来，并根据订单信息中客户的地址进行货物投递，在客户收到货物之后完善订单信息，确认商品正确发送到客户手中。

## 5.3.4　定义关系和建立用例图

### 1. 定义关系

一个用例可能要与系统的一个或几个参与者交互。表 5-1 给出了用例之间的所有可能的关系。这些关系的示例如图 5-6 所示，它给出了在销售过程中的一种用例关系。

表 5-1　用例之间的关系

| 关系 | 功能 | 表示法 |
|---|---|---|
| 关联 | 参与者与其参与执行的用例之间的通信途径 | |
| 扩展 | 在基础用例上插入基础用例不能说明的扩展部分 | − − − << extend >> − − −▶ |
| 用例泛化 | 用例之间的一般和特殊关系，其中特殊用例继承了一般用例的特性并增加了新的特性 | ─────▷ |
| 包括 | 在基础用例上插入附加的行为，并且具有明确的描述 | − − − << include >> − − −▶ |

如图 5-6 所示，用例用一个名字在里面的椭圆表示，用例和与它通信的参与者之间用实

线连接。虽然每个用例的实例是独立的，但是一个用例可以用其他的更简单的用例来描述。这有点像一个类可以通过继承它的超类并增加附加描述来定义。一个用例可以简单地包含其他用例具有的行为，并把它所包含的用例行为作为自身行为的一部分，这称为包含关系。在这种情况下，新用例不是初始用例的一个特殊例子，而且不能被初始用例代替。而一个用例被定义为基用例的增量扩展时，就产生了扩展关系。同一个基用例的几个扩展用例可以在一起应用。基用例的扩展增加了原有的语义，此时是本用例而不是扩展用例被作为例子使用。包含和扩展关系可以用含有关键字 <<include>> 和 <<extend>> 的带箭头的虚线表示。包含关系箭头指向被包含的用例，扩展关系箭头指向被扩展的用例。

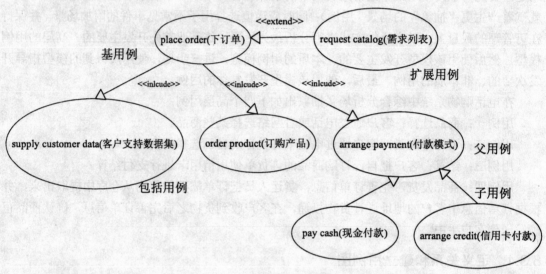

图 5-6　用例之间的关系

一个用例被特别列举为一个或多个子用例，称为作用例泛化。当父用例能够被使用时，任何子用例也可以被使用。用例泛化与其他泛化关系的表示法相同，都用一个三角箭头从子用例指向父用例。

**2. 建立用例图**

在构建系统时，可以用一组用例和一组参与者来描述系统。每个用例表示系统提供的一段功能。用例集合以某种细节层次显示系统完整的功能。而每个参与者表示系统可以执行其行为的某类对象。参与者集合则表示系统服务的完整的对象集合。对象正是其作为参与者交互的所有系统中的积累行为。

图 5-7 给出了电话购物系统中的 UML 用例图，这是 UML 用来总结用例的图形表示法。矩形表示系统，系统名标示在矩形内部的上边附件。矩形包含了系统的用例，参与者则为外部对象被列在矩形外部。用例用椭圆表示，并在椭圆内部用文字表示用例名。参与者用类似于火柴的小人图标表示。用例和参与者之间的通信则用实线描述。

如图 5-7 所示，一个参与者可以参与多个用例，而一个用例也可以有多个参与者参与。

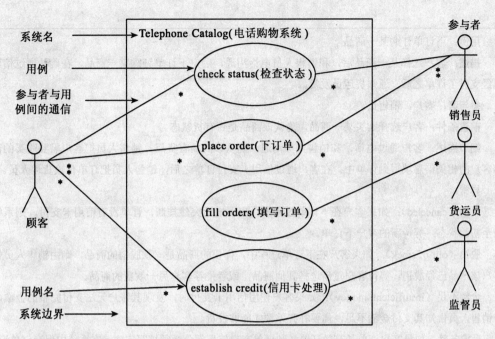

图 5-7　电话购物系统用例图

### 3. 描述用例

对用例的功能进行描述，可采用自然语言，也可以采用用户定义的语言。大多数用例很简单，只是一个操作的逻辑序列，该序列具有一个来自外界的出发操作。复杂一些的用例则具有多个例外的情况（例如出错）或不同的交互路径（可进行分支）。在使用用例图（提供系统的概况）时，还是可以使用文本描述（捕获前置条件、后置条件、例外、不变条件和变元）；此外还可能使用类图（非 OOA 的类图）、顺序图（捕获交互）、活动图来进行描述。下面给出一般的用例文本描述模板：

用例名

描述：对该用例的一句或两句的描述。

参与者：识别参与用例的参与者。

包含：识别该用例所包含的用例。

扩展：识别该用例可以扩展的用例。

泛化：若该用例是子用例，则要说明它的父用例。

前置条件：启动此用例所必须具备的条件。

细节：识别该用例的细节。

后置条件：识别在该用例结束时确保成立的条件。

例外：识别在该用例的执行的过程中可能引起的例外。

限制：识别在应用中可能出现的任何限制。

注释：提供可能对该用例是重要的任何附加信息。

图 5-8 给出了电话购物系统中的下订单用例描述示例，说明了如何正确地对用例进行描述。

> **用例：** 下订单订购某一商品
>
> **描述：** 客户选择某一商品后，和销售人员电话沟通，确定下订单订购某一商品，在确认通过信用卡已经支付了订单之后，通知货运员发货。
>
> **参与者：** 客户，销售员。
>
> **前置条件：** 客户选择购买某一商品，确认该商品是否有货状态。
>
> **细节描述：** 客户通过电话，和销售人员沟通，确认该商品有货后，销售人员把客户需要购买的商品和客户的相关信息填写到订单中。在客户通过信用卡支付订单之后，销售人员把订单传输货运人员。
>
> **异常：**
>
> 取消（canceled）：如果客户在下订单过程中，出现电话突然挂断，订单没有信用卡支付，则系统退回至初始状态，等待新的客户下订单。
>
> 脱销（out of stock）：如果客户在下订单过程中，需要的商品是一款脱销的商品，则由销售人员告知客户该产品已经脱销，等待客户重新选择其他商品，或者推荐客户另一款新的商品。
>
> 金额不足（insufficient money）：如果客户使用信用卡支付时，发现其账户无法支付完整的金额，则由销售人员告知其支付金额不足，需要补齐差额才能够发货。
>
> **后置条件：** 如果客户订单是有效订单，则订单客户信息部分必须填写完成，在系统中保存订单记录，并在商品信息中修改货物的数量信息，并将订单状态转入由货运人员处理，让仓库进行备货。

图 5-8　电话购物系统中的下订单用例描述

**4. 审查**

在这个阶段，对于参与者来说，需要确定系统环境中的所有角色，并都归入了相应的参与者；每个参与者都至少和一个用例关联；若一个参与者是另一个参与者的一部分，把它们合并；若两个参与者相对于系统而言，扮演了类似的角色，应该在它们之间使用泛化关系；若某个参与者以完全不同的方式或意图使用一个用例，该参与者可能对应多个参与者。而对于用例来说，每个用例都至少和一个参与者关联；若两个用例有相同或相似的序列，可能需要合并它们，或抽取出一个新用例，在它们之间使用包含、扩展或泛化关系。若用例过于复杂，为了易于理解，考虑进行分解；若一个用例中有完全不同的事件流，最好把它分解成不同的用例。

### 5.3.5　用户界面草案

为了进一步阐明用例，需要为系统考虑用户界面。界面可以在早期阶段与客户一起讨论，并将结果记录为用户界面草案。这些草案只是一些基本指南，有助于标识和分解客户个人喜好来实现的功能。这里给出电话购物系统中销售员下订单时用户信息录入的一个用户界面草案示意图，如图 5-9 所示。

用例和用户界面都表示系统功能的分解，它们之间必须保持清晰的映射，例如管理员访问用户界面和销售员访问用户界面是必须分开，而且管理员访问用户界面的重点在于管理，销售员访问用户界面的重点则应该是浏览、搜索、下订单等功能点。

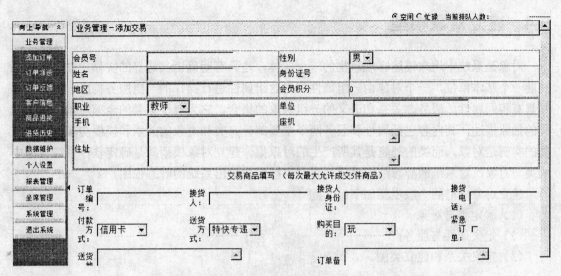

图 5-9　电话购物系统中用户信息录入用户界面草案

### 5.3.6　系统用例的优先级处理

对于系统需求，在递增开发模型下，应该按照实现的优先级对系统需求进行分级。由此，在建模过程中，应该给用例分级，并给每个用例打分，表示出各个用例的紧急程度。优先级和紧急程度能有助于规划下面的开发过程和下一级的递增开发过程。

交通灯和等级优先级方法都能够较好地对用例进行分级，以下以交通灯为例。

（1）标识为绿灯的用例是必须在当前阶段实现的，否则项目就没有达到最低目标。

（2）标识为黄灯的用例表示当前阶段选做，可以在标识为绿灯的用例完成之后才开始这类用例的功能实现。需要注意的是，如果在交付日期之前所有的标识为黄灯的用例没有完全实现，则必须舍弃，并将任务移至下一个阶段来完成。原因是不能将只实现了的部分功能的系统给客户使用。

（3）标识为红灯的用例表示当前阶段即使时间允许也不要去做，一定是下一阶段才开始的任务。

用例的优先级不仅取决于期望，还取决于当前阶段中各个用例投入的系统体系结构和编码工作量。选择优先级需要相当的技巧、经验和预测能力。为了使得开始时更多地了解系统，降低系统开发的风险，可以把较容易实现的用例设置为高优先级。

对于交通灯在每个阶段的具体应用可按照如下方式进行开发处理：

绿灯：用例应实现系统需求、分析、系统设计、子系统设计、规范、实现和测试。

黄灯：用例应实行系统需求，分析和系统设计应完成或接近完成，子系统设计、规范、实现和测试是可选完成的。

红灯：用例应完成系统需求，分析可选完成，系统设计支持用例，子系统设计、规范、实现和测试不应完成的。

在递增、迭代式、喷泉式、螺旋式开发模型中，这里的"完成"都是相对的。

## 5.4 建立对象模型

对象是系统中用来描述客观事物的一个实体，是具有明确语义边界的实体。作为构成系统的一个基本单位，一个对象由一组属性和对这组属性进行操作的一组服务构成。而定义类是具有相同属性、服务、关系和语义的一组对象的集合，它为属于该类的全部对象提供了统一的抽象描述，其内容包括属性和服务两个主要部分。类和对象的关系和模板与实例一样，类的实例是对象，而类的外延是其所产生的对象集。建立对象模型就是确定软件系统模型中的类与对象，对系统的静态结构建模，有时也被看成给出系统的静态视图。

建立对象模型的一般步骤如下：

（1）确定类与对象；

（2）定义属性与服务；

（3）定义关系和建立类图。

### 5.4.1 确定类与对象

#### 1. 识别类和对象

在有用例图的基础上，首先需要研究用户需求，明确系统责任。可以通过阅读一切与用户需求有关的书面材料，与用户交流，澄清疑点，纠正用户不切实的要求或不确切的表达，到现场调查澄清需求，并记录、整理产生一份符合工程规范、确切表达系统责任的需求文档。进一步地，对照系统责任所要求的每一项功能，查看是否可以由现有的对象完成这些功能。如果发现某些功能在现有的任何对象中都不能提供，则可启发我们发现问题域中某些遗漏的对象。

第二步则可以听取问题域专家的见解，阅读与问题域有关的材料，借鉴相同或类似问题域已有的系统开发经验及文档，对系统相应的问题域进行研究。

然后，就要考虑系统边界。可以将人和设备看做问题域范畴以内的事物，系统中的对象是对它们的抽象描述，要侧重于以系统中的对象模拟现实中的人和设备；对系统边界之外与系统进行交互的参与者，系统中需要设立相应的对象处理系统与这些实际的人和设备的交互，侧重于以系统中的对象处理现实中的人和设备与系统的交互；在系统中设立一个对象，处理与外系统的接口。

当然还可以通过运用名词、代词和名词短语识别对象和类。

#### 2. 审查与筛选

对于识别出来的对象不是都需要保留的，是要依照一定的标准进行筛选，要舍弃一些无用的对象，保留确实应该记录其信息或者需要其提供服务的那些对象。可以查看对象的属性是否记录了某些有用的信息，可以看对象的服务是否提供了某些有用的功能，如果没有则可以确定它是无用的对象。显然在应用中，一个对象应该为一些其他的对象提供服务。对于只有一个属性的对象和只有一个服务的对象则需要对对象进行精简。总体上，对象必须具有多个属性和服务。也存在对象没有属性仅提供服务，或有属性无服务的情况。

此外，像系统安装、配置、信息备份、浏览等这些系统责任所要求的某些功能可能无法从问题域中找到相应的对象来提供这些功能，可在设计阶段考虑专门为它们增加一些对象，即应该把它们推迟到设计阶段考虑。系统责任要求的某些功能可能与实现环境有关，也推迟到设计阶段考虑，如与图形用户界面（GUI）系统、数据管理系统、硬件和操作系统有关的对象。

另外，还需要对问题域中的名词列表进行筛选，识别超出系统范围的事物。如果识别出来的名词列表对需求的讨论是重要的而且具有定义清楚的边界，则肯定是符合条件的对象，否则应被筛选掉。对于用不同的名词或名词短语描述同样的概念的时候，需要选定一个固定的词语来替代。而用相同的名词捕获两个不同的概念；这就必须产生一个新词（补充对象），以确保每一个词捕获一个概念或"事物"。当然，如果用不同的词汇描述在不同的语义领域中的同一实际事物（即捕获不同的概念），就需要把这样的概念作为不同的对象。问题域中的某些事物实际上是另一种事物的附属品和一定意义上的抽象。例如，工作证对职员、车辆执照对车辆、图书索引卡片对图书都是这样的关系。

**3. 识别主动对象**

一般将至少有一个服务不需要接收消息就能主动执行的对象称为主动对象（active object），它是用于描述具有主动行为的事物。主动服务则是不需要接收消息就能主动执行的服务。主动对象的主动服务是可以接收消息的，只是，它们并不是必须由消息触发才能执行，而是首先主动地执行，然后在执行中接收消息。

识别主动对象可以从三个方面考虑：首先，在问题域和系统责任等方面考查哪些对象需呈现主动行为；其次，从需求考虑系统的执行情况来看，如果一切对象服务都是顺序执行的，那么首先执行的服务在哪个对象，另外，如果需要并发执行，每条控制线程的起点在哪个对象，显然这样的对象就是主动对象；最后，可以考虑系统边界，如果一个交互是由参与者发起的，第一个处理该交互的对象是主动对象。认识主动对象和认识对象的主动服务是一致的。

**4．抽象出类和对象**

根据对象和类的定义以及应用域的知识，可以直接对对象进行抽象。对于两个或多个共享相同属性和服务的对象，则可以进行概括来抽象出类。经过抽象，差别很大的事物可能只保留相同的特征，这些属性及服务相同的类在抽象过程中可以考虑合并处理。当然，属性及服务相似的类还可以考虑泛化处理，抽象出一般类。而类的属性或服务不适合全部对象实例的情况则需要进一步划分特殊类。

电话购物系统中定义的类和对象：商品、收款、销售事件、商品一览表、供货员、上级系统接口、特价商品、计量商品、账册等。

## 5.4.2　定义属性与服务

**1. 定义属性**

属性是类的一个已命名的性质，它描述该性质的一个实例可以取的值的范围。那么如何识别出类的属性就相当重要了。这个问题可以首先按常识来处理，确定这个对象应该有哪些属性，在当前的问题域中对象应该有哪些属性，根据系统责任这个对象应具有哪些属性。还可以考虑下面这些问题：确定建立这个对象是为了保存和管理哪些信息；对象为了完成其功能，需要增设哪些属性；对象是否需要通过专设的属性区别其状态；用什么属性表示聚合和关联等。对于识别出来的属性也需要进行筛选，看看这些属性是否体现了以系统责任为目标的抽象，是否描述对象本身的特征，是否可通过继承得到，而且属性必须是整个实体的特征而不是其成分的特征。若一个对象与另一个对象有关系，属性必须捕获该对象的性质，而不是关系或关系中的其他对象的性质。特别是当一个属性的结构较为复杂，可考虑把其作为对象来处理。

对象的状态是通过属性表现出来的，例如在电话购物系统中的商品对象，它就需要如表5-2 所示的状态来进行相应的服务。这时，每一种状态是一组使对象呈现共同行为规则的属性值组合。还可以专门设定一个属性，通过其属性值来反映实际事物的状态，例如可以设定"状态"属性值：空、不满、满等。

表 5-2　　　　　　　　　　　　　　　　商品的状态

| 服务＼状态 | 空 | 不满 | 满 |
|---|---|---|---|
| 订货 | 可执行 | 可执行 | 不可执行 |
| 售货 | 不可执行 | 可执行 | 可执行 |

### 2. 定义类的服务（操作）

对象的行为是通过类的服务来表现的，一般将服务定义为描述对象动态特征（行为）的一个操作序列，有名字和参数表，有可见性和返回类型。其分类可分为内部服务和外部服务，还可以分为被动服务和主动服务。当对象完成某件任务时，它会使用服务来触发其他对象执行动作，控制和协调其他对象内的活动。另外一类服务是对象需要了解自己的状态和与自己相关联的对象的信息，以及派生或计算出来的事物等信息的时候，通过服务来操作对象的属性进行处理。在一个类中，没有实现的操作称为抽象操作。抽象操作带有标记"｛abstract｝"，或者把操作的特征标记写成斜体来表示它是抽象的。

在面向对象分析过程中，对于一些常用的简单的服务，例如创建并初始化一个新对象、得到或设置属性值等，通常是不予考虑的。而那些必须由对象提供的、在算法上相对复杂的业务服务才是识别的重点。识别服务，从系统责任的角度，可以考虑有哪些功能要求在该对象中提供；从问题域的角度，可以考虑对象在问题域对应的事物有哪些行为操作；从对象状态分析来说，可以考虑在每种状态下对象可能发生什么行为，对象状态的转换，是由哪些服务引起的；还可以模拟服务的执行，并在整个系统中跟踪服务的执行路线，识别出计算、监视和查询类的服务操作。一般，对象负责操作其值的计算，对外部系统、外部设备或内部对象进行检测或做出反应，可以不需修改对象而计算功能值。

对于识别出来的服务，还需要进行审查与调整工作。审查对象的每个服务是否真正有用，是否直接提供系统责任所要求的某项功能，是否响应其他服务的请求间接地完成这种功能的某些局部操作。一个服务最好只完成一项单一的、完整的功能，这也是高内聚的要求。对于无用的服务要给予取消，而非高内聚的服务则可以考虑拆分或合并处理。

根据对象的行为，还有看其在问题域中，对象行为是被引发的，还是主动呈现的，与参与者交互的对象服务行为，外层与内层是否为请求与被请求的关系等来确定主动服务。找到了主动服务就等于找到了主动对象。在主动服务的服务名和它所在类的类名之前各加一个主动标记"@"。

每个对象的服务都应该填写到相应的类符号中，并且在类描述模板中，写出下面这些描述：

（1）说明服务的职责；

（2）服务原型（消息的格式）；

（3）消息发送（指出在这个服务执行时，需要请求哪些别的对象服务，即接收消息的对象类名以及执行这个消息的服务名）；

（4）约束条件：如果该服务的执行有前置条件、后置条件，以及执行时间的要求等其他需要说明的事项，则在这里加以说明；

（5）实现服务的方法（文字、活动图或流程图）。

在电话购物系统中识别的对象的属性与操作如图 5-10 所示。

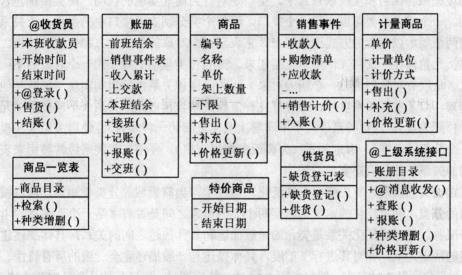

图 5-10　电话购物系统中的对象

### 5.4.3　定义关系和建立类图

对象之间的关系种类如表 5-3 所示，有关联、泛化、流及各种形式的依赖关系，包括实现关系和使用关系。

关联关系给出的是对象间的静态联系，它描述了给定类的单独对象之间语义上的连接。关联提供了不同类间对象可以相互作用的连接。其余的关系涉及类元自身的描述，而不是它们的实例。

泛化关系使父类元（超类）与更具体的后代类元（子类）连接在一起。泛化有利于类元的描述，可以不用多余的声明，每个声明都需加上从其父类继承来的描述。继承机制利用泛化关系的附加描述构造了完整的类元描述。泛化和继承允许不同的类元分享属性、操作和它们共有的关系，而不用重复说明。可以认为继承与泛化，是我们思维中的一般与特殊的延伸。

表 5-3 对象之间关系的种类

| 关系 | 功  能 | 表示法 |
|------|--------|--------|
| 关联 | 类实例之间连接的描述 | ——————————— |
| 依赖 | 两个模型元素间的关系 | - - - - - - - - - -→ |
| 流 | 在相继时间内一个对象的两种形式的关系 | - - - - - - - - - -→ |
| 泛化 | 更概括的描述和更具体的种类间的关系，适用于继承 | ————————▷ |
| 实现 | 说明和实现间的关系 | - - - - - - - - - -▷ |
| 使用 | 一个元素需要别的元素提供适当功能的情况 | - - - - - - - - - -→ |

实现关系将说明和实现联系起来。接口是对行为而非实现的说明，而类中则包含了实现的结构。一个或多个类可以实现一个接口，而每个类分别实现接口中的操作。流关系将一个对象的两个版本以连续的方式连接起来。它表示一个对象的值、状态和位置的转换。流关系可以将类元角色在一次相互作用中连接起来。流的种类包括变成（同一个对象的不同版本）和拷贝（从现有对象创造出一个新的对象）两种。依赖关系将行为和实现与影响其他类的类联系起来。除了实现关系以外，还有好几种依赖关系，包括跟踪关系（不同模型中元素之间的一种松散连接）、泛化关系（两个不同层次意义之间的一种映射）、使用关系（在模型中需要另一个元素的存在）、绑定关系（为模板参数指定值）。使用依赖关系经常被用来表示具体实现间的关系，如代码层实现关系。

在定义关系阶段，首先需要识别泛化。通过学习当前领域的分类学知识，可以按常识考虑事物的分类，利用泛化的定义来考察两个类的对象之间是否有"是一个"关系，考察类的属性与服务。我们说泛化关系是类元的一般描述和具体描述之间的关系，具体描述建立在一般描述的基础之上，并对其进行了扩展。具体描述与一般描述完全一致的所有特性、成员和关系，并且包含补充的信息。例如在图 5-10 中，特价商品、计量商品是商品中两类特殊商品，但是其处理是可以作为泛化关系来处理的。定义泛化的活动，将使分析员对系统中的对象类及其特征有更深入的认识。在很多情况下，随着泛化的建立，需要对类图的对象层和特征层作某些修改，包括增加、删除、合并或分开某些类，以及增、删某些属性与服务或把它们移到其他类。

接着需要确定关联。关联描述了系统中对象或实例之间的离散连接。关联将一个含有两个或多个有序表的类元，在允许复制的情况下连接起来。关联的实例之一是链。每个链由一组对象（一个有序列表）构成，每个对象来自于相应的类。二元链包含一对对象。关联带有系统中各个对象之间关系的信息。当系统执行时，对象之间的连接被建立和销毁。关联关系是整个系统中使用的"胶粘剂"，如果没有它，那么只剩下不能一起工作的孤立的类。一个类的关联的任何一个连接点都叫做关联端，与类有关的许多信息都附在它的端点上。关联端有名字（角色名）和可见性等特性，而最重要的特性则是多重性，多重性对于二元关联很重要，因为定义 n 元关联很复杂。如图 5-11 所示，二元关联用一条连接两个类的连线表示，连线上有相互关联的角色名而多重性则加在各个端点上。

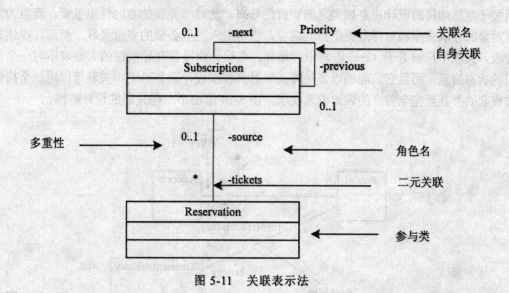

图 5-11 关联表示法

如图 5-12 所示，如果一个关联既是类又是关联，即它是一个关联类，那么这个关联可以有它自己的属性。如图 5-13 所示，如果一个关联的属性在一组相关对象中是唯一的，那么它是一个限定符。限定符是用来在关联中从一组相关对象中标识出独特对象的值。限定符对建模名字和身份代码是很重要的，同时它也是设计模型的索引。

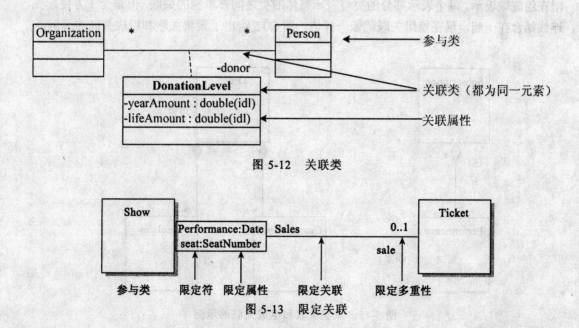

图 5-12 关联类

图 5-13 限定关联

在分析阶段，关联表示对象之间的逻辑关系。没有必要指定方向或者关心如何去实现它们。应该尽量避免多余的关联，因为它们不会增加任何逻辑信息。在设计阶段，关联用来说明关于数据结构的设计决定和类之间职责的分离。此时，关联的方向性很重要，而且为了提高对象的存取效率和对特定类信息的定位，也可引入一些必要的多余关联。然而，在该建模阶段，关联不应该等于 C++ 语言中的指针。在设计阶段带有导航性的关联表示对一个类有用的状态信息，而且它们能够以多种方式映射到程序设计语言当中。关联可以用一个指针、被嵌套的类甚至完全独立的表对象来实现。图 5-14 给出了一些关联的设计特性。

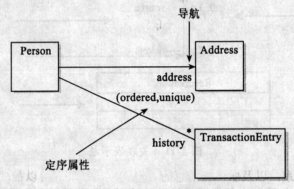

图 5-14  关联的设计特性

对于部分与整体关系的关联要用聚集表示，它用端点带有空菱形的线段表示，空菱形与聚集类相连接。组成是更强形式的关联，整体有管理部分的特有的职责，它用一个实菱形物附在组成端表示。每个表示部分的类与表示整体的类之间有单独的关联，但是为了方便起见，连线结合在一起，现在整组关联就像一棵树。图 5-15 给出了聚集关联和组成关联的示例。

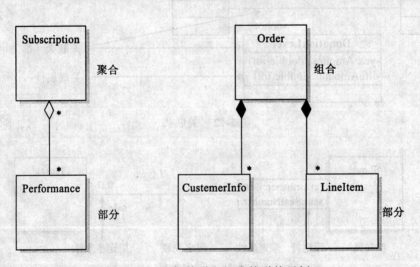

图 5-15  聚集关联和组成关联的示例

链是关联的一个实例。链即所涉及对象的一个有序表，每个对象都必须是关联中对应类的实例或此类后代的实例。系统中的链组成了系统的部分状态。链并不独立于对象而存在，它们从与之相关的对象中得到自己的身份。

## 5.5　建立动态模型

和对静态结构建模过程中只对服务进行外部观察且不关心对象是怎样提供和进行这些服务不同，动态模型的构建则是对行为建模，需要捕获对象是怎样提供服务的，识别必须由其他对象提供的附加服务。如何定义行为，或者说如何定义操作（方法），对于动态模型的构建是必须要考虑的问题。从问题域的视角，一般都是从输入、输出和对象是怎样提供服务的这三个角度来考虑。建立动态模型是对系统的动态方面进行可视化、详述、构造和文档化，其描述可以自然语言和用动态行为图来表示。而动态行为图能够帮助分析服务及服务之间的关系，动态行为图包括用例图、顺序图、协作图、状态图和活动图等。

### 5.5.1　画顺序图

顺序图（sequence diagram）是一种详细表示对象之间以及对象与系统外部的参与者之间动态联系的图形文档。它详细而直观地表现了一组相互协作的对象在执行一个（或少量几个）用例时的行为依赖关系，以及服务和消息的时序关系。顺序图可以帮助分析员对照检查每个用例中描述的用户需求，是否已经落实到一些对象中去实现，从而提醒分析员去补充遗漏的对象类或服务。此外顺序图还可以帮助分析员发现哪些对象是主动对象，通过对一个特定的对象群体的动态方面建模，深刻地理解对象之间的交互。顺序图能够既详细又直观地表达对象之间的消息和系统的交互情况，但通常只能表示少数几个对象之间的交互。

如图 5-16 所示，顺序图将交互关系表示为一个二维图。纵向是时间轴，时间沿竖线向下延伸。横向轴代表了在协作中各独立对象的类元角色。激活表示一个对象直接或者通过从属例程执行一个行为的时期。它既表示了行为执行的持续时间，也表示了活动和它的调用者之间的控制关系。当对象存在时，角色用一条虚线表示，当对象的过程处于激活状态时，生命线是一个双道线。生命线代表一个对象在特定时间内的存在。如果对象在图中所示的时间段内被创建或者销毁，那么它的生命线就在适当的点开始或结束。否则，生命线应当从图的顶部一直延续到底部。在生命线的顶部画对象符号。如果一个对象在图中被创建，那么就把创建对象的箭头的头部画在对象符号上。当一个对象处于激活期时，该对象能够响应或发送消息、执行对象或活动。当一个对象不处于激活期时，该对象不做什么事情，但它是存在的，等待新的消息激活它。消息用从一个对象的生命线到另一个对象生命线的箭头表示。箭头以时间顺序在图中从上到下排列。可以把各种标签（例如，计时约束、对活动中的行为描述等）放在图的边缘或在它们标记的消息的旁边。

一个单独的顺序图最好只显示一个控制流（建议尽量少用迭代和分支）。因为一个完整的控制流肯定是复杂的，所以将一个大的流分为几部分放在不同的图中是合理的。

画顺序图的步骤如下：

（1）按照当前协作的意图，详细地审阅有关材料（有关的用例或协作），设置交互的语境（系统的一次执行，或者一组对象或参与者之间的协作）。

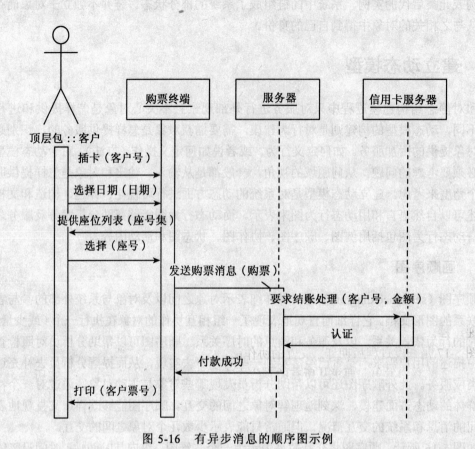

图 5-16　有异步消息的顺序图示例

（2）通过识别对象在交互中扮演的角色，在顺序图的上部并排地列出与某个用例有关的一组对象（给出其类名），并为每个对象或参与者设置生命线。通常把发起交互的对象放在左边。

（3）对于那些在交互期间创建和撤销的对象，在适当的时刻设置它们的生命线，用消息显式地指明它们的创建和撤销。

（4）决定消息将怎样或以什么样的序列在对满足请求所必需的对象之间传递。通过参与者或首先发出消息的对象，看它需要哪些其他对象为它提供服务，它向哪些对象提供信息或发布命令。追踪到新的对象，进一步做这种模拟，直到找出与当前语境有关的全部对象。如果一个对象服务在某个执行点上应该向另一个对象发消息，则从这一点向后者画一条带箭头的水平直线，并在旁边注明被引用的服务名。用适当的箭头线区别同一控制线程内部和不同控制线程之间的消息。

（5）在每一类对象下方的生命线上，按当前的用例使用该对象服务的先后次序排列各个代表服务执行的棒形条。

（6）两个对象的服务执行如果属于同一个控制线程，则接收者服务的执行应在发送者发出消息之后开始，并在发送者结束之前结束。不同控制线程之间的消息有可能在接收者服务开始执行之后到达。

（7）在系统边界以外，可对相应对象所执行的功能以及时间或空间约束进行描述。如果需要可视化消息的嵌套，则用嵌套激活符号。如果需要可视化实际计算发生时的时间点，则用约束修饰每个对象的生命线。

### 5.5.2　画协作图

与顺序图不同，协作图表示扮演不同角色的对象之间的关系，不表示作为单独维度的时间，协作图因此无法表示交互的顺序而并发进程必须用顺序数决定。因而可以定义，协作图是一种强调发送和接收消息的对象的结构组织的交互图，显示围绕对象以及它们之间的链组织的交互。协作图由对象、链以及链上的消息构成。顺序图和协作图在语义上是等价的，它们可以从一种形式的图转换为另一种。

协作图对在一次交互中有意义的对象和对象间的链建模。对象和关系只有在交互时才有意义。类元角色描述了一个对象，关联角色描述了协作关系中的一个链。协作图用几何排列来表示交互作用中的各角色（如图 5-17 所示）。附在类元角色上的箭头代表消息。消息的发生顺序用消息箭头处的编号来说明。

协作图的一个用途是表示一个类操作的实现。协作图可以说明类操作中用到的参数和局部变量以及操作中的永久链。当实现一个行为时，消息编号对应了程序中嵌套调用结构和信号传递过程。

图 5-17 是开发过程后期订票交互的协作图。这个图表示了订票涉及的各个对象间的交互关系。请求从客户发出，要求从所有的座位中查找需要的座位信息。客户锁定所选座位，售票终端将顾客的选择返回给服务器，服务器从客户的信用卡上扣除购票的费用，如何返回给服务器付款成功，服务器发消息给售票终端可以给客户打印其票证。

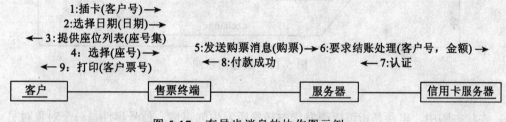

图 5-17　有异步消息的协作图示例

顺序图和协作图都可以表示各对象间的交互关系，但它们的侧重点不同。顺序图用消息的几何排列关系来表达消息的时间顺序，各角色之间的相关关系是隐含的。协作图用各个角色的几何排列图形来表示角色之间的关系，并用消息来说明这些关系。在实际中可以根据需要选用这两种图。

### 5.5.3　画状态图

目前主要有两种对生命周期进行建模的形式，周期性生命周期和出生—死亡生命周期。一个对象的状态可以为：创建、状态变化序列、撤销。对对象的行为建模，基本要说明三种事情：这个对象可能处于的稳定状态；触发从状态到状态的转换的事件；当每个状态改变时发生的动作。状态机视图是一个类对象所可能经历的所有历程的模型图。状态机由对象的各个状态和连接这些状态的转换组成。每个状态对一个对象在其生命期中满足某种条件的一个时间段建模。当一个事件发生时，它会触发状态间的转换，导致对象从一种状态转化到另一新的状态。与转换相关的活动执行时，转换也同时发生。状态机用状态图来表达。

状态图可用于描述用户接口、设备控制器和其他具有反馈的子系统。它还可用于描述在生命周期中跨越多个不同性质阶段的被动对象的行为，在每一阶段该对象都有自己特殊的行为。

图 5-18 给出了售票系统中票这一对象的状态图。初始状态是 Available 状态。在票开始对外出售前，一部分票是给预约者预留的。当顾客预订票时，被预订的票首先处于锁定状态，此时顾客仍有是否确实要买这张票的选择权，故这张票可能出售给顾客也可能因为顾客不要这张票而解除锁定状态。如果超过了指定的期限顾客仍未做出选择，此票被自动解除锁定状态。预约者也可以换其他演出的票，如果这样的话，最初预约票也可以对外出售。

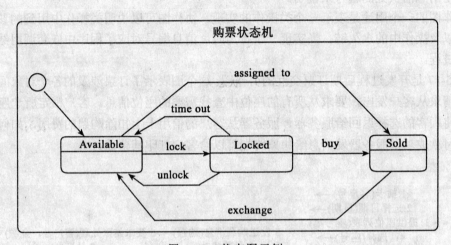

图 5-18　状态图示例

在状态图中，事件是指可以引发状态转换所发生的事情。信号事件是一个对象对另一个对象的显式信号的接收，用作为转换上的触发事件的特征标记指示。信号可以作为状态机中的状态转换上的动作被发送，或者作为交互中的一个消息被发送。调用事件则是对操作的调用的接收，调用事件一般来说是同步的。在指定事件（经常是当前状态的入口）后，经过了一定的时间或到了指定日期/时间，导致一个时间事件。时间经历事件能用后跟有计算时间量的表达式的关键词"after"表示，比如"after（5 秒）"或者"after（从状态 A 退出后经历了10 秒）"。最后，还有一类以指派的条件变为真时为事件发生。

状态是对象（类）生命周期的一个阶段，在该阶段中该对象要满足一些特定的条件，并可从事特定的活动。在概念上，对象要在一个状态内维持一段时间。也允许对瞬时状态建模，以及对非瞬时的转换建模。

动作是在状态内或在转化时所做的操作，是原子的和即时的，就是说，它在相关状态的抽象层次上是不可间断的。一个动作可以完成设置或修改本对象的一个属性、产生发送给分析范围之外的事件、执行对象的一个操作、向一个对象信号发送、调用另一个对象（包括自身）的一个公共操作以及创建或撤销另一个对象（包括自身）、返回一个值或值集等任务。动作发生的时机会在转化中、在状态的入口、在一个对象处于一个状态的整个期间、在状态的出口或在没有引起状态转化的事件到来时。要注意由于各种特殊目的而保留的一些动作标号，它们不能用作事件名。例如，entry/进入动作是由相应的动作表达式规定的动作，在进入状态时执行该动作；exit/退出动作由相应的动作表达式规定的动作，在退出状态时执行该动作；do/活动标识正在进行的活动，只要被建模的对象是在当前状态中，或没有完成由动作表达式指定的计算，就执行这个活动。活动是在对象处于一个状态中的整个阶段执行的一个动作或动作的集合。活动不是原子的，在执行中可以被事件打断。

转换是两个状态之间的一种关系，表示当一个特定事件出现时，如果满足一定的条件，对象就从第一个状态（源状态）进入第二个状态（目标状态），并执行一定的动作。转换本身也是原子的（见图 5-19）。

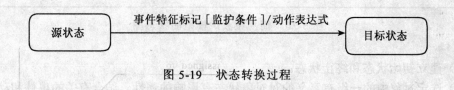

图 5-19　状态转换过程

其中，事件特征标记描述带有参数的事件：事件名（用逗号分隔的参数表）；监护条件是布尔表达式，根据触发事件的参数和拥有这个状态机的对象的属性和链来书写这样的布尔表达式。当事件触发器接收事件而要触发转换时对它求值，如果表达式取值为真，则激活转换；如果为假，则不激活转换，而且如果没有其他的转换被此事件所触发，则该事件丢失。

动作表达式是由一些有区别的动作组成的动作序列，其中包括显式地产生事件的动作，如发送信号或调用操作。可以根据对象的属性、操作和链以及触发事件的参数，或在其范围内的其他特征书写动作表达式。它可以直接作用于拥有状态机的对象，并间接作用于对该对象是可见的其他对象。

图 5-20 给出了一个简易微波炉（只有一个按钮）模型的状态图。其中，状态表示成四角均为圆角的矩形，状态的名称放在其中。

可以有选择地把表示状态的矩形划分成由水平线相互分隔的多个分栏，其中名称分栏可以在该分栏中放置状态名，内部转换分栏用该分栏给出对象在这个状态中所执行的内部动作或活动的列表。各表项的表示法的一般格式为："动作标号/动作表达式"。动作标号用动作标号标识，在该环境下要调用的由动作表达式指定的动作；动作表达式可以使用对象范围内的任何属性和链。若动作表达式为空，则斜线分隔符是可选的。如前所述，有三个动作标号是有特定含义的，它们不能用做事件名，这三个动作标号是 entry、exit 和 do。

对对象的状态变迁建模，应遵循如下策略：

（1）设置状态机的语境，即要考虑在特定的语境中哪些对象与该对象交互，包括这个对象的类的所有父类和通过依赖或关联到达的所有类。这些邻居是动作的候选目标或在监护条件中包含的候选项。

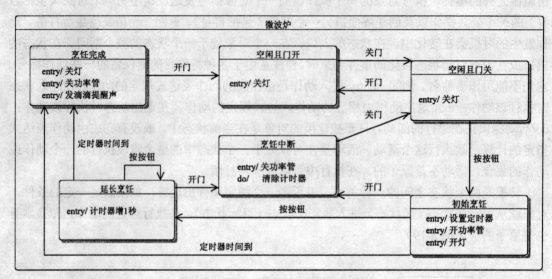

图 5-20　简易微波炉模型的状态图

（2）建立初始状态和终止状态。

（3）选定对象中的一组有意义的对对象状态有影响的属性，结合有关的事件和动作，对象可能在其中存在各段时间的条件，以决定该对象所在的稳定状态。

（4）在对象的整个生命期中，决定稳定状态的有意义的偏序。从初态开始到终态，列出这个对象可能处于的顶层状态。

（5）决定这个对象可能响应的事件。可在对象的接口处发现这些事件，并给出一个唯一的名字。这些事件可能触发从一个合法状态到另一个合法状态的转换。

（6）用被适当的事件触发的转换将这些状态连接起来，接着向这些转换中添加事件、监护条件或动作。对于内部转换也是如此。

（7）识别各状态的进入或退出的动作。

（8）如果需要，从这个对象的高层状态开始，然后考虑各自的可能子状态，用子状态进行扩充。

### 5.5.4　画活动图

活动图是一种特殊形式的状态机，用于对计算流程和工作流程建模。活动图中的状态表示计算过程中所处的各种状态，而不是普通对象的状态。通常，活动图假定在整个计算处理的过程中没有外部事件引起的中断。否则，普通的状态机更适于描述这种情况。

活动图包含活动状态。活动状态表示过程中命令的执行或工作流程中活动的进行。与等待某一个事件发生的一般等待状态不同，活动状态等待计算处理工作的完成。当活动完成后，执行流程转入到活动图中的下一个活动状态。当一个活动的前导活动完成时，活动图中的完成转换被激发。活动状态通常没有明确表示出引起活动转换的事件，当转换出现闭包循环时，活动状态会异常终止。

活动图也可以包含动作状态，它与活动状态有些相似，但是它们是原子活动并且当它们处于活动状态时不允许发生转换。动作状态通常用于短的记账操作。

　　活动图可以包含并发线程的分叉控制。并发线程表示能被系统中的不同对象和人并发执行的活动。通常并发源于聚集，在聚集关系中每个对象有着它们自己的线程，这些线程可并发执行。并发活动可以同时执行也可以顺序执行。活动图不仅能够表达顺序流程控制，还能够表达并发流程控制，如果排除了这一点，活动图很像一个传统的流程图。

　　如图 5-21 所示，在活动图中，活动状态表示成带有圆形边线的矩形，它含有活动的描述（普通的状态盒为直边圆角）。简单地完成转换用箭头表示。分支表示转换的监护条件或具有多标记出口箭头的菱形。控制的分叉和结合与状态图中的表示法相同，是进入或离开深色同步条的多个箭头。

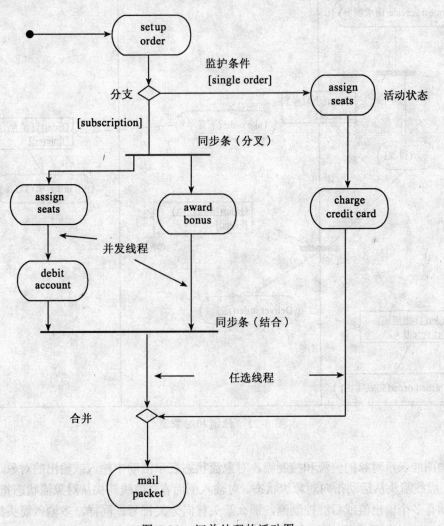

图 5-21　订单处理的活动图

　　为了表示外部事件必须被包含进来的情景，事件的接收可以被表示成转换的触发器或正在等待某信号的一个特殊内嵌符号，发送可同样表示。然而，如果有许多事件驱动的转换，那么用一个普通的状态图表示更可取。

将模型中的活动按照职责组织起来通常很有用。例如，可以将一个商业组织处理的所有活动组织起来。这种分配可以通过将活动组织成用线分开的不同区域来表示。由于它们的外观的缘故，这些区域被称作泳道，其描述如图 5-22 所示。

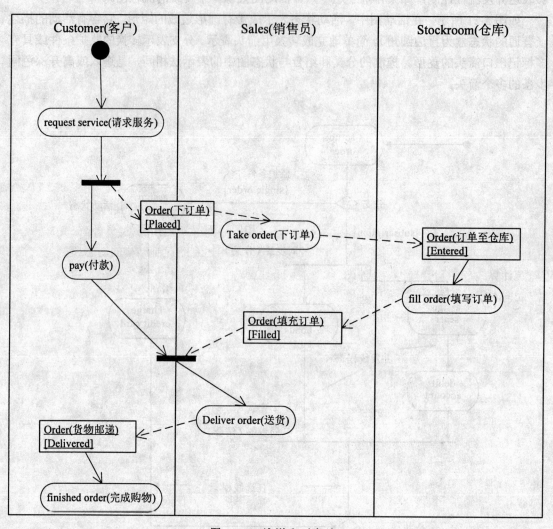

图 5-22　泳道和对象流

活动图能表示对象的值流和控制流。对象流状态表示活动中输入或输出的对象。对输出值而言，虚线箭头从活动指向对象流状态。对输入值而言，虚线箭头从对象流状态指向活动。如果活动有多个输出值或后继控制流，那么箭头背向分叉符号。同样，多输入箭头指向结合符号。图 5-22 也同样表示一个活动和对象流状态都被分配到泳道中的活动图。

活动图没有表示出计算处理过程中的全部细节内容。它们表示了活动进行的流程但没表示出执行活动的对象。活动图是设计工作的起点。为了完成设计，每个活动必须扩展细分成一个或多个操作，每个操作被指定到具体的类，这种分配的结果引出了用于实现活动图的设计工作。

# 本 章 小 结

　　面向对象方法学比较自然地模拟了人类认识客观世界的思维方式，它所追求的目标和遵循的基本原则，就是使描述问题的问题空间和在计算机中解决问题的解空间，在结构上尽可能一致。使用面向对象方法能够开发出稳定性好、可重用性好和可维护性好的软件，这些都是面向对象方法学的突出优点。

　　面向对象方法学认为，客观世界由对象组成。任何事物都是对象，每个对象都有自己的内部状态和运动规律，不同对象彼此间通过消息相互作用、相互联系，从而构成了所要分析和构造的系统。系统中每个对象都属于一个特定的对象类。类是对具有相同属性和行为的一组相似对象的定义。应该按照子类、父类的关系，把众多的类进一步组织成一个层次系统，这样做了之后，如果不加特殊描述，则处于下一层次上的类可以自动继承位于上一层次的类的属性和行为。

　　用面向对象观点建立系统的模型，能够促进和加深对系统的理解，有助于开发出更容易理解、更容易维护的软件。通常，人们从 3 个互不相同然而又密切相关的角度建立起 3 种不同的模型。它们分别是描述系统静态结构的对象模型、描述系统控制结构的动态模型以及描述系统计算结构的功能模型。其中，对象模型是最基本、最核心、最重要的模型。

　　面向对象分析是分析、确定问题域中的对象及对象间的关系，并建立起问题域的对象模型。这个过程是通过用例分析、确定静态模型、动态模型和功能模型来实现，其目标是全面深入地理解问题域。

　　统一建模语言 UML 是国际对象管理组织 OMG 批准的基于面向对象技术的标准建模语言。通常，使用 UML 的类图来建立对象模型，使用 UML 的状态图、顺序图等来建立动态模型，使用 UML 的用例图来建立功能模型。

　　本章所讲述的面向对象分析是为了提取应用系统需求，使用面向对象技术来抽取和整理用户需求，并建立起相应问题域的精确模型。通过本章学习，可以掌握类、对象、实例、方法等面向对象的基本概念和面向对象的三种模型；熟悉统一建模语言（UML），并建立系统的模型。

# 习 题

　　1. 什么是面向对象方法学？它有哪些优点？

　　2. 什么是"对象"？它与传统的数据有何异同？

　　3. 什么是"类"和"继承"？

　　4. 什么是对象模型？建立对象模型时主要使用哪些图形符号?这些符号的含义是什么？

　　5. 什么是动态模型？建立动态模型时主要使用哪些图形符号？这些符号的含义是什么？

　　6. 什么是功能模型？建立功能模型时主要使用哪些图形符号？这些符号的含义是

什么？

7．面向对象开发方法与面向数据流的结构化方法有什么不同？

8．什么是 UML 语言？它有哪些特点？

9．UML 语言的模型元素有哪些？

10．UML 语言的图形有哪些？

11．（　　　）用于显示系统中过程、资源和对象的发布。

（1）交互图　　（2）顺序图　（3）部署图　（4）通信图　（5）类图

12.在酒店餐饮管理系统中，下列（　　　）是业务用例。

（1）顾客结账　　　　　　　　（2）酒店准备饭菜

（3）顾客查看饭菜准备情况　　　（4）顾客点菜

13.在 UML 中，（　）用于显示在对象之间传送的消息。

（1）活动图　（2）对象图　（3）通信图　（4）状态机图　　（5）顺序图

14.下面（　）是关联类。

（1）用于描述可以存在于类之间的各种关系；

（2）在另外两类之间的关联中添加属性和行为；

（3）关联对象和该对象所属的类。

# 第6章 面向对象的软件设计与实现

【学习目的与要求】面向对象的软件设计与实现是开发现代软件的重要方法之一。在面向对象分析的基础上，已经建立了相应问题域的精确模型，以此为基础，面向对象设计则建立能够集成产品设计和制造信息的产品定义模型，并将用面向对象分析所创建的分析模型转变为将作为软件构造的蓝图的设计模型。本章主要讲述面向对象设计的基本概念，重点讲述系统设计、详细设计和面向对象的编码。通过本章学习，要求掌握面向对象设计与实现的基本概念；掌握面向对象设计与实现的方法；熟悉面向对象设计的建模方法，能对问题域的精确模型（对象模型、动态模型和功能模型）进行子系统细化，能完成面向对象设计与实现的全过程。

## 6.1 面向对象软件设计概述

面向对象的设计（Object-Oriented Design，OOD）主要是利用面向对象的技术，将用面向对象分析所创建的分析模型转变为软件的设计模型。

面向对象的设计方法有多种，其中 Coad-Yourdon 方法具有很好的特性，本章主要采用 Coad-Yourdon 方法和 UML 工具进行面向对象的软件设计。

### 6.1.1 面向对象设计的目标

面向对象分析和设计本身是两个不同的开发阶段，但是其边界往往又比较模糊，而且从喷泉和其他递进开发模型中，往往会弱化它们之间的界限。一般而言，把面向对象分析理解为对问题的调查，而设计则是找出解决问题的方案，而通过分析模型，才能设计得到有效的解决方案。在面向对象的设计中，对象有更明确的定义。从面向对象分析到面向对象的设计是一个累进的模型扩充过程，这种扩充主要以增加属性和服务开始。这种扩充有别于从数据流图到结构图所发生的剧变。

面向对象设计的独特性在于其基于四个重要的软件设计概念——抽象、信息隐蔽、功能独立性和模块性建造系统的能力。所有的设计方法均力图建造有这些基本特征的软件。但是，只有面向对象设计提供了使设计者能够以较少的复杂性和折中达到所有这四个特征的机制。

由此，可以给出一个简单的定义：面向对象的设计就是在面向对象分析模型基础上运用面向对象方法，进行系统设计，目标是产生一个符合具体实现条件的面向对象设计模型。尽管有多种面向对象设计方法，本书主要以 Coad-Yourdon 方法为主进行介绍，因为 Coad-Yourdon 方法与传统设计方法一样，采用把大问题化为若干个小问题的处理方法，这样，系统设计就变成一些子系统的设计和子系统最终集成为一个完整系统的问题。

### 6.1.2 面向对象设计的模型

Coad-Yourdon 面向对象的设计模型由四个部分构成：问题域部分、人机交互部分、任务管理部分、数据管理部分。每一部分的设计都在对象层、属性层、服务层、关系层、包层五个层次上进行（见图 6-1）。因此，每一部分的设计实际上都包括识别类及对象、定义属性、定义服务、识别关系、识别包五个部分的活动。图 6-2 给出了从两个不同侧面观察面向对象设计模型的视角图。

图 6-1　面向对象的设计模型

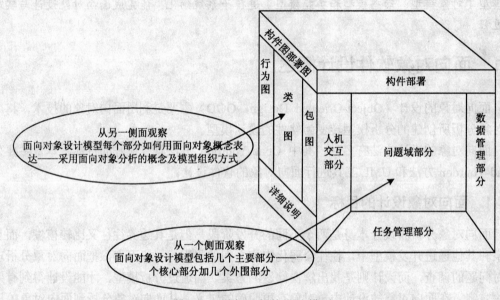

图 6-2　面向对象的设计模型

## 6.2　系统设计

面向对象的软件开发是递增过程，不可能一次就能完全设计出一个完整的系统，所以在每个设计阶段的开始，首先需要规划应设计系统的哪些部分。面向对象的软件设计过程分为系统设计（体系结构设计）和详细设计（子系统设计）两个不同的过程。

### 6.2.1 系统设计的主要内容

系统设计过程注重较高层次的任务设计，其主要内容应包括以下活动：

（1）系统顶层架构选择：系统硬件与网络拓扑。

（2）选择编程语言、数据库、各类协议等，实际应用过程中，只是提供相应的选择内容，正式的决策往往会在详细设计阶段给定。

（3）通过面向对象分析建立起来的动态模型，设计多任务并发策略，也可以在任务子系统设计中。

（4）设计安全策略，以确认系统所需要的安全等级和系统安全对策。

（5）选择子系统部分，将一个系统分割为多个子系统，逐步解决，同时确保不同子系统之间的有效通信。

（6）子系统细化，对于部分子系统需要分层和分解，则可以进一步细化并分解成可管理的更小的子系统模块，方便进行详细设计。应该注意的是，面向对象的子系统概念不是传统系统设计中的功能子系统概念，而是"体系结构划分"的概念。子系统的设计是软件系统的层次结构+模式结构设计。

（7）通信决策以确定机器、子系统和分层之间的通信协议和方法。

## 6.2.2 系统顶层架构的选择

简单地讲，至今软件体系结构主要经历了单层、两层、三层（或三层以上）这三个应用模式阶段。

**1. 单层体系结构**

系统拓扑的发展与系统应用是紧密联系的，最早期的结构为单机或者为一层体系结构模式。任何应用都在同一层次的计算机中完成，没有网络应用，所以称为单机版本，特点是简单易用，不适应于中大型应用。随后两层体系结构也称为C/S（Client/Server）体系结构的应用得到了广泛的推广。

**2. 两层体系结构（C/S结构）**

在C/S体系结构的应用中，由客户应用程序和数据库服务器程序等两部分组成（也称为前台程序与后台程序）。运行数据库服务器程序的机器，称为应用服务器，一旦服务器程序启动，就随时等待响应客户程序发来的请求。客户程序运行在用户自己的电脑上，对应于服务器电脑，可称为客户电脑。当需要对数据库中的数据进行任何操作时，客户程序就自动地寻找服务器程序，并向其发出请求，服务器程序根据预定的规则作出应答，送回结果（见图6-3）。

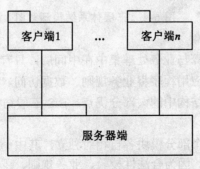

图 6-3 两层体系结构

由于在两层体系结构中，数据和程序需要在服务器与客户机之间传送，所以诞生了现代网络技术，以便有足够的带宽连接完成任何一台主机与客户机之间的数据传送。该模式下，通过在服务器端集中计算，并对访问者的权限，编号不准重复、必须有客户才能建立订单这样的规则等之类的安全设定，提高了系统的安全性能，并有利于系统升级，同时在客户机中可以应用高级图像功能和 Windows 系统等现代人机友好界面，提高系统的易用性能和可操作性。尽管 C/S 体系结构得到了广泛的应用，但是用户界面、程序逻辑和数据表示等并没有被完全分隔开，随着用户业务需求的增长和 Internet/Intranet 的普及，基于 B/S（Browser/Server）方式的三层体系结构已经逐渐替代了基于 C/S（Client/Server）方式的两层体系结构。

**3. 三层体系结构**

在基于 B/S 的三层体系结构中，如图 6-4 所示，表示层、中间层、数据层被分割成三个相对独立的单元。

表示层（Browser）位于客户端，一般没有应用程序，借助于 Javaapplet、Actives、Javascript、vbscript 等技术可以处理一些简单的客户端处理逻辑。它负责由 Web 浏览器向网络上的 Web 服务器（即中间层）发出服务请求，把接受传来的运行结果显示在 Web 浏览器上。

中间层（Web Server）是用户服务和数据服务的逻辑桥梁。它负责接受远程或本地的用户请求，对用户身份和数据库存取权限进行验证，运用服务器脚本，借助于中间件把请求发送到数据库服务器（即数据层），把数据库服务器返回的数据经过逻辑处理并转换成 HTML及各种脚本传回客户端。

数据层（DB Server）位于最底层，它负责管理数据库，接受 Web 服务器对数据库操纵的请求，实现对数据库查询、修改、更新等功能及相关服务，并把结果数据提交给 Web 服务器。

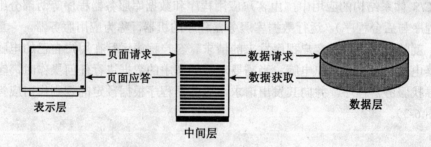

图 6-4　三层体系结构示意图

在三层结构中，数据计算与业务处理集中在中间层，只有中间层实现正式的进程和逻辑规则。由于三层体系结构的应用程序将业务规则、数据访问、合法性校验等工作都在中间层进行处理，继承了两层体系结构中的大部分优点。B/S 三层结构相比 C/S 两层结构具有以下独特优点：

（1）B/S 三层结构的三个部分模块各自相对独立，其中一部分模块的改变不影响其他模块，系统改进变得非常容易。因为合法性校验、业务规则、逻辑处理等都放置于中间层，当业务发生变化时，只需更改中间层的某个组件，而客户端应用程序不需做任何处理，有的甚至不必修改中间层组件，只需要修改数据库中的某个存储过程就可以了，减少了程序设计的复杂性，缩短了系统开发的周期。

（2）B/S 三层结构的数据访问是通过中间层进行的，客户端不再与数据库直接建立数据连接，这样建立在数据库服务器上的连接数量将大大减少，因此客户端数量将不再受到限制。同时，中间层与数据库服务器之间的数据连接通过连接池进行连接数量的控制，动态分配与释放数据连接，因此数据连接的数量将远远小于客户端数量。

（3）B/S 三层结构将一些事务处理部分都转移到中间层中，客户端不再负责数据库的存取和复杂数据的计算等任务，只负责显示部分，使客户端一下子苗条起来，变为瘦客户机，充分发挥了服务器的强大作用。

（4）B/S 三层结构的用户界面都统一在浏览器上，浏览器易于操作、界面友好，对于客户端而言，只需要浏览器软件即可，不需要在客户端安装任何其他软件，提高了系统的可移植性并且扩展了系统的使用环境，简化了软件的操作使用方式，方便了用户的使用。

因此，在系统设计中，根据具体应用的大小和应用开发环境，可以选择适合于具体应用的网络拓扑体系结构。基于 B/S 的三层体系结构易于开发、使用和维护，而且它采用开放的标准，通用性和跨平台性强，易于与其他系统的对接，易于系统的移植。一般在中型应用环境，同时需要使用网络，特别是使用互联网环境的应用中，推荐使用 B/S 三层结构。

系统体系结构用 UML 在部署图中描述如图 6-5 所示，部署图定义系统中软硬件的物理体系结构。

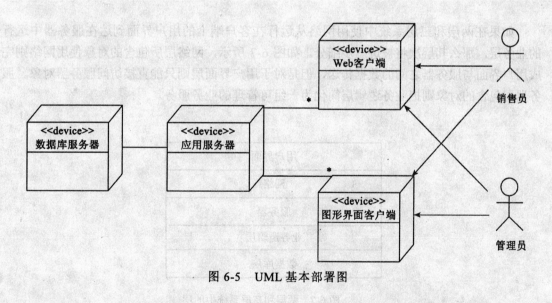

图 6-5　UML 基本部署图

在图 6-5 中，每个节点都表示一个主机，通信路径表示两个节点以某种方式通信。节点可以指定多重性，表示运行期间存在多少个节点，这里客户端可以有多个。

### 6.2.3　系统设计的分层模式

**1. 系统分层**

对于任何大应用，在一个软件系统中实现所有的业务实体和业务过程，其结果必然是相当庞大而且复杂，因此系统设计中必然会使用软件分解将一个大系统分解为子系统，或者以层次为单位的更多更小的子系统。实际应用中，分解后的子系统都可能由不同的开发小组来

计算机科学与技术专业规划教材

实现，良好的接口和通信协议可以保证信息在各个子系统之间传送，降低系统的耦合性，从而降低系统设计的复杂性。

层的运用能将实现过程分解为多个可管理的模块，降低系统复杂性。同时，还可以提供系统重用的可能性，因此，每一层的编写尽管依赖于其下一层，但是必然是独立于上一层的代码。一个最简单的单机系统也可以使用多层模式，如图 6-6 所示，系统被分割为用户界面，业务逻辑层和数据库层等三部分。最下面的数据库层将在 DBMS 和业务逻辑层之间来回传递数据；中间的业务逻辑层由实体对象和支持实现的对象组成，完成业务规则、数据访问、合法性校验等工作；最上面的用户界面则负责将可用的选项显示给用户，并传递用户命令和数据给业务逻辑层，同时显示从业务逻辑层传回的数据。

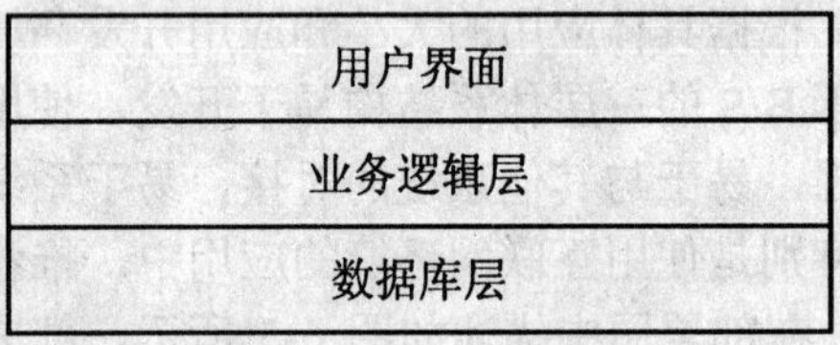

| 用户界面 |
| 业务逻辑层 |
| 数据库层 |

图 6-6　单机系统中的层

如果在两层和三层系统中使用网络从运行在客户端上的用户界面到达在服务器中运行的业务层，那么其层次将被进一步细分。如图 6-7 所示，网络层所包含的对象使用网络则完成用户界面与服务器之间的数据传送，但是对于用户界面层则只能直接访问服务器对象。服务器层包含的对象则把业务逻辑层简化为一组可管理的业务服务。

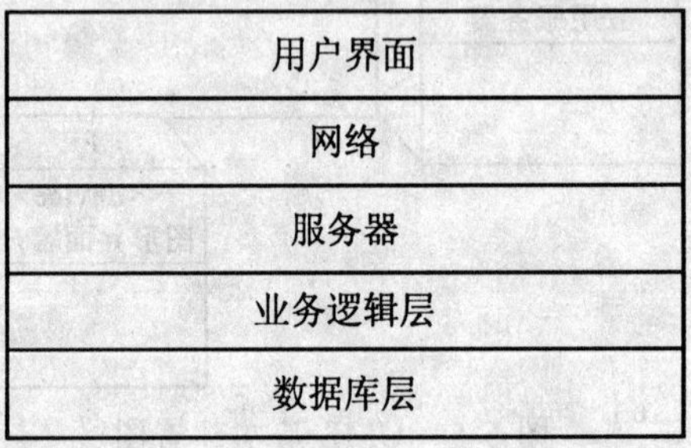

| 用户界面 |
| 网络 |
| 服务器 |
| 业务逻辑层 |
| 数据库层 |

图 6-7　两层和三层系统中的层

在分层系统中，每一层都可以看成该系统下一层的客户，因此，消息应从上一层流向下一层，每层都发出一个命令给下一层，而下一层则通过监听事件的方式，完成对上一层的命令检测，这样有利于层之间的松耦合。

**2. 层的组织与表示**

在 UML 中，一般使用"包（package）"来组合相关的类。包是一个 UML 结构，它能够把诸如用例或类之类模型元件组织为组，通常有类包图和用例包图等。包被描述成文件夹，可以应用在任何一种 UML 图上。创建一个包图是为了：

（1）描述层——在逻辑上把一个复杂的图模块化；

（2）描述子系统；

（3）描述可重用的库；

（4）描述框架；

（5）在一起进行部署的类库。

从 Java 包和 C++命名空间等编程语言的角度来说，包能够很方便地映射到编程语言。那么在设计过程中，对包的命名应当简明扼要，具有描述性；对应于层的系统设计，包的组织也应该遵循分而治之的方法，尽量简化包图；包中的任何对象和类都应该有自己的意义，并且确定好包的连贯性；尽量在包上用版型注明架构层，这样方便设计组织到构架层次中；避免包间的循环依赖，因为包之间彼此紧密耦合，将来的维护和改进将变得困难；当一个包依赖于另一个时，这意味着两个包的内容间存在着一个或多个的关系，因此包依赖应该反映内部关系。

在面向对象设计中，类包图的创建主要用于在逻辑上进行组织设计。进行类包图设计时，应把一个框架的所有类放置在相同的包中；一般把相同继承层次的类放在相同的包中；彼此间有聚合或组合关系的类通常放在相同的包中；彼此合作频繁的类，信息能够通过 UML 顺序图和 UML 协作图反映出来的类，通常放在相同的包中。而 UML 组件图设计是为了在物理上进行组织设计。例如那些通过 Enterprise Java Beans （ EJB）或 Visual Basic 的组件，应该优先选择 UML 组件图来描述物理设计，而不是包图。对于继承母包的子包则应该放置在母包的下面，从而显示包间的继承关系。包间的依赖表明，从属的包的内容依赖于另一个包的内容，或结构上依赖于其他包的内容。因此，应该垂直地分层类包图，从而反映了架构的合理的层次布局，这种分层的顺序是以从上到下的方式描述的，如图 6-8 所示，将包分层使用。

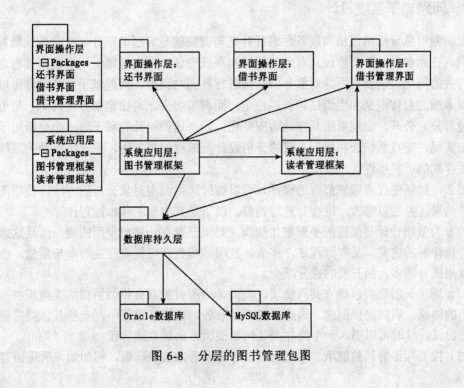

图 6-8　分层的图书管理包图

当然，包图也不适合于显示水平分解的子系统，对于这样的应用一般以部署图作为补充。

# 6.3 详细设计

详细设计也称为子系统设计，主要是在系统设计阶段完成子系统与层的设计之后，就应该在子系统设计中确定每个子系统和层中具体内容。根据如图 6-1 所示的面向对象的设计模型，进行各个子系统具体设计。

## 6.3.1 详细设计的主要内容

详细设计是对问题域部分、人机交互部分、任务管理部分、数据管理部分四个部分进行具体的设计，主要是把系统设计中概念性的分析模型通过细化转换为可实现的具体模型，其主要内容如下：

（1）对象设计。把系统设计中的分析类模型作为指导，设计业务层中的类和字段。业务层包含问题域中的实体和他们需要的各种支持类，设计阶段的对象设计主要指每个对象的数据部分的设计。

（2）方法设计。根据行为模型和功能模型，进一步对对象方法进行求精，定义方法过程细节。

（3）消息设计。消息设计就是描述对象间接受和发送消息的接口。消息设计的来源是对象间的关系。对象间关系也是对象间传递消息的关系。在系统、子系统间的消息是通过"通信类"对象实现的。在子系统内部，根据事件跟踪图获得对象间的消息传递，消息设计是在详细设计阶段完成的。

## 6.3.2 问题域子系统设计

对面向对象分析结果按实现条件进行补充与调整就是问题域部分（或业务领域）要考虑的问题。在面向对象分析阶段只考虑问题域和系统责任，面向对象设计阶段则要考虑与具体实现有关的问题，需要对面向对象分析结果进行补充与调整。问题域子系统设计可以使反映问题域本质的总体框架和组织结构长期稳定，而细节可变。将稳定部分（PDC）与可变部分（其他部分）分开，会使系统从容地适应变化。而且这种设计有利于同一个分析用于不同的设计与实现，支持系统族和相似系统的分析设计及编程结果复用，使一个成功的系统具有超出其生存期的可扩展性。

那么，如何进行问题域部分的设计？可以继续运用面向对象分析的方法，使用面向对象分析的结果，并加以修改，进行补充与调整。以下是其实现的基本过程：

（1）为复用设计与编程的类而增加结构，如果已存在一些可复用的类，而且这些类既有分析、设计时的定义，又有源程序，那么，复用这些类即可提高开发效率与质量。应该尽可能使复用成分增多，新开发的成分减少。

（2）增加一般化类以建立共同协议。根类是将所有的具有相似协议的类组织在一起，提供通用的协议，例如提供创建、删除、复制等服务。在设计过程中，一些具体类需要有一个公共的协议，这时可以引入一个附加类（例如根类）来建立这协议。

（3）按编程语言调整继承。面向对象设计需要考虑实现问题，例如如果所用语言不支持多继承，其至不支持继承，那么需要把多继承调整为单继承，可以考虑采用关联，压平和取消泛化等处理方法。

（4）设计过程中还需要采取提高或降低系统的并发度包括增加或减少主动对象，合并通信频繁的类，增加保存中间结果的属性或类等措施来提高性能。

（5）为编程方便可以细化对象的分类，增加底层成分。例如将几何图形分成多边形、椭圆形、扇形等特殊类。

（6）决定关系的实现方式。在决定整体类中指出部分类时，是用部分的类直接作为整体对象的数据类型，还是用指针或对象标识定义构成整体对象的部分对象，这种方法称为聚合。而关联在指出另一端对象的对象说明中设立指针，或设立双向指针。如果只在单向遍历关联，那么可以把关联实现为包含对象引用的属性。如果另一端多重性是 1，那么它就是一个指向其他对象的指针。如果多重性大于 1，那么它就是指向对象指针集合的指针。

实现双向关联的步骤如下：

① 在关联的两侧加入属性。

② 如果关联是多对一的，关联的属性可以存储在多重性为"多"的那端的类中。

③ 如果关联是多对多的，最好产生一个中间类（关联类），并将关联的属性指派给该类，把多对多关联转化为一对多关联。

④ 把多元关联、关联类转化为二元关联。

⑤ 若需要双向访问，要在两端都加入属性。

（7）考虑对输入错误、来自中间件或其他软硬件的错误的消息以及其他例外情况的处理。

（8）根据具体的编程实现语言，考虑其支持与不支持的属性类型，对不支持的类型进行调整。

（9）设计过程中，还需要构造或优化算法以及调整服务。

（10）决定对象间的可访问性是对对象描述的一个重要工作。如表 6-1 所示，从类 A 的对象到类 B 的对象有四种访问性。

表 6-1　　　　　　　　　　　　　　对象间的可访问性

| 属性可见性 | B 的对象是 A 的一个属性（关联、聚合） | class A<br>{ …;B b;…} |
|---|---|---|
| 参数可见性 | B 的对象是 A 的一个方法的参数（依赖） | A.amethod（B b）　//间接地找到<br>一个对象，并赋给 b |
| 局部声明可见性 | B 的对象是在 A 的一个方法中声明的一个局部变量（依赖） | class A::amethod<br>{ …;　B b;…} |
| 全局可见性 | B 的对象在某种程度上全局可见（依赖） | 声明 B 的全局实例变量 |

（11）设计过程中，采用的设计模式也是需要仔细考虑的。

（12）设计过程中，一般不把读写属性和创建对象的操作放在类中。包容器/集合类（如 JAVA 的 Vector，Hashtable）是已经预定义的类库的一部分，也不画在类图中，而包容器/集合类中方法（如 JAVA 语言中的 find 方法）也不能放在类中。

计算机科学与技术专业规划教材

### 6.3.3 人机交互子系统设计

把人机交互部分作为系统中一个独立的组成部分，进行分析和设计，可以利用其共性和工具进行设计，并且任何界面形式的改变不需要改变业务领域类和控制处理类。

人机交互部分是面向对象设计模型的外围组成部分之一，是系统中负责人机交互的部分。其中所包含的对象（称作界面对象）构成了系统的人机界面。现今的系统大多采用图形方式的人机界面——形象、直观、易学、易用，远远胜于命令行方式的人机界面，是使软件系统赢得广大用户的关键因素之一，但缺点是开发工作量大，成本高。近 20 年出现了许多支持图形用户界面开发的软件系统，包括窗口系统（例如 X Windows，News，MS-Windows）、图形用户界面（GUI）（例如 OSF/Motif，Open Look）、可视化开发环境（例如 Visual C++，Visual Basic，Delphi）等，它们统称为界面支持系统。

人机交互部分既取决于需求，又与界面支持系统密切相关，其方法可采用原型法。人机界面的开发不仅是设计和实现问题，也包括分析问题——对人机交互需求的分析。人机界面的开发也不纯粹是软件问题，它还需要心理学、美学等许多其他学科的知识。

人机交互子系统设计的核心问题是人如何命令系统，以及系统如何向人提交信息。

**1. 人机交互子系统的设计过程**

（1）分析与系统交互的人——人员参与者。人对界面的需求，不仅在于人机交互的内容，而且在于他们对界面表现形式、风格等方面的爱好。前者是客观需求，对谁都一样；后者是主观需求，因人而异。

（2）从用例分析人机交互。以用例的构成可知，参与者的行为和系统行为按时序交替出现，左右分明，形成交叉排列的段落，每个段落至少含有一个输入语句或输出语句，有若干纯属参与者自身或系统自身的行为陈述。那么通过删除所有与输入、输出无关的语句和不再包含任何内容的控制语句与括号，剩下的就是对一个参与者（人）使用一项系统功能时的人机交互描述。图 6-9 给出了从用例中提取人机交互描述示例。

（3）人机交互的细化。主要包括输入和输出两方面，强调步骤的细化、设备的选择和信息表现形式的选择等三个方面。

（4）设计命令层次。使用一项独立的系统功能的命令一般称为基本命令；在执行一条基本命令的交互过程中所包含的具体输入步骤则称为命令步；如果一条命令是在另一条命令的引导下被选用的，则后者称为前者的高层命令。命令的组织措施一般分为分解与组合两种模式。

① 分解：将一条含有许多参数和选项的命令分解为若干命令步。

② 组合：将基本命令组织成高层命令，从高层命令引向基本命令。

**2. 人机交互子系统的设计方法**

设计应该以窗口作为基本的类，以窗口的部件作为窗口的部分对象类，与窗口类形成整体-部分结构（聚合），例如菜单，工作区，对话框等。通过发现窗口与部件的共性，来定义较一般的窗口类和部件类，形成泛化关系。对于窗口或部件的静态特征尽量用属性表示，特别要注意表示界面对象的关联和聚合关系的属性，例如尺寸、位置、颜色、选项等。用服务表示窗口或部件的动态特征，并建立与系统内部其他对象之间的关联，界面对象服务往往要请求系统内部其他对象的服务（见图 6-10）。

收款员·收款（use case）
输入开始本次收款的命令；
　　作好收款准备，应收款总数
　　置为0，输出提示信息；
for 顾客选购的每种商品 do
　输入商品编号；
　if 此种商品多于一件 then
　　输入商品数量
　end if;
　　检索商品名称及单价；
　　货架商品数减去售出数；
　　if 货架商品数低于下限 then
　　　通知供货员请求上货
　　end if;
　　计算本种商品总价并打印编号、
　　名称、数量、单价、总价；
　　总价累加到应收款总数；
end for;
　打印应收款总数；
　输入顾客交来的款数；
　　计算应找回的款数，
　　打印以上两个数目，
　　收款数计入账册。

（a）一个 use case 的例子

收款员．收款（人机交互）
输入开始本次收款的命令；
　　　　输出提示信息；
for 顾客选购的每种商品
　　输入商品编号；
　　if 此种商品多于一件 then
　　　输入商品数量
　　end if;
　　打印商品编号、名称、数量、单价、总价；
end for;
　　打印应收款总数
　输入顾客交来的款数
　　打印交款数及找回款数；

（b）人机交互描述

图 6-9　从用例中提取人机交互描述示例

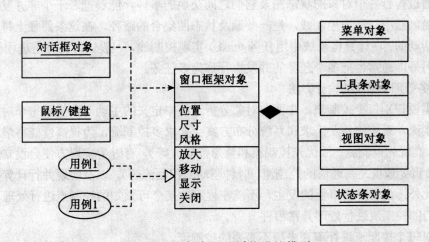

图 6-10　人机交互子系统设计模型

## 6.3.4　任务管理子系统设计

任务管理子系统主要负责系统与系统之间、各子系统之间、系统与系统的物理设备之间的通信和信息的处理。

虽然从概念上说，不同对象可以并发地工作。但是，在实际系统中，许多对象之间往往存在相互依赖关系。此外，在实际使用的硬件中，可能仅由一个处理器支持多个对象。因此，任务管理子系统设计的任务就是确定哪些对象是必须同时操作的对象，哪些是相互排斥的对象，定义和表示并发系统中的每个控制流。通过描述问题域固有的并发行为，可以隔离硬件、操作系统、网络的变化对整个系统的影响，表达实现所需的设计决策（见图 6-11）。

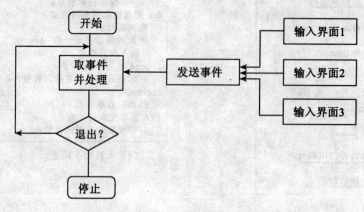

图 6-11　任务管理子系统模型

### 1. 分析并发性

分析并发性是任务管理子系统设计的基础。面向对象分析建立起来的动态模型，是分析并发性的主要依据。彼此间不存在交互，或者它们同时接受事件，则这两个对象在本质上是并发的。通过检查各个对象的状态图及它们之间交换的事件，能够把若干个非并发的对象归并到一条控制线中。所谓控制线，是一条遍及状态图集合的路径，在这条路径上每次只有一个对象是活动的。在计算机系统中用任务（task）实现控制线，一般认为任务是进程（process）的别名，另外，通常也把多个任务的并发执行称为多任务。

### 2. 任务管理子系统的设计方法

（1）需要识别每个控制流。在面向对象分析过程中定义的主动对象类的每个对象实例都是一个控制流，系统的并发需求和系统分布方案会要求多控制流，为提高性能将增设的控制流（例如，高优先控制流、低优先控制流和紧急控制流等），有时为实现方便会设立的控制流（例如，负责处理机之间通信的控制流、时钟驱动的控制流等），以及实现并行计算的进程和线程流。此外，由于异常事件的发生，不能在程序的某个可预知的控制点进行处理，应该设立一个专门的控制流进行处理异常事件。

（2）对每个控制流进行审查去掉不必要的控制流。

（3）对必需的各控制流进行描述说明。对控制流命名，并进行简单说明。对设计部分的每个服务指定它属于哪个控制流，要保证每个服务属于一个控制流。定义各控制流的细节。若控制流由事件驱动，则要描述触发控制流的条件。若控制流由时钟驱动，则可能要描述触发之前所经历的时间间隔。描述控制流从哪里取数据和往哪里送数据之类的情况。最后，还要定义控制流的协调情况。

### 3. 任务的选择和调整策略

常见的任务有事件驱动型任务、时钟驱动型任务、优先任务、关键任务和协调任务等种类。在设计任务管理子系统的过程中，需要确定各类任务，并把任务分配给适当的硬件或软件去执行。

（1）确定事件驱动型任务。某些任务是由事件驱动的，这类任务可能主要完成通信工作。

例如，设备、屏幕窗口、其他任务、子系统、另一个处理器或其他系统通信。事件通常是表明某些数据到达的信号。

（2）确定时钟驱动任务。某些任务每隔一定时间就被触发以执行某些处理，例如，某些设备需要周期性地获得数据；某些人机接口、子系统、任务、处理器或其他系统也可能需要周期性地通信。在这些场合往往需要使用时钟驱动型任务。

（3）确定优先任务。优先任务可以满足高优先级或低优先级的处理需求。

高优先级：某些服务具有很高的优先级，为了在严格限定的时间内完成这种服务，可能需要把这类服务分离成独立的任务。

低优先级：与高优先级相反，有些服务是低优先级的，属于低优先级处理（通常指那些背景处理）。设计时可能用额外的任务把这样的处理分离出来。

（4）确定关键任务。关键任务是关系到系统成功或失败的那些关键处理，这类处理通常都有严格的可靠性要求。

（5）确定协调任务。当系统中存在三个以上任务时，就应该增加一个任务，用它作为协调任务。

（6）确定资源需求。使用多处理器或固件，主要是为了满足高性能的需求。设计者必须通过计算系统载荷来估算所需要的 CPU（或其他固件，如 DSP 处理器）的处理能力。

## 6.3.5　数据管理子系统设计

数据管理部分是负责在特定的数据管理系统中存储和检索对象的组成部分。其目的是，存储问题域的持久对象、封装这些对象的查找和存储机制，为了隔离数据管理方案的影响。

**1. 选择数据存储管理模式**

数据管理子系统设计首先要根据条件选择数据管理系统，是文件系统、关系数据库管理系统还是面向对象数据库管理系统。

文件管理系统、关系数据库管理系统、面向对象数据管理系统三种数据存储管理模式有不同的特点，适用范围也不同，其中文件系统用来长期保存数据，具有成本低和简单等特点，但文件操作级别低，为提供适当的抽象级别还必须编写额外的代码；关系数据库管理系统提供了各种最基本的数据管理功能，采用标准化的语言，但其缺点是运行开销大，数据结构比较简单；面向对象数据管理系统增加了抽象数据类型和继承机制，提供了创建及管理类和对象的通用服务。

**2. 设计数据管理子系统**

接着就可以根据选择的数据库系统来设计相应的数据格式和相应的服务。

设计数据管理子系统，既需要设计数据格式又需要设计相应的服务。设计数据格式包括用范式规范每个类的属性表以及由此定义所需的文件或数据库；设计相应的服务是指设计被存储的对象如何存储自己（见图 6-12）。

**3. 对象模型向数据库关系模型的变换**

对象模型向数据库概念模型的映射其实质就是向数据库表的变换过程，有关的变换规则简单归纳如下：

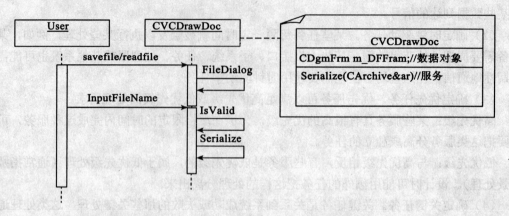

图 6-12　基于文件系统的数据管理模型

（1）一个对象类可以映射为一个以上的数据表，当类间有一对多的关系时,一个表也可以对应多个类。

（2）关系（一对一、一对多、多对多以及三项关系）的映射可能有多种情况，但一般映射为一个表，也可以在对象类表间定义相应的外键。对于条件关系的映射,一个表至少应有三个属性（见图6-13）。

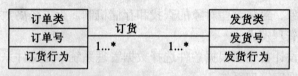

映射得到的数据表：
对象表：订单(订货号，日期……)
对象表：发货(发货号，日期……)
关系表：订货(订单号，发货号……)

图 6-13　对象模型映射数据表示例

（3）单一继承的泛化关系可以对超类、子类分别映射表，也可以不定义父类表而让子类表拥有父类属性。反之，也可以不定义子类表而让父类表拥有全部子类属性。

（4）对多重继承的超类和子类分别映射表，对多次多重继承的泛化关系也映射一个表。

（5）对映射后的库表进行冗余控制调整,使其达到合理的关系范式。

## 6.3.6　设计优化

设计系统首先要保持逻辑的正确性，然后对逻辑进行优化。在创建初期进行系统设计时一般不会过早地注重优化设计，因为过早地关注效率经常会导致产生扭曲和低劣的设计。而系统逻辑正确的情况下，可以运行应用程序并测量器性能，再微调系统性能。实际系统开发时，我们会发现最关键性的代码往往只是整个系统代码量的一小段代码，所以能够集中在这些关键代码上进行时间和空间上的代码优化将大大地提供系统设计的效率。

分析模型中往往能够捕获系统的逻辑，设计模型是建立在分析模型的基础上的，而且设计模型会添加系统开发细节。因此过早的优化分析模型往往使得设计模型更加复杂，不可复用。为此，设计优化必须在效率和代码可读性二者之间达到一种平衡。设计优化主要的任务有以下三类：

（1）提供高效的访问路径；

（2）重新调整计算，从时间和空间的角度优化系统，提高代码效率；

（3）保存中间结果，避免重复计算。

　　为了达到高效的访问路径，冗余的关联往往会在设计中得到应用。在分析模型中，往往会关注如何去掉系统中的冗余关联，这是因为在分析阶段我们会专注于系统的可行性和简洁。在电话购物系统中我们会收集对每个公司生产商品进行分类，从而可以根据客户的需求快速地搜索到某些行业热销产品。如图 6-14 所示是某公司生产的商品部分类模型。操作 company.findClassification（）能够返回该公司生产的产品中一组同分类的商品。例如，公司产品中服装行业的商品。

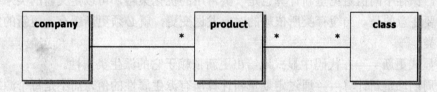

图 6-14　商品分类的分析模型

　　在这个例子中，假定公司有 500 种商品，平均每个商品可能属于五个不同的种类。使用简单嵌套循环查询可以遍历 500 次，分类类别则有 2500 次。而实际上，服装行业的产品可能只有两种，那么测试命中的比率则为 1250。

　　那么为了优化，首先可以考虑采用散列表存储 class 集合，其操作可以采用按照常量时间执行的散列，从而测试某商品是服装行业的产品的成本就是常量值了，如果对服装行业是商品有唯一的 class 对象，则会使得测试的数量减少到 500，每个商品一次，从而提高效率。

　　另外一种改善对频繁检索对象的访问方法是使用索引，如图 6-15 所示，我们在图 6-15 所示的模型中添加从 company 到 product 的派生关联 classify，其限定符是行业类别。派生关联不增加任何信息，但是容许快速访问某行业分类的产品。此类的索引使用会需要额外的内存开销，同时在基关联更新时，也必须同步地更新这些索引。因此，我们必须考虑到使用索引是否有价值的问题。

　　为了说明使用索引的开销能够确保系统优化，这里列出几点应注意的参数：

（1）访问频率——调用该方法的频度。

（2）扇出——在图中估算穿过路径多少个关联端，以单项扇出数乘多端之和求出整条路径上的扇出数，计算出在这条路径上最后一个类上的访问次数。

（3）可选择性——确定采用索引本身是否符合选择标准并且最终把握选择命中的效率，确保使用索引真正优化了整个系统的速度。

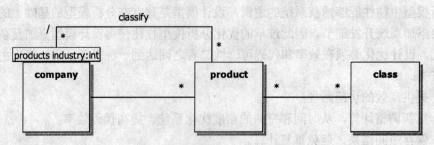

图 6-15　商品分类的分析模型

除了此类调整类模型的结构以优化频繁遍历操作，算法本身的优化也是子系统设计过程中要考虑的问题。算法优化的关键在于尽早清除死路径。在上例中，如果需要查询是日用商品同时又是化工产品的商品，那么应该如何优化呢？如果某公司有五项商品是日用商品，而100 项产品是化工商品，那么先测试寻找日用商品的商品，再查询它们是否化工商品则可大大地提高算法的效率。

此外，保存中间值避免重新计算也是一类常用的优化策略，可以定义新的类来缓存派生属性。需要注意的是，当缓存类所依赖的对象发送变更，就必须更新缓存。更新的策略一般有以下两类：

（1）显式更新——在代码中显式地给出更新依赖于它的派生类属性。

（2）周期性重新计算——通过定期重新计算所有派生属性的值，而不是每个源发送变化时立刻重新计算。此类方法相对而言，其计算更新的效率会高于显示更新，毕竟数据每次修改都会增量地改变部分对象的属性，其效率相对批量修改还是低效的。

此外有些系统还提供自动监控派生属性和源属性之间依赖关系方法，如果系统监测到源属性的值被修改，则可以自动更新派生属性的值。

# 6.4　面向对象的编码

可以认为面向对象分析是目标系统概念层的产物，它帮助软件工程人员和用户组织目标系统的知识，而先不用考虑与实现有关的因素。面向对象设计则是对面向对象分析阶段建立的模型进行调整与增补，并对人机界面、数据存储和控制接口建模，得到目标系统的方法层产物。那么，面向对象的编码则是把面向对象设计模型变为可以运行的代码，即用面向对象语言（如 C++，Java 等）来实现设计，得到目标系统操作层的产物。

## 6.4.1　程序设计语言的特点

### 1.　面向对象程序设计语言的突出优点

（1）一致的表示方法。面向对象开发是基于不随时间变化的、一致的表示方法。这种表示方法应该从问题域到面向对象分析，从面向对象分析到面向对象设计、从面向对象设计到面向对象实现始终是稳定不变的，这种方法有利于在软件开发过程中始终使用统一的概念，更为维护人员理解软件的各种配置成分提供了方便。

（2）可重用性。非面向对象语言主要应用在结构化程序设计模式下，它一般从系统的功能入手，按照工程的标准和严格的规范将系统分解为若干功能模块，系统是实现模块功能的函数和过程的集合。由于用户的需求和软、硬件技术的不断发展变化，按照功能划分设计的系统模块必然是易变的和不稳定的。这样开发出来的模块可重用性不高。

面向对象语言要求程序员从所处理的数据入手，以数据为中心而不是以服务（功能）为中心来描述系统。它把编程问题视为一个数据集合，数据相对于功能而言，具有更强的稳定性。其对象的概念得软件开发过程中在最广泛的范围中能够运用重用机制。

（3）可维护性。在实际工作中要保证文档和源程序的一致性是非常困难的，如果采用面向对象语言就可以在程序内部表达问题域语义，从而大大提高了系统的可维护性。

**2. 常用的面向对象程序设计语言**

面向对象程序设计语言的形成借鉴了历史上许多程序语言的特点，其发展主要从 20 世纪 80 年代开始，形成了三类面向对象语言：一类是纯面向对象语言，较全面地支持面向对象概念，强调严格的封装，如 Java、Smalltalk 和 Eiffel 等语言；第二类是混合型面向对象语言，是在过程语言的基础上增加面向对象机制，对封装采取灵活策略，如 C++、Objective-C、Object Pascal 等语言；第三类是结合人工智能的面向对象语言，例如：Flavors、LOOPS、CLOS 等语言。

（1）Simula 语言。Simula 是在 1967 年由挪威的奥斯陆大学和挪威计算机中心的 Ole-Johan Dahl 和 Kristen Nygaard 设计的，当时取名为 Simula 67。这个名字反映了它是以前的一个仿真语言 Simula 的延续，然而 Simula 67 是一种真正的多功能程序设计语言，仿真只不过是其中的一个应用而已。

Simula 是在 ALGOL 60 的基础上扩充了一些面向对象的概念而形成的一种语言，它的基本控制结构与 ALGOL 相同，基本数据类型也是从 ALGOL 60 照搬过来的。一个可执行的 Simula 程序是由包含多个程序单元（例程和类）的主程序组成，还支持以类为单位的有限形式的分块编译。

Simula 语言中引入了类、子类的概念，提供继承机制，也支持多态机制，还提供了协同例程，它模仿操作系统或实时软件系统中的并行进程概念。在 Simula 中，协同例程通过类的实例来表示。Simula 还包含对离散事件进行仿真的一整套原语，仿真是面向对象技术的应用中最直接受益的一个主要领域。Simula 通过一个类 SIMULATION 来支持仿真概念，该类可作为其他任何类的父类，该类的任何子类称为仿真类。

（2）Smalltalk 语言。Smalltalk 的思想是 1972 年由 Alan Kay 在犹他大学提出的，后来当一个专门从事图形工作的研究小组得到 Simula 编译程序时，便认为这些概念可直接应用到他们的图形工作中。当 Kay 后来加入到 Xerox 研究中心后，他使用同样的原理作为一个高级个人计算机环境的基础。Smalltalk 先是演变为 Smalltalk-76，然后是 Smalltalk-80。

Smalltalk 是一种纯面向对象程序设计语言，它强调对象概念的归一性，引入了类、子类、方法、消息和实例等概念术语，应用了单继承性和动态联编，成为面向对象程序设计语言发展中一个引人注目的里程碑。

在 Smalltalk-80 中，除了对象之外，没有其他形式的数据，对一个对象的唯一操作就是向它发送消息。在该语言中，连类也被看成是对象，类是元素的实例。Smalltalk-80 全面支持面向对象的概念，任何操作都以消息传递的方式进行。

Smalltalk 是一种弱类型语言，程序中不作变量类型说明，系统也不作类型检查。它的虚拟机和虚拟像实现策略，使得数据和操作有统一的表示，即 bytecode。它有利于移植和面向对象数据库的演变，有较强的动态存储管理功能，包括垃圾收集。

Smalltalk 不仅是一种程序设计语言，它还是一种程序设计环境。该环境包括硬件和操作系统涉及的许多方面，这是 Smalltalk 最有意义的贡献之一，它引入了用户界面的程序设计工具和类库。

多窗口、图符、正文和图形的统一、下拉式菜单、使用鼠标定位、选择设备等，它们都是用类和对象实现的。在这些工具支持下，程序中的类、消息和方法的实现都可以在不同窗口中联机地设计、 实现、浏览和调试。在 Smalltalk 环境中，这些界面技术与面向对象程序设计技术融合在一起，使得面向对象程序设计中的"对象"对广大使用者来说是可见的，并且是具有实质内容的东西。

Smalltalk 的弱点是不支持强类型，执行效率不高，这是由该语言是解释执行 bytecode 和查找对象表为主的动态联编所带来的。

（3）Eiffel 语言。Eiffel 是 20 世纪 80 年代后期由 ISE 公司的 Bertrand Meyer 等人开发的，它是继 Smalltalk-80 之后又一个纯面向对象的程序设计语言。它的主要特点是全面的静态类型化、全面支持面向对象的概念、支持动态联编、支持多重继承和具有再命名机制可解决多重继承中的同名冲突问题。

Eiffel 还设置了一些机制来保证程序的质量。对一个方法可以附加前置条件和后置条件，以便对这个方法调用前后的状态进行检查，若这样的断言检查出了运行错误，而该方法又定义了关于异常处理的子句，则自动转向异常处理。可以对一个类附加类变量的断言，以便对类的所有实例进行满足给定约束的检查。

Eiffel 还支持大量的开发工具，如垃圾收集、类库、图形化的浏览程序、语法制导编辑器和配置管理工具等。它在许多方面克服了 Smalltalk-80 中存在的问题，因此在面向对象程序设计语言中有较高的地位，Eiffel 产品数目（1992 年）仅次于 C++而列第二。

（4）C++语言。C++是一种混合型的面向对象的强类型语言，由 AT&T 公司下属的 Bell 实验室于 1986 年推出。相应的标准化还在进行中。C++是 C 语言的超集，融合了 Simula 的面向对象的机制，借鉴了 ALGOL 68 中变量声明位置不受限制、操作符重载，形成一种比 Smalltalk 更接近于机器但又比 C 更接近问题的面向对象程序设计语言。C++支持基本的如对象、类、方法、消息、子类和继承性面向对象的概念。C++的运行速度明显高于 Smalltalk-80，因为它在运行时不需做类型检查，不存在为 bytecode 的解释执行而产生的开销，动态联编的比重较小。C++具有 C 语言的特点，易于为广大 C 语言程序员所接受，可充分利用长期积累下来的 C 语言的丰富例程及应用。

（5）Java 语言。由 Sun 公司于 1995 年推出 Java 是一种简单的面向对象的分布式的解释的健壮的安全的结构中立的可移植的性能很优异的多线程的动态的语言。其风格类似于 C++，采用运行在虚拟机上的中间语言 byte code，提供了丰富的类库，并且摒弃了 C++中容易引发程序错误的地方，如指针和内存管理，加强可靠性和安全性。

Java 语言的设计完全是面向对象的，它不支持类似 C 语言那样的面向过程的程序设计技术。Java 支持静态和动态风格的代码继承及重用。单从面向对象的特性来看，Java 类似于

Smalltalk，但其他特性，尤其是适用于分布式计算环境的特性远远超越了 Smalltalk。Java 语言提供了方便有效的开发环境，提供语言级的多线程、同步原语、并发控制机制。

Java 语言中类和对象分别用 class 和 object 表示，其对象的可见性控制支持 private、protected、public、friendly 等四类，提供构造函数（constructor）和终止函数（finalize），静态声明和动态创建类似于 C++。在一般与特殊结构的实现机制上采用超类/子类模式，支持单继承和多继承，支持多态（包括重载和动态绑定两种方法）。使用成员对象来实现聚合机制，这样对对象引用就可以实现关联机制。

**3. 面向对象程序设计语言的特点**

综上所述，面向对象程序设计语言一般具有以下这些特点：

（1）支持类的定义、对象的静态声明或动态创建、属性和操作的定义、继承、聚合和关联的表示等。

（2）提供类机制、封装机制和继承机制等。

（3）支持多态、多继承的表示和支持机制等高级特性。

## 6.4.2　程序设计语言的选择

面向对象设计的结果既可以用面向对象语言、也可以用非面向对象语言来实现。但是面向对象语言由于其语言本身充分支持面向对象概念的实现，所以可以容易地将面向对象的概念映射到目标程序中。而非面向对象语言的编写则需要程序员来完成将面向对象的概念映射到目标程序中的工作。

那么，开发人员在选择面向对象语言应该考虑哪些问题呢？基本的选择原则是完全从实际出发，主要考虑成本、进度、效率等实际因素。实际上，为了使自己的软件产品更有生命力，人们多数会选择流行的、在市场上占主导地位的语言来编程。

面向对象编程语言是实现面向对象设计的理想语言，它使源程序能很好地对应面向对象设计模型。提供较多的类库和较好的开发环境的面向对象编程语言，将会使开发效率成倍地提高。

结合前面描述的面向对象语言的特点，对编程语言的选择主要考虑如下：

（1）在描述类和对象方面，要看其是否提供封装机制，对封装有无可见性控制程度。

（2）在泛化实现机制方面，则要看其支持多继承、单继承还是不支持继承。在其支持多继承时，是否能解决命名冲突，是否支持多态机制。如果语言不提供解决命名冲突的功能，就要程序员自己修改一般类的定义，对于共享的类将引起别的问题。

（3）要看其是否支持重载与多态。

（4）要看面向对象语言是如何实现聚合与关联，如何表示多重性。

（5）要看面向对象语言是如何实现属性和服务，即用什么表示属性、用什么描述服务、有无可见性控制、能否描述约束以及是否支持动态绑定等机制。

（6）要对面向对象语言的类库和可视化编程环境进行评价。

## 6.4.3　编码的风格与准则

良好的程序设计风格对面向对象实现来说不仅能明显减少维护或扩充的开销，而且有助于在新项目中重用已有的程序代码。良好的面向对象程序设计风格，既包括传统的程序设计风格准则，也包括为适应面向对象方法所特有的概念（如继承性）而必须遵循的一些新准则。

**1. 可复用性**

提高系统的可复用性，主要涉及的是代码重用。这里有两种层次：其一，本项目内的代码重用。在编程时，若几个类的方法中还含有一些相同的代码，可考虑把它们作为一般方法，放在父类中，然后子类通过继承使用它们。其二，新项目重用旧项目的代码。为了做到外部重用，对类需要精心设计，下列原则是要遵守的。

首先考虑提高服务的内聚。即一个方法应该只完成单个的功能，如果某个方法涉及两个和多个不相关的功能，则可以把它分解成几个更小的方法。其次，对于方法的规模应该尽量压缩，对于规模过大的模块尽量分解成更小的方法。再则，为了实现代码的重用，应该保持方法的一致性。一般来说，功能相似的方法应该有一致的名字、参数特征、返回值类型、使用条件和出错条件等。

**2. 全面覆盖**

如果输入条件的各种组合都可能出现，则应该针对所有组合写出方法，而不是只针对当前用到的组合情况写方法。例如，如果在当前应用中需要写一个方法，以获取表中元素，要考虑取第一个、中间的和最后一个元素。再如，一个方法不应该只处理正常值，对空值、极限值和界外值等异常情况也应该能够做出有意义的响应。

**3. 尽量不使用全局信息**

应该尽量降低方法与外界的耦合程度，不使用全局信息是降低耦合程度的一项主要措施。

**4. 避免使用多条分支语句**

一般来说，可以利用 do_case 语句测试对象的内部状态，而不要用来根据对象类型选择应有的行为，否则在添加新类时将不得不修改原有的代码。应该合理地利用多态性机制，根据对象当前类型，自动决定应有的行为。

**5. 提高健壮性**

通常这是需要在健壮性与效率之间做出折中处理的，为了提高系统的健壮性应该遵循以下四条准则：

（1）预防用户的操作错误。软件系统必须具备处理用户操作错误的能力。当用户在输入数据时发生错误，不应该引起程序中断，更不应该造成"死机"。任何一个接收用户输入数据的方法，对其接收到的数据都必须进行检查，即使发现了非常严重的错误，也应该给出恰当的提示信息，并准备再次接收用户的输入。

（2）检查参数的合法性。特别是对公有方法的，应该检查其参数的合法性，其他类使用公有方法时很可能违背参数的约束条件，如年龄之类。

（3）不要预先确定限定条件。在设计阶段，往往很难准确地预测出应用系统中使用的数据结构的最大容量需求。对难以确定的数据结构的容量，不要做预先限制，应该尽可能地采用动态内存分配机制。

（4）先测试后优化。

在为提高效率而进行优化前，先测试程序的性能。如重点测试最坏情况出现的次数及处理时间，然后优化关键的部分。这是因为人们经常惊奇地发现，事实上大部分程序代码所消耗的运行时间并不多，应该仔细研究应用程序的特点，以确定哪些部分需要着重测试，例如，最坏情况出现的次数及处理时间可能需要着重测试。经过测试，合理地确定为提高性能应该着重优化的关键部分。如果实现某个操作的算法有许多种，则应该综合考虑内存需求、速度及实现的简易程度等因素，经合理折中选定适当的算法。

### 6.4.4　类的实现

面向对象的具体实现的就是类的实现。类的实现是和具体的语言相关的，下面通过一些示例来说明如何定义面向对象语言中的类，主要是通过定义的类来说明如何把对象的属性和服务结合成一个独立的系统单位，并尽可能隐藏对象的内部细节。

下面给出的使用 C++语言定义的类 Clock（其 UML 表示如图 6-16 所示）的定义中，指明了什么是边界、接口，并说明了如何利用信息隐蔽原则，隐藏类的属性。此外，还标明了如何定义类、构造函数、成员函数和对象。

| Clock |
| --- |
| -Hour : int<br>-Minute : int<br>-Second : int |
| +SetTime(in NewH : int, in NewM : int, in NewS : int) : void<br>+ShowTime() : void |

图 6-16　Clock 类

```
class Clock                        //定义类
{                                  //边界
public:                            //接口
Clock（）{//……};                  //定义构造函数
void SetTime（int NewH, int NewM, int NewS）{//……};//定义成员函数
void ShowTime（）{//……};          //定义服务（操作、方法）
private:                           //隐藏
int Hour,Minute,Second;            //定义属性
};                                 //边界
void main（void）
{
Clock clock_real;                  //定义对象
……
}
```

创建对象的唯一途径是调用构造函数。全局对象是在主函数 main（）之前被构造的，存放在全局数据区，其生命期与程序的运行生命期相同。静态局部对象则在首次进入到定义该静态对象的函数时，进行构造，存放在全局数据区，其生命期与程序的运行生命期相同。局

部对象将在函数开始执行时，按出现的顺序统一定义，存放在栈中，其生命期同函数的生命期。全局对象、局部对象和静态局部对象也是在实现类的时候需要考虑的问题，应该如何定义呢？此外还有一种堆对象，也可分全局的或局部的；放在堆中，其生命期与程序的运行生命期相同，必要时用 delete 命令清除它。那么，应该如何定义和释放堆对象？下面的示例将给出这些对象的定义和构造过程：

```
class Desk
{……};
class stool
{……};
Desk da;                    //全局对象
Stool sa;                   //全局对象
void fn（）
{
static Stool ss;            //静态局部对象
Desk da;                    //局部对象
……
}
void main（）
{Stool bs;                  //局部对象
Desk *pd = new Desk;        //堆对象
Desk nd[50];                //局部对象数组
……
Delete pd;                  //释放堆对象
}
```

### 6.4.5　泛化和聚合关系的实现

一般而言，UML 类图中的关系模式主要有以下几种：泛化（generalization）、实现（realization）、关联（association）、聚合（aggregation）、依赖（dependency）等。就其耦合强度而言大体可以认为，依赖关系最弱，关联关系、聚合关系和组合关系更强，泛化关系最强。其中聚合关系和组合关系是一类非平凡的关联关系。

泛化关系其实质为类与类之间的继续关系，接口与接口之间的继续关系，类对接口的实现关系。因此，泛化可以通过类的继承机制来完成，例如我们定义了类 Student 这个一般类，那么再定义类 GraduateStudent 来继承类 Student 的全部属性和操作。

```
class Student
{//……};
class GraduateStudent:public Student //继承处理
{//……};
void main（void）
```

```
{   Student ds;
    Graduatestudent gs;
    ……
}
```

如果对象是由两个或者多个对象聚合来实现的，那么应该如何描述系统中各对象之间的组成关系呢？图 6-17 给出了由 Moter 类和 wheel 类聚合的对象类 Car，并给出了其定义过程。

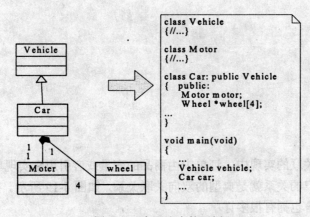

图 6-17　实现聚合的示例

## 6.4.6　关联关系的实现

关联（Association）关系是指两个相对独立的对象，当一个对象的实例与另外一个对象的特定实例存在固定关系时，两个对象之间的关系。关联表现有单向关联，双向关联和自身关联等类别。

这里首先来看看单向关联如何使用 C++实现。对于电话购物系统中订单与商品的关系可以表示为单向关联，因为订单需要处理商品信息，但是商品却不包括订单的关系，因此订单和商品的关系就是典型的单向关联，其 UML 类图如图 6-18 所示。

图 6-18　订单和商品的单向关联

根据如图 6-18 所示的订单和商品的单向关联，下面给出 C++代码：

```
// OrderList.h
#include " Product.h"
```

```
class OrderList
{
public:
    List<Product> orderList;
    void AddOrder（Product product ）
        {
            orderList.Add（product）；
        }
};


// Product.h
class Product
{
...
};
```

可见，在单向关联的实现中，订单中由商品的变量或者引用来实现单向关联功能。

对于订单和客户的关系就是典型的双向关联关系，如图 6-19 所示。在此类关联中，订单输入某客户，而客户也拥有很多订单。

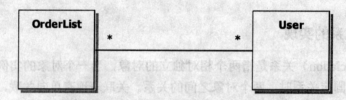

图 6-19　订单和客户的双向关联

根据如图 6-19 所示的订单和客户的双向关联，下面给出 C++代码:

```
// OrderList.h
#include "User.h"
class OrderList
{
public:
    List<Product> orderList;
    User GetUserByOrderListID（string OrderListId ）
        {
            Return new User（）；
        }
...
};
```

```
// User.h
#include "OrderList.h"
class User
{
        Public List<OrderList> GetOrder（）
        {
         return new List<OrderList>（）；
        }
...
};
```

最后来看看自身关联，此类关联是同一个类对象之间的关联关系，如图 6-20 所示。在此类关联中，某一节点可拥有很多其他节点。

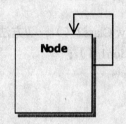

图 6-20　节点的自身关联

根据如图 6-20 所示的节点的自身关联，下面给出 C++代码:

```
// Node.h
class Node
{
public:
        Node * pNode;
...
};
```

此外，还有控制流、数据库管理和状态图的实现等问题需要注意，可以参考具体的程序设计语言，这里就不详述了。

### 6.4.7　依赖关系的实现

依赖关系就其表现为函数中的参数，是类与类之间的连接，表示一个类依赖于另一个类的定义，其中一个类的变化将影响另一个类。例如：假如 a 依赖于 b，则 b 体现为局部变量、方法的参数或静态方法的调用，如图 6-21 所示。

图 6-21 两个对象类的依赖关系

根据如图 6-21 所示的两个对象类的依赖关系，下面给出 C++代码：

```cpp
// Class1.h
#include "Class2.h"
class Class1
{
public:
        void Function1 （ ）
        {
                Class2 test = new Class2 （）；  //方法中的局部变量的调用
                        test.Operation1 （）；
        }
        void Function2 （ ）
        {
                Class2.Operation2 （）；            // 方法中的静态方法的调用
        }
        void Function3 （Class2 para ）
        {
                String test = para..field1;        //方法中的参数的调用
        }
    …
};

// Class2.h
class Class2
{
protected:
String field1;
            …
public:
        void Operation1 （ ）
        {
            …
```

```
        }
    static void Operation2 （  ）
        {
            ...
        }
...
};
```

# 本 章 小 结

　　面向对象设计是用面向对象观点建立求解空间模型的过程。面向对象的设计模型由四个部分构成：问题域部分、人机交互部分、任务管理部分、数据管理部分。每一部分的设计都在对象层、属性层、服务层、关系层、包层五个层次上进行。因此，每一部分的设计实际上都包括识别类及对象、定义属性、定义服务、识别关系、识别包五个部分的活动。可以看出，面向对象设计是建立在面向对象分析过程中已经建立了问题域的对象模型的基础之上的过程，其设计过程也可以分割为系统设计与各个子系统设计，主要任务则是将对象模型的内容更加细化以方便于面向对象实现过程中的编码实现。

　　面向对象的实现包括各个设计模型的实现，最主要是各个对象类及其关系的实现。本章详细介绍了类及其关系的实现方法，有关控制流、数据库管理和状态图的实现等问题，可以参考具体的程序设计语言。

　　分析、设计与实现本质上是一个多次反复迭代的过程，其界限应该是很模糊的。本章结合面向对象方法学固有的特点讲述了面向对象设计与实现的基本过程，真正领会面向对象设计与实现还需要在具体设计与实现实践中来把握。

# 习　　题

　　1.在子系统设计中使用层能够起到哪些作用？
　　（1）更容易改变实现方式。
　　（2）减少了实现代码中类的数量。
　　（3）提高了重用性。
　　（4）降低了复杂性。
　　2.春节期间出现了不同火车购票窗口的两个顾客同时要购买某班车的最后一张火车票，应该如何处理该请求呢？
　　（1）引入一个额外的义务规则，把可用票的查询和临时预订合并起来。
　　（2）使顾客参与软件"竞争"，以确保他买到票。
　　（3）不允许卖出最后一张票，因为这对其中一位顾客不公平。
　　3.在 UML 图中，类消息是如何与实例消息区分的呢？
　　（1）类消息显示为黑体。 （2）类消息显示为斜体。

计算机科学与技术专业规划教材

（3）类消息有下画线。　　（4）类消息带有关键字《static》。

4.对于汽车这样的对象，如何从发动机、车轮、方向盘、变速器等部件对象聚合，试给出其面向对象定义过程？

5．用面向对象方法分析研究骰子游戏（每个游戏者掷两个骰子，总数是 7 为赢，否则为输），试给出其建模结果，根据建模结果给出骰子游戏系统的详细设计。

6．描述为什么类是面向对象系统中测试的最小合理单位？

7．为什么我们必须重测试从某现存类导出的子类，即使已经完全地测试过现存类？我们是否可以使用为现存类设计的测试用例？

8．为什么测试活动应该从面向对象分析和面向对象设计活动开始？

9．用于集成测试的基于线程的和基于使用的策略间有什么不同？集群测试如何适合它？

10．对于骰子游戏（每个游戏者掷两个骰子，总数是 7 为赢，否则为输），试导出其测试用例。

# 第 7 章　软件测试技术

【学习目的与要求】软件测试伴随软件生命周期的全过程，是软件开发过程中的重要组成部分，软件测试中的单元测试、集成测试、系统测试、验收测试在编码完成之后进行，软件必须通过测试才能有保证其在应用环境中正常工作。本章主要讲述软件测试的基本概念、重点讲述白盒测试技术、黑盒测试技术、灰盒测试技术、面向对象的测试技术、软件测试过程等。通过本章的学习，理解软件测试的目的和软件测试的原则；了解测试过程中各个步骤的任务和目标；掌握软件测试的基本方法和标准，能够根据软件的规格说明或程序代码运用黑盒测试法和白盒测试法设计测试用例；了解测试计划、测试用例、测试报告的编写方法。

## 7.1　软件测试概述

软件测试在软件开发中起着不可代替的作用。软件必须通过测试才能有利于保证其在应用环境中正常工作。软件测试应尽可能有效地发现软件中存在的缺陷，同时软件测试也应是高效的。随着软件测试理论不断发展与完善，各种软件测试工具相应而生。进行高效的测试是软件测试者共同追求的目标。

### 7.1.1　基本定义

很多测试文献都陷入了混乱的术语泥潭，下面根据 IEEE 制定的标准，介绍几个常用的术语。

错误（error）：人类会犯错误，很接近的一个同义词是过错（mistake），人们在编写代码时会出现过错，把这种过错叫做 Bug。错误很可能扩散，需求错误在设计期间有可能被放大，在编写代码时还会进一步扩大。

缺陷（fault）：缺陷是错误的结果。更精确地说，缺陷是错误的表现，而表现是表示的模式，例如叙述性文字、数据流程图、层次结构图、类图、源代码等。与缺陷很接近的一个同义词是缺点（defect）。缺陷可能很难捕获。当设计人员出现遗漏错误时，所导致的缺陷会是遗漏本来应该在表现中提供的内容。这种情况说明需要对定义做进一步的细化，即对缺陷进一步细分，可以把缺陷分为过错缺陷和遗漏缺陷。如果把某些信息输入到不正确的表示中，就是过错缺陷；如果没有输入正确信息，就是遗漏缺陷，遗漏缺陷更难检测和解决。

失效（failure）：当缺陷执行时会发生失效。有两点需要解释：一是失效只出现在可执行的表现中，通常是源代码，或更确切地说是被装载的目标代码；二是这种定义只与过错缺陷有关。那么如何处理遗漏缺陷对应的失效呢？把这个问题再向前推进一步：应该怎样处理在执行中从来不发生，或可能在相当长时间内没有发生的缺陷呢？米开朗琪罗（Michelangelo）病毒就是这种缺陷的一个例子。这种病毒只有到米开朗琪罗 3 月 6 日生日那天才会发作。评审可以通过发现缺陷避免很多失效发生。事实上，有效的评审可以找出许多遗漏缺陷。

计算机科学与技术专业规划教材

事故（incident）：当出现失效时，可能会也可能不会呈现给用户（或客户或测试人员）。当软件失效时会给客户带来损失，这些损失有可能是灾难性，或是给国家安全带来威胁，或是经济利益方面。这都是由于软件失效导致的事故。

测试（test）：测试显然要处理错误、缺陷、失效和事故。测试有两个显著的目标：找出缺陷、失效，或演示正确的执行。

测试用例（test case）：测试用例有一个标识，并与程序行为有关，测试用例还有一组输入和一组预期输出。

测试用例在测试中占据中心地位，测试还可以细分为独立的步骤：测试计划、测试用例开发、运行测试用例以及评估测试结果。

## 7.1.2  软件测试的必要性

为什么要进行软件测试？就是因为软件缺陷的存在。软件缺陷危害有小有大，危害小的缺陷可能使软件看起来不美观、使用起来不方便。危害大的缺陷则可能给用户带来损失甚至生命危险，也可能给软件企业带来巨大的损失，更为严重的危及国家安全。美国商务部国家标准和技术研究所（NIST）进行的一项研究表明，每年软件缺陷给美国经济造成的损失高达595亿美元；这说明软件中存在的缺陷会带来巨大损失，也说明了软件测试的必要性和重要性。

2008年8月诺基亚承认该公司Serirs40手机平台存在严重的缺陷，Serirs40手机所使用的旧版J2ME中的缺陷使黑客能够远程访问本应受到限制的手机功能，从而使黑客能够在他人手机中秘密地安装和激活应用软件。

2007年10月30日上午9点，北京奥运会门票面向境内公众的第二阶段预售正式启动。由于瞬间访问量过大造成网络堵塞，技术系统应对不畅，造成很多申购者无法及时提交申请，为此票务中心向广大公众表示歉意，并宣布暂停第二阶段的门票销售。

2007年美国12架F-16战机执行从夏威夷飞往日本的任务中，因电脑系统编码中犯了一个小错误，导致飞机的全球定位系统纷纷失灵，一架战机坠毁。

2003年8月14日发生在美国及加拿大部分地区史上最大停电事故就是软件错误导致的。Security Focus的数据表明，位于美国俄亥俄州的第一能源公司下属的电力监测与控制管理系统"XA/21"出现软件错误，是北美大停电的罪魁祸首。

2003年5月4日，搭乘俄罗斯"联盟—TMA1"载人飞船的国际空间站第七期考察团的宇航员返回地球，但在返回途中，飞船偏离了降落目标地点约460km。据来自美国国家航空航天局的消息称，这是由飞船的导航计算机软件设计中的错误引起的。

## 7.1.3  通过维恩图理解测试

测试基本上关心的是行为，而行为与软件（和系统）开发人员很常见的结构视图无关。最明显的差别是，结构视图关注的是它是什么，而行为视图关注的是它做什么。一直困扰测试人员的难点之一，就是基本文档通常都是开发人员编写，并且是针对开发人员的，因此这些文档强调的是结构信息，而不是行为信息。

考虑一个程序行为全域。给定一段程序及其规格说明，集合S是所描述的行为，集合P是用程序实现的行为。图7-1（a）给出了规格说明书所描述的行为和用程序实现的行为之间的关系。对于所有可能的程序行为，规格说明书描述的行为都位于标有S的圆圈内，所有实际的程序行为都位于标有P的圆圈内。通过这张图，可以清晰地看出测试人员面临的问题。

如果特定的描述行为没有被编程实现会出现什么问题？用本节前面定义的术语说，这就是遗漏缺陷。类似地，如果特定的程序（已实现）行为没有被描述会出现什么问题？这种情况对应过错缺陷，S 和 P 相交的部分是"正确"部分，即既被描述又被实现的行为。测试的一种很好观点是，测试就是确定既被描述又被实现的程序行为的范围。图 7-1（b）中新增加的圆圈代表的是测试用例所能覆盖的行为。现在考虑集合 S、P 和 T 之间的关系。可能会有没有测试的已描述行为（区域 2 和 5），经过测试的已描述行为（区域 1 和 4），以及对应于未描述行为的测试用例（区域 3 和 7，）类似地，也可能会有没有测试的程序行为（区域 2 和 6），经过测试的程序行为（区域 1 和 3）以及对应与未通过程序实现的行为（区域 4 和 7）。这些区域中的每一个行为都很重要，如果测试用例没有对应已描述行为，则测试一定是不完备的。如果特定测试用例对应未描述行为，则有两种可能：要么这个测试用例不正当，要么规格说明不充分。测试人员怎样才能使这些集合都相交的区域（区域 1）尽可能地大？这就需要测试人员采用不同的测试策略和测试方法，也是测试人员最需要思考的地方。

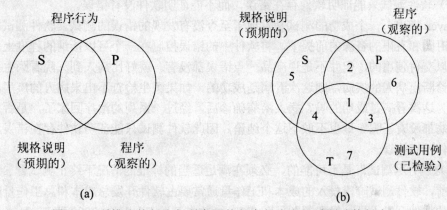

图 7-1　所描述的行为与所实现的程序行为和经过测试的行为

## 7.1.4　软件测试的目的

IEEE 把软件测试定义为:从通常是无限大的执行域中恰当地选取一组有限测试用例，对照程序已经定义的预期行为，动态地检验程序的行为。Grenford J.Myers 在《The Art of Software Testing》一书中对于软件测试提出了如下观点：

（1）软件测试是为了发现错误而执行程序的过程；

（2）测试是为了证明程序有错，而不是证明程序无错误；

（3）一个好的测试用例是在于它能发现至今未发现的错误；

（4）一个成功的测试是发现了至今未发现的错误的测试。

Dijkstra 也提出了"测试可以说明软件存在错误，但不能说明它不存在错误"。他们的观点可以提醒人们测试要以查找错误为中心，而不是为了演示软件的正确功能。但是仅凭字面意思理解这一观点可能会产生误导，认为发现错误是软件测试的唯一目的，查找不出错误的测试就是没有价值的，事实并非如此。首先，测试并不仅仅是为了要找出错误。通过分析错误产生的原因和错误的分布特征，可以帮助项目管理者发现当前所采用的软件过程的缺陷，以便改进；同时，这种分析也能帮助我们设计出有针对性的检测方法，改善测试的有效性。

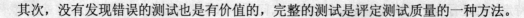

其次，没有发现错误的测试也是有价值的，完整的测试是评定测试质量的一种方法。

### 7.1.5 软件测试的原则

（1）软件测试伴随软件生命周期的全过程，而不是一个独立的阶段。

通常，人们认为软件测试与程序测试的概念是一样的，即软件测试就是对程序代码的测试，其实不然。软件是由文档、数据以及程序构成的。因此软件测试应该是对软件形成过程中文档、数据以及程序进行的测试，而不仅仅是对程序进行的测试。由于软件的复杂性与抽象性，软件生命周期的各个阶段都有可能产生错误，因此不应该把软件测试看成是软件开发的一个独立的阶段，而应该将它贯穿到软件开发的各个阶段中。另外，有研究表明，"软件中的错误和缺陷具有放大的效应"，因此应该尽早从需求阶段、设计阶段就开始测试工作，确保错误被尽早发现并且预防错误，避免错误扩散到下一阶段的开发中，从而为软件质量的提高打下良好的基础。

（2）软件测试只能证明软件存在错误，而不能证明软件没有错误。

Mayer 指出，一个成功的测试是发现了至今没有发现的错误的测试。软件测试就是要在有限的时间和有限的资源的前提下，将软件中的错误控制在一个可以接纳的程度上。软件产品是可以交付使用的，但并不是说产品一点错误都没有。就好比病人到医院看医生，如果医生能够诊断出病人的疾病，则这次看病是成功的，如果医生检查不出来病人的疾病，那么病人会认为这次看病是成功的吗？病人疾病确诊后，经过一系列的治疗回家了，是否意味着他就什么病都没有了呢？谁也不敢下这个结论。因此软件测试只能证明软件存在错误，而不能证明软件没有错误。

（3）"穷尽测试"是不可能的，必须在满足适当的标准的情况下终止测试。

目前，软件测试阶段投入的成本和工作量通常要占软件开发总成本和总工作量的一半以上。微软软件开发人员一般配置图见图 7-2，微软在开发 Windows 2000 和 Exchange 2000 的具体人员数见表 7-1。软件开发的过程，40%～70%的资源用于测试，一般来说，对于一个极其简单的程序建立完备的测试用例都是相当困难的，可以想象一个复杂的应用程序的测试用例将何等庞大。下面观察一个出自 Humphrey 的简单程序。这个程序是分析一个由 10 个字母组成的字符串。这个程序的输入变量可产生 $26^{10}$ 种组合。可见要测试所有可能的输入变量组合是根本不可能的，至少要完成 $26^{10}$ 次（即 141 万亿次）测试。假设用很短的时间完成测试脚本的编制，1 毫秒进行一次测试，完成一轮 141 万亿次的测试需要 4 年半时间。测试的工作量之大，可想而知。

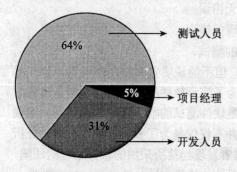

表 7-1　Windows 2000 和 Exchange 2000 开发人员表

|  | Exchange 2000 | Windows 2000 |
|---|---|---|
| 项目经理 | 25 人 | 约 250 人 |
| 开发人员 | 140 人 | 约 1700 人 |
| 测试人员 | 350 人 | 约 3200 人 |
| 测/开 | 2.5 | 1.9 |

图 7-2　微软软件开发人员一般配置

因此在测试前，应根据对软件可靠性的要求以及对测试覆盖面的要求，确定停止测试的标准和时间。

（4）软件测试中已发现的错误越多，说明软件中还没有被发现的错误越多。

有统计数字表明软件中已经发现的错误数与软件中尚未被发现的错误数之间成正比关系。因此，应该避免一个错误的认识"认为已发现的错误越多，则软件中尚未发现的错误越少，从而软件越可靠"。

（5）软件测试除了对软件期望的有效输入进行测试外，还应该测试意外的、无效的输入情况。

在设计测试数据时，人们总是倾向于提供软件所需要处理的有效数据，却往往忽略了软件对无效数据的处理。比如：软件要求根据输入的三角形的三条边，判断它们是否构成等边三角形。很少有人会将三边为（1，2，3）的数据提供给程序，因为它根本就不构成三角形。对于这样的无效数据或无意义的数据，软件该显示"它不是三角形"还是"它不是等边三角形"的信息呢？这就是常说的"前提都不成立，又谈何结论呢"。人们很难保证软件在使用的过程中不会遇到无效的或意想不到的输入。为了确保软件的健壮性，不至于因为非预期的输入而造成错误的处理或更严重的系统失效，有必要在测试有效数据之外，对于一些非预期的或无效的数据也应进行相应的测试。

（6）软件测试不仅要测试软件是否完成了它应该做的，还应该测试软件是否做了它不应该做的。

一个信息管理系统中规定只有管理员用户可以具有信息修改、添加、删除等操作的权力，普通用户只能进行信息浏览的操作。如果在测试时，仅仅只测试普通用户是否具备了信息浏览的能力，而没有对他是否具备修改、添加、删除等能力的测试，则很有可能出现很严重的错误——系统中普通用户居然可以具备只有管理员用户才能拥有的数据操作权力。因此，软件测试除了测试软件完成了它应该做的，测试软件是否做了它不应该做的事情同样很重要。

（7）在测试用例中有必要定义相应的输入数据的预期执行结果。

人们通常在定义测试用例时，往往只考虑对用于测试的输入数据进行预定义，却往往忽视了在执行测试之前——设计测试用例时，给出相应的输入数据的预期执行结果。在实际工作中，这种情况经常发生。这样产生的后果是，人们无法根据一组输入数据产生的实际的测试结果判断程序运行的正确性。因此，完整的测试用例的定义中必须包含两个内容：①用于测试的输入数据的定义；②相应的输入数据的预期执行结果的"正确"定义。

（8）程序员应避免测试自己的程序，软件开发小组也应避免测试自己开发的软件。

一个显而易见的事实是，基于思维的惯性，人们很难发现自己生产的产品的缺陷和问题。比如，作家在校对自己写的书稿时，常常会漏掉一些别人看来是显而易见的拼写或排版等方面的错误。产生这些疏漏主要基于两个原因：其一，人们很难用挑剔的眼光去看待自己的作品，对自己的产品的正确性过于自信，因此对检查的过程重视程度不够而导致有些错误没有被发现；其二，由于作者错误的理解，造成用错误的标准衡量自己的产品，那么这种情况下与错误标准相吻合的"错误"将永远无法被作者本人发现。另外，人们都有不愿意承认自己会犯错误的心理，也会导致程序员自己不愿暴露自己软件中的错误。因此，在测试的过程中，应尽量避免程序员测试自己的程序。推而广之，软件开发小组也应该尽量避免测试自己开发的软件，最好由专门的测试小组的人员来进行测试工作。

（9）软件测试必须是有计划、有管理的，并且需要预留充足的时间与资源。

应该避免盲目的、没有计划的软件测试。在软件开发的每个阶段，都应该有相应的测试计划、测试评价、过程管理等。只有严格地按照软件测试过程管理的要求进行测试活动，才能保证软件测试的成功。

（10）软件测试是一个非常具有创造性的和挑战智力的工作。

人们也许误解认为软件测试是一项很简单的工作，无非就是设计一些数据，然后通过输出结果分析软件是否有问题。其实不然。软件测试所需要的创造性可能比程序设计所需要的创造性还要多。

### 7.1.6 软件测试的方法和步骤

软件测试的方法可以分为静态测试和动态测试。

**1. 静态测试**

静态测试通常不要求在计算机上实际执行所测程序，主要以一些人工的模拟技术对软件进行分析和测试。静态测试包括代码审查和静态结构分析。

代码审查（包括代码评审和走查）：由有经验的程序设计人员根据软件的详细设计说明书，阅读程序来发现软件错误和缺陷。主要检查代码和设计的一致性、可读性、代码逻辑表达的正确性和完整性、代码结构的合理性等；可以发现违背程序编写标准的问题，程序中不安全、不明确和模糊的部分，找出程序中不可移植部分、违背程序编程风格的问题，包括变量检查、命名和类型审查、程序逻辑审查、程序语法检查和程序结构检查等内容。

静态分析：主要是对程序进行以图形的方式表现程序的内部结构。主要有控制流分析、数据流分析、接口分析和表达式分析等。

**2. 动态测试**

动态测试是通过输入一组预先按照一定的测试准则构造的实例数据来动态运行程序，从而达到发现程序错误的过程。动态测试包括白盒测试和黑盒测试。

白盒测试，又称为结构测试。它将程序看成装在一个透明的盒子里，测试者完全知道程序的内部逻辑结构和处理过程。这种方法按照程序的内部结构测试程序，检测程序中的主要执行通路是否能按预定的要求正确工作。

黑盒测试，又称为功能测试。它将程序看做一个黑盒子，完全不考虑程序的内部结构和处理过程。它只检查程序功能是否能按规格说明书的规定正常使用，测试程序是否能接收输入数据并产生正确的输出信息，测试程序运行过程中能否保持外部信息（例如：数据库或文件）的完整性。

**3. 软件测试步骤**

通常，一个大型的软件系统是由多个子系统构成的，每个子系统又是由具有相关性的多个功能模块构成的，因此一个大型系统的测试过程大致要经历单元测试、集成测试、验收测试和系统测试四个步骤。

## 7.2 白盒测试技术

白盒测试是一种广泛使用的逻辑测试技术，也称为结构测试或逻辑驱动测试。白盒测试的对象基本上是源程序，是以程序的内部逻辑结构为基础的一种测试技术。由于在白盒测试中已知程序内部工作过程，是按照程序内部的结构测试程序，检验程序中的各条通路是否都能够按预定要求正确工作，所以白盒测试针对性很强，可以对程序的每一行语句、每一个条件或分支进行测试，测试效率比较高，而且可以清楚测试的覆盖程度。如果时间允许，可以保证所有的语句和条件都得到测试，使测试的覆盖程度达到较高水平。

白盒测试可分为静态测试和动态测试。静态测试是一种不通过执行程序进行测试的技术，其关键是检查软件的表示和描述是否一致，是否存在冲突或歧义。静态测试的目的是纠正软件系统在描述、表示和规格上的错误，是任何进一步测试的前提。动态测试是对软件系统在模拟的或真实的环境中执行而表现的行为进行分析。动态测试主要验证一个系统在检查状态下是正确的还是不正确的。动态测试技术主要包括程序插桩、逻辑覆盖、基本路径测试。

## 7.2.1　静态测试

最常见的静态测试是找出源代码的语法错误，这类测试可由编译器自动完成，除此之外，测试人员需要采用人工方法来检验程序，因为程序中有些地方存在非语法方面的错误，只能通过人工检测的方法来判断。人工检测方法主要有代码检查法、静态结构分析法。

**1. 代码检查法**

代码检查法主要是通过桌面检查、代码审查和走查方式，对以下内容进行检查：检查代码和设计的一致性；代码的可读性以及对软件标准遵循的情况；代码逻辑表达的正确性；代码结构的合理性；程序中不安全、不明确和模糊的部分；编程风格方面的问题等。

桌面检查是指程序设计人员对源程序代码进行分析、检验并补充相关文档，发现程序中的错误。

代码审查一般是由程序设计人员和测试人员组成审查小组，通过阅读、讨论对程序进行静态分析。首先小组成员提前阅读设计规格书、程序文本等相关文档，然后召开程序审查会，由程序员讲解程序的逻辑，在讲解的过程中，程序员能发现许多原来自己没有发现的错误，而讨论和争议则促进了问题的暴露。

走查一般由程序设计人员和测试人员组成审查小组，通过逻辑运行程序，发现问题。首先小组成员提前阅读设计规格书、程序文本等相关文档，然后利用测试用例，使程序逻辑运行，记录程序的踪迹，发现、讨论、解决问题。

**2. 静态结构分析法**

在静态结构分析中，测试人员通常通过使用测试工具分析程序源代码的系统结构、数据结构、内部控制逻辑等内部结构，生成函数调用关系图、模块控制流程图、内部文件调用关系图等各种图形、图表，清晰地表示整个软件的组成结构。通过分析这些图表（包括控制流分析、数据流分析、接口分析、表达式分析等），可以检查软件有没有存在缺陷或错误。

静态结构分析法通常采用以下一些方法进行源程序的静态分析。

（1）通过生成各种图表，来帮助对程序的静态分析，常用的各种引用表如：标号交叉引用表、变量交叉引用表、子程序引用表、等价表、常数表。

（2）静态错误分析主要用于确定在源程序中是否有某类错误或"危险"结构。常用的方法有类型和单位分析、引用分析、表达式分析。类型和单位分析主要为了强化对源程序中的数据类型检查，发现在数据类型上的错误和单位上的不一致性。引用分析是最常使用的静态错误分析方法，例如：如果沿着程序的控制路径，变量在赋值以前被引用，或变量在赋值以后未被引用，这时就发生了引用异常。表达式分析是对表达式进行分析，可以发现和纠正在表达式中出现的错误。表达式分析主要包括以下几个方面的内容：在表达式中不正确使用了括号造成的错误；数组下标越界造成的错误；除数为零造成的错误；对负数开平方，或对$\Pi$求正切值造成的错误等。接口分析可以检查模块之间接口的一致性和模块与外部数据之间接口的一致性。

### 7.2.2　程序插桩

在白盒测试中，程序插桩是一种基本的测试手段，有着广泛的应用。程序插桩是通过向被测程序中插入操作来实现测试目的的方法，即向源程序中添加一些语句，实现对程序语句的执行、变量的变化情况进行检查。

例如，想要了解一个程序在某次运行中所有可执行语句被覆盖的情况，或是每个语句的实际执行次数，就可以利用程序插桩技术。这里仅以计算整数 X 和整数 Y 的最大公约数为例说明程序插桩技术的要点。图 7-3 给出了这一程序的流程图和 C 源代码，图中虚线框部分并不是源程序的内容，而是为了记录语句执行次数而插入的计数语句，其形式为：C[i] = C[i] + 1，i∈1，2，…，6。

程序从入口开始执行，到出口结束，凡经历的计数语句都能记录下该程序点的执行次数，如果在程序的入口处还插入计数器 C[i]初始化的语句，在出口处插入打印这些计数器语句或插入将这些计数器输出到文件的语句，就构成了完整的插桩程序。

通过插入的语句获取程序执行中的动态信息，这一做法如同在刚研制成的机器特定部位安装记录仪表一样。安装好以后开动机器试运行，除了可以对机器加工的成品进行检验得知机器的运行特性外，还可以通过记录仪表了解器动态特性。这就相当于在运行程序以后，一方面可检测测试的结果数据，另一方面还可以借助插入语句给出的信息了解程序的执行特性。正是这个原因，有时把插入的语句称为"探测器"，或"探针"，借以实现探查和监控的功能。

在程序的特定部位插入记录动态特性的语句，最终是为了把程序执行过程中发生的一些重要历史事件记录下来。例如，记录在程序执行过程中某些变量的变化情况、变化的范围等。又如程序逻辑覆盖情况，也只有通过程序的插桩才能取得覆盖的信息。

设计插桩程序时需要考虑的问题如：探测哪些信息？在程序的什么部位设置探测点？需要设置多少个探测点？如何在程序中特定部位插入某些用以判断变量特性的语句？

其中第一个问题需要结合具体情况解决，并不能给出笼统的回答。至于第二个问题，在实际测试中通常在下面一些部位设置探测点。

➢ 程序块的第 1 个可执行语句之前。

➢ for,while ,do while 等循环语句处。

➢ if,else,switch case 等条件语句分支处。

➢ 输入/输出语句之后。

- 函数、过程、子程序调用语句之后。
- return 语句之后。
- goto 语句之后。

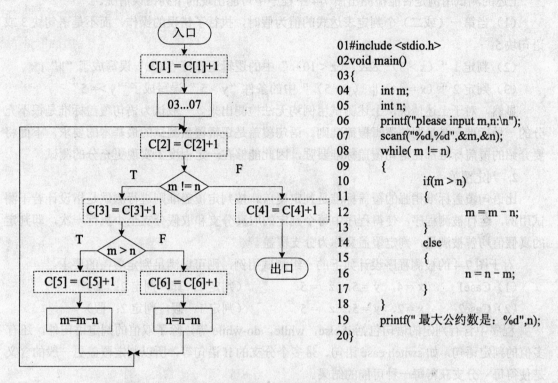

```
01#include <stdio.h>
02void main()
03{
04      int m;
05      int n;
06      printf("please input m,n:\n");
07      scanf("%d,%d",&m,&n);
08      while( m != n)
09      {
10              if(m > n)
11              {
12                      m = m − n;
13              }
14              else
15              {
16                      n = n − m;
17              }
18      }
19      printf(" 最大公约数是：%d",n);
20}
```

图 7-3　插桩后求最大公约数程序的流程图和插桩前的源代码

关于第三个问题，需要考虑如何设置最少探测点的方案。程序中如果出现了多种控制结构，使得整个结构十分复杂，为了在程序中设计最少的计数语句，需要针对程序的控制接口进行具体的分析。第四个问题是如何在程序中的特定部位插入断言语句。在应用程序插桩技术时，可在程序中特定部位插入某些用以判断变量特性的语句，使得程序执行中这些语句得以证实，从而使程序运行特性得到证实。

### 7.2.3　逻辑覆盖

白盒测试是根据程序的内部结构来设计测试数据，检查程序中的每条通路是否都能够按照要求正确地执行。白盒测试最常用的方法是逻辑覆盖法和基本路径测试法。根据测试用例对程序逻辑结构的覆盖程度的不同，逻辑覆盖的标准又可分为：语句覆盖、判定覆盖、条件覆盖、判定/条件覆盖、条件组合覆盖和路径覆盖等。

下面通过图 7-4 所示的一个简单的 C 语言程序来介绍不同的逻辑覆盖标准的强弱程度。

**1. 语句覆盖**

语句覆盖是最弱的逻辑覆盖标准，它仅要求设计足够多的测试用例，使程序中的每一条语句都至少执行一次即可。可以设计测试用例 1（x=4，y=5，z=5），通过覆盖路径 abd 实现对图 7-4 中被测程序的语句块 1、语句块 2、语句块 4、语句块 6 的覆盖。设计测试用例 2（x= 2，y=5，z=5），通过覆盖路径 ace 实现对图 7-4 被测程序的语句块 1、语句块 3、语句块 5、语句块 6 的覆盖。通过执行测试用例 1 和测试用例 2 这样就可以达到所有语句覆盖的标准。

上述的测试用例是否能检测出图 7-4 中程序中可能出现的下列错误情况。

（1）当第一（或二）个判定表达式的值为假时，执行了错误的操作，而不是语句块 3 或语句块 5；

（2）判定 1 "（x＞3） && （z＜10）" 中的逻辑运算符 "&&" 误写成了 "||"；

（3）判定 2 "（x＝＝4）|| （y＞5）" 中的条件 "y＞5" 误写成了 "y＞=5"

显然，对于上述情况，上述测试用例均无法检测出来。一般认为语句覆盖标准是很不充分的一种标准，是最弱的逻辑覆盖准则。语句覆盖是逻辑覆盖测试的最基本的要求，下面将要介绍的覆盖标准都比语句覆盖标准要强，因此能够在一定程度上实现更充分的测试。

**2. 判定覆盖**

比语句覆盖标准稍强的覆盖标准是判定覆盖。按判定覆盖准则进行测试是指设计若干测试用例，运行被测程序，使得程序中每个判定的取真分支和取假分支至少执行一次，即判定的真假值均曾被满足，判定覆盖又称为分支覆盖。

对于图 7-4 的被测程序设计如下的一组测试用例，则可以满足判定覆盖的要求。

（1）Case1　　　x＝4，y＝5，z＝5　　　（判定 1：真，判定 2：真）

（2）Case2　　　x＝2，y＝5，z＝5　　　（判定 1：假，判定 2：假）

程序中含有判定的语句包括 if else，while，do-while 等，除了双值的判定语句外，还有多值的判定语句，如 switch case 语句、带多个分支的 if 语句等，所以判定覆盖更一般的含义是使得每一分支获得每一种可能的结果。

判定覆盖语句覆盖严格，因为如果每个分支都执行过了，则每个语句也就执行过了，但是判定覆盖还是很不够的。例如，如果把第 2 个条件 y>5 错写成 y<5，上面的测试用例也无法检测出来。

使用上述的测试用例可以排除我们在语句覆盖部分提到的可能出现的错误情况（1），但是仍然无法发现可能出现的错误情况（2）、（3）。 因此，我们需要更强的覆盖标准。

**3. 条件覆盖**

在程序中，如果一个判定语句是由多个条件组合而成的复合判定，那么为了更彻底地实现逻辑覆盖，可以采用条件覆盖标准。条件覆盖的含义是构造足够多的测试用例，使得每个判定语句中的每个逻辑条件的可能值至少满足一次。

对图 7-4 的被测程序中的所有条件取值加以如下标记。

对于第一判定条件：

条件 x＞3 取真值 T1，取假值 F1；

条件 z＜10 取真值 T2，取假值 F2；

对于第二判定条件：

条件 x＝＝4 取真值 T3，取假值 F3；

条件 y＞5 　取真值 T4，取假值 F4；

设计测试用例如下：

　　Case 1：x = 4,y = 6,z = 5,条件取值为 T1,T2,T3,T4；

　　则通过的路径为 abd，覆盖的分支为 bd。

　　Case 2：x = 2,y = 5,z = 5,条件取值为 F1,T2,F3,F4；

　　则通过的路径为 ace，覆盖的分支为 ce。

　　Case 3：x = 4,y =5,z = 15,条件取值为 T1,F2,T3,F4；

　　则通过的路径为 acd，覆盖的分支为 cd。

```
void doWork(int x,int y,int z)
{
        int k = 0;        //语句块1
        int j = 0;        //语句块1
        if((x > 3) && (z < 10))
        {
                k = x * y - 1;  //语句块2
                j = k * k;      //语句块2
        }
        else
        {
                                //语句块3
        }
        if((x == 4)|| (y > 5))
        {
                j = x * y + 10;  //语句块4
        }
        else
        {
                                //语句块5
        }
        j = j % 3;        //语句块6
}
```

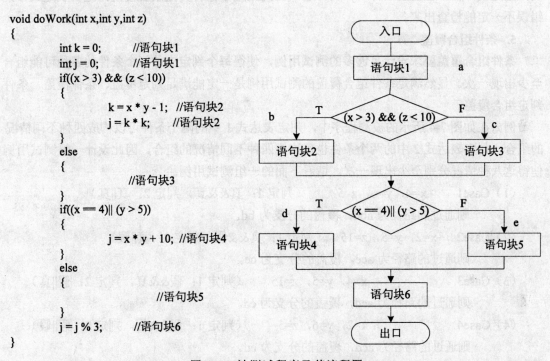

图 7-4　被测试程序及其流程图

　　条件覆盖通常比判定覆盖功能要强，因为条件覆盖使一个判定中的每一个条件都取到了 2 个不同的值，而判定覆盖则不能保证这一点。要达到条件覆盖，需要使用足够多的测试用例，从上面的例子会发现覆盖条件的测试用例并没有覆盖分支，所以，条件覆盖并不能完全保证判定覆盖。

**4. 条件判定组合覆盖**

　　条件判定组合覆盖要求设计足够多的测试用例，使得判定中每个条件的每种可能至少出现一次，而且每个判定的不同结果也至少出现一次。条件判定组合覆盖是一个比条件覆盖和判定覆盖更强的覆盖。

　　对如图 7-4 所示的被测程序，根据定义只需设计以下 2 个测试用例便可以覆盖 8 个条件值以及 4 个判断分支。

　　Case 1：x = 4,y = 6,z = 5,条件取值为 T1,T2,T3,T4；

则通过的路径为 abd，覆盖的分支为 bd。

Case 2：x = 2,y = 5,z = 11,条件取值为 F1,F2,F3,F4；

则通过的路径为 ace，覆盖的分支为 ce。

条件判定组合覆盖从表面来看，它测试了所有条件的取值，但是实际上某些条件掩盖了另外一些条件。例如对于条件表达式（x > 3） &&（z < 10）来说，必须 2 个条件都满足才能确定表达式为真。如果（x>3）为假，则一般编译器不在判断条件（z<10）了。对于第 2 个表达式（x = 4）||（y > 5）来说，如果条件（x = 4）为真，就认为整个表达式的结果为真，这是编译器不在检查条件（y > 5）了。因此采用了条件判定组合覆盖，逻辑表达式中的错误不一定能检查出来。

### 5. 条件组合覆盖

条件组合覆盖要求设计足够多的测试用例，使得每个判定中的每个条件的各种可能组合至少出现一次。显然满足条件组合覆盖的测试用例是一定能满足判定覆盖、条件覆盖、条件判定组合覆盖。

例如在如图 7-4 所示的被测程序中，判定表达式 1 中的两个条件可以构成四种不同情况的组合，判定表达式 2 中的两个条件也可构成四种不同情况的组合，因此设计一组测试用例使得这八种情况分别至少出现一次。请看下面的一组测试用例。

（1）Case1　　　x=4，y=6，z=5　　　（判定 1：真&&真，判定 2：真||真）

则通过的路径为 abd，覆盖的分支为 bd。

（2）Case2　　x=2，y=5，z=15　　（判定 1：真&&假，判定 2：真||假）

则通过的路径为 ace，覆盖的分支为 ce。

（3）Case3　　　　　　　x=4，y=5，z=15　　（判定 1：假&&真，判定 2：假||真）

则通过的路径为 acd，覆盖的分支为 cd。

（4）Case4　　　　　　　x=2，y=6，z=5　　（判定 1：假&&假，判定 2：假||假）

则通过的路径为 acd，覆盖的分支为 cd。

但是，上述的测试用例没有覆盖路径 abe，仍然无法完成对程序的完整测试。要想实现对程序的所有可能路径的测试覆盖，我们需要考虑使用路径覆盖。

### 6. 路径覆盖

路径覆盖要求设计足够多的测试用例，使程序中所有路径至少执行一次。请看下面的一组测试用例。

（1）Case1　　　x=4，y=6，z=5　　　覆盖 abd

（2）Case2　　　x=2，y=5，z=15　　　覆盖 ace

（3）Case3　　　x=4，y=5，z=15　　　覆盖 acd

（4）Case4　　　x=5，y=4，z=5　　　覆盖 abe

上述的测试用例覆盖了如图 7-4 所示程序的全部四条路径。尽管路径覆盖比条件组合覆盖更强，但路径覆盖并不能包含条件组合覆盖。

### 7.2.4　测试覆盖准则

**1. 错误敏感测试用例分析准则（ESTCA）**

前面所介绍的逻辑覆盖的出发点似乎是合理的。所谓"覆盖"，就是想要做到全面，而无遗漏，但是事实表明，测试并不能真的做到无遗漏。例如将程序段：

```
...                              ...
if（i>=0）        错写成        if（i>0）
{                               {
    i=j                             i=j
}                               }
...                              ...
```

逻辑覆盖对于这样的小问题就无能为力了。

出现这一情况的原因在于，错误区域仅仅在 i = 0 这个点上，即仅当 i 取 0 时，测试才能发现错误。K.A.Foster 从测试工作实践出发，吸收了计算机硬件的测试原理，提出了一种经验型的测试覆盖准则。在硬件测试中，对每一个门电路的输入、输出测试都是有额定标准的。通常，电路中一个门的错误常常是"输出总是 0"或是"输入总是 1"。与硬件测试中的这一情况类似，测试人员要重视程序中谓词的取值，但是实际上软件测试比硬件测试更加复杂。Foster 通过大量的实验确定了程序中谓词最容易出错的部分，得到了一套错误敏感测试用例分析 ESTCA（Error Sensitive Test Cases Analysis）规则。

规则 1：对于 A θ B （其中 θ 可以是"<"、"=="、">"、">="、"<="）型的分支谓词，应适当选择 A 与 B 的值，使得测试执行到该分支语句时，A>B、A=B、A<B 的情况分别出现一次。

规则 2：对于 A θ C（其中 θ 可以是"<"、"=="、">"、">="、"<=" A 是变量,C 是常量）型的分支谓词，当 θ 是"<"、"<="，应适当地选择 A 的值，使得 A = C − M，其中 M 是距 C 最小的机器允许的整数，若 A 和 C 都是整型时，M=1。同样当 θ 是">"、">="应适当地选择 A 的值，使得 A = C + M。当 θ 是"=="时则要适当选择 A 的值，使得 A=C−M 和 A = C + M。

规则 3：对外部输入变量赋值，使其在每一个测试用例中具有不同的值和符号，并与在同一组测试用例中其他变量的值和符号不一致。

显然，规则 1 是为了检测 θ 的错误，规则 2 是为了检测"差 1"之类的错误，而规则 3 是为了检测程序语句中的错误（如本应引用一变量而错误地引用一常量）。上述 3 个规则并不是完备的，但在普通程序的测试中确实是有效的，原因在于规则本身就是针对程序编写人员容易发生的错误，或是围绕发生错误的频繁区域，因此 ESTCA 规则能提高发现错误的命中率。

**2. 线性代码序列与跳转覆盖准则（LCSAJ）**

Woodward 等人曾经指出：结构覆盖的一些准则（如分支覆盖或路径覆盖）都不足以保证测试数据的有效性。因此，他们提出了 LCSAJ 覆盖准则。

LCSAJ（Linear Code Sequence and Jump）的中文意思就是线性代码序列与跳转。LCSAJ 是一组顺序执行的代码，以控制流跳转为接收点。它不同于判断—判断路径，判断—判断路径是根据有向图决定的。一个判断—判断路径是指两个判断之间的路径，但其中不再有判断，程序的入口、出口和分支节点都可以是判断点。LCSAJ 的起点是根据程序本身决定的，它的起点是程序的第一行或转移语句的入口点，或是控制流可以到达的点。几个首尾相接、第一个 LCSAJ 起点为程序起点、最后一个 LCSAJ 终点为程序终点的 LCSAJ 串就组成了程序的一条路径。一条程序路径可能是由 2 个、3 个或多个 LCSAJ 组成。基于 LCSAJ 与路径的这一关系，Woodward 提出了 LCSAJ 覆盖准则，该准则是一个分层的覆盖准则，如下所示。

第 1 层：语句覆盖。

第 2 层：判定覆盖。

第 3 层：LCSAJ 覆盖（即程序中每一个 LCSAJ 都至少在测试中执行一次）

第 4 层：两两 LCSAJ 覆盖（即程序中没两个首尾相连的 LCSAJ 组合起来在测试中要执行一次）

……

第 n+2 层：每 n 个首尾相连的 LCSAJ 组合在测试中都要执行一次。

这些都说明越是高层的覆盖准则越难满足。在实施测试时，若要实现上述的 LCSAJ 覆盖需要产生被测程序的所有 LCSAJ。

## 7.2.5  基本路径测试

路径测试的最理想情况是达到路径覆盖。对于比较简单的小程序实现路径覆盖是可能做到的。但是如果程序中出现多个判断和多个循环，可能的路径数目会急剧增长，达到天文数字，以致实现路径覆盖是不可能的。如图 7-5 所示的程序，要想对其所有路径进行穷尽测试，其不同的路径个数为 $5^1+5^2+\cdots+5^{29}$ 个。

为了解决这个问题，我们必须对循环机制进行简化，从而减少路径的数量，使得覆盖这些有限路径成为可能。

基本路径测试的基本步骤是：

（1）首先根据源代码导出程序的控制流图 G，如图 7-5 所示；

（2）计算程序控制流图 G 的环形复杂度；

（3）确定线性独立路径的基本集合；

（4）准备测试用例，强制执行基本路径集合中的每条路径。

如何知道要找出多少路径？环复杂性的计算提供了这个答案。环复杂性是一种软件度量，它为程序的逻辑复杂度提供了一个量化的测度。环复杂性以图论为基础，可以通过以下三种方法之一来计算：

（1）域的数量与环复杂性相对应。

（2）对流图 G，环复杂性 V(G) 定义为：V(G)= E－N＋2，其中 E 为流图的边数，N 为流图的节点数。

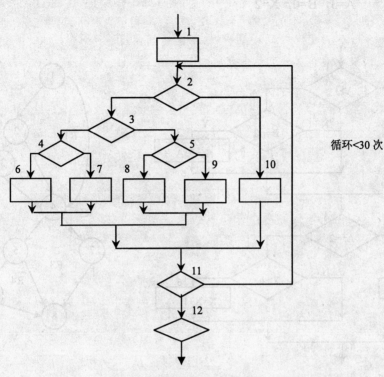

图 7-5　复杂的带循环的程序流程图

（3）对流图 G，环复杂性 V(G)也可定义为：V(G)= P + 1，其中 P 为包含流图 G 中的判定节点数。

例如：对于图 7-6 所示的被测程序其控制流图如图 7-7 所示。

根据图 7-7 所示的控制流图，其环形复杂度可以通过上述三种方法来计算。

该流图有 5 个域（R1，R2，R3，R4，R5）。

V(G)= 11（边数）− 8（节点数）+ 2 = 5。

V(G)= 4（1,2,4,5 四个判定节点数）+ 1 =5。

确定线性独立路径的基本集合，对应的基本路径如下（注意：一条新的路径必须包含有一条新边）：

Path1：1—4—7—8　　　　　（A<=1,A==2）

Path2：1—2—4—7—8　　　　（A>1,B<>0,A==2）

Path3：1—2—4—5—8　　　　（A>1,B<>0,A<>2,X<=1）

Path4：1—2—3—4—5—8　　 （A>1,B==0,A<>2,X<=1）

Path5：1—2—3—4—5—6—8　（A>1,B==0,A<>2,X>1）

对应各条基本路径的测试用例设计如下：

（1）Case1　　　 没有满足条件的测试用例

（2）Case2　　　 A=2，B=1，X=0

（3）Case3　　　 A=3，B=1，X=0

（4）Case4　　　 A=3，B=0，X=1

（5）Case5　　A=3，B=0，X=2

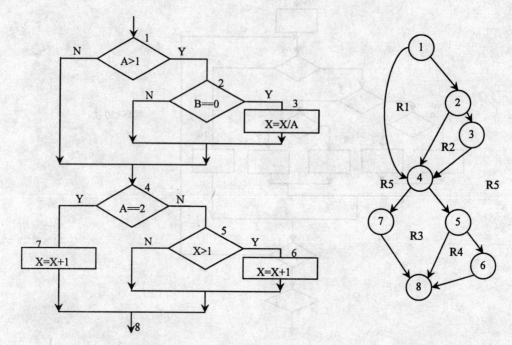

图 7-6　多分支被测程序流程图　　　　　图 7-7　被测程序的控制流图

注意，一些独立的路径往往不是完全孤立的，有时它们是程序正常的控制流的一部分，这时，这些路径的测试可以是另一条路径测试的一部分。

### 7.2.6　域测试

域测试是一种基于程序结构的测试方法。Howden 曾对程序中出现的错误进行分类，将程序错误分为域错误、计算型错误和丢失路径错误三种。这是相对于执行程序的路径来说的，每条执行路径对应于输入域的一类情况，是程序的一个子计算。若程序的控制流错误，对应某一特定的输入可能执行的是一条错误路径，这种错误称为路径错误，也叫做域错误。如果对于特定输入执行的是正确路径，但由于赋值语句的错误致使输出结果不正确，则称此为计算型错误。还有一类错误是丢失路径错误，它是由于程序中某处少了一个判定谓词而引起的。域测试主要是针对域错误进行的程序测试。

域测试的"域"是指程序的输入空间，其测试方法是基于对输入空间的分析。任何一个被测程序都有一个输入空间，测试的理想结果就是检验输入空间中的每一个输入元素是否都通过被测程序产生正确的结果。输入空间又可分为不同的子空间，每一子空间对应一种不同的计算，子空间的划分是由程序中分支语句的谓词决定的。输入空间的一个元素，经过程序中某些特定语句的执行而结束（也可能出现无限循环而无出口的情况），输入空间中的元素都满足这些特定语句被执行所要求的条件。基本路径测试法正是在分析输入域的基础上，选择适当的测试点以后进行测试的。域测试有两个致命的弱点，一是为进行域测试而对程序提出的限制过多，二是当程序存在很多路径时，所需的测试也就很多。

## 7.2.7　符号测试

符合测试的基本思想是允许程序不仅仅输入具体的数值数据，也可以输入符号值，这一方法因此而得名。这里所说的符号值可以是基本符号变量值，也可以是这些符号变量值的一个表达式。这样，在执行程序过程中以符号的计算代替了普通测试中对测试用例的数值计算，所得到的结果自然是符号公式或是符号谓词。更明确地说，普通测试执行的是算术运算，符号测试是执行代数运算。因此符号测试可以被认为是普通测试的一个自然扩充。

符号测试可以看做是程序测试和程序验证的一个折中。一方面，它沿用了传统的程序测试方法，通过运行被测程序来验证它的可靠性。另一方面，由于一次符号测试的结果代表了一大类普通测试的运行结果，实际上证明了程序接受此类输入所得到的输出是正确的还是错误的。最为理想的情况是，程序中仅有有限的几条执行路径，如果对这有限的几条路径都完成了符号测试，就能较有把握地确认程序的正确性了。从符号测试方法的使用来看，问题的关键在于开发出比传统的编译器功能更强、能够处理符号运算的编译器和解释器。目前符号测试存在如下几个未得到圆满解决的问题。

（1）分支问题。当采用符号测试进行到某一分支点处，分支谓词是符号表达式时，在这种情况下通常无法决定谓词的取值，也就不能决定分支的走向，需要测试人员作人工干预，或是按执行树的方法进行下去。如果程序中循环，而循环次数又取决于输入定量，那就无法确定循环的次数。

（2）二义性问题。数据项符号值可能是有二义性的，这种情况通常出现在带有数组的程序中。在下面这段程序中，

$$\cdots$$
$$X（I）=2+A$$
$$X（J）=3$$
$$C=X（I）$$
$$\cdots$$

如果 I=J，则 C=3，否则 C=2+A。但由于使用符号值运算，这时无法知道 I 是否等于 I。

（3）大程序问题。符号测试中总要处理符号表达式。随着符号测试的执行，一些变量的符号表达式越来越大。特别是如果当符号执行树很大，分支点很多时，路径条件本身将变成一个非常长的合取式。如果能够有办法将其简化，自然会带来很大好处。但如果找不到简化的办法，那将给符号测试的时间和运行空间带来大幅度的增长，甚至整个问题的解决遇到难以克服的困难。

## 7.2.8　Z 路径覆盖

分析程序中的路径是指：从入口开始检验程序，执行过程中经历的各个语句，直到出口为止。这是白盒测试最为典型的分析方法，着眼于路径分析的测试被称为路径测试，完成路径测试的理想情况是做到路径覆盖。对于比较简单的小程序实现路径覆盖是可能做到的。但是如果程序中出现多个判断和多个循环，可能的路径数目将会急剧增长，甚至达到天文数字，以至不可能实现路径覆盖。为了解决这一问题，必须舍掉一些次要因素，对循环机制进行简

化，从而极大地减少路径的数量，使得覆盖这些有限的路径成为可能。一般称简体循环的路径覆盖为 Z 路径覆盖。

所谓的循环简化是指限制循环的次数。无论循环的形式和实际执行循环体的次数是多少，只考虑循环一次和零次两种情况，即只考虑执行时进入循环体一次和跳过循环体这两种情况。对于程序中的所有路径可以用路径树来表示，其具体表示方法本文略。当得到某一程序的路径树后，从其根节点开始，一次遍历，再回到根节点时，把所经历的叶节点名排列起来，就得到一个路径。如果设法遍历了所有的叶节点，那就得到了所有的路径。当得到所有的路径后，生成每个路径的测试用例，就可以做到 Z 路径覆盖测试。

# 7.3　黑盒测试技术

黑盒测试也称为功能测试或称为数据驱动测试，在测试时，把程序看作一个不能打开的黑盒子，在完全不考虑程序内部结构和内部特性的情况下，测试者在程序接口处进行测试。在进行黑盒测试过程中，只是通过输入数据、进行操作、观察输出结果，检查软件系统是否按照需求规格说明书的规定正常运行，软件是否能适当地接收输入数据并产生正确的输出信息，并且保持外部信息（如数据库和文件）的完整性。黑盒测试的主要依据是规格说明书和用户手册。按照规格说明书中对软件功能的描述，对照软件在测试中的表现所进行的测试称为软件验证；以用户手册等对外公布的文件为依据进行的测试称为软件审核。

黑盒测试是穷举输入测试，只有把所有可能的输入都作为测试数据使用，才能查出程序中所有的错误。实际上测试情况有无穷多个，进行测试时不仅要测试所有合法的输入，而且还要对那些不合法的但可能的输入进行测试。

黑盒测试一般分为功能测试和非功能测试两大类：功能测试方法主要包括等价类划分、边界值分析、因果图、错误推测、功能图法等，主要用于软件验收测试。非功能测试方法主要包括性能测试、强度测试、压力测试、兼容测试、配置测试、安全测试等，非功能测试中不少测试方法属于系统测试，例如配置测试、性能测试等。

## 7.3.1　等价类划分法

等价类划分法的实施是基于这样一个事实，首先穷尽测试通常是不可能的，而我们发现程序的输入数据总是落在几个不同性质的集合中，而且程序对于同类型的输入表现出来的行为也基本相同。因此，我们可以根据不同的性质，将程序的输入数据划分为几个不同的集合类，然后从每个集合类中挑选有代表性的数据作为测试用例。每个集合类中的数据对于发现程序中的错误具有等效的作用。即如果某个集合类中代表性的测试用例测试没有发现错误，则认为该类中的其他数据也不会检查出错误；反之，则认为该类中的其他数据也能发现同样的错误。这样的集合类就被称为等价类。通过这样的方式可以只使用较少的测试用例来达到较好的测试效果，大大减少测试的工作量。例如：根据三角形的三条边 A，B，C 确定三角形的类型（等边/等腰/一般三角形）为例，对于输入数据（A=1，B=1，C=1）和输入数据（A=5，B=5，C=5）来说，都代表等边三角形，测试的效果应该是一样的。因此，只需测试具有代表性的一组数据即可。

等价类划分包括有效等价类和无效等价类两种情况。有效等价类是指对于程序规格说明来说，由合理的、有意义的输入数据构成的集合，利用它，可以检查程序是否实现了规格说明预先规定的功能和性能。无效等价类是指对于程序规格说明来说，由不合理的、无意义的输入数据构成的集合，利用它可以检查程序中功能和性能的实现是否有不符合规格说明要求的地方。

在设计测试用例时，要同时考虑有效等价类和无效等价类的设计。软件不能只接收合理正确的数据，还要接受以外的考验，即接收无效的、不合理的数据，这样的软件才能具有较高的可靠性。

等价类划分法实施的基本步骤如下所述。

**1. 划分等价类的方法**

通常，可以按照以下的几个原则来确定输入数据集的等价类。

（1）按区间划分：如果可能的输入数据属于一个取值范围，则可以确定一个有效等价类和两个无效等价类。例如：输入值是学生成绩 score，范围为 0～100，可以定义有效等价类"0<=score<=100"，无效等价类"score <0"和"score >100"。

（2）按数值划分：如果规定了输入数据的一组值，而且程序要对每个输入值分别进行处理，则可为每一个输入值确立一个有效等价类，此外针对这组值确立一个无效等价类，它是所有不允许的输入值的集合。例如：根据"输入数据 A 等于 10"，可以定义有效等价类"A=10"和无效等价类"A<>10"。

（3）按数值集合划分：如果可能的输入数据属于一个值的集合（假定 n 个），并且程序要对输入的每个值分别处理，这时可确定 n 个有效等价类和一个无效等价类。例如：根据"输入数据 A 的取值只能是{1，2，3，4}集合中的某一个"，可以定义四个有效等价类分别为"A=1"、"A=2"、"A=3"、"A=4"和一个无效等价类"A 为不属于集合{1，2，3，4}的任意值"。

（4）按限制条件划分：在输入条件是一个布尔量的情况下，可确定一个有效等价类和一个无效等价类。例如：根据"输入数据 A 为真"，可定义有效等价类"A 为真"和无效等价类"A 为假"。

（5）按限制规则划分：在规定了输入数据必须遵守的规则的情况下，可确立一个有效等价类和若干个无效等价类（从不同角度违反规则）。

（6）按处理方式划分：在确认已划分的等价类中各元素在程序处理中的方式不同的情况下，则应再将该等价类进一步划分为更小的等价类。

【实例1】一个函数包含 3 个变量：month、day 和 year，函数的输出为输入日期后一天的日期，要求输入变量均为整数值，并且满足如下条件：1<=month<=12，1<=day<=31，1900<=year<=2050，要求找出其等价类。

解：该函数的有效等价类为

M1 ＝ ｛month：1<=month<=12｝

D1 ＝ ｛day：1<=day<=31｝

Y1 ＝ ｛year：1900<=year<=2050｝

其无效等价类为

M2 ＝ ｛month：　month<1｝

D2 ＝ ｛day：　day<1｝

Y2 ＝ ｛year：　year<1900｝

M3 ＝ ｛month：　month>12｝

D3= ｛day：day>31｝

Y3 = ｛year： year>2050｝

在有效等价类中还要根据闰年和其中的 2 月天数不同进行等价的细分。

**2. 构造测试用例**

根据已列出的等价类表，按以下步骤确定测试用例：

（1）设计一个新的测试用例，使其尽可能多地覆盖尚未覆盖的有效等价类。重复这一步，最后使得所有有效等价类均被测试用例所覆盖。

（2）设计一个新的测试用例，使其只覆盖一个无效等价类。重复这一步使所有无效等价类均被覆盖。

【实例 2】电话号码在应用程序中也是经常见到，我国固定电话号码一般由两部分组成。地区号码：以 0 开头的 3 位或者 4 位数字。电话号码：以非 0、非 1 开头的 7 位或者 8 位数字。应用程序接受一切符合上述规定的电话号码，而拒绝不符合规定的号码。于是，可以根据等价类的划分设计"等价类测试用例举例"这一栏所示的测试用例，如表 7-2 所示。

表 7-2　　　　　　　　　　　　　　电话号码的等价类方法的应用

| 输入数据 | 有效等价类 | 无效等价类 |
|---|---|---|
| 地区号码 | 以 0 开头的 3 位号码 | 以 0 开头的小于 3 位的数字串 |
| | | 以 0 开头的大于 4 位的数字串 |
| | 以 0 开头的 4 位号码 | 以非 0 开头的数字串 |
| | | 以 0 开头的含有非数字的数字串 |
| 电话号码 | 以非 0、非 1 开头的 7 位数字 | 以 0 开头的数字 |
| | | 以 1 开头的数字 |
| | 以非 0、非 1 开头的 8 位数字 | 以非 0、非 1 开头的小于 7 位的数字串 |
| | | 以非 0、非 1 开头的大于 8 位的数字串 |
| | | 以非 0、非 1 开头含有非数字的数字串 |
| 等价类测试用例举例 | 010 6238388 | 01 81234567 |
| | 025 83883838 | 05511 7676777 |
| | 0551 7236636 | 10 9898900 |
| | 0571 78989899 | 025j 9898980 |
| | | 010 09098787 |
| | | 0551 18787878 |
| | | 0551 798709 |
| | | 0571 8787879879 |
| | | 0571 9898ah99 |

不同的测试人员对同一个程序的等价类的划分可能是不尽相同的，但只要确保这些等价类足以覆盖所测试的对象就可以了。当然了，还是需要仔细分析程序的规格说明书，设计出更加科学、合理的等价类。

## 7.3.2 边界值分析法

边界值分析法的基本思想是选取输入/输出范围的边界值以及略大于边界值和略小于边界值的数据来测试程序是否存在错误。因为人们从长期的大量的程序设计的经验发现，大量的错误往往发生在输入或输出范围的边界上。例如，循环条件可能在应该测试小于等于时只测试了小于，或在应该测试小于时测试了小于等于，这样就可能造成循环被少执行一次或多执行一次。因此，边界值分析法可以作为等价类划分法的一种有益的补充。

下面给出一些边界值测试时选择测试用例的原则：

（1）如果输入条件规定了值的范围，则应该取刚达到这个范围的边界值，以及刚刚超过这个范围边界的值作为测试输入数据；

（2）如果输入条件规定了值的个数，则用最大个数、最小个数、比最大个数多 1、比最小个数少 1 的数据作为测试数据；

（3）根据规格说明的每一个输出条件，使用规则（1）；

（4）根据规格说明的每一个输出条件，使用规则（2）；

（5）如果程序的规格说明给出的输入域或输出域是有序集合（如有序表、顺序文件等），则应选取集合的第一个和最后一个元素作为测试用例；

（6）如果程序用了一个内部结构，应该选取这个内部数据结构的边界值作为测试用例；

（7）分析规格说明，找出其他可能的边界条件。

例如：在一元二次方程的例子中，我们可以根据边界值测试用例的设计原则，设计测试用例。如表 7-3 所示。

表 7-3　　　　　　　　　　　　一元二次方程边界值法测试用例

| 用例 | a | b | c | $b^2-4ac$ | 预期结果 | 注释 |
| --- | --- | --- | --- | --- | --- | --- |
| 1 | 1 | 99 | 0 | 9801 | X1=0　X2=-99 | $b^2-4ac$=9801 |
| 2 | 1 | 98 | 0 | 9604 | X1=0　X2=-98 | $b^2-4ac$ 略小于 9801 |
| 3 | 1 | 100 | 0 | 10000 | 系数不符合要求 | $b^2-4ac$ 略大于 9801 |
| 4 | 99 | 0 | 99 | -39204 | 无实数解 | $b^2-4ac$=-39204 |
| 5 | 100 | 0 | 100 | -40000 | 系数不符合要求 | $b^2-4ac$ 略小于-39204 |
| 6 | 98 | 0 | 98 | -38416 | 无实数解 | $b^2-4ac$ 略大于-39204 |
| 7 | 4 | -12 | 9 | 0 | X1=X2=1.5 | $b^2-4ac$=0 |
| 8 | 2 | 3 | 2 | -7 | 无实数解 | $b^2-4ac$ 略小于 0 |
| 9 | 1 | 3 | 2 | 1 | X1=-1, X2=-1 | $b^2-4ac$ 略大于 0 |

根据变量 a、b、c 的输入范围 0～99，可以分别针对取最小边界值（0）、略大于最小边界值（1）、略小于最小边界值（-1）、最大边界值（99）、略小于最大边界值（98）、略大于最大边界值（100）这几种情况进行测试用例的设计。

另外，在一元二次方程求解过程中，还使用了中间数据 $b^2-4ac$，经过分析可知，其取值范围为[-39204，0][0，9801]，因此可进一步根据 $b^2-4ac$ 取值范围设计如表 7-3 所示的更多的测试用例。

### 7.3.3　因果图法

当需要测试的程序的输入数据之间存在相互的制约关系或存在输入情况的不同组合时，就需要用到因果图法。

利用因果图法设计测试用例的步骤如下：

（1）分析程序的规格说明，找出哪些是原因，哪些是结果，原因通常是输入条件（的等价类），结果通常是输出条件；

（2）根据程序的规格说明，找出原因和结果之间的关联，并用因果图的符号描绘出来；

（3）在因果图上标出原因与原因、结果与结果之间需要满足的约束条件；

（4）把因果图转换成判定表；

（5）根据判定表设计测试用例。

如图 7-8 所示为因果图中的四种基本图形符号，表示了四种不同的因果关系。其中节点间的连线表明被连接的两个节点之间存在因果关系。连线左边的节点表示原因，右边的节点表示结果。

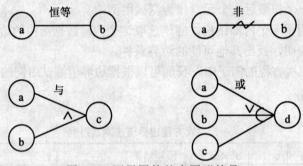

图 7-8　因果图的基本图形符号

（1）恒等：若原因出现，则结果出现；否则，结果不出现。

（2）非：若原因出现，则结果不出现；否则，结果出现。

（3）或：多个原因中只要有一个出现，则结果出现；否则，结果不出现。

（4）与：多个原因同时出现，则结果出现；只要有一个原因不出现，则结果不出现。

因果图中还可以附加一些如图 7-9 所示的表示约束条件的符号，表明原因与原因、结果与结果之间的关系。

（1）E 约束：表示 a、b 两个原因不会同时成立，两个中最多只有一个可能成立。

（2）I 约束：表示 a、b、c 三个原因中至少有一个必须成立。

（3）O 约束：表示 a 和 b 两个原因当中必须有一个且只有一个成立。

（4）R 约束：表示原因 a 出现时，原因 b 必须也出现。

（5）M 约束：表示当结果 a 出现时，结果 b 不出现。

其中 E、I、O、R 约束是对输入的约束，M 约束是对输出的约束。

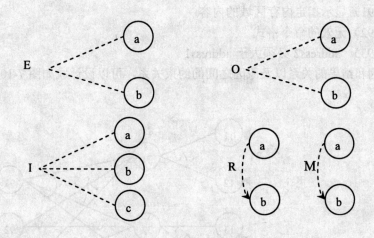

图 7-9 因果图的约束符号

例如：一个用于显示指定的内存区域的单元内容的 D 命令的规格说明如下，请使用因果图分析法为其设计测试用例。

D 命令使用两个参数，缺一不可，具体的语法定义为：

D <address1> <address2>

第一个参数 address1 用来指定将要被显示的内存区域中的第一个字节的地址，这个地址由 1～4 位的十六进制数串（0～9，A～F）构成。第二个参数中的 address2 用来指定将要被显示的内存区域中的最后一个字节的地址，这个地址的指定方式与 address1 相同，但是要求 address2 指定的地址必须比 address1 指定的地址要大。

如果命令格式正确，则显示指定内存单元的内容；

如果命令中存在错误，则显示"无效的命令格式"；

如果 address2≤address1，则显示"address2 必须大于 address1"。

例如：

D 3F 4F　　　显示内存单元地址为 0035H～004FH 的 17 个单元的内容

D 3F　　　　无效的命令格式

D 3F 20　　　address2 必须大于 address1

对上述的 D 命令的规格说明进行分析，我们可以列出原因和结果。

原因：（11）给出第一个参数 address1

（12）address1 为 1～4 位的十六进制数串

（13）给出第二个参数 address2

（14）address2 为 1～4 位的十六进制的数串

（15） address2 指定的地址比 address1 指定的地址大

中间状态：（31）有效的 address1 地址串（32）有效的 address2 地址串

结果：（91）显示指定内存区域的内容

（92）无效的命令格式

（93）　address2 必须大于 address1

根据原因和结果的关系以及原因之间的约束关系，可以设计成如图 7-10 所示的因果图。

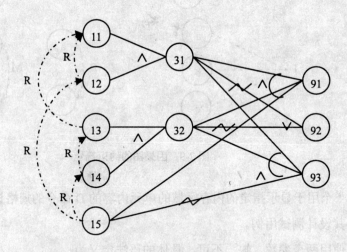

图 7-10　D 命令的因果图

将因果关系转换为判定表方式。直接按照原因和结果的关系可以写出不同的输入组合 32 种，但是考虑到图中原因与原因之间的 R 约束关系，将 32 种中不满足约束关系的输入组合去掉之后，得到如表 7-4 所示的判定表，表中的每一列都可作为确定测试用例的依据。

表 7-4　　　　　　　　　　　　　　　　D 命令的判定表

| | | 1 | 2 | 3 | 4 | 5 | 6 | 7 | 8 | 9 |
|---|---|---|---|---|---|---|---|---|---|---|
| 输入 | （11） | 0 | 1 | 1 | 1 | 1 | 1 | 1 | 1 | 1 |
| | （12） | 0 | 0 | 0 | 0 | 0 | 1 | 1 | 1 | 1 |
| | （13） | 0 | 0 | 1 | 1 | 1 | 0 | 1 | 1 | 1 |
| | （14） | 0 | 0 | 0 | 1 | 1 | 0 | 0 | 1 | 1 |
| | （15） | 0 | 0 | 0 | 0 | 1 | 0 | 0 | 0 | 1 |
| 中间节点 | （31） | 0 | 0 | 0 | 0 | 0 | 1 | 1 | 1 | 1 |
| | （32） | 0 | 0 | 0 | 1 | 1 | 0 | 0 | 1 | 1 |
| 输出 | （91） | 0 | 0 | 0 | 0 | 0 | 0 | 0 | 0 | 1 |
| | （92） | 1 | 1 | 1 | 1 | 1 | 1 | 1 | 0 | 0 |
| | （93） | 0 | 0 | 0 | 0 | 0 | 0 | 0 | 1 | 0 |

根据表 7-4 所示的判定表设计测试用例，结果如表 7-5 所示。

表 7-5　　　　　　　　　　　　　　　　　　D 命令的测试用例

| 用例 | 命令格式 | 预期结果 | 注　　释 |
|---|---|---|---|
| 1 | D | 无效的命令格式 | 两个地址参数均缺失 |
| 2 | D 12G | 无效的命令格式 | address1 中有非十六进制数 |
| 3 | D 12G 34567 | 无效的命令格式 | 两地址参数均为非法数据 |
| 4 | D 12G 13F | 无效的命令格式 | address1 非法，address2 合法 |
| 5 | D 12G 111 | 无效的命令格式 | address1 非法，address2 合法 |
| 6 | D 12F | 无效的命令格式 | 地址参数 address2 缺失 |
| 7 | D 12F 13G | 无效的命令格式 | address2 中有非十六进制数 |
| 8 | D 13F 12F | address2 需大于 address1 | address2 小于 address1 |
| 9 | D 12F 13F | 显示指定内存区域的内容 | 正确的命令 |

## 7.3.4　错误推测法

在进行软件测试时，有经验的测试人员往往通过观察和推测，可以估计出软件的哪些地方出现错误的可能性最大，用什么样的测试手段最容易发现软件故障。这种基于经验和直觉推测程序中所有可能存在的各种错误，从而有针对性地设计测试用例的方法就是错误推测法。

错误推测法的基本思想是：列举出程序中所有可能存在的错误和容易发生错误的特殊情况，根据它们选择测试用例。例如，归纳在以前产品测试中曾经发现在输入一些非法、错误或垃圾数据时容易产生的错误，这就是经验总结。因此，在设计输入测试数据时，如果软件要求输入数字，就输入字母、汉字和其他字符；如果软件自接收正数，就输入零或负数。如果软件对时间敏感，就看系统时间在 2999 年和 3001 年时是否还能正常工作；输入数据 0，或输出数据 0 是容易发生错误的情况，因此可选择输入数据 0 或输出数据 0 的例子作为测试用例。此外，涉及数据库方面用户名和密码的校验中，输入部分 SQL 语句部分谓词 " 'or 1=1--" 来测试能否进行 SQL 注入攻击。

例如：测试一个线性表（比如数组）进行排序的程序，应用错误推测法推测出需要特别测试的情况。根据经验，对于排序程序，下面一些情况可能使软件发生错误或容易发生错误，需要特别测试。

（1）输入的线性表为空；

（2）表中只有一个元素；

（3）输入表中所有元素以排好序；

（4）输入表以按逆序排好；

（5）输入表中部分或全部元素相同；

（6）下标越界操作（输入线性表元素个数为 Max+1 个，其中 Max 为线性表最大元素个数）。

## 7.3.5　场景法

现在的软件几乎都是用事件触发来控制的流程的，事件触发时的情景便形成了场景，而同一事件不同的触发顺序和处理结果就形成事件流，经过用例的每条路径都用基本流和备选流来表示。这种在软件设计方面的思想也可以引入到软件测试中，可以比较生动地描绘事件触发时的情景，有利于测试设计者设计测试用例，同时使测试用例更容易理解和执行。提出这种测试思想的是 Rational 公司，并在 RUP2000 中有详尽的解释和应用。用例场景用来描述用例执行的路径，从用例开始到结束遍历这条路径上所有基本流和备选流。

**1. 基本流和备选流**

基本流：采用直黑线表示，是经过用例的最简单的路径，从程序开始到结束都必须经过的路径。

备选流：采用不同颜色表示，一个备选流可能是从基本流开始，在某个特定条件下执行，然后重新加入基本流中，也可以从另一个备选流开始，或终止用例，不再加入到基本流中。

在图 7-11 中，图中经过用例的每条路径都用基本流和备选流来表示，直黑线表示基本流，是经过用例的最简单路径。备选流用不同的彩色表示，备选流 1 和备选流 3 从基本流开始，然后重新加入基本流中；备选流 2 起源于另一个备选流；备选流 2 和备选流 4 终止用例而不再重新加入到某个流。

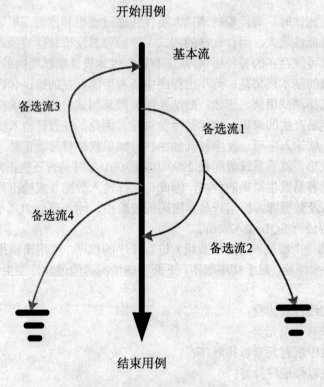

开始用例

基本流

备选流3

备选流1

备选流4

备选流2

结束用例

图 7-11　基本流和备选流

按照图 7-11 所示的每个经过用例的路径，可以确定以下不同的用例场景。

场景 1：基本流。

场景 2：基本流、备选流 1。

场景 3：基本流、备选流 1、备选流 2。

场景 4：基本流、备选流 3。

场景 5：基本流、备选流 3、备选流 1。

场景 6：基本流、备选流 3、备选流 1、备选流 2。

场景 7：基本流、备选流 4。

场景 8：基本流、备选流 3、备选流 4。

注：为方便起见，场景 5、6 和 8 只考虑了备选流 3 循环执行一次的情况。

**2. 场景法设计步骤**

应用场景法进行黑盒测试的步骤如下：

（1）根据说明，描述出程序的基本流及各项备选流；

（2）根据基本流和各项备选流生成不同的场景；

（3）对每一个场景生成相应的测试用例；

（4）对生成的所有测试用例重新复审，去掉多余的测试用例，测试用例确定后，对每一个测试用例确定测试数据值。

## 7.3.6　判定表驱动法

判定表是分析和表达多逻辑条件下执行不同操作的情况下的工具。在程序设计发展的初期，判定表就已被当做编写程序的辅助工具了。由于它可以把复杂的逻辑关系和多种条件组合的情况表达得既具体又明确，能够将复杂的问题按照各种可能的情况全部列举出来，简明并避免遗漏。因此，在一些数据处理问题当中，若某些操作的实施依赖于多个逻辑条件的组合，即针对不同逻辑条件的组合值，分别执行不同的操作，判定表很适合于处理这类问题。

**1. 生成判定表的规则**

（1）规则：任何一个条件组合的特定取值及其要执行的相应操作称为规则。在判定表中贯穿条件项和动作项的一列就是一条规则。显然，判定表中列出多少组条件取值，也就有多少条规则。

（2）化简合并：就是把两条或多条具有相同动作、且条件项之间存在着极为相似的关系的规则合并。

**2. 建立判定表的步骤**

（1）确定规则个数，假如有 n 个条件，每个条件有 2 个取值（True，False），故有 $2^n$ 种规则。

（2）列出所有的条件项和动作项。

（3）填入条件取值。

（4）填入动作，得到初始的判定表。

（5）简化合并，合并相似规则。

实例：一个软件的规格说明指出，当条件 1 和条件 2 满足，并且条件 3 和条件 4 不满足，或者当条件 1、条件 3 和条件 4 满足时，要执行操作 1；在任一个条件都不满足时，要执行操作 2；在条件 1 不满足，而条件 4 被满足是要执行操作 3。试根据规格说明建立判定表。

解：根据规格说明得到如表 7-6 所示的判定表。

表 7-6                                根据规格说明得到的判定表

| | 规则 1 | 规则 2 | 规则 3 | 规则 4 | 规则 5 | 规则 6 | 规则 7 | 规则 8 |
|---|---|---|---|---|---|---|---|---|
| 条件 1 | T | T | F | F | — | F | T | T |
| 条件 2 | T | — | F | — | — | T | T | F |
| 条件 3 | F | T | F | — | T | F | F | F |
| 条件 4 | F | T | F | T | F | F | T | — |
| 操作 1 | √ | √ | | | | | | |
| 操作 2 | | | √ | | | | | |
| 操作 3 | | | | √ | | | | |
| 默认操作 | | | | | √ | √ | √ | √ |

注：表中 T 表示条件为真，F 表示条件为假，—表示与条件为真或假无关，√表示操作执行。

这里判定表只给出了 16 种规则中的 8 种。事实上，除这 8 种以外的其他规则是指当不能满足指定的条件，执行这些条件时，要执行 1 个默许的操作。在无必要时，判定表通常可略去这些规则。但如果用判定表来设计测试用例，就必须列出这些默许规则。

判定表的优点是它把复杂的问题按各种可能的情况一一列举出来，简明而易于理解，也可避免遗漏，其缺点是不能表达重复执行的动作，例如循环结构。

**3. 适合使用判定表设计测试用例的条件**

（1）规格说明以判定表形式给出，或很容易转换成判定表。

（2）条件的排列顺序不会也不影响执行操作。

（3）规则的排列顺序不会也不影响执行操作。

（4）每当某一规则的条件已经满足，并确定要执行的操作后，不必检验别的操作。

（5）如果某一规则得到满足要执行多个操作，这些操作的执行与顺序无关。

给出这五个必要条件的目的是为了使操作的执行完全依赖于条件的组合。其实对于某些不满足条件的判定表，同样也可以用它来设计测试用例，只不过还需要增加其他的测试用例罢了。

# 7.4  灰盒测试技术

1999 年，美国洛克希德公司发表了灰盒测试法的论文，提出了灰盒测试法。灰盒测试是一种综合测试法，它将黑盒测试、白盒测试、回归测试和变异（Mutation）测试结合在一起，构成一种无缝测试技术。它是一种软件全生命周期测试法，用于在功能上检验为嵌入式应用研制的 Ada、C、FORTRAN 和汇编语言软件。该方法可自动生成所有测试软件，从而降低了成本，减少了软件的研制时间。初步研究表明过去要用几天时间对一套软件进行彻底测试，现在不到 4 小时就可完成，软件测试时间减少 75%。

灰盒测试定义为将根据需求规范说明语言（RSL）产生的基于测试用例的要求（RBTC），用测试单元的接口参数加到受测单元，检验软件在测试执行环境控制下的执行情况。灰盒测试法的目的是验证软件满足外部指标要求以及软件的所有通道都进行了检验。通过该程序的所有路径都进行了检验和验证后，就得到了全面的验证。完成功能和结构验证后，就可随机地一次变化一行来验证软件测试用例在软件遇到违背原先验证的不利变化时软件的可靠性。

灰盒测试法是在功能上验证嵌入式系统软件的一种十步骤法。程序功能正确性指在希望执行程序时，程序能够执行。子功能是指从进入到退出经过程序的一个路径。测试用例是由一组测试输入和相应的测试输出构成的测试矢量。在目前有许多软件测试工具可利用的条件下，灰盒测试法的自动化程度可达 70%～90%。利用软件工具可从要求模型或软件模型中提取所有输入和输出变量，产生测试用例输入文件。利用现行静态测试工具可确定入口和出口测试路径。利用静态测试工具可确定所有进出路径。利用仿真得到的要求，可产生测试软件需要的实际测试用例部分数据值。

灰盒测试的步骤如下：

（1）确定程序的所有输入和输出；

（2）确定程序的所有状态；

（3）确定程序的主路径；

（4）确定程序的功能；

（5）产生试验子功能 X 的输入，这里 X 为许多子功能之一；

（6）制定验证子功能的 X 的输出；

（7）执行测试用例 X 的软件；

（8）检验测试用例 X 结果的正确性；

（9）对其余子功能重复（7）和（8）步；

（10）重复（4）～（8）步，然后再进行第（9）步，进行回归测试。

2001 年，洛克希德公司在原来的基础上，提出了实时灰盒测试法。最初的灰盒测试法并不是要解决实时或系统级测试问题，其主要目的是提供一套能够彻底测试软件产品的软件。当计算机处于实时环境下，新的问题就来了。计算机系统不仅要产生正确的答案，而且还要满足严格的定时限制。实时处理意味着专用计算机常常并行运行多个处理程序。实时灰盒测试法是在灰盒测试法的基础上，解决了软件的实时性能测试。实时地使用灰盒法，只需要将时间分量加到期望的输出数据上。对于在角位移时产生正弦的系统，正常的灰盒测试包括输入角度和期望的输出正弦值。"对于 X=30°，Y=sin（X），试验结果将为 0.5。该试验的结果中没有时间分量。因此，每当出现这种响应时，就会与期望的结果 0.5 比较。这可能是测试开始后的 1 毫秒，也可能是测试开始后的 10 秒。在实时系统中，这种试验是不可接受的。实时试验将规定为"y（t）=sin（x，t）"，增加的时间分量"t"就能保证期望值将在对象级时间范畴里进行比较。

灰盒测试是对软件的规格说明和它的底层实现都进行测试的测试，灰盒测试的一个目标就是找出软件中的一些独有的奇怪的错误。灰盒测试关注输出对于输入的正确性，同时也关注内部表现，但这种关注不像白盒测试那样详细、完整，只是通过一些表征性的现象、事件、标志来判断内部的运行状态，有时候输出是正确的，但内部其实已经错误了，如果每次都通过白盒测试来操作，效率会很低，因此需要采取这种灰盒的方法。灰盒测试考虑了用户端、特定的系统知识和操作环境。

# 7.5　软件测试过程

软件测试在软件生命周期中占据重要地位，在传统的瀑布模型中，软件测试是软件开发过程中的一个阶段，是编码实现过程的下一个阶段。而现在有许多学者和测试实践者认为软件测试应该覆盖软件开发的整个生命周期，是软件质量保证的重要手段之一，从需求评审、设计评审开始，就介入到软件产品的开发活动或软件项目的实施中。软件测试又要经历单元测试、集成测试、验收测试和系统测试四个阶段。

单元测试、集成测试、验收测试是用来测试软件内部的，而系统测试是测试软件与外部环境的接口与通信。单元测试、集成测试、验收测试与软件开发的关系十分密切，用图7-12软件测试的V模型表示它们的联系。V模型指出，单元测试和集成测试应检测程序是否满足软件设计的要求；系统测试应检测系统功能、性能的质量特性是否达到系统要求的指标；验收测试确定软件的实现是否满足用户需要或合同的要求。

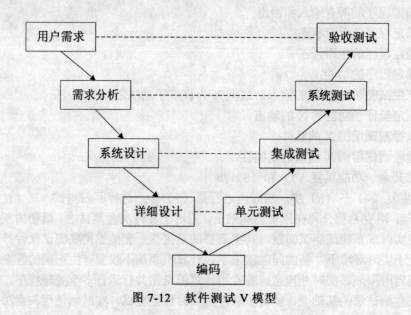

图 7-12    软件测试 V 模型

## 7.5.1　单元测试

单元测试是在软件编码完成后，对编写的程序模块进行的测试，又称为"模块测试"。其目的在于检查每个程序单元是否能正确实现详细设计中说明的模块功能、性能、接口和设计约束要求，发现各模块内部可能存在的错误。多个单元可以并行的独立进行单元测试。

单元测试是以详细设计中所描述的功能模块为基本单位进行的测试。因此，进行单元测试需要模块的源代码和相应的规格说明信息。单元测试通常在程序员编码的过程中就已经开始了。但是，需要注意的是单元测试不是单纯的程序代码的测试过程，单元测试除了要发现模块在编码的过程中所引入的错误外，还要验证模块的代码与详细设计是否相符，发现设计以及需求中存在的错误。

单元测试主要使用黑盒测试技术，必要时辅以白盒测试技术。黑盒测试用来测试单元所实现的功能及其是否与设计要求相符，白盒测试用来测试单元内部的基本控制逻辑、基本路径的执行情况。

单元测试比较容易进行错误的定位，便于对出错的模块进行调试。多个单元可以同时进行测试，在一定程度上提高了测试的工作效率。

**1. 单元测试的内容**

单元测试需要从模块接口、局部数据结构、基本路径、输入/输出、出错处理和边界条件等方面进行。

（1）模块接口测试。在单元测试的开始，应对通过所测模块的数据流进行测试。即对模块的输入数据流、输出数据流进行测试。具体测试内容包括：调用测试模块时的输入参数与模块定义时声明的形式参数在个数、属性和顺序上是否匹配；所测模块在调用子模块时，它输入给子模块的参数与子模块中定义时声明的形式参数在个数、属性和类型上是否匹配；输出给标准函数的参数在个数、属性、顺序上是否正确；是否修改了只用作输入的形式参数；全局变量的定义在各个模块中是否一致；限制条件是否通过形式参数传递。

（2）局部数据结构测试。模块的局部数据结构是最常见的错误来源。对于局部数据结构的测试主要涉及数据声明和引用两方面，具体有：检查不正确或不一致的数据类型说明；使用尚未赋值或尚未初始化的变量；错误的初始值或错误的默认值；变量名的拼写错误或书写错误；不一致的数据类型等。

（3）基本路径测试。由于不可能进行穷尽测试，因此选取适当的测试用例，对模块的基本执行路径和循环的测试，可以发现大量的路径错误。计算错误、比较错误以及控制流错误都可能引起路径错误。

常见的计算错误有：类型不匹配的变量的计算；类型相同但长度不同的变量的计算；计算结果发生溢出；除数为 0 的计算；表达式的计算结果超过了变量能够容纳的范围；变量的值超出了实际应用中的有意义的范围等。

常见的比较错误有：不同类型的数据的比较；不正确的逻辑运算符或优先次序；关系表达式中不正确的变量和运算符等。

常见的控制流错误有：循环不能终止；循环永远不可能执行；不正确的多执行一次或少执行一次；不适当的修改了循环变量等。

（4）输入/输出测试。当模块中存在与外部设备进行输入/输出操作时，需要测试的内容有：所使用的文件是否被准确的声明，属性是否正确；是否有足够的内存容纳要读取的文件；是否所有的文件在使用之前都已经打开；文件使用完毕之后，是否关闭了；对于输入/输出的错误情况是否做了正确的处理等。

（5）出错处理测试。为了保证程序逻辑上的完整性与正确性，要求模块的设计能预见出错的条件，并设置适当的出错处理，以便在程序出错时能够对出错的程序重新安排。模块出错处理模块有缺陷或错误的表现有：出错的描述难以理解；出错的描述不足以对错误定位和确定出错的原因；显示的错误和实际的错误不符；对错误条件的处理不正确等。

（6）边界条件测试。在边界上出错是很常见的。因此，对于控制流中刚好等于、大于或小于确定比较值时出错的可能性需要注意测试。

**2. 代码检查**

单元测试采用静、动结合的方法。在进行动态测试之前，首先采用静态方法对程序的代码进行检查。代码检查主要检查代码和设计的一致性，其内容包括代码的可读性、逻辑表达的正确性、代码结构的合理性、编程的风格、程序的语法、结构等。

代码检查有桌面检查、代码审查、走查三种方式。其中，桌面检查是由程序员检查自己的程序；代码审查和走查基本相同，是由若干程序员和测试员组成一个审查小组，通过阅读、讨论和争议，对程序进行静态分析。

计算机科学与技术专业规划教材

通过代码检查可以找到程序中 30%～70%的逻辑设计和编码缺陷，而且代码检查看到的是问题本身而不是问题的征兆。

**3. 单元测试的环境**

完成代码检查后，下一步就是动态测试。由于模块作为整个软件系统的组成部分，不是一个独立的程序，它与系统中其他模块存在着调用与被调用的关系，因此单元测试需要考虑所测模块与其他模块的联系。在动态测试的过程中，需要为每个单元测试开发一个驱动模块和一个或多个桩模块。

（1）驱动模块。驱动模块用来模拟所测模块的上一级模块，相当于是一个接受测试数据，并把数据传送给所测模块，然后打印相关结果的"主程序"。

（2）桩模块。桩模块又称为"存根程序"，是用来代替被所测模块调用的子模块。它不需要把子模块的所有功能都带进来，但是也不能什么都不做。桩模块不能只简单给出"曾经进入"的信息，而可能需要使用子模块的接口模拟实际子模块的功能。

所测模块与驱动模块和桩模块构成了如图 7-13 所示的单元测试的环境。

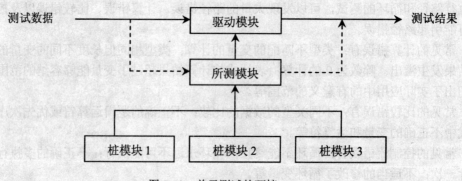

图 7-13　单元测试的环境

如果当前所测模块的直接下级模块（被调用模块）或直接上级模块（调用模块）事先已经测试完成，则可在当前模块的单元测试过程中直接使用实际的模块，而无需额外编写驱动模块或桩模块，以减少测试中的工作量。

由于单元测试中也包含了集成的概念，因此集成测试与单元测试的分界线已经变得越来越模糊了。在下一节中，我们将详细介绍多个模块组合在一起进行集成测试的方法。

## 7.5.2　集成测试

系统是由可以包括硬件和软件的多个组件或模块组成的。集成定义为组件之间的交互，测试模块之间以及与其他外部系统交互的集成叫做集成测试。集成测试是在模块测试完成后，对由多个相关模块组装在一起的部件进行的测试，又称为"组装测试"。其目的是检验程序单元或部件的接口关系是否符合概要设计阶段要求的程序部件或整个系统。根据测试过程中单元或部件组装顺序的不同形成了多种不同的集成策略。

集成测试是在单元测试的基础上，将模块按照总体设计时的要求组装成子系统或整个系统进行测试，因此集成测试又被称为组装测试。集成测试关注的问题主要有：各模块间的数据传递是否有问题；各子功能是否能够协调工作，完成系统的功能；全局数据是否被异常修改；单个模块的错误误差是否会被放大达到不可接受的程度等。

系统的集成按级别可分为：模块与模块的集成构成子系统，子系统与子系统集成构成整个软件系统。在不同的集成级别上，可以采用不同的集成策略完成测试。集成测试一般由专门的测试小组来进行。

**1. 非增量式集成与增量式集成**

（1）非增量式集成。非增量式集成又称为一次性集成，其策略是首先将各模块作为单个的实体进行测试，然后将所有的已经测试好的模块一次性组合到被测系统中，组成最终的系统进行测试。

如图 7-14 所示的是某系统的模块层次结构图，系统由 A、B、C、D、E、F 六个模块构成，其中 B、C、D 被顶层模块 A 调用，模块 B 调用模块 E，模块 D 调用模块 F。

采用非增量式集成策略，首先将 A、B、C、D、E、F 这六个模块作为独立的个体进行单元测试，因此需要额外编写 5 个驱动模块和 5 个桩模块（顶层模块 A 不需驱动模块，底层模块 E、F 不需桩模块）。然后将六个模块一次性地集成到被测系统中进行整体测试。具体的集成过程见图 7-15，其中 d1、d2、d3、d4、d5 是为各个模块做单元测试而建立的驱动模块，s1、s2、s3、s4、s5 是为单元测试建立的桩模块。

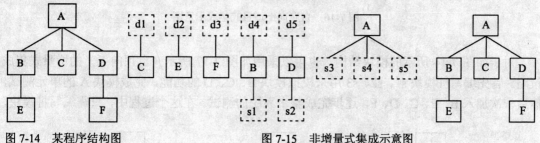

图 7-14　某程序结构图　　　　　图 7-15　非增量式集成示意图

非增量式集成策略具有以下特点：

① 由于在对每个模块进行单元测试时，都需要编写驱动模块和桩模块，因此测试的额外工作量比较大。

② 模块间的接口错误发现得比较晚，因为模块之间接口的问题只有在全部模块一次性组合的最后测试阶段才能暴露出来。

③ 错误的定位和修改比较困难，因为错误可以出现在被测系统的任何一个地方、任何两个模块的接口处。

④ 使用桩模块和驱动模块模拟软件的执行环境进行的测试与将测试模块放入到实际运行环境中进行的测试效果是不同的，因此仍然会有许多模块的接口错误躲过单元测试而进入到系统范围测试。

⑤ 在测试的过程中，除了编写驱动模块和桩模块比较费时，花在每个模块单元测试上的时间相对增量式集成要少。

⑥ 对于大型程序而言，由于所有的模块的单元测试都可以同时进行，多个测试人员可以并行工作，因此对人力和物力资源的利用率较高。

上述特点①～④是非增量式集成策略的缺点，⑤和⑥是它的优点。

（2）增量式集成。增量式集成的策略是按不同的顺序依次向被测系统加入新的模块，进行集成测试，新模块可以用来取代被测系统在之前的测试中所使用的相应的驱动模块或桩模块。为了保证在组装过程中不引入新错误，需要进行回归测试，即重新执行以前做过的全部或部分测试，以确保在增加新的模块的同时没有增加新的错误。

对于如图 7-14 所示的模块层次结构，可以采用如图 7-16 所示（自底向上）的增量式集成策略。首先完成模块 C、E、F 的单元测试，然后使用 E、F 代替图 7-15 中的桩模块 s1、s2 完成 B、D 的测试，最后加入模块 A 到已测试的系统中，从而逐步完成整个系统的集成测试。在这个过程中，只需编写驱动模块，无需编写桩模块。

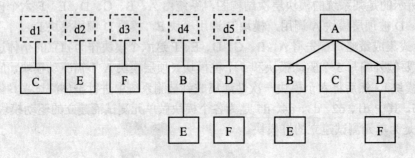

图 7-16　自底向上增量式集成示意图

对于如图 7-14 所示的模块结构，也可以采用如图 7-17 所示（自顶向下）的增量式集成策略。首先编写桩模块 s1、s2、s3 用来模拟模块 B、C、D 的功能，完成模块 A 的单元测试，然后依次加入 B、E、C、D、F，逐步完成整个系统的测试。在这个过程中，只需编写桩模块，

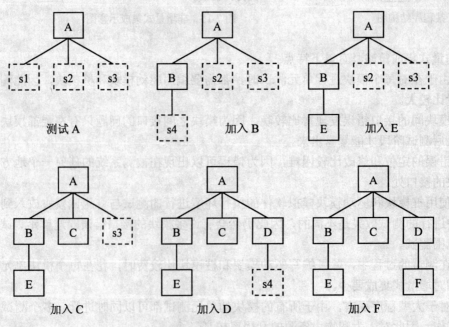

图 7-17　自顶向下增量式集成示意图

无需编写驱动模块。

增量式集成策略具有以下特点：

① 由于事先测试好的模块可以替代新加入模块在非增量式集成测试中所需的驱动模块或桩模块，因此可以减少编写驱动或桩模块的工作量。

② 由于模块很早就开始组装在一起进行测试，因此模块接口错误可以较早被发现。

③ 由于模块是依次加入到已测系统中的，新出现的错误常常与最新加入的测试模块相关，因此比较容易对错误进行定位和修改。

④ 多次的回归测试以及被测系统中模块在不同环境下的多次运行，为充分暴露模块接口错误提供了更多的机会，因此测试更彻底。

⑤ 由于用实际模块替代了驱动模块或桩模块，在测试过程中所测模块的上（下）级模块将会多次重复执行，因此花费在所测模块上的测试时间相对非增量式集成较多。

⑥ 测试工作的并行程度相对非增量式集成要低一些。

上述特点①～④是增量式集成策略的优点，⑤和⑥是它的缺点。

从以上的分析可以看到，增量式集成测试策略的优点就是非增量式集成测试的缺点，而前者的缺点就是后者的优点。二者的对比表如表 7-7 所示。通过二者的优缺点的对照，不难发现增量式集成测试策略要比非增量式集成测试策略更好。因此，建议使用增量式集成测试策略。

表 7-7　　　　　　　　非增量式集成与增量式集成测试策略对比表

| | 非增量式集成 | 增量式集成 |
| --- | --- | --- |
| 编写驱动模块/桩模块工作量 | 大 | 小 |
| 接口错误发现的时间 | 晚 | 早 |
| 错误定位与修改的难度 | 大 | 小 |
| 测试的彻底程度 | 低 | 高 |
| 单个模块测试所需时间 | 少 | 多 |
| 模块单元测试的并行程度 | 高 | 低 |

**2．增量式集成测试的三种不同策略**

按照模块加入到被测系统中次序的不同，增量式集成测试策略又可以细分为自底向上集成、自顶向下集成以及混合式集成。

（1）自底向上集成。自底向上集成的具体策略是：整个测试过程的起点是系统模块层次结构中的最底层模块，然后用待加入的新模块替换被测系统先前所使用的驱动模块，新模块的直接上级模块用驱动模块替换，这个替换的过程一直持续到顶层模块加入被测系统中。

对于如图 7-14 所示的模块层次结构，以下的集成测试的过程均是符合自底向上集成策略的。

① C→E→F→B→D→A（如图 7-16 所示：自底向上）

② E→F→C→B→D→A

③ E→B→C→F→D→A

自底向上集成的主要优点是不需要编写桩模块，设计测试用例比较容易。主要缺点是对主要的控制直到最后才接触到。

（2）自顶向下集成。自顶向下集成的具体策略是：整个测试过程的起点是顶层模块（主控模块），然后用待加入的新模块替换被测系统先前所使用的桩模块，新模块的所有直接下级模块全部用桩模块替换；这个替换的过程一直持续到所有的模块都加入到被测系统中为止。

对于如图 7-14 所示的模块层次结构，以下的集成测试的过程均是符合自顶向下集成策略的。

①A→B→E→C→D→F（如图 7-17 所示：自顶向下）

②A→B→C→D→E→F

③A→B→E→D→F→C

自顶向下集成的主要优点是不需要编写驱动模块，能够较早的发现主要控制方面的问题。主要缺点是需要编写桩模块，而要使桩模块能够模拟实际子模块的功能是十分困难的，特别是一些涉及输入/输出的模块。

（3）混合式集成。混合式集成的具体策略是：将系统划分成三层，上层采用自顶向下的策略，下层采用自底向上的策略，最后在中间层会合。如图 7-18 所示为混合式集成的一个方案。

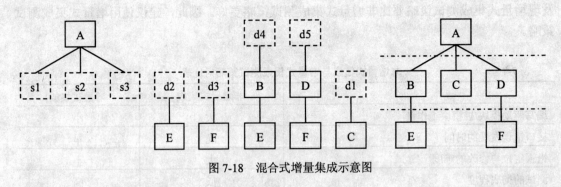

图 7-18　混合式增量集成示意图

混合式集成策略结合了自顶向下集成和自底向上集成策略的优点，当被测软件关键模块比较多时，它是最好的折中方法。

### 7.5.3　系统测试

系统测试是将已经集成好的软件系统，作为整个计算机系统的一个元素，与计算机系统的其他元素（包括硬件、外设、网络和系统软件、支持平台等）结合在一起，在真实运行环境下进行的测试。其目的是检查完整的程序系统能否和系统其他元素正确配置、连接并且能满足用户的需求。系统测试包括:功能测试、性能测试、强度测试、兼容性测试、可用性测试、安全性测试等。下面介绍几种常见的系统测试。

**1. 功能测试（Function Testing）**

功能测试的目的是找出软件系统的功能与规格说明书中对于产品功能定义之间的差异。

**2. 容量测试（Volume Testing）**

容量测试的目的是使系统承受超额的数据容量来发现它是否能够正确处理。

**3. 压力测试（Stress Testing）**

压力测试的目的使软件面对非正常的情形。本质上，进行压力测试的测试人员会问："能将系统折腾到什么程度而不会出错呢?"

压力测试是以一种要求反常数量、频率或容量的方式执行系统。例如:①当平均每秒出现 1～2 次中断的情形下,可以设计每秒产生 10 次中断;②将输入数据的量提高一个数量级以确定输入功能将如何反应;③执行需要最大内存或其他资源的测试用例;④设计可能产生内存管理问题的测试用例;⑤创建可能会过多查找磁盘驻留数据的测试用例;⑥提高一个数量级的并发访问量来测试 Web 应用。

### 4. 可用性测试 (Usability Testing)

可用性测试是基于程序系统中充分考虑到以人为本的因素而出现的。其目的是检测用户在理解和使用系统方面到底有多好。

### 5. 安全性测试 (Security Testing)

安全测试的目的是验证建立在系统内的保护机制是否能够实际保护系统不受非法入侵。在安全测试过程中,测试者扮演试图攻击系统的角色。测试者可以试图通过外部手段获取密码,可以通过瓦解任何防守的定制软件来攻击系统;可以"制服"系统使其无法对别人提供服务;可以有目的地引发系统错误,从而在其恢复系统过程中入侵系统;可以通过浏览非保密数据,从中找到进入系统的钥匙等。通过安全性测试找出系统在安全方面的不足与缺陷。

### 6. 性能测试 (Performance Testing)

性能测试的目标是度量系统相对于预定义的目标的差异。性能要求包括响应时间、吞吐率等。性能功能测试常和压力测试一起进行。

### 7. 恢复性测试 (Recovery Testing)

多数基于计算机的系统必须从错误中恢复并在一定的时间内重新运行。在有些情况下,系统必须是容错的,也就是说,处理错误绝不能使整个系统功能都停止。而在有些情况下,系统的错误必须在特定的时间内或严重的经济危害发生之前得到改正。

恢复测试是通过各种方式强制地让系统发生故障并验证其能适当恢复的一种系统测试,若恢复是自动的(有系统自身完成),则对重新初始化、检查点机制、数据恢复和重新启动都要进行正确性评估。若恢复需要人工干预,则估算平均恢复时间(Mean-Time-To-Repair,MTTR),以确定其是否在可接受的范围之内。

### 8. 兼容性测试 (Compatibility Testing)

兼容性测试的目的是测试应用对其他应用或系统的兼容性。

### 9. 可安装性测试 (Install-ability Testing)

可安装性测试的目的是验证成功安装系统的能力。

### 10. 文档测试 (Documentation Testing)

文档测试的目的是验证用户文档是正确的并且保证操作手册的过程能正确工作。

### 11. 配置测试 (Configuration Testing)

配置测试的目的是验证系统在不同的系统配置下能否正确工作。配置包括:硬件、软件、网络等。

## 7.5.4　验收测试

验收测试是在整个系统集成测试完毕后,通过检验和提供客观证据证实软件是否满足特定的预期用途的需求而进行的测试。其目的是验证与证实软件是否满足软件需求规格说明书中规定的要求。

验收测试的任务是验证软件的功能和性能以及其他特性是否与用户要求一致。对软件功能和性能的要求在软件需求规格说明书中已经有明确规定。验收测试一般包括有效性测试和软件配置复查，验收测试一般由独立的第三方测试机构进行。

**1. 有效性测试**

有效性测试是在模拟测试的环境下，运用黑盒测试的方法，验证所测软件是否满足需求规格说明书列出的需求。为此，需要制订测试计划、测试步骤以及具体的测试用例。通过实施预定的测试计划和测试步骤，确定软件的特性是否与需求相符，确保所有的软件功能需求都得到满足，所有的软件性能需求都能够达到。所有的文档都是正确且便于使用的。同时，对于其他的软件需求，如可移植性、易用性、可维护性等，也都要进行测试，确认是否满足。

在全部的测试用例运行完后，所有的测试结果可以分为两类。

（1）测试结果与预期结果相符。说明软件的这部分功能或性能特征与需求规格说明书相符合，可以被接受。

（2）测试结果与预期结果不符。说明软件的这部分功能或性能特征与需求规格说明书不相符，需要为软件的这一部分提交问题报告。

**2. 软件配置复查**

软件配置复查的目的是保证软件配置的所有成分都齐全，各方面的质量都符合要求，具有维护阶段所必需的细节。

在验收测试的过程中，还应当严格遵守用户手册和操作手册中规定的使用步骤，以便检查文档资料的完整性与正确性。

在通过了系统的有效性测试以及软件配置审查后，就应该开始系统的验收测试。验收测试是以用户为主的测试，由用户参加测试用例的设计，使用用户界面输入测试数据，并分析测试的输出结果。一般使用实际的数据进行验收测试。

验收测试的时间可以持续数周甚至数月。对于大多数通用软件，由于不可能让每个用户都来进行验收测试，因此常使用称之为 α 测试和 β 测试的测试方法来发现只有最终用户才能发现的错误。

（1）α 测试。α 测试是由一个用户在开发环境下进行的测试，也可以是开发机构内部的用户在模拟实际操作环境下进行的测试。开发者在整个测试过程中随时记录使用中的情况和错误，因此 α 测试是在受控的环境下进行的测试。

（2）β 测试。β 测试是由软件的多个用户在一个或多个用户的实际使用环境下进行的测试。测试时，开发者通常不在测试的现场，因此 β 测试是在开发者无法控制的环境下进行的软件现场应用。

α 测试和 β 测试是产品发布之前经常需要进行的两个不同类型的测试。

# 7.6  面向对象的软件测试

## 7.6.1  面向对象软件的测试策略

面向对象软件的测试目标与传统的软件测试目标是一致的，都是在现实的时间范围内利用可控的工作量尽可能多地找到错误。虽然它们的目标是一致的，但是面向对象软件的本质特征决定了面向对象的软件与面向过程的软件本质区别，那么也决定了其测试策略和测试方法的不同。下面就软件测试过程中的单元测试与集成测试来说明它们之间的区别。

面向对象软件中的单元测试。当考虑面向对象软件时，单元的概念发生了变化，面向过程中的单元可能是以函数、过程、或功能模块作为单元（主要是以功能模块作为单元）。在面向对象中的单元的概念非常明确，那就是类，类是构建软件的基本单元，其在需求、分析、设计、测试过程中都是同一个概念，没有歧义。类中封装了行为和属性，也就是说类和类的每个实例即对象封装有属性（数据）和处理这些数据的操作（函数、方法）。面向对象软件中，封装的类是单元测试的重点，然而，类中包含的操作（函数、方法）是最小的可测试单元。由于类中可能封装了一些不同的操作，且特殊的操作可能作为不同类的一部分存在，因此必须改变单元测试的方法与策略。面向对象的软件测试中，不会再孤立地对单个操作（函数、方法）进行测试，而是将其作为类的一部分。为了便于阐述这一问题，以图 7-19 所示的 Employee 类层次结构图及其部分代码为例来进行说明，在如图 7-19 所示的结构内对超类 Employee 定义了 getSalary（）抽象方法，并且一些子类继承了方法 getSalary（），每个子类使用 getSalary（），但该 getSalary（）应用的环境有细微的差别，其表现在 Manager 类、Engineer 类、Sales 类中的方法 getSalary（）都不一样。对这样同一个操作作为不同类的一部分存在，那么就必须在每个子类的环境中测试方法 getSalary（）。这意味着在面向对象环境中，以独立的方式测试方法 getSalary（）往往是无效的。面向对象软件的类测试是面向对象的单元测试，等同于传统软件的（面向过程的）单元测试。不同的是传统软件的单元测试侧重于模块的算法细节和穿过模块接口的数据，面向对象软件的单元测试即类测试是由封装在该类中的操作（方法）和类的状态行为驱动的。

面向对象软件中的集成测试。由于面向对象软件没有明显的层次控制结构，因此传统的自顶向下和自底向上集成策略已没有太大意义。另外，由于类的成分间的直接或间接相互作用，每次将一个操作集成到类中（传统的增量集成方法）往往是不可能的。

面向对象系统的集成测试有两种不同的策略：

**1. 基于线程的测试（thread based testing）**

这种策略把响应系统的一个输入或事件所需的一组类集成起来，每个线程被集成并分别测试，应用回归测试以保证没有产生副作用。

**2. 基于使用的测试（use based testing）**

这种策略首先通过测试很少使用服务类的那些类（称为独立类）开始构造系统，独立类测试完后，利用独立类测试下一层次的类（称为依赖类），继续依赖类的测试直到测试完整个系统。

当进行面向对象系统的集成测试时，驱动程序和桩程序的使用也发生变化。驱动程序可用于测试低层中的操作和整组类的测试。驱动程序也可用于代替用户界面以便在界面实现之前就可以进行系统功能的测试。桩程序可用于在需要类间协作但其中的一个或多个协作类仍未完全实现的情况下。类测试是面向对象软件集成测试中的一个环节。

### 7.6.2　面向对象软件的测试方法

类是测试用例设计的目标，因为属性和操作是被封装的，对类之外操作的测试通常是徒劳的。正如 Binder 指出，"测试需要对象的具体和抽象状态"，但是由于面向对象的本质——

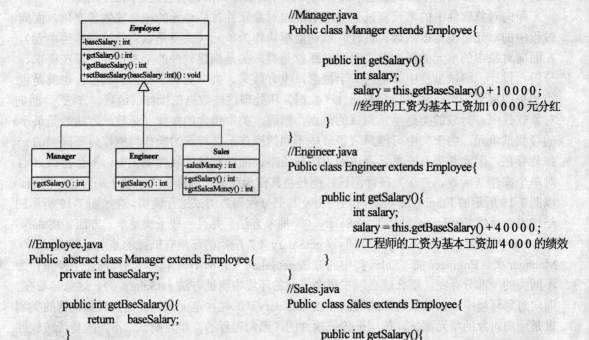

```
//Manager.java
Public class Manager extends Employee{

        public int getSalary(){
                int salary;
                salary = this.getBaseSalary() + 10000;
                //经理的工资为基本工资加10000元分红
        }
}
//Engineer.java
Public class Engineer extends Employee{

        public int getSalary(){
                int salary;
                salary = this.getBaseSalary() + 40000;
                //工程师的工资为基本工资加4000的绩效
        }
}
//Sales.java
Public class Sales extends Employee{

        public int getSalary(){
                int salary;
                salary = this.getBaseSalary() +
                        10%*this.getSalesMoney();
                //销售人员的工资为基本工资加10%的销售提成
        }
}
```

```
//Employee.java
Public abstract class Manager extends Employee{
        private int baseSalary;

        public int getBseSalary(){
                return   baseSalary;
        }

        public void setBseSalary(){
                return   baseSalary;
        }
        public abstract getSalary();
                }
```

图 7-19   Employee 类层次结构图及其部分代码

封装却使得这些信息在某种程度上难以获得。除非提供了内置操作来报告类属性的值。另外一个测试用例设计的难度是继承，由于对每个新的使用语境，彻底复用的类也需要重新测试。而且，多重继承将增加需要测试的语境数量，从而使测试进一步复杂化。如果从超类导出的子类被用于相同的问题域，有可能对超类导出的测试用例集可以用于子类的测试，然而，如果子类被用于完全不同的语境，则超类的测试用例将没有多大用处，必须设计新的测试用例集。

　　和前面描述的软件测试一样，从"小型测试"开始，逐步过渡"大型测试"。对面向对象的软件来说，小型测试着重测试单个类和类中封装的方法。测试单个类的方法主要有随机测试、划分测试和基于故障的测试三类。

**1. 面向对象类的随机测试**

　　下面通过银行应用系统的例子，简要说明这种测试方法。该系统的 Account 类（账户）有下列操作：open（打开），setup（建立），deposit（存款），withdraw（取款），balance（余额），summarize（清单），creditLimit（信用额度）和 close（关闭），上列每一个操作均可应用于 Account 类的实例。但是，该系统隐含了一些限制。例如，账号必须在其他操作可应用之前被打开，在完成所有操作之后才关闭。即使有了这些限制，可做的操作也有许多种排列方法。一个 Account 对象的最小的行为生命历史包括以下操作：

open → setup → deposit→withdraw→close

这表示 Account 类测试的最小测试序列，然而，在下面序列中可能发生许多其他行为：

open →setup→deposit→[deposit | withdraw | balance | summarize | creditLimit]$^n$ withdraw →close

从上列序列可以随机产生一系列不同的操作序列，例如：

测试用例＃r1：

open→setup→deposit→deposit→balance→ summarize→withdraw→ close

测试用例＃r2：

open→setup→deposit→withdraw→deposit→balance→creditLimit→withdraw →close

执行这些和其他的随机产生的测试用例，可以测试类实例的不同生存历史。

**2. 在类级别上的划分测试**

与测试传统软件时采用等价划分类似，采用划分测试（partition testing）可以来减少测试类时所需的测试用例的数量。首先，把输入和输出分类，然后设计测试用例以测试划分出的每个类别。下面介绍划分类别的方法。

（1）基于状态的划分。基于状态的划分是根据类操作改变类的状态的能力来划分类操作的。再次考察 Account 类，如图 7-20 所示，其状态操作包括 deposit 和 withdraw，而非状态操作包括 balance、summarize 和 creditLimit。设计测试用例，以分别独立测试改变状态的操作和不改变状态的操作。例如，用这种方法可以设计如下的测试用例：

测试用例＃p1：open →setup→deposit→deposit→withdraw→withdraw→close

测试用例＃p2：open →setup→deposit→summarize→creditLimit→withdraw→close

测试用例＃p1 改变状态，而测试用例＃p2 测试不改变状态的操作（那些在最小测试序列中的操作除外）。

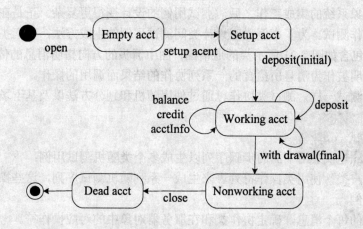

图 7-20　Account 类的状态转换图

（2）基于属性的划分。基于属性的划分是根据操作使用的属性来划分类操作。对于 Account 类来说，可以使用属性 balance 和 credit limit 来定义划分，操作被分为三个类别：① 使用 credit limit 的操作，②修改 credit limit 的操作，③不使用或不修改 credit limit 的操作。然后为每个类别或者划分设计测试序列。

计算机科学与技术专业规划教材

（3）基于功能的划分。基于功能的划分是根据类操作各自完成的功能来划分类操作。例如，在 Account 类中的操作可被分类为初始化操作（open、setup）、计算操作（deposit、withdraw）、查询操作（balance、summarize、creditLimit）和终止操作（close）。然后为每个类别设计测试序列。

### 3. 基于故障的测试

基于故障的测试（fault_based testing）与测试传统软件时采用的错误推测法类似，也是首先推测软件中可能有的错误，然后设计出最可能发现这些错误的测试用例。在面向对象系统中，基于故障的测试的目标是设计最有可能发现似乎可能的故障的测试，完成基于故障的测试所需的初步计划是从分析模型开始。例如，软件工程师经常在问题的边界处犯错误。因此，在测试 SQRT（计算平方根）操作（该操作在输入为负数时返回出错信息）时，应当重点检查边界情况：一个接近零的负数和零本身，其中"零本身"用于检查程序员是否犯了如下错误：

把语句 if（x>= 0） calculate_the_square_root（）；

误写成 if（x > 0） calculate_the_square_root（）；

考虑另一个例子，对于布尔表达式 if（a&&！b||c），多条件测试和相关的用于探查在该表达式中可能存在的故障的技术，"&&"应该是"||"，"！"在需要处被省去，应该有括号包围"！b||"，对每个可能的故障，都设计迫使不正确的表达式失败的测试用例。在上面的表达式中，（a=0，b=0，c=0）将使得表达式得到预估的"假"值，如果"&&"已改为"||"，则该代码做了错误的事情，有可能分叉到错误的路径。

为了推测出软件中可能有的错误，应仔细研究分析模型和设计模型，而且在很大程度上要依靠测试人员的经验和直觉。如果推测的比较准确，则使用基于故障的测试方法能够用相当低的工作量花费来发现大量的错误；反之，如果推测不准，则这种方法的效果并没有随机测试技术的效果那么好。

开始面向对象系统的集成工作之后，测试用例的设计变得更复杂。正是在此阶段，必须开始对类间的协作测试。为了举例说明设计类间测试用例的生成方法，我们扩展前面引入的银行例子，使它包含如图 7-21 所示类的通信图，图中箭头的方向指明消息的传递方向，箭头线上的标注则指明被作为消息所蕴含的一系列协作的结果而调用的操作。

和单个类的测试一样，测试类协作可通过使用随机和划分方法以及基于场景的测试和行为测试来完成。

（1）多类测试

Kirani 和 Tsai 建议采用下面的步骤序列以生成多个类随机测试用例：

①对每个客户类，使用类操作符列表来生成一系列随机测试序列，这些操作符将发送消息给服务器类实例。

②对所生成的每个消息，确定协作类和在服务器对象中的对应操作符。

③对在服务器对象中的每个操作符（已经被来自客户对象的消息调用）确定传递的消息。

④对每个消息，确定下一层被调用的操作符，并结合这些操作符到测试序列中。

为了说明怎样用上述步骤生成多个类的随机测试用例，考虑 Bank 对象相对于 ATM 对象的（图 7-21）的操作序列：

verifyAccount→verifyPIN →[(verifyPolicy→ withdrawReq）　|depositReq | acctlnfoREQ]$^n$

对 bank 类的随机测试用例可能是：

测试用例#r3: verifyAccount→ verifyPIN→depositReq

为了考虑上述这个测试类中涉及该测试的协作者，需要考虑与测试用例#r3中提到的每个操作相关联的消息。Bank 必须和 ValidationInfo 协作以执行 verifyAcco-unt 和 verifyPIN，Bank 还必须和 Account 协作以执行 depositReq，因此，测试上面提到的协作的新测试用例是：

测试用例#r4:

verifyAccount→[validAccount]→verifyPIN→ [validPIN] → depositReq→[deposit]

多个类划分测试的方法类似于单个类划分测试的方法，然而，对于多类测试来说，应该扩展测试序列以包括那些通过发送给协作类的消息而被调用的操作。另一种方法划分测试的方法是根据与特定类的接口来划分类操作。如图 7-21 所示，Ban 对象接收来自 ATM 和 Cashier 对象的消息，因此，可以通过将 Bank 类中的方法划分成服务于 ATM 和服务于 Cashier 的两类来测试它们。还可以用基于状态的划分进一步精化划分。

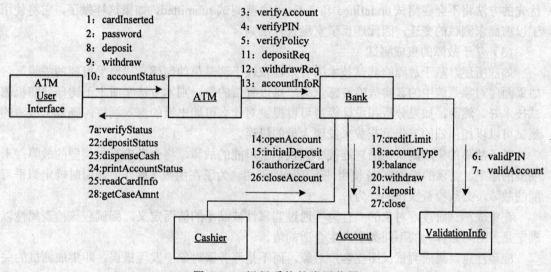

图 7-21 银行系统的类通信图

（2）从行为模型导出的测试

使用状态转换图（STD）是可以作为表示类的动态行为的模型的。类的状态转换图可以帮助我们导出测试类（和那些与其通信的类）的动态行为的测试用例。图 7-20 给出了前面讨论的 Account 类的状态转换图，根据该图，初始转换经过了 empty acct 和 setup acct 这两个状态，而类的实例的大多数行为发生在 working acct 状态，最终的 withdraw 和 close 使得 Account 类分别向 Nonworking acct 或 Dead acct 状态转换。

设计出的测试应该涵盖所有的状态，也就是说，操作序列应该使得 Account 类实例遍历所有允许的状态转换：

测试用例#s1: open→setupAccount→deposit（initial） → withdraw（final） → close

应该注意，该序列等同于前面讨论的最小测试序列。向最小序列中加入附加的测试序列，可以得出其他测试用例：

测试用例#s2:

open→setupAccount →deposit（initial） → deposit→balance→credit→

withdraw（final）→ close

测试用例＃s3：

open→ setupAccnt → deposit（initial）→ deposit → withdraw → accntlnfo → withdraw
（final）→close

还可以导出更多的测试用例，以保证该类的所有行为都被适当地测试了。在类的行为导致与一个或多个类协作的情况下，使用多个状态图去跟踪系统的行为流。

一个测试用例测试单个转换，并且当测试新的转换时，仅使用以前被测试的转换。在这种情况下面，来进行宽度优先遍历状态模型。例如，对于 credit card 对象，credit card 的初始状态是 undefined（即，没有提供信用卡号），通过在销售中读信用卡，对象进入 defined 状态，即定义属性 card number 和 expirationdate 以及银行特定的标识符。当发送请求授权时，信用卡被提交（submitted）；当授权被接收时，信用卡被核准（approved）。credit card 从一个状态到另一个状态的变迁可以通过导出引致变迁发生的测试用例来测试。对这种测试类型的宽度优先的方法将不会在测试 undefined 和 defined 之前测试 submitted，如果这样做了，它将使用了以前尚未测试的变迁，因此违反了宽度优先准则。

（3）基于故障的集成测试

如前所述，基于故障的测试技术的有效性依赖于测试员如何感觉"似乎可能的故障"，如果面向对象系统中的真实故障被感觉为"难以置信的"，则本方法实质上不比任何随机测试技术好。然而，如果分析和设计模型可以提供对什么可能出错的深入洞察，则基于故障的测试可以以相当低的工作量花费来发现大量的错误。

基于故障的集成测试在消息连接中查找似乎可能的故障，将会考虑三种类型的故障：未期望的结果、错误的操作/消息使用、不正确的调用。为了在函数（操作）调用时确定似乎可能的故障，必须检查操作的行为。

在集成测试阶段，对象的"行为"通过其属性被赋予的值而定义，测试应该检查属性以确定是否对对象行为的不同类型产生合适的值。

应该注意，集成测试试图在客户对象，而不是服务器对象中发现错误，即集成测试的关注点是确定是否调用代码中存在错误，而不是被调用代码中。用调用操作作为线索，这是发现实施调用代码的测试需求的一种方式。

# 7.7  测试工具的分类和选择

测试工具的选择在自动化测试中举足轻重，因为后继的大部分工作都是基于所选定的工具开展的。如果工具选得不对，测试脚本的开发过程会很慢，测试的效果就会不够理想，测试脚本的维护工作量就会比较大。为了选择合适的测试工具，需要认真分析实际的测试需求，由测试需求决定测试工具的选择。

## 7.7.1  测试工具分类

分类取决于分类的主题或分类的方法，测试工具可以从不同的方面去进行分类，如表 7-8 所示。

表 7-8 测试工具分类的简要说明

| 工具类型 | 简要说明 |
|---|---|
| 白盒测试工具 | 运用白盒测试方法，针对程序代码、程序结构、对象属性、类层次等进行测试，测试中发现的缺陷可以定位到代码行、对象或变量级，单元测试工具多属于白盒测试工具 |
| 黑盒测试工具 | 运用黑盒测试方法，一般是利用软件界面（GUI）来控制软件，录制、回放或模拟用户的操作，然后直接将实际表现的结果和期望结果进行比较。这类工具主要是 GUI 功能测试工具和负载测试工具 |
| 静态测试工具 | 对代码进行语法扫描，找出不符合编码规范的地方，根据某种质量模型评价代码的质量，生成系统的调用关系图等，所以它是直接对代码进行分析，不需运行代码 |
| 动态测试工具 | 需要运行实际的被测系统，动态的单元测试工具可以设置断点，向代码生成的可执行文件中插入一些监测代码，提供断点这一时刻程序运行数据 |
| 单元测试工具 | 主要用于单元测试，多数工具属于白盒测试工具 |
| GUI 功能测试工具 | 通过 GUI 的交互，完成功能测试并生成测试结果报告，包括脚本录制和回放功能。这类工具比较多，有些工具提供脚本开发环境，包括脚本编辑、调试和运行等功能 |
| 负载测试工具 | 模拟虚拟用户，设置不同的负载方式，并能监视系统的行为、资源的利用率等，用于性能测试、压力测试之中 |
| 内存泄漏检测 | 检查程序是否正确地使用和管理内存资源 |
| 网络测试工具 | 监视、测量、测试和诊断整个网络的性能，如用于监控服务器和客户端之间的链接速度、数据传输等 |
| 测试覆盖率分析 | 支持动态测试、跟踪测试执行的过程及其路径，从而确定未经测试的代码，包括代码段覆盖率、分支覆盖率和条件覆盖率等 |
| 度量报告工具 | 通过对源代码及其耦合性、逻辑结构、数据结构等分析获得相关度量的数据，如代码规模和复杂度等 |
| 测试管理工具 | 提供某些测试管理功能，例如测试用例和测试用例的管理、缺陷管理工具、测试进度和资源的监控等 |
| 专用工具 | 针对特殊的构架或技术进行专门测试的工具，如嵌入测试工具、Web 安全性能测试工具等 |

下面给出具体的测试工具及其简单介绍，如表 7-9、表 7-10、表 7-11、表 7-12 和表 7-13所示。

表 7-9 　　　　　　　　　　Parasoft 白盒测试工具集

| 工具名 | 支持语言环境 | 简介 |
| --- | --- | --- |
| Jtest | Java | 代码分析和动态类、组件测试 |
| Jcontract | Java | 实时性能监控以及分析优化 |
| C++ Test | C,C++ | 代码分析和动态测试 |
| CodeWizard | C,C++ | 代码静态分析 |
| Insure++ | C,C++ | 实时性能监控以及分析优化 |
| .test | .Net | 代码分析和动态测试 |

表 7-10 　　　　　　　　　　Compuware 白盒测试工具集

| 工具名 | 支持语言环境 | 简介 |
| --- | --- | --- |
| BoundsChecker | C++,Delphi | API 和 OLE 错误检查、指针和泄露错误检查、内存错误检查 |
| TrueTime | C++,Java,Visual Basic | 代码运行效率检查、组件性能的分析 |
| FailSafe | Visual Basic | 自动错误处理和恢复系统 |
| Jcheck | MS Visual J++ | 图形化的纯种和事件分析工具 |
| TrueCoverage | C++,Java,Visual Basic | 函数调用次数、所占比率统计以及稳定性跟踪 |
| SmartCheck | Visual Basic | 函数调用次数、所占比率统计以及稳定性跟踪 |
| CodeReview | Visual Basic | 自动源代码分析工具 |

表 7-11 　　　　　　　　　　Xunit 白盒测试工具集

| 工具名 | 支持语言环境 | 官方站点 |
| --- | --- | --- |
| CppUnit | C++ | http://cppunit.sourceforge.net |
| DotUnit | .Net | http://dotunit.sourceforge.net |
| Jtest | Java | http://www.junit.org |
| PhpUnit | Php | http://phpunit.sourceforge.net |
| PerlUnit | Perl | http://perlunit.sourceforge.net |
| XmlUnit | Xml | http://xmlunit.sourceforge.net |

表 7-12 　　　　　　　　　　主流黑盒功能测试工具集

| 工具名 | 公司名 | 官方站点 |
| --- | --- | --- |
| WinRunner | Mercury | http://www.mercuryinteractive.com |
| Astra Quicktest | Mercury | http://www.mercuryinteractive.com |
| Robot | IBM Rational | http://www.rational.com |
| QARun | Compuware | http://www.compuware.com |
| SilkTest | Segue | http://www.segue.com |
| e-Test | Empirix | http://www.empirix.com |

| 工具名 | 公司名 | 官方站点 |
|---|---|---|
| LoadRunner | Mercury | http://www.mercuryinteractive.com |
| Astra Quicktest | Mercury | http://www.mercuryinteractive.com |
| Qaload | Compuware | http://www.empirix.com |
| TeamTest:SiteLoad | IBM Rational | http://www.rational.com |
| Webload | Radview | http://www.radview.com |
| Silkperformer | Segue | http://www.segue.com |
| e-Load | Empirix | http://www.empirix.com |
| OpenSTA | OpenSTA | http://www.opensta.com |

表 7-13　主流黑盒性能测试工具集

### 7.7.2　测试工具的选择

　　根据软件产品或项目的需要，确定要用哪一类工具。如果是开源测试工具，指定 2～3 名测试人员试用，进行比较分析并给出评估报告，根据评估报告或其他咨询做出决定。如果是商业工具，比较好的方法是请 2～3 种产品的生产厂家来做演示，根据演示的效果、商业谈判的价格以及服务等做出选择。

　　在试用和演示过程中，不能仅限于简单的测试用例，应该用于解决几个比较难或比较典型的测试用例。在引入选择测试工具时，还要考虑测试工具引入的连续性，也就是说，对测试工具的选择必须有一个全盘的考虑，分阶段、逐步地引入测试工具。概括起来，测试工具的选择步骤如下：

　　（1）成立小组，负责测试工具的选择和决策。

　　（2）确定需求和制定时间表，研究可能存在的不同解决方案。

　　（3）了解市场上是否有满足需求的、良好的产品，包括开源和商业的。

　　（4）对适合的开源测试工具的商业测试工具进行比较分析，确定 2～3 种产品作为候选产品。如果没有，也许要自己开发，进入内部产品开发流程。

　　（5）候选产品的试用。

　　（6）对候选产品试用后进行评估。

　　（7）如果是商业测试工具，进行商务谈判。

　　（8）最后做出决定。

　　在选择测试工具时，功能是最关注的内容之一。也就是说，功能越强大越好，在实际的选择过程中，解决问题是前提，质量和服务是保证，适用才是根本。为不需要的功能花钱是不明智的，同样，仅仅为了省几个钱，忽略了产品的关键功能或服务质量，也不能说是明智的行为。

## 7.8　测试计划与测试报告

　　软件测试的全过程由测试计划过程、测试设计过程、测试执行过程以及测试结束过程四个阶段构成。在测试过程的不同阶段将会产生相应的文档输出。

计算机科学与技术专业规划教材

（1）测试计划过程输出文档：测试计划与测试需求。

（2）测试设计过程输出文档：测试说明与测试方案。

（3）测试执行过程输出文档：测试用例、测试规程。

（4）测试结束过程输出文档：测试结论与测试报告。

本节将介绍软件测试过程中测试计划与测试报告的主要内容。

### 7.8.1　测试计划

软件测试是一项风险比较大的工作，在测试过程中有许多不确定性，包括测试范围、代码质量和人为因素等。这种不确定性的存在，就是一种风险，测试计划的过程就是逐渐消除风险的过程。

**1. 测试计划的依据**

制订测试计划，是为了确定测试目标、测试范围和任务，掌握所需的各种资源和投入，预见可能出现的问题和风险，采取正确的测试策略以指导测试的执行，最终按时按量地完成测试任务，达到测试目标。在测试计划活动中，测试计划人员首先要仔细阅读有关资料，包括用户需求规格说明书、设计文档等，全面熟悉系统，并对软件测试方法和项目管理技术有着深刻的理解，完全掌握测试的输入。测试输入是测试计划制订的依据，制订测试计划主要依据下列几项内容：

（1）项目背景和项目总体需求，如项目可行性分析报告或项目计划书。

（2）需求文档，用户需求决定了测试需求，只有真正理解实际的用户需求，才能明确测试需求和测试范围。

（3）产品规格说明书会详细描述软件产品的功能特性，这是测试参考的标准。

（4）技术设计文档，从而使测试人员了解测试的深度和难度，可能遇到的问题。

（5）当前资源状况，包括人力资源、硬件资源、软件资源和其他环境资源。

（6）业务能力和技术储备情况，在业务和技术上满足测试项目的需求。

**2. 测试计划的主要内容**

在掌握了项目的足够信息，就可以开始起草测试计划。起草测试计划，可以参考相关的测试计划模板。测试计划以测试需求和范围的确定、测试风险的识别、资源和时间的估算等为中心工作，完成一个现实可行的、有效的计划。一个良好的测试计划其主要内容包括以下几个方面：

（1）测试目标：包括总体测试目标以及各阶段的测试对象、目标及其限制。

（2）测试需求和范围：确定哪些功能特性需要测试、哪些功能特性不需要测试，包括功能特性的分解、具体测试任务的确定，如功能测试、用户界面测试、性能测试和安全性等。

（3）测试风险：潜在的风险分析、风险识别，以及风险回避、监控和管理。

（4）项目估算：根据历史数据和采用恰当的评估技术，对测试工作量、测试周期以及所需资源做出合理的估算。

（5）测试策略：根据测试需求和范围、测试风险、测试工作量和测试资源限制等来决定测试策略，是测试计划的关键内容。

（6）测试阶段划分：合理的阶段划分，并定义每个测试阶段进入要求及完成的标准。

（7）项目资源：各个测试阶段的资源分配，软件和硬件资源和人力资源的组织管理，包括测试人员的角色、责任和测试任务。

（8）日程：确定各个测试阶段的结束日期以及最后测试报告递交日期，并采用时限图、甘特图等方法制定详细的事件表。

（9）跟踪和控制机制：问题跟踪报告、变更控制、缺陷预防和质量管理等，如可能导致测试计划变更的事件，包括测试工具的改进、测试环境的影响和新功能的变更等。

一般来说，在制订测试计划过程中，首先需要对项目背景全面了解，如产品开发和运行平台、应用领域、产品特点及其主要的功能特性等，也就是掌握软件测试输入的所有信息。然后根据测试计划模板的要求，准备计划书中的各项内容。测试计划不可能一气呵成，而是经过计划初期、起草、讨论、审查等不同阶段，最终完成测试计划。

**3. 测试计划的格式模板**

制订测试计划是软件测试的第一个步骤。在测试计划中将对测试计划的制订、测试的实施以及测试总结各阶段的任务进行详细的规划。测试计划的格式模板如下：

测 试 计 划

1．引言

（1）测试目的

本测试报告的具体编写目的，指出预期的读者范围。

（2）项目背景

说明：被测试软件系统的名称，该软件的任务提出者、开发者、用户及安装此软件的计算中心，指出测试环境与实际运行环境之间可能存在的差异以及这些差异对测试结果的影响。

（3）参考资料

列出编写本报告过程中所需要参考的文件和资料。需求说明书、设计规格说明、测试用例、用户手册以及其他项目文档都是可参考的资料。

列出测试使用的国家标准、行业指标、公司规范和质量手册等。

2．计划

（1）软件说明

提供一份图表，并逐项说明被测软件的功能、输入和输出等质量指标，作为叙述测试计划的提纲。

（2）测试内容

列出组装测试和验收测试中的每一项测试内容的名称标识符、这些测试的进度安排以及这些测试的内容和目的，例如模块功能测试、接口正确性测试、数据文卷存取的测试、运行时间的测试、设计约束和极限的测试等。

（3）测试1（标识符）

给出这项测试内容的参与单位及被测试的部位。

① 进度安排

给出对这项测试的进度安排，包括进行测试的日期和工作内容（如熟悉环境、培训、准备输入数据等）。

② 条件

陈述本项测试工作对资源的要求，包括：

设备：所用到的设备类型、数量和预定使用时间；

软件：列出将被用来支持本项测试过程而本身又并不是被测软件的组成部分的软件，如测试驱动程序、测试监控程序、仿真程序、桩模块等；

人员：列出在测试工作期间预期可由用户和开发任务组提供的工作人员的人数。技术水平及有关的预备知识：包括一些特殊要求，如倒班操作和数据键入人员。

③ 测试资料

列出本项测试所需的资料，如有关本项任务的文件、被测试程序及其所在的媒体、测试的输入和输出举例，以及有关控制此项测试的方法、过程的图表。

④ 测试培训

说明或引用资料说明为被测软件的使用提供培训的计划。规定培训的内容、受训的人员及从事培训的工作人员。

（4）测试2（标识符）

用与测试1类似的方式说明用于另一项及其后各项测试内容的测试工作计划。

3．测试设计说明

（1）测试1（标识符）

说明对第一项测试内容的测试设计考虑。

① 控制：说明本测试的控制方式，如输入是人工、半自动或自动引入、控制操作的顺序以及结果的记录方法。

② 输入：说明本项测试中所使用的输入数据及选择这些输入数据的策略。

③ 输出：说明预期的输出数据，如测试结果及可能产生的中间结果或运行信息。

④ 过程：说明完成此项测试的一个个步骤和控制命令，包括测试的准备、初始化、中间步骤和运行结束方式。

（2）测试2（标识符）

用与测试1相类似的方式说明第2项及其后各项测试工作的设计考虑。

4．评价准则

（1）范围

说明所选择的测试用例能够检查的范围及其局限性。

（2）数据整理

陈述为了把测试数据加工成便于评价的适当形式，使得测试结果可以同预期结果进行比较而要用到的转换处理技术，如手工方式或自动方式；如果是用自动方式整理数据，还要说明为进行处理而要用到的硬件和软件资源。

（3）尺度

说明用来判断测试工作是否能通过的评价尺度，如合理的输出结果的类型、测试输出结果与预期输出之间的容许偏离范围、允许中断或停机的最大次数。

## 7.8.2 测试报告

测试报告是软件测试结束后的输出文档。测试报告记录了测试的过程和结果，并对发现的问题和缺陷进行分析，为纠正软件的存在的质量问题提供依据，同时为软件验收和交付打下基础。测试分析报告（GB8567-88）的模板格式如下。

测试分析报告（GB8567-88）

1．引言

1.1 编写目的

说明这份测试分析报告的具体编写目的，指出预期的阅读范围。

1.2 背景

说明：

a. 被测试软件系统的名称；

b. 该软件的任务提出者、开发者、用户及安装此软件的计算中心，指出测试环境与实际运行环境之间可能存在的差异以及这些差异对测试结果的影响。

1.3 定义

列出本文件中用到的专业术语的定义和外文首字母组词的原词组。

1.4 参考资料

列出要用到的参考资料，如：

a. 本项目的经核准的计划任务书或合同、上级机关的批文；

b. 属于本项目的其他已发表的文件；

c. 本文件中各处引用的文件、资料，包括所要用到的软件开发标准。列出这些文件的标题、文件编号、发表日期和出版单位，说明能够得到这些文件资料的来源。

2. 测试概要

用表格的形式列出每一项测试的标识符及其测试内容，并指明实际进行的测试工作内容与测试计划中预先设计的内容之间的差别，说明作出这种改变的原因。

3. 测试结果及发现

3.1 测试 1（标识符）

把本项测试中实际得到的动态输出（包括内部生成数据输出）结果同对于动态输出的要求进行比较，陈述其中的各项发现。

3.2 测试 2（标识符）

用类似本报告 3.1 条的方式给出第 2 项及其后各项测试内容的测试结果和发现。

4. 对软件功能的结论

4.1 功能 1（标识符）

4.1.1 能力

简述该项功能，说明为满足此项功能而设计的软件能力以及经过一项或多项测试已证实的能力。

4.1.2 限制

说明测试数据值的范围（包括动态数据和静态数据），列出就这项功能而言，测试期间在该软件中查出的缺陷、局限性。

4.2 功能 2（标识符）

用类似本报告 4.1 的方式给出第 2 项及其后各项功能的测试结论。

……

5. 分析摘要

5.1 能力

陈述经测试证实了的本软件的能力。如果所进行的测试是为了验证一项或几项特定性能要求的实现，应提供这方面的测试结果与要求之间的比较，并确定测试环境与实际运行环境之间可能存在的差异对能力的测试所带来的影响。

5.2 缺陷和限制

陈述经测试证实的软件缺陷和限制，说明每项缺陷和限制对软件性能的影响，并说明全部测得的性能缺陷的累积影响和总影响。

5.3 建议

对每项缺陷提出改进建议，如：

a. 各项修改可采用的修改方法；

b. 各项修改的紧迫程度；

c. 各项修改预计的工作量；

d. 各项修改的负责人。

5.4 评价

说明该项软件的开发是否已达到预定目标，能否交付使用。

6. 测试资源消耗

总结测试工作的资源消耗数据，如工作人员的水平级别数量、机时消耗等。

# 本 章 小 结

软件测试是保证软件可靠性的重要手段。软件测试的目的是使用尽量少的资源发现软件中尽可能多的错误和缺陷，以确保软件产品的质量达到产品能够交付时使用的要求。软件测试是贯穿软件生命周期的一个活动，涉及软件的需求分析、设计与开发实现阶段，而不仅仅是软件编码完成后的一个独立阶段。

软件测试在开发阶段大概要经历单元测试、集成测试、验收测试和系统测试四个阶段，每个阶段都有各自不同的测试目标和测试的对象。

根据是否需要计算机实际执行软件来实施测试将软件测试的方法分为静态测试与动态测试。其中动态测试采用的主要技术为白盒测试与黑盒测试。在进行测试用例的设计时，这两种技术互为补充，不可相互替代。

白盒测试技术的主要方法有逻辑覆盖法与基本路径分析法。黑盒测试技术的主要方法有等价类划分法、边界值分析法、因果图法以及错误推测法等。

在实施软件测试之前首先应该对测试的全过程进行计划，生成测试计划文档；在软件测试执行完毕之后应该对测试的结果进行分析生成测试报告文档。

# 习　题

1. 什么是静态测试？什么是动态测试？

2. 什么是白盒测试？什么是黑盒测试？

3. 简要说明如何划分等价类，用等价类划分的方法设计测试用例的步骤是什么？

4. 程序规格说明如下：要求输入 1800 年至 2000 年中的某个年份，判断该年份是否为闰年。闰年的条件是能被 4 整除但不能被 100 整除或能被 100 整除且能被 400 整除。

（1）请根据上述的规格说明进行基本路径测试，并取定线性独立的基本路径集合，然后设计测试用例。

（2）请判断下面的关于判断闰年的程序中的错误。

```
main ( ) {
    int year , leap ;
```

```
        printf（"输入年份：\n"）；
        scanf（"%d"，&year）；
        if（year%4==0）{
            if（year%100==0）{
                if（year%400==0）{
                        leap=1；
                else
                        leap=0；
                }
            else
                leap=0；
        }
        if（leap==1）
            printf（"%d 是：\n"，year);
        else
            printf（"%d 不是：\n"，year）；
        printf（" 闰年\n"）；
    }
```

（3）设计一组测试用例，尽量使 main 函数的语句覆盖率能达到 100%。如果认为该函数的语句覆盖率无法达到 100%，请说明原因。

5. 在三角形计算中，要求三角形的三条边长 A、B 和 C。当三边不可能构成三角形时提示错误，可构成三角形时计算三角形周长。若是等腰三角形打印"等腰三角形"，若是等边三角形则提示"等边三角形"。画出程序流程图和控制流程图，找出基本测试路径，对此设计一个测试用例。

# 第8章　软件配置与软件维护

【学习目的与要求】软件配置活动、版本管理、变更管理、配置审核与状态报告在质量体系的诸多支持活动中仍处在支持活动的中心位置。软件维护是软件生存期的最后阶段，其基本任务是保证软件在一个相当长的时期能够正常运行。本章主要介绍软件配置和软件维护的基本概念，重点介绍版本管理和变更管理的方法、软件维护的实施方法等。通过本章的学习，要求掌握软件配置活动、版本管理、变更管理、配置审核与状态报告，软件维护的基本概念、软件维护的实施、软件可维护性、软件再工程技术并学会运用软件维护的概念、方法来提高软件自身的可维护性、可复用性。运用软件再工程技术来降低软件的风险，建立软件再工程的模型，推动软件维护的发展。

## 8.1　软件配置活动

### 8.1.1　软件配置活动的意义

随着软件业的发展，软件开发已由最初的程序设计，系统设计，而演变成软件工程及软件过程的设计，软件产业的复杂性日益增大。在任何软件开发的过程中，其过程都是迭代过程的设计，也就是说，在设计过程会发现需求说明书中的问题，在实现过程又会暴露出设计中的错误，等等。但随着时间的推移用户的需求也会发生一些变化，变动即是必需的，又是不可避免的。另外，变化也是很容易失去控制，如果不能适当地控制变化和管理变化，就势必会造成混乱并产生很多严重的错误。如果现在仍把软件看成是一个单一的个体的话，就无法解决软件所面临的问题，于是软件配置的概念就逐渐被引入到软件领域，人们越来越重视软件配置的工作。

软件配置活动的目标是，使变化更正确更容易适应，且在变化时所需的工作量较小。

### 8.1.2　主要软件配置管理活动

软件配置活动是在软件的整个生命周期内变化的一组活动，其主要的活动内容有：标识配置项、管理变更请求、管理基线和发布活动、监测与报告配置状态等。

在软件配置活动中，定义软件配置管理活动的具体实施如下：

**1. 标识配置项**

软件配置是一个软件在其生命周期内各种版本必备的文档、程序、数据、标准和规约等信息的总称。组成软件配置信息的每一项称为一个软件配置项，它是软件配置的基本单位。为方便对软件配置的管理和控制，必须对各软件配置项和这些项目的各个版本进行标识，包括为配置项及其版本分配标识符。确保在需要时能够简单、快速地找到它们的正确版本。需要标识的软件配置项可以分为基本配置项和复合项两类。基本配置项是程序员在分析、设计、编码、测试过程中建立的"文本单元"。例如可以是需求规格说明中的一节、一个模块的程序清单或用于测试一个等价类的测试用例。复合配置项是若干配置项或者其他复合项的有名集合。通常配置项都按一定的数据结构保存在版本库中，每个配置项的主要属性有名称、标识符、文件状态、版本、作者、日期等，配置项及历史记录反映了软件的演化过程。例如，一个应用程序文件的配置项描述：

名称：App

功能：应用程序 A

语言：Java

版本：1.0

开发者：　Dr. Liu

发布时间：2009/12/30

软件配置管理又引入了"基线"（Base Line）概念。IEEE 对基线的定义是：已经正式通过审核和批准的规约或产品，因此可作为进一步开发的基础，并且只能通过正式的变更控制过程才能予以改变。基线就是通过了正式复审的软件配置项，任一软件配置项（例如，设计规格说明书）一旦形成文档并通过技术审查，即成为一个基线，它标志开发过程中一个阶段的结束。基线的作用是使各个阶段工作划分的更加明确化，控制软件产品的变化使其保持一定程度的稳定，并成为继续发展的一个固定基础。通常将交付给客户的基线称为一个"Release"，内部开发用的基线则称为一个"Build"。一个产品可以有多个基线，也可以只有一个基线。

**2. 配置项的控制**

所有配置项都应按照相应的模板生成，按照相关规定统一编号，并在文档中按照规定的章节（部分）记录对象的标识或控制信息。在引入软件配置控制管理后，这些配置项都应以一定的目录结构保存在配置库中。所有配置项的操作权限应由配置管理员严格管理，其基本原则是：基线配置项向软件开发人员开放读取权限，非基线配置项向项目经理、配置控制委员会及相关人员开放读取权限等。为便于管理通常建立配置三库（见表 8-1）。

表 8-1　　　　　　　　　　　　　配置三库

| 名称 | 目的 | 内容 | 说明 |
| --- | --- | --- | --- |
| 开发库 | 使开发人员在开发过程中保持同步和资源共享 | 存放开发过程中的所有工作产品和需要保留的各种信息 | 由开发组配置管理员在开发服务器上建立,只要开发库的使用人员有必要可以修改,不必限制 |
| 受控库 | 保存各阶段所有通过的产品,并进行跟踪和控制 | 保存各阶段所有通过的产品及变更的结果,存放和升级基线,存放测试过程中所产生的 Build | 由公司配置管理员在开发服务器上建立,配置管理员具有完全访问权限 |
| 发行库 | 保存完成系统测试后的最终产品,可供用户使用 | 保存所有可向用户发行的产品版本、已发布的产品版本和所有项目资料 | 有综合管理部项目经理在质量管理服务器上建立 |

### 3. 版本控制

版本控制是软件配置的核心功能。所有置于配置库中的元素都应自动给予版本标志，并保证版本命名的唯一性。在版本生成过程中，自动依照设定的使用模型自动分支、演化，除了系统自动记录的版本信息以外，我们还需要定义、收集一些元数据来记录版本的辅助信息和规范开发流程，并为今后对软件过程的度量做好准备。当然如果选用工具支持的话，这些辅助数据将能直接统计出过程数据，从而方便软件过程的改进及版本控制。但对于配置库中的各个基线控制项，应该根据其基线的位置和状态来设置相应的访问权限。一般来说，对于基线版本之前的各个版本都应处于被锁定的状态，如需要对它们进行变更，则应按照变更控制的流程来进行操作。

### 4. 变更控制

从 IEEE 对于基线的定义可知，基线和变更控制是紧密相连的。在对各个配置项做出了识别，并且利用工具对它们进行了版本管理之后，如何保证它们在复杂多变的开发过程中真正地处于受控的状态，并在任何情况下都能迅速地恢复到任何一个历史状态，变更控制就成为软件配置管理的另一项重要任务。变更控制是通过计划和自动化工具，来提供一个变化控制的机制。

变更管理的一般流程是：

（1）提出／获得变更请求。

（2）由变更控制委员会（CCB）审核并决定是否批准。

（3）分配／接受变更，修改人员提取配置项，进行修改。

（4）提交修改后的配置项。

（5）建立测试基线并测试。

（6）重建软件的适当版本。

（7）复审（审计）所有配置项的变化。

（8）发布新版本。

### 5. 状态报告

配置状态报告就是根据配置项操作数据库中的记录来向管理者报告软件开发活动的进展情况。配置状态报告应着重反映当前基线配置项的状态，以作为对开发进度报告的参照。

### 6. 配置审核

配置审核的主要作用是作为变更控制的补充手段，以确保某一变更需求已被切实实现。软件配置管理的对象是软件项目活动中的全部开发资产。所有这一切都应作为配置项纳入项目管理计划统一进行管理，从而保证及时地对所有软件开发资源进行维护和集成。

## 8.1.3  配置管理流程

配置管理流程包括：配置管理策略、配置管理计划、配置管理中的角色配合等。

### 1. 配置管理策略

软件配置管理策略是指能够确定、保护和报告已经批准用于项目中的工作产品的能力，通过正确的标注来实现确定操作，对项目工作产品的保护则是通过归档、建立基线和报告等操作来实现。使用标准的、已记录下来的变更控制流程的目的是：确保项目中所做的变更保持一致，并将工作产品的状态、对其所做的变更以及这些变更所耗费的成本和对时间进度的影响通知给有关的项目人。

计算机科学与技术专业规划教材

**2. 配置管理计划**

软件配置管理计划说明在产品／项目生命周期中要执行的所有与配置管理相关的活动。它记录如何计划、实施、控制和组织与产品相关的配置管理活动。

**3. 配置管理中的角色配合**

配置管理工作中的角色选择和相互配合是软件项目经理最主要的工作，每个角色都有他们的目标和任务。

对项目经理来讲，其目标是确保产品在一定的时间、成本、质量框架内完成开发。因此，项目经理监控开发过程并发现问题，解决出现的问题。这些又必须通过对软件系统的现状形成报告并予以分析以及对系统进行审核才能完成。

对配置经理来讲，其目标是确保用来建立、变更及编码测试的计划和方针得以贯彻执行，同时使有关项目的信息容易获得。为了对编码更改形成控制，配置经理引入规范的请求变更的机制，评估更改的机制和批准变更的机制。在很多项目组中，由配置经理负责为工程人员创建任务单，交由项目经理对任务进行分配，创建项目的框架。同时，配置经理还收集软件系统中构件的相关数据，比如说用以判断系统中出现问题的构件的信息。

对软件工程人员的工作来讲，其目标是有效地创造出产品。这就意味着工程人员在创建产品、测试编码及产生支持文档的工作中不必相互间干涉。与此同时，他们能有效地进行沟通与协作。他们利用工具来帮助创建性能一致的软件产品，通过相互通知要求的任务和完成的任务来进行沟通与协调。做出的变更也通过他们进行分布、融合。产品中的所有元素的演变连同其变更的原因及实际变更的记录都予以保留。工程人员在创建、变更、测试及编码的汇合上有自己的工作范围。在某一点上，编码会形成一个基线，它使得进一步开发得以延续，使得其他并行开发得以进行。

对测试人员来讲，其目标是确保产品经过测试达到要求。这里包括产品某一特定版本的测试和对某个产品的某种测试及其结果予以记录。将错误报告给相关人员并通过回归测试进行修补。

对质量保证经理来讲，其目标是确保产品的高质量。这意味着特定的计划和方针应得到完成并得到相关的批准。错误应得到纠正并应对变化的部分进行充分测试。客户投诉应予以跟踪。

# 8.2　版本管理与变更管理

## 8.2.1　版本管理的必要性

如果说软件危机导致了软件工程思想的诞生和理论体系的发展，那么软件产业的迅猛发展则导致了另一种新思想的产生和实现，这就是软件的版本管理。

在软件开发的过程中，由于软件开发所固有的特性，可能会形成众多的软件版本，而且还不能保证不出错误的修改。因此，一些问题就出现在项目开发管理者的面前。问题如下：

（1）对开发项目如何进行整体管理。

（2）开发小组成员之间如何以一种有效的机制进行协调。

（3）如何对小组成员各自承担的子项目进行统一管理。

（4）如何对开发小组各成员所做的修改进行统一汇总。

（5）如何保留修改的轨迹，以便撤销错误的改动。

（6）对在开发过程中形成的软件不同版本如何进行标识、管理及差异识别等。

针对上述问题则必须要引进一种管理机制即版本管理机制，而且是广义上的版本管理，它不仅需要对源代码的版本进行管理，而且还要对整个项目所涉及的文档、过程记录等进行管理等。

### 8.2.2 早期的版本管理

早期的版本管理是在文件系统下，从个人工作区、中间结果到系统发布版，甚至是所有文件，都是建立不同的版本目录。库管理员不断地增加目录的标签，以标识不同的版本。

但早期的版本管理存在一些问题。如：目录的内容可以任意地在目录之间拷贝、散布，这个目录系统没有任何的有效控制的方法。更为严重的问题是：文件随意地被人复制、修改并传回目录。例如：当两个人同时使用同一个文件时，系统就发生了并行变更，并一定会发生交替覆盖的严重的问题。

早期的版本控制没有一个共同的基线，对于共同部分的修改也没有控制。项目在各地、各自为战地进行开发，不知道系统文件的最后和最新的版本在哪里，系统最后被各个不受控制的个人所制约，这将导致文件使用的问题。

### 8.2.3 元素、分支的版本管理

置于版本控制下的原子对象被称为"元素"，元素是文件系统对象，即文件和目录。其中，每个元素记录了它所代表的文件和目录的版本。所以，当用户检入文件时，就创建了那个元素的新版本。元素的新版本被组织成不同的分支，分支是线形的版本序列，版本序列构成的是并行开发的项目或基于统一基线开始的不同的系统，元素被保存在存储池中。

目录是元素，也是版本对象，也要进行版本管理。为了能在前一个版本中进行修复，或从新版本退回到旧版本，在检入的时候也要进行记录，以便对目录进行版本管理。

存放在存储池中的元素都被赋予特定的类型，可以用于多种目的。类型可以帮助系统决定对该元素的操作。包括：确定元素可以使用的存储/增量机制；决定版本选择的范围；适用于不同的配置管理策略；决定比较、归并等的机制。

图 8-1 描述了存储池、元素、分支、版本之间一对多的关系。

图 8-1　存储池、元素、分支、版本之间的关系图

### 8.2.4 构件、基线的版本管理

构件的一个版本就是一个基线。构件基线标识了构件中包含的每一个元素或版本，构件的基线用来配置工作流，为各种视图提供信息，以决定文件和目录的版本显示。

构件的一个版本就是一个基线。当修改一个元素时，就创建了这个元素的一个版本；当修改构件中的一个元素时，也就创建了这个构件的一个新基线，同时，工作流把一组构件基线聚集在一起。然而，这并不是项目范围管理的基线概念，当在项目的集成流上完成一个基

线操作时，则创建了一组被修改构件的基线，这个基线的标准要低于项目的基线。

可以定义一个针对产品质量标准和需求不同的基线。也就是说，一个公司可以定义不同的测试、功能、版本基线。而项目组又可以根据自己的需要，选择某个特定构件，确定自己的基线等。图 8-2 表明了构件和基线之间的关系。

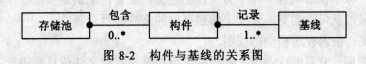

图 8-2　构件与基线的关系图

## 8.2.5　现代版本管理

现代版本管理的内容包括：并发开发支持管理、并发变更管理、现代的工作空间管理、现代的构建和发布管理等。

**1. 并发开发支持管理**

现在在计算机的应用领域，其软件开发规模越来越大，要求交付时间却越来越短，交付的版本越来越多。在共享拷贝的方法下，不可能实现同步变更和并行修改的合并。同时，在一般的情况下，对旧版本的修改，也反映在新版本的更新中。此时版本之间的并行开发就成为必要。要支持并行开发，则必须具有并行开发的能力。这个能力是：同步变更、并行修改的合并能力。

通过建立分支的概念实现支持同步变更和并行修改的合并。分支的一个作用是进行版本的集成。在集成的时候，要记录集成的时间、内容等，这项工作通常意味着将产生一个新的发布版本。除了可以合并并行开发的版本之外，分支策略还可以解决以下问题：原型开发、针对客户的变种版本、针对平台的移植版本、主要发布版本的序列化工作、补丁和补丁包、服务集、紧急修补、个人任务隔离、晋级（基线的提升）模式的支持、个人工作空间的支持等并发开发支持管理的分支技术。

**2. 并发变更管理**

一个好的 UCM 工具应支持两个或两个以上的开发人员对文件的访问和变更。此外，它还可以支持在开发人员认为的适当时候归并这些变更的内容。适当时候归并这些变更的内容通过调整检入 / 检出方式来解决。实际上采用两种类型的检出操作，即保留型和非保留型。保留型检出就是检出者保证第一个检入的权利。同时，对于同一个对象，在任何时间和地点上有一个且只有一个被保留型检出。此时，其他人就没有做保留型检出的权力，只有当保留型对象被检入或放弃保留，其他人才可能访问该对象。非保留型检出不保证你可以成为下一个检入者。对于同一个对象，可以有多个这样的非保留型检出者，要成为非保留型检出者，并不考虑此时是否存在保留型检出。当然，通常第一个检出者被赋予保留型的权利，但也不是一定的。

在有保留型检出的情况下，后来者（假设为 B）可以在检出时询问保留型检出者（假设为 A）是谁，计划检出修改什么内容，将何时检入。这样，B 做非保留检出后，就可以根据这些情况决定自己是等待检入还是先做自己的修改，然后再与 A 进行归并。这样，B 就不需要等待，更不需要绕开控制，即可实现并发变更管理等。

### 3. 现代的工作空间管理

工作空间是指开发人员的工作环境（又成为视图）。视图的目的是可以为开发者提供一组稳定的、一致的软件内容，以便在视图的范围内从事变更和单元测试。可以依据一组配置规格定义，从所有版本中选择文件和目录的合适版本，构成一个新的、以另一个发布版本为目标的开发环境。每个视图都包含一个为该视图定义的配置，来决定哪些版本可以被看到。通过这些规格定义，就可以浏览、修改、构建可用的文件和目录等。

有两种视图：快照视图和动态视图。

（1）快照视图。它只能读。当人们改变了只读性质，对文件或目录进行了修改后，系统能自动识别并标记为"检出"状态，然后做检出操作，进行管理。这样就保证了开发人员不断地下载最新的版本，修改后立即进行检入。这样的开发环境始终是"新鲜"的，送回是"及时"的。

（2）动态视图。动态视图并不复制文件或目录，而是创建一个由系统管理的虚拟文件系统，在这个虚拟的文件上进行修改。如：两个人同时修改同一个文件时，根据视图规格的不同，可以看到不同的内容。修改后，系统自动进行归并和实时的更新使用。动态视图的好处是：没有文件和目录的拷贝，代码不会到处散布。更新是在相同的环境下完成的，而且是实时的。视图的打开、变更统一在视图规格中控制和授权，系统更可控。由于代码不会到处散布，程序审查和测试将是最可靠和全面的。

### 4. 现代的构建和发布管理

大型的开发团队常常要面对需要重现一个特定版本的要求。如：发布一个新版本，为某版本建立基础版本，并进行必要的维护等。面对这样的复杂局面，现代的构建与发布管理势在必行。但构建和发布的流程如下：

（1）标识源文件版本。现代工具应能提供这样的机制，用于识别和标识文件的特定版本。这通常采用打标签的方式来实现。可以对一个文件打标签，也可以对一组文件打标签，这一组文件就标识了一个"构件"，构件的版本被称为"基线"。

（2）创建和填充一个干净的工作空间并进行锁定。此步骤与创建开发空间相似，但是，这里还没有所谓干净的工作空间，并保证在生成阶段也是干净的。因此，需要在生成期间锁定它们，以保证干净。在生成过程中，所谓"干净"必须是没有多余的和不必要的文件或代码。

（3）执行和审查构建过程。构建是将源代码转变为目标代码、库文件、可执行文件等，相当于一个系统的 make 过程。构建的环境必须是清晰的、明确的，这是能及时实现构建的需要和基本条件。审查，是在构建的过程中追踪、监督和检查构建的每一步过程，结果是如何产生的、什么人做的操作、构建工具（编译器、链接器）的参数和选项是什么等。同时必须完整记录版本信息、环境信息、工具信息，甚至操作系统、硬件环境，可以用于对比两个不同版本的差异，支持重建新版本和打版本标签时的需要。

（4）构建引起基线的进阶和构建生成新的审查文件。进阶是指通过构建，基线被提升（进阶），对新构建产生的文件（新基线），当然也要置于版本控制之下。构建也产生新的审查结果文件，它们也应置于版本控制之下。这样做的目的是完整地标识产品和过程的历史，使版本管理保持连续。可以通过打标签的方法来标识这些新的版本和基线。

（5）生成必要的介质。构建的结果通常是生成了一个可以在另一个干净的环境下正确地安装出新系统的发布介质——系统安装盘。可能是一张 CD-ROM，也可能写在芯片里等。

### 8.2.6 基于基线的变更管理

#### 1. 变更管理下的基线概念

基线可以被看成是项目存储池中每个工作产品版本在特定时期的一个"快照"。当然，在按下这个"快照"快门的时候，是有一个阶段性、标志性意义的，而不是随意的"留影"。实际上，它提供了一个正式标准，随后的工作基于此标准，并且只有经过授权后才能变更这个标准。建立一个初始基线后，以后每次对其进行的变更都将记录为一个差值，直到建成下一个基线。如：项目开发人员将基线所代表的各版本的目录和文件填入工作区，随着工作的进展其基线将被整合。变更一旦并入基线，开发人员就采用新的基线，以便与项目中的变更保持同步。调整基线将把集成工作区中的文件并入开发工作区。

#### 2. 建立基线的原因和优点

建立基线的三大原因是：重现性、可追踪性和报告。

（1）重现性是指及时返回并重新生成软件系统给定发布版本的能力，或者是在项目的早期重新生成可开发环境的能力。

（2）可追踪性是建立项目工作产品之间的前后继承关系，其目的在于确保设计满足要求、代码实施设计以及用正确代码编译可执行文件。

（3）报告来源于一个基线内容与另一个基线内容的比较，将有助于调试并生成发布说明。

建立基线有以下几大优点：

（1）建立基线后，需要标注所有组成构件和基线，以便能够对其进行识别和重新建立。为开发工作产品提供了一个定点和快照。

（2）新项目可以在基线提供的定点之中建立。作为一个单独分支与原始项目所进行的变更隔离。

（3）各开发人员可以将建有基线的构件作为在隔离的私有工作区中进行更新的基础。

（4）认为更新不稳定或不可信时，基线为团队提供一种取消变更的方法。

（5）还可以利用基线重新建立基于某个特定发布版本的配置，可以重现已报告的错误等。

#### 3. 建立基线的时机

要定期建立基线以确保各开发人员的工作同步，同时还应该在生命周期的各阶段结束点相关联处定期建立基线，如：生命周期的初始阶段、生命周期的构建阶段、产品发布及交付阶段等。

### 8.2.7 变更请求管理过程

#### 1. 变更请求

是指正式提交的工作产品，用于追踪所有的请求（包括新特性、扩展请求、缺陷、已变更的需求等）以及整个项目生命周期中的相关状态信息。可以通过变更请求来保留整个变更历史（包括：状态变更、变更的日期和原因、复审）等信息。

计算机科学与技术专业规划教材

**2. 变更组织**

是由所有利益方包括客户、开发人员和用户的代表组成的。在小型项目中，项目经理或软件构建师担当此角色。在中大型项目中，由变更控制经理担当此角色。

**3. 变更复审**

复审是复审已提交的变更请求，对变更请求的内容进行初始复审，以确定它是否为有效请求。如果是有效请求，则基于小组所确定的优先级、时间表、资源、努力程度、风险、严重性以及相关的标准，判定该变更是在当前发布版本的范围之内还是范围之外等。

**4. 提交变更请求**

首先，提交变更请求表单，其内容包括：变更请求提交者、变更的日期和时间及与变更请求相关联的流程等。

图 8-3 描述了变更请求的整个管理活动，如某个项目可能会采用这些活动在变更请求的整个生命周期中对变更请求进行管理。表 8-2 对变更请求的整个管理流程活动进行了较为详细的说明。

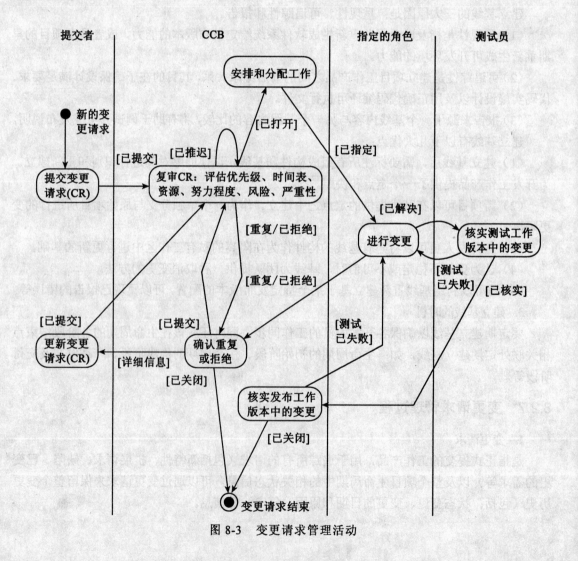

图 8-3　变更请求管理活动

表 8-2　　　　　　　　　　　　　　　　　　变更请求管理活动说明

| 活　　动 | 说　　明 | 角　　色 |
|---|---|---|
| 提交变更请求（CR） | 项目的任何干系人均可提交变更请求（CR）。通过将变更请求状态设置为"已提交"，变更请求被记录到变更请求追踪系统中（例如 ClearQuest）并放置到 CCB 复审队列中 | 提交者 |
| 复审变更请求（CR） | 此活动的作用是复审已提交的变更请求。在 CCB 复审会议中对变更请求的内容进行初始复审，以确定它是否为有效请求。如果是，则基于小组所确定的优先级、时间表、资源、努力程度、风险、严重性以及其他任何相关的标准，判定该变更是在当前发布版本的范围之内还是范围之外 | CCB |
| 确认重复或拒绝 | 如果怀疑某个变更请求为重复的请求或已拒绝的无效请求（例如，由于操作符错误、无法重现、工作方式的不同等），将指定一个 CCB 代表来确认重复或已拒绝的变更请求。如果需要的话，该代表还会从提交者处收集更多信息 | CCB 代表 |
| 更新变更请求（CR） | 如果评估变更请求时需要更多的信息（详细信息），或者如果变更请求在流程中的某个时刻遭到拒绝（例如，被确认为是重复、已拒绝等），那么将通知提交者，并用新信息更新变更请求。然后将已更新的变更请求重新提交给 CCB 复审队列，以考虑新的数据 | 提交者 |
| 安排和分配工作 | 一旦变更请求被置为"已打开"，项目经理就将根据请求的类型（例如，扩展请求、缺陷、文档变更、测试缺陷等）把工作分配给合适的角色，并对项目时间表做必要的更新 | 项目经理 |
| 进行变更 | 指定的角色执行在流程的有关部分中指定的活动集（例如，需求、分析设计、实施、制作用户支持材料、设计测试等），以进行所请求的变更。这些活动将包括常规开发流程中所述的所有常规复审活动和单元测试活动。然后，变更请求将标记为"已解决" | 指定的角色 |
| 核实测试工作版本中的变更 | 指定的角色（分析员、开发人员、测试员、技术文档编写员等）解决变更后，变更将被放置在要分配给测试员的测试队列中，并在产品工作版本中加以核实 | 测试员 |
| 核实发布工作版本中的变更 | 已确定的变更一旦在产品的测试工作版本中得到了核实，就将变更请求放置在发布队列中，以便在产品的发布工作版本中予以核实、生成发布说明等，然后关闭该变更请求 | CCB 代表（系统集成员） |

图 8-4 描述了变更请求状态转移的整个活动以及在变更请求的生命周期中应该通知的人员。表 8-3 是对变更请求管理状态转移活动进行了较为详细的说明。

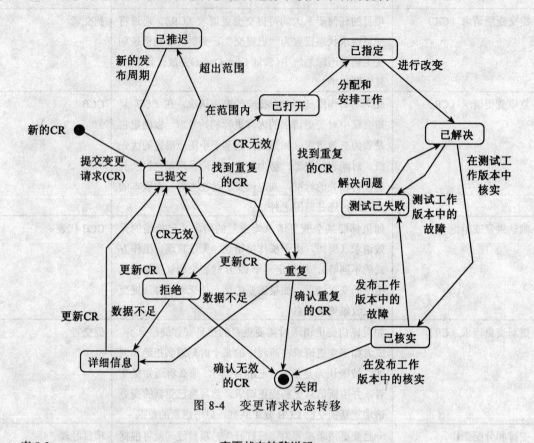

图 8-4　变更请求状态转移

| 表 8-3 | 变更状态转移说明 | |
|---|---|---|
| 状　态 | 定　义 | 访问控制 |
| 已提交 | 出现此状态的原因为：①提交新的变更请求；②更新现有的变更请求；③考虑在新的发布周期中使用已推迟的变更请求。变更请求放置在 CCB 复审队列中。本操作的结果不会指定拥有者 | 所有用户 |
| 已推迟 | 变更请求确定为有效，但对于当前发布版本来说属于"超出范围"。处于已推迟状态的变更请求将得以保留，并在以后的发布版本中被重新考虑并加以使用。可以指定一个目标发布版本，以表明可以提交变更请求（以重新进入 CCB 复审队列）的时间范围 | 管理员<br>项目经理 |
| 重复 | 处于此状态的变更请求被视为是对已提交的另一个变更请求的重复。变更请求可由 CCB 复审管理员或被指定解决它的角色置于该状态中。将变更请求置于重复状态时，将（在 ClearQuest 的"附件"选项卡上）记录它所重复的那个变更请求的编号。在提交变更请求之前，提交者应首先查询变更请求数据库，看是否已有与之相重复的变更请求。这将省去复审流程中的若干步骤，从而节省大量的时间。应将重复变更请求的提交者添加到原始变更请求的通知列表中，以便以后将有关解决事宜通知他们 | 管理员<br>项目经理<br>QE 经理<br>开发部门 |

续表

| 状　　态 | 定　　义 | 访问控制 |
|---|---|---|
| 已拒绝 | CCB 复审会议或指定的角色确定此状态中的变更请求为无效请求，或者需要提交者提供更为详细的信息。如果已经指定（提出）变更请求，则它将被从解决队列中删除并重新复审。这将由 CCB 所指定的权威来予以确认。除非有必要，否则提交者无须进行任何操作。在此情况下，变更请求状态将变为详细信息。考虑到可能会有新的信息，在 CCB 复审会议中将重新复审该变更请求。如果变更请求确认为无效，将被 CCB 关闭并且通知提交者 | 管理员<br>项目经理<br>开发经理<br>测试经理 |
| 详细信息 | 数据不足以确认已拒绝或重复的变更请求是否有效。拥有者自动变成提交者，将通知提交者提供更多数据 | 管理员 |
| 已打开 | 对于当前发布版本来说，处于此状态的变更请求已被确定为属于"范围之内"，并且亟待解决。已定于在即将来临的目标里程碑之前必须解决它。它被确定为"指定队列"中。与会者是提出变更请求并将其放入解决队列中的唯一权威。如果发现优先级为第二或更高的变更请求，应立即通知 QE 经理或开发经理。此时，他们可以决定召开紧急 CCB 复审会议，或立即打开变更请求以将其放入解决队列中 | 管理员<br>项目经理<br>开发经理<br>QE 部门 |
| 已指定 | 然后由项目经理负责已打开的变更请求，他应根据变更请求的类型分配工作；如果需要，还应更新时间表 | 项目经理 |
| 已解决 | 表示该变更请求已解决完毕，现在可以进行核实。如果提交者是 QE 部门的成员，则拥有者将自动变成执行提交的 QE 成员。否则，拥有者将变成 QE 经理，以重新进行人工分配 | 管理员<br>项目经理<br>开发经理<br>QE 经理<br>开发部门 |
| 测试已失败 | 在测试工作版本或发布工作版本中进行测试时失败的变更请求将被置于此状态中。拥有者自动变成解决变更请求的角色 | 管理员<br>QE 部门 |
| 已核实 | 处于此状态的变更请求已经在测试工作版本中得到了核实，并且可以发布了 | 管理员<br>QE 部门 |
| 已关闭 | 变更请求不再引人注意。这是可以指定给变更请求的最后一个状态。只有 CCB 复审管理员有权关闭变更请求。变更请求被关闭后，提交者将收到一份有关对变更请求的最终处理结果的电子邮件通知。在下列情况中可能关闭变更请求：①其已核实的解决结果在发布工作版本中得到确认之后；②其拒绝状态得到确认时；③被确认为对现有变更请求的重复。在后一种情况中，会将重复变更请求通知给提交者，并将提交者添加到该变更请求中，以便以后通知他们（详情请参见状态"拒绝"和"重复"的定义）。如果提交者对关闭变更请求有异议，则必须更新变更请求并且重新将其提交供 CCB 复审 | 管理员 |

# 8.3 配置审核与状态报告

为了保证所需求的适当变化，通常要进行配置审核与状态报告。

## 8.3.1 配置审核

配置审核的主要作用是作为变更控制的补充手段，以确保某一变更被切实实现。在某些情况下，它被作为正式的技术审核的一部分。其配置管理环境中包括功能配置审核和物理配置审核等。

**1. 功能配置审核**

功能配置审核的目标是核实软件配置项的实际性能是否符合它的一致性。其审核的功能如下所述：

（1）核实是否已正确实施了所有变更请求。

（2）核实是否已对软件正确应用了所有更改。

（3）文档差异、建立纠正操作和完成日期。

（4）列出所有功能，而且都进行相应的测试结果或完整记录引用测试过程。

**2. 物理配置审核**

物理配置审核的目标是验证在配置管理系统中建立基线的工作是否是"正确"，即验证软件的功能是否与其设计一致，是否可以发布等。

物理配置审核一般是：在功能配置审核之后，由项目经理提出请求，由软件质量工程师和项目配置经理计划和实施，对于物理配置审核过程和标准有专门的文档规定。

以下各项说明为支持物理配置审核所需要做的工作：

（1）创建应该出现在配置管理中的项目列表。

（2）检查在配置管理中维护的项目。

（3）创建一个"差异列表"，表示已在配置管理中维护的项目以及应该在配置管理中维护的项目之间的差异。

总之，软件配置管理的对象是软件项目活动中的全部开发资产。所有这一切都应作为配置项纳入项目管理计划统一进行管理，从而保证及时地对所有软件开发资源进行维护和集成。因此，软件配置管理的主要任务是：制订项目的配置计划、对配置项进行标识、对配置项进行版本控制、对配置项进行变更控制、定期进行配置审计、向相关人员报告配置的状态。

## 8.3.2 配置状态报告

配置状态报告就是根据配置项操作数据库中的记录来向管理者报告软件开发活动的进展情况。这样的报告应该是定期进行，并尽量通过计算机辅助工具自动生成，用数据库中的客观数据来真实地反映各配置项的情况。

配置状态报告应着重反映当前基线配置项的状态，以作为对开发进度报告的参照。同时也能根据配置状态报告中开发人员对配置项的操作记录来对开发团队的工作关系进行一定的分析。

配置状态报告的主要内容是：配置库结构和相关说明、开发起始基线的构成、当前基线位置及状态、各基线配置项集成分支的情况、各私有开发分支类型的分布情况、关键元素的版本演进记录、其他应报告的事项、配置状态统计、软件配置状态、缺陷报告、工作版本报告、版本说明等。

**1. 配置状态统计**

配置状态统计用于在产品开发过程中，基于已发现并修复了的缺陷类型、数量、频率和严重性来说明产品的状态。从配置管理所得出的指标有助于确定项目的整体完成状态。

**2. 软件配置状态**

软件配置状态报告的 4 个主要来源是：变更请求、软件工作版本、版本说明、审核。

**3. 缺陷报告**

基于变更请求的缺陷报告分为以下几种：

（1）龄期（基于时间的报告）:各种类型的变更请求已打开多长时间？在生命周期中发现缺陷时与修复缺陷时之间的"时间间隔"有多长？

（2）分布（基于计数的报告）：在基于拥有者、优先级或修复状态的各类别中有多少个变更请求？

（3）趋势（与时间和计数相关的报告）：随着时间的推移所发现并修复的缺陷累计有多少个？发现并修复缺陷的频率为多少？就打开的缺陷和关闭的缺陷来说,它们之间的"质量差距"有多大？缺陷解决的平均时间为多长？

（4）工作版本报告。工作版本报告中列出了构成软件某一特定版本的一个工作版本的所有文件、它们的位置以及已并入的变更。工作版本报告可以在系统级别和子系统级别上进行维护。

（5）版本说明。版本说明类似于发布说明，用来描述软件发布的详细信息。该说明至少应包括以下信息：

① 已发布的材料清单（物理介质和文档）。

② 软件内容清单（文件列表）。

③ 所有地点特定的"适应"数据。

④ 安装说明和可能存在的问题及已知的错误。

# 8.4 软件维护的概念

所谓软件维护就是在软件产品投入使用之后，为了改正软件产品中的错误或为了满足用户对软件的新需求而修改软件的过程。由于各种原因，使得任何一个软件产品都不可能十全十美。因此，在软件投入使用以后，还必须做好软件的维护工作，使软件更加完善，使性能更加完好，以满足用户的要求。

软件维护不同于硬件维护，软件维护不是因为软件老化或磨损引起，而是由于软件设计不正确、不完善或使用环境的变化等所引起，因而，维护工作应引起维护人员的高度重视。总的来说，可以通过描述软件投入使用后的四项活动来具体地定义软件的维护。

## 8.4.1 软件维护的类型及策略

**1. 软件维护类型**

软件维护活动的类型主要有四种，即改正性维护、适应性维护、完善性维护、预防性维护。可以通过描述软件投入使用后的四项活动来具体地描述软件的维护。

（1）改正性维护。在经过了软件测试以后，使软件质量有较大的提高，但软件测试不可能暴露出一个软件系统中的所有错误。因此，软件在实际运行过程中难免会出现错误，所以必然会有第一项维护活动，即软件在实际运行过程中可发现程序中的错误，从而改正程序中的错误，人们把这种发现和改正程序错误的过程称为改正性维护。

（2）适应性维护。计算机科学技术领域的发展日新月异，硬件和软件技术发展迅速，大约每隔 36 个月就有新一代的硬件宣告出现，操作系统版本的不断升级和新操作系统的不断推出等，都会对原有的软件提出新的要求。所以，适应性维护就是为了使软件系统适应不断变化了的环境（硬件环境和软件环境）而进行软件修改的过程。人们把这种过程称为适应性维护。

（3）完善性维护。在软件系统的使用和软件系统的运行过程中，用户往往会对原有的软件功能提出新的要求，为了能够满足用户的这种要求，通常需要进行完善性维护。人们把这种过程称为完善性维护，同时，这项维护活动通常占软件维护工作的大部分工作。

（4）预防性维护。预防性维护是为了提高未来软件的可维护性、可靠性，或为了给未来的改进奠定更好的基础而修改软件的过程。人们把这项维护活动通常称为预防性维护，目前这项维护活动相对比较少。

从上述关于软件维护的四项内容不难看出，软件维护绝不仅仅限于纠正使用程序中所发现的错误，而是一个维护的全过程。事实上在全部维护活动中一半以上是完善性维护。据统计数字表明，完善性维护占全部维护活动的 50%～66%（即占全部维护活动中一半以上），改正性维护占 17%～21%，适应性维护占 18%～25%，预防性维护占 4%左右。

**2. 软件维护策略**

根据以上几种类型的维护，应采取一些必要的维护措施，提高维护性能，降低维护成本。几种软件维护策略简述如下：

（1）改正性维护。在开发软件的过程中不可能做到 100%的正确，但可以通过一些新技术。如：较高级的程序设计语言、数据库管理系统、程序自动生成系统、软件开发环境等，可大大降低改正性维护的需求，此外，也可以通过下述方法来降低改正性维护的活动：

① 加强系统结构化程度。

② 进行周期性维护审查。

③ 运行纠错程序。

④ 利用现成的软件包，提高软件开发的质量等。

（2）适应性维护。一个软件产品被开发出来并投入使用，运行环境的改变是不可避免的，但可以采用适当的措施来达到适应性维护。

① 局部化修改。

② 进行软、硬件的配置管理。

③ 进行环境的配置管理。

④ 使用现成的软件包程序等。

（3）完善性维护。利用改正性维护和适应性维护所提供的方法可减少完善性维护的活动。此外，也可以通过其他方法来减少完善性维护的活动，如：

① 使用功能强的工具。

② 使用系统原型。

③ 加强需求分析。

（4）预防性维护。可以通过下述方法来减少预防性维护的活动。

① 采用提前实现的方法。

② 采用软件重用的方法。

③ 使用完整的文档等。

### 8.4.2　软件维护的内容及方法

**1. 软件维护的内容**

软件维护的内容应是整个生命周期。其中包括：设计维护、代码维护、文档维护等。

其结构化的设计维护如下：

（1）结构化设计维护要有一个完整的软件配置。在这个完整的软件配置下，维护活动就可以从评价设计文档开始，确定软件的结构特点、性能特点以及接口特点。

（2）估量改动将带来的影响，并且计划实施途径。

（3）修改设计，并且对所做的修改进行仔细复查。

（4）修改相应的性能特点以及接口特点。

（5）重复结构的维护。

（6）最后，把重复维护后的结构设计再次交付使用。

结构化设计维护，是在软件开发的结构设计阶段应用软件工程方法学的结果。虽然有了完整的软件配置等，并不能保证维护中没有问题，但确能大大提高软件维护的效率和软件维护的总体质量。

**2. 软件维护的方法**

所提供的软件维护方法有：改正性维护、适应性维护、完善性维护、预防性维护。

预防性维护，如：对于一些老的软件开发公司，都会保留一些以前所开发出的程序，并且某些老程序仍然在为用户服务。但是，当初开发这些程序时并没有按照软件工程的方法学来开发，因此，这些程序的体系结构和数据结构都不符合软件工程的方法学的思想和理念，没有文档或文档不全，对曾经做过的维护修改也没有完整的记录等。

如何满足用户对上述这类程序的维护要求呢?为了修改这类程序以适应用户新的或变更的需求，可供选择的做法如下：

（1）为实现修改的要求，要反复多次地修改程序。

（2）仔细认真的分析程序，以尽可能多地掌握程序的内部工作细节，以便更有效地修改它。

（3）用软件工程方法学的理念重新设计、 重新编码和测试那些需要变更的软件。

（4）以软件工程方法学为指导，可以使用 CASE 工具（软件再工程技术）来帮助理解原有的设计。

由于第一种做法不够明确，因此，人们常采用后三种做法。其中第三种做法实质上是局部的再工程做法，第四种做法称为软件再工程技术。这样的维护活动也就是人们所说的预防性维护。

预防性维护方法是由 Miller 提出来的，他把这种方法定义为："把今天的方法学应用到昨天的系统上，以支持明天的需求。"

通常，在一个正在工作的，已经存在的程序版本情况下，重新开发一个大型程序，似乎是一种浪费。其实不然，能够说明问题的事实如下：

（1）维护一行源代码，可能是初期开发该行源代码的 14～40 倍所付出的代价；

（2）使用软件工程方法学重新设计软件的体系结构，它对将来的维护可能有很大的帮助；

（3）由于现有的程序版本可作为软件原型使用，开发生产率可大大高于平均水平；

（4）由于用户有较多的使用该软件的经验，因此，用户就能够很容易地搞清新的变更需求和变更的范围；

（5）利用逆向工程和再工程的工具，可以使一部分工作自动化；

（6）在完成预防性维护的过程中可以建立起完整的软件配置。

由于条件的局限性，目前预防性维护在全部维护活动中仅占很小比例，但是，人们应该重视这类维护，在条件具备时应该主动地进行预防性维护。

### 8.4.3 软件维护的特点

尽管软件维护所需的工作量较大，但长期以来软件的维护工作并未受到软件设计者的足够重视，另外，由于软件维护方面的资料较少，维护手段不多，从而给软件的维护带来一些不足。为了更好地理解软件维护的特点，人们将从软件工程方法学的角度来讨论软件维护工作的问题。

**1. 结构化维护**

结构化维护有一个完整的软件配置，那么在一个完整的软件配置下，维护活动就可以从评价设计文档开始，确定软件的结构特点、性能特点以及接口特点。估量改动将带来的影响，并且计划实施途径。然后首先修改设计，并且对所做的修改进行仔细复查。其次编写相应的源程序代码；再者使用在测试说明书中包含的数据进行回归测试。最后，把修改后的软件再次交付使用。

结构化维护，是在软件开发的早期应用软件工程方法学的结果。虽然有了完整的软件配置，并不能保证维护中没有问题，但确能大大提高软件维护的效率和总体质量。

**2. 非结构化维护**

非结构化维护的软件配置只能是程序代码，那么在程序代码的软件配置下，维护活动只能从评价程序代码开始，从而给维护带来了不少麻烦。但由于程序内部缺少文档而使评价更加困难，如对于软件结构、全程数据结构、系统接口、性能和设计约束等因素，使维护人员经常通过阅读程序代码来理解，这就会经常产生误解，而改动程序代码的后果也是难以估量的。由于没有测试方面的文档，就不可能进行回归测试，这就使得所做的修改无法进行有效的验证，使得所做的修改变得无法正常工作。

非结构化维护效率低，既浪费精力又遭受挫折的打击，非结构化维护没有使用方法学的良好定义，因此，需要付出较大代价。

**3. 结构化维护与非结构化维护的结构图**

如图 8-5 所示。

**4. 软件维护成本**

在过去的几十年中，软件维护的费用逐年上升。1970 年用于维护已有软件的费用只占软件总预算的 35%～40%，1980 年上升为 40%～60%，1990 年上升为 70%～80%。逐年上升的维护费用只不过是软件维护的最明显的有形费用，而其他一些现在还不明显的费用将来可能更为人们所关注。这些无形的代价有：

（1）有些看来是合理的改错或修改的要求不能及时满足时，引起用户的不满意。

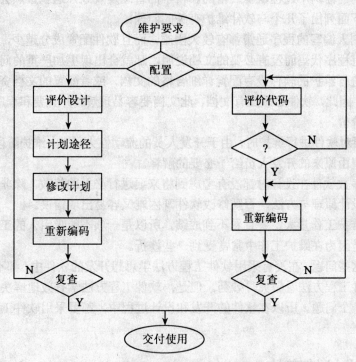

图 8-5　结构化维护与非结构化维护的结构图

（2）由于维护产生的改动，在软件中可能产生新的潜在的错误，从而会降低软件的质量。

（3）当必须把软件设计工程师调去做维护工作时，将会在设计过程中造成混乱。

软件维护的最终代价是生产率的大幅度下降，这种情况在维护老程序时会常常遇到。例如，据 Gausler 在 1976 年的报道，美国空军的飞行控制软件每条指令的开发成本是 75 美元，然而维护成本大约是每条指令 4000 美元，也就是说，生产率下降了 50 倍以上。

软件维护工作可分成生产性活动（例如：分析、评价，修改设计和编写程序代码等）和非生产性活动（例如：理解程序代码的含义及功能、解释数据结构、接口特点和性能限度等）。下述表达式给出维护工作的一个计算模型：

$$M = P + K * exp（c - d）$$

其中：

M 是维护中消耗的总工作量。

P 是生产性工作量。

K 是经验常数。

c 是复杂程度。

d 是维护人员对软件的熟悉程度。

通过上面的模型表明，如果使用了不好的软件开发方法（即，没有使用软件工程方法学方法），而且不是原来的开发人员所进行的维护工作，那么维护工作量和费用将按指数级上升。

**5. 维护的问题**

绝大多数与软件维护有关的问题，其根源都是因为软件的定义和软件的开发方法有缺陷。

在软件生命周期的前两个过程缺少严格的、科学的管理及规划，这就必然会导致在维护过程中出现问题。下面列出了几个与软件维护有关的问题：

（1）理解别人编写的程序通常都有较大困难，而且软件配置成分越少，其困难程度就会越大。如果只有程序代码而没有必要的文档说明，那就会出现更加严重的问题。

（2）若要进行维护的软件没有配置详细合格的文档，或者配置的文档资料不全，则会出现严重的问题。因此，软件必须配有文档，此文档要容易理解、并且要和程序代码完全一致，才能有真正的价值。

（3）若需要对软件进行维护时，由于开发人员的流动性大，加上维护阶段持续的时间长，因此，不能指望由原来的开发人员给予必要的解释。

（4）绝大多数软件在设计时都没有考虑到将来要进行必要的修改。除非在软件设计时采用了独立模块设计原理与方法，否则修改软件既困难又容易出现错误。

（5）软件维护工作量大，并且看不到成绩，所以是一项不能吸引人的工作。形成这种观念很大程度上是因为在维护工作中常常受到一些挫折。

对于上述这些问题，在没有采用软件工程方法学思想开发的软件中，都不同程度存在着。但不应该把软件工程方法看做灵丹妙药。但是，软件工程方法学有效地解决了软件维护过程中的有关的每一个问题。所以在软件的开发和设计过程中，都要采用软件工程方法学的方法进行设计软件。

## 8.5　软件维护的实施

软件维护过程的本质是修改和压缩了的软件定义、软件开发过程、软件测试过程。而且为了更好地进行软件维护，在提出一项软件维护要求之前，与软件维护有关的工作就已经开始了。首先必须建立一个维护组织机构，随后必须对每项维护要求写出维护申请报告以及评价维护过程，而且为每个维护要求规定一个标准化的处理序列。此外，还应该建立一个适用于维护活动的记录制度，并且规定评价复审的标准。

### 8.5.1　软件维护机构

在软件维护过程中，除了大型软件开发机构外，通常并不需要建立正式的维护机构，但是，对于一个小型的软件开发团体，非正式地确认一个维护机构是绝对必要的。维护机构的管理都是通过维护管理员转交给相应的系统管理员去评价。系统管理员是熟悉部分程序产品的技术人员。系统管理员对软件维护任务做出评价之后，由变化授权人决定应该进行的活动。图 8-6 描述了上述软件维护机构。

软件维护机构是在维护活动开始之前就明确了维护的责任，这样做可以大大减少软件维护过程中可能出现的混乱现象。

### 8.5.2　维护实施

#### 1. 维护申请

当用户有维护要求时，应按标准化的格式表达所有软件的维护要求。软件维护人员通常给用户提供空白的维护要求表（有时称为软件问题报告表），这个表格由要求维护活动的用户填写。如果遇到了一个错误，那么必须完整描述导致出现错误的情况（包括输入数据、输出

数据以及其他有关信息）。对于适应性维护或完善性维护的要求，用户还应该提出一个简要的
需求说明书。如前所述，由维护管理员和系统管理员评价用户提交的维护要求表。

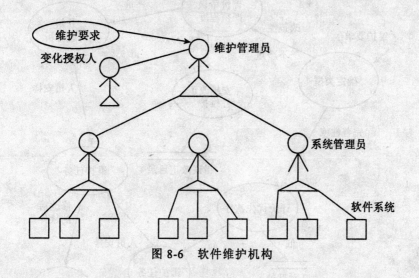

图 8-6　软件维护机构

维护申请报告是一个外部机构所提交的文档，它是计划维护活动的基础。软件机构内部
应按此制定出一个相应的软件修改报告，它给出下述信息：

（1）为满足某个维护要求所需要的工作量。

（2）维护要求所需修改变动的性质。

（3）这项要求的优先次序。

（4）与修改有关的事后数据。

在拟定进一步的维护计划之前，把软件修改报告提交给变化授权人审查批准。以便进行
下一步的工作。

**2. 维护的事件流**

图 8-7 描绘了由一项维护要求而表示的工作流程。首先应该确定要求进行维护的类型。
但对于同一种类型，用户经常把一项要求看做是为了改正软件的错误（改正性维护），而
设计人员可能把同一项要求看做是适应性维护或完善性维护。当存在不同意见时双方需要
进行反复协商，以求得意见统一和问题的解决。

根据图 8-7 的软件维护工作流程图看到，对一项改正性维护申请的处理，是从评价错误
的严重程度开始。如果是一个严重的错误（如关键性的系统不能正常运行了），此时应在系统
管理员的指导下组织人员，立即开始问题分析，找出错误的原因，进行紧急维护。如果错误
并不严重，那么改正性的维护和其他可根据轻重情况统筹安排。

对于适应性维护和完善性维护的要求沿着相同的路径处理。首先确定每个维护要求的优
先次序，对于优先权高的要求，应立即安排工作时间进行维护工作。而对于优先权不高的要
求，可把它看成是另一个开发任务一样统筹安排。

无论维护的类型如何，都需要进行同样的技术工作。这些工作包括：

（1）修改软件设计。

（2）复审设计。

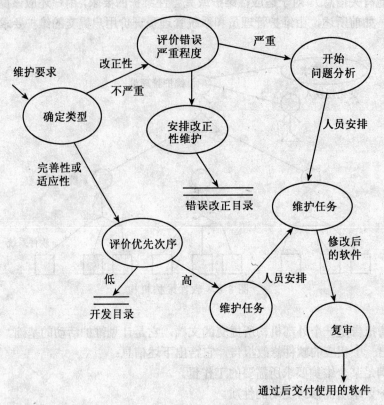

图 8-7　软件维护工作流程图

（3）必要的源代码修改。

（4）单元测试。

（5）集成测试（包括使用以前的测试方案的回归测试）。

（6）验收测试。

（7）复审。

在完成了每次的软件维护任务之后，进行必要的维护评审常常是很有好处的。一般说来，这种评审是对下述问题的总结：

（1）在当前环境下，设计、编码、测试中的哪些方面能进行改进？

（2）哪些维护资源是应该有的，而事实上却没有？

（3）维护工作中什么是主要的和次要的障碍？

（4）申请的维护类型中有预防性维护吗？

这种维护对将来的维护工作有着重要的指导意义，而且所提供的反馈信息对软件机构进行有效的管理是十分重要的。

**3. 维护记录**

在软件生命周期的维护阶段，保护好完整地维护记录十分必要，利用维护记录文档，可以有效地估价维护技术的有效性，能够有效地确定一个产品的质量和维护的费用。

如何整理和保存维护记录的呢？Swanson 提出了如下内容：

（1）程序标识。

（2）源代码语句数。

（3）机器指令数。

（4）使用的程序设计语言。

（5）程序的安装日期。

（6）安装后的程序运行次数。

（7）安装后的处理程序故障次数。

（8）程序变动的层次和名称。

（9）由于程序变动而增加的源代码语句数。

（10）由于程序变动而删除的源代码语句数。

（11）每项改动所耗费的人时数。

（12）程序修改的日期。

（13）软件维护工程师的名字。

（14）维护要求的标识。

（15）维护类型。

（16）维护开始和完成的时间。

（17）累计维护的人时数。

（18）维护工作的纯效益。

应该为每项维护工作都收集上述数据。上述这些项目构成了一个维护数据库的基础，利用这些项目，就可以对维护活动进行有效地评估。

## 8.5.3 维护文档

维护文档是影响软件可维护性的决定因素。由于长期的使用大型软件系统，在使用过程中必然会经受多次修改，所以文档比程序代码更重要。

软件系统的文档可以分为系统文档和用户文档两类。系统文档描述系统的设计、实现和测试等各方面的内容。用户文档主要描述系统功能和使用方法方面的内容，并不关心这些功能是怎样实现的。

一般来说，软件文档应该满足的主要要求是：描述如何使用这个系统；描述怎样安装和管理这个系统；描述系统的需求和设计；描述系统的实现测试，以便使系统成为可维护的。

下面分别讨论系统文档和用户文档。

**1. 系统文档**

所谓系统文档指从问题定义、需求说明到验收测试计划这样一系列和系统实现有关的文档。描述系统设计、实现和测试的文档对于理解程序和维护程序来说是十分重要的。系统文档应该能把读者从对系统概貌的了解，引导到对系统每个方面，每个特点更形式化，更具体的认识。

**2. 用户文档**

用户文档是用户了解系统的第一步，它应该能使用户获得对系统的准确的初步印象。文档的结构方式应该使用户能够方便地根据需要而阅读有关的内容。

用户文档至少应该包括以下几个方面的内容：

（1）功能描述，说明系统能做什么。

计算机科学与技术专业规划教材

（2）安装文档，说明怎样安装这个系统以及怎样使系统适应特定的硬件环境。

（3）使用手册，简要说明如何使用这个系统（应通过例子说明怎样使用常用的系统功能，还应该说明用户操作错误时怎样恢复和重新启动功能）。

（4）参考手册，详尽描述用户可以使用的所有系统设施以及它们的使用方法，还应该解释系统可能产生的各种出错信息的含义（对参考手册最主要的要求是完整，因此通常使用形式化的描述技术）。

（5）操作员指南（如果需要有系统操作员的话），说明操作员应该如何处理使用中出现的各种情况。

上述内容可以分别作为独立的文档，也可以作为一个文档的不同分册，具体做法应该由系统规模决定。

### 8.5.4  评价维护活动

评价维护活动是以维护记录为依据的。缺乏有效的维护数据就无法进行评价维护活动。如果维护记录记载好，就可以对维护工作做一些定量的度量。总体说来，可从下面几个方面评价和度量维护工作：

（1）每次程序运行时的平均失效次数。

（2）用于每一类维护活动的总人时数。

（3）每个程序、每种语言、每种维护类型所做的程序平均变动数。

（4）维护过程中增加或删除一个源代码语句平均花费的人时数。

（5）每种语言平均花费的人时数。

（6）一张维护要求表的平均处理时间。

（7）不同维护类型所占的百分比。

根据对维护工作定量度量的结果，可以做出关于开发技术、语言选择、维护工作量规划、资源分配及其他诸多方面的决定，而且还可以利用这样的数据去分析和评价维护工作。

## 8.6  软件可维护性

在软件设计过程中，由于一些软件设计人员，没有将软件工程方法学的思想应用在软件的设计过程中，从而造成了软件维护上的一些问题。另外，由于维护活动主要是完善性维护，处理不好就会带来新的错误。所以，软件的可维护性就显得十分重要。什么是软件的可维护性呢？人们把软件的可维护性定性地定义为：维护人员理解、修改、改动或改进软件的难易程度。

### 8.6.1  影响可维护性的因素

怎样来度量软件的可维护性呢？维护就是在软件交付使用后所进行的必要修改，修改之后所进行的必要测试，以保证软件修改和测试后的正确性。如果是改正性维护，还必须预先进行调试以确定错误的具体位置。一般来说，决定软件可维护性的因素主要有以下几个方面。

**1. 可理解性**

软件维护人员通过阅读程序代码和程序文档，能较好地理解程序代码的功能和实现，该软件可理解性就强。换句话说，可理解性表现为读者理解软件的结构、功能、接口和内部处理过程的难易程度。模块化（模块结构良好，高内聚，松耦合）、详细的设计文档、结构化设计、程序内部的文档和良好的高级程序设计语言等。

**2. 可测试性**

可测试性表明验证程序正确性的度量程度，即：诊断和测试的难易程度取决于软件理解的程度。良好的文档对诊断和测试是至关重要的，另外，软件结构、测试工具、调试工具以及测试过程也都是十分重要的。同时，维护人员应能获得测试方案，以便进行回归测试。对于程序模块，还可以用程序复杂度来度量它的可测试性。程序模块的环形复杂度越大，可执行的路径就越多，测试它的难度也就越大。

**3. 可修改性**

可修改性表明软件可修改的难易程度。一个容易修改的软件应与设计原理和启发式规则有着直接的关系。即：模块之间低耦合、模块内高内聚、信息隐藏、数据的局部化、作用域在控制域内等。这些指标都会影响软件的可修改性。

**4. 可移植性**

可移植性表明系统对硬件和软件环境兼容程度，如将程序从一种计算机环境（硬件配置和操作系统）移到另一种计算机环境，以及外部设备的更替等，都会对软件的可移植性产生一定的影响。

**5. 可重用性**

重用也叫再用或复用，是指同一事物不做修改或稍加改动就在不同环境中多次重复使用。一般来说，软件重用有三种：知识重用（如软件工程知识的重用）、方法和标准的重用（如面向对象方法的重用）、软件成分的重用。

大量使用可重用的软件构件来开发软件，可以从下面两个方面提高软件的可维护性：

（1）通常，重用的软件构件在设计时都经过很严格的测试，性能较高，并且每次在重用过程中都将发现和清除一些错误，随着时间推移，这样的构件将变成实质上无错误的构件。因此，软件中使用的可重用构件越多，软件的可靠性越高，改正性维护的需求就越少。

（2）可重用的软件构件经修改后可再次应用在新的环境中，因此，软件中使用的可重用构件越多，适应性和完善性的维护也就越容易。

## 8.6.2　软件可维护性的定量度量

根据 T. Gilb 在 1979 年的建议，把维护过程中各种维护活动的耗时记录下来，以此间接度量软件的可维护性。需要记录的时间有：问题识别的时间；因管理活动拖延的时间；收集维护工具的时间；分析、诊断问题的时间；修改规格说明的时间；具体的改错或修改的时间；局部测试的时间；集成或回归测试的时间；维护评审的时间；分发与恢复运行的时间。这十项表明了一个软件维护所包含的全部活动。周期越短，维护就越容易。

## 8.6.3　提高可维护性的方法

软件的可维护性对于延长软件的寿命具有决定性的意义。因此，不仅维护人员应该重视软件的可维护性，而且是软件的所有开发人员共同努力的事情。为了提高软件的可维护性，可从以下几个方面入手。

**1. 建立明确的软件质量目标和优先级**

影响软件质量的质量特性，有些是相互促进的，如可理解性和可修改性。有些是相互抵触的，如效率和可理解性。但是，对不同的应用，对这些质量特性的要求又不尽相同。如：对编译程序来说，可能强调效率。但对管理信息系统来说，可能强调的是可理解性和可修改性。因此，应当在明确软件质量目标的同时规定它们的优先级。这样有助于提高软件质量和可维护性。

### 2. 使用提高软件质量的技术和工具

模块化是提高软件可维护性的有效技术。其优点是：改动模块时其余模块不受影响或影响较小。测试和重复测试比较容易。错误易定位和纠正。容易提高程序效率等。

### 3. 选择可维护性好的程序设计语言

程序设计语言的选择，对程序的可维护性影响很大。低级语言，即机器语言和汇编语言，很难理解，很难掌握，因此很难维护。高级语言比低级语言容易理解，具有更好的可维护性。但同是高级语言，可理解的难易程度也不一样。

### 4. 改进程序文档

文档是影响可维护性的重要因素。因此，文档应满足如下要求：描述如何使用系统、描述怎样安装和管理系统、描述系统的需求和设计、描述系统的实现和测试。

在维护阶段，利用历史文档，可大大简化维护工作。其中历史文档有三种：系统开发日志、错误记录、系统维护日志。

### 5. 保证质量审查

从维护的角度来看，主要有四种类型的软件审查。

（1）开发过程的每个阶段终点的审查（见图8-8）。

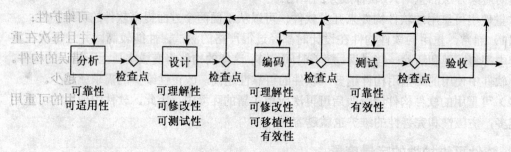

图 8-8　软件开发过程各个阶段的检查

（2）对软件包的审查。通常是对购买的软件进行检查，由于没有源代码和详细程序文档，主要检查该软件包程序所执行的功能是否与用户的要求和条件相一致。

（3）软件投入运行之前的审查。这是软件交付使用前的最后一次检查，以保证软件的可维护性。

（4）周期性维护审查。对软件做定期性的维护审查，以跟踪软件质量的变化。

## 8.6.4　可维护性复审

可维护性是所有软件都应该具备的基本特点，必须在开发阶段保证软件具有以前提到的那些可维护因素。在软件工程过程的每一个阶段都应该考虑并努力提高软件的可维护性，在每个阶段结束前的技术审查和管理复审中，应该着重对可维护性进行复审。

在需求分析阶段的复审过程中，应该对将来要改进的部分和可能会修改的部分加以注意并指明；应该讨论软件的可移植性问题，并且考虑可能影响软件维护的系统界面。

在正式的和非正式的设计复审期间，应该从容易修改、模块化和功能独立的目标出发，评价软件的结构和过程；设计中应该对将来可能修改的部分预做准备。

代码复审应该强调编码风格和内部说明文档这两个影响可维护性的因素。在设计和编码过程中应该尽量使用可重用的软件构件，如果需要开发新的构件，也应该注意提高构件的可重用性。

每个测试步骤都可以暗示在软件正式交付使用前，程序中可能需要做预防性维护的部分。在测试结束时进行最正式的可维护性复审，这个复审称为配置复审。配置复审的目的是保证软件配置的所有成分是完整的、一致的和可理解的，而且为了便于修改和管理已经编目归档了。

在完成了每项维护工作之后，都应该对软件维护本身进行仔细认真的复审。维护应该针对整个软件配置，不应该只修改源程序代码。当对源程序代码的修改没有反映在设计文档或用户手册中时，就会产生严重的后果。

每当对数据、软件结构、模块过程或任何其他有关的软件特点做了改动时，必须立即修改相应的技术文档。不能准确反映软件当前状态的设计文档可能比完全没有文档更坏。在以后的维护工作中很可能因文档不完全符合实际而不能正确理解软件，从而在维护中引入过多的错误。

用户通常根据描述软件特点和使用方法的用户文档来使用、评价软件。如果对软件的可执行部分的修改没有及时反映在用户文档中，则必然会使用户因为受挫折而产生不满。如果在软件再次交付使用之前，对软件配置进行严格的复审，则可大大减少文档的问题。事实上，某些维护要求可能并不需要修改软件设计或源程序代码，只是表明用户文档不清楚或不准确，因此只需要对文档做必要的维护。

# 8.7 软件再工程技术

软件维护不当可能会降低软件的可维护性，同时也阻碍新软件的开发。往往待维护的软件又常是软件的关键，若废弃它们而重新开发，这不仅十分浪费而风险也较大。因此，而引出了软件的再工程技术。

软件的再工程技术是一类软件的工程活动，通过对旧软件的实时处理，增进对软件的理解，而又提高了软件自身的可维护性、可复用性等。软件再工程可以降低软件的风险，有助于推动软件维护的发展，建立软件再工程模型。

## 8.7.1 软件再工程过程

典型的软件再工程过程模型如图 8-9 所示，该模型定义了六类活动。在某些情况下这些活动以线性顺序发生，但也并非总是这样，例如，为了理解某个程序的内部工作原理，可能在文档重构开始之前必须先进行逆向工程。

在图 8-9 中显示的软件再工程模型是一个循环模型，这意味着作为该模型的组成部分的每个活动都可能被重复，而且对于任意一个特定的循环来说，过程可以在完成任意一个活动之后终止。下面简要地介绍该模型所定义的 6 类活动。

计算机科学与技术专业规划教材

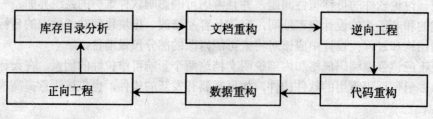

图 8-9    软件再工程过程模型

### 1. 库存目录分析

每个软件组织都应该保存其拥有的所有应用系统的库存目录。该目录包含关于每个应用系统的基本信息（例如：应用系统的名字，最初构建它的日期，已做过的实质性修改次数，过去 18 个月报告的错误，用户数量，安装它的机器数量，它的复杂程度，文档质量，整体可维护性等级，预期寿命，在未来 36 个月内的预期修改次数，业务重要程度等）。

每一个大的软件开发机构都拥有上百万行老代码，它们都可能是逆向工程或再工程的对象。但是，某些程序并不频繁使用而且不需要改变，此外，逆向工程和再工程工具尚不成熟，目前仅能对有限种类的应用系统执行逆向工程或再工程，代价又十分高昂，因此，对库中每个程序都做逆向工程或再工程是不现实的。下述 3 类程序有可能成为预防性维护的对象：

（1）预定将使用多年的程序；

（2）当前正在成功地使用着的程序；

（3）在最近的将来可能要做重大修改或增强的程序。

应该仔细分析库存目录，按照业务重要程度、寿命、当前可维护性、预期的修改次数等标准，把库中的应用系统排序，从中选出再工程的候选者，然后明智地分配再工程所需要的资源。

### 2. 文档重构

老程序固有的特点是缺乏文档。具体情况不同，处理这个问题的方法也不同。

（1）建立文档非常耗费时间，不可能为数百个程序都重新建立文档。如果一个程序是相对稳定的，正在走向其有用生命的终点，而且可能不会再经历什么变化，那么，让它保持现状是一个明智的选择。

（2）为了便于今后的维护，必须更新文档，但是由于资源有限，应采用"使用时建文档"的方法，也就是说，不是一下子把某应用系统的文档全部都重建起来，而是只针对系统中当前正在修改的那些部分建立完整文档。随着时间流逝，将得到一组有用的和相关的文档。

（3）如果某应用系统是完成业务工作的关键，而且必须重构全部文档，则仍然应该设法把文档工作减少到必需的最小量。

### 3. 逆向工程

逆向工程是一种通过对产品的实际样本进行检查分析，得出一个或多个产品的结果。软件的逆向工程是分析程序，以便在更高层次上创建出程序的某种表示的过程，也就是说，逆向工程是一个恢复设计结果的过程。逆向工程工具从现存的程序代码中抽取有关数据、体系结构和处理过程的设计信息。逆向工程过程如图 8-10 所示。

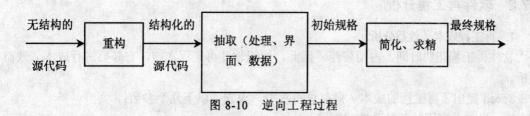

图 8-10　逆向工程过程

从图 8-10 中可以看出，逆向工程过程是从源代码开始，将无结构的源代码转化为结构化的源代码。这使得源代码比较容易阅读，并为后面的逆向工程活动提供基础。抽取是逆向工程的核心，内容包括处理抽取、界面抽区和数据抽取。处理抽取可以在不同的层次对代码进行分析，包括语句、语句段、模块、子系统、系统。界面抽取应先对现存用户界面的结构和行为进行分析和观察。同时，还应从相应的代码中抽取有关信息。数据提取包括内部数据结构的抽取、全部数据结构的抽取、数据库结构的抽取等。

逆向工程过程所抽取的信息，一方面可以提供给在维护活动中使用这些数据，另一方面可以用来重构原来的系统，使新系统更容易维护。

#### 4. 代码重构

代码重构是最常见的再工程活动。某些老程序具有比较完整、合理的体系结构，但是，个体模块的编码方式却是难以理解、测试和维护的。在这种情况下，可以重构可疑模块的代码。为了完成代码重构活动，首先用重构工具分析源代码，标注出和结构化程序设计概念相违背的部分。然后重构有问题的代码（此项工作可自动进行）。最后，复审和测试生成的重构代码（以保证没有引入异常）并更新代码文档。

通常，重构并不修改整体的程序体系结构，它仅关注个体模块的设计细节以及在模块中定义的局部数据结构。如果重构扩展到模块边界之外并涉及软件体系结构，则重构变成了正向工程。

#### 5. 数据重构

对数据体系结构差的程序很难进行适应性修改和增强，事实上，对许多应用系统来说，数据体系结构比源代码本身对程序的长期生存力有更大影响。

与代码重构不同，数据重构发生在相当低的抽象层次上，它是一种全范围的再工程活动。在大多数情况下，数据重构始于逆向工程活动，分解当前使用的数据体系结构，必要时定义数据模型，标识数据对象和属性，并从软件质量的角度复审现存的数据结构。当数据结构较差时（例如，在关系型方法可大大简化处理的情况下却使用平坦文件实现），应该对数据进行再工程。

由于数据体系结构对程序体系结构及程序中的算法有很大影响，对数据的修改必然会导致体系结构或代码层的改变。

#### 6. 正向工程

正向工程也称为革新或改造，这项活动不仅从现有程序中恢复设计信息，而且使用该信息去改变或重构现有系统，以提高其整体质量。正向工程过程应用软件工程的原理、概念、技术和方法来重新开发某个现有的应用系统。在大多数情况下，被再工程的软件不仅重新实现现有系统的功能，而且加入了新功能并且提高了系统的整体性能。

## 8.7.2　软件再工程分析

**1.　再工程成本／效益分析**

软件再工程花费时间，占用资源。因此，组织软件再工程之前，有必要进行成本／效益分析。

Sneed 提出了再工程的成本／效益分析模型，设置了以下几个参数：

$P_1$：当前某应用的年龄维护成本。

$P_2$：当前某应用的年运行成本。

$P_3$：当前某应用的年收益。

$P_4$：再工程后预期年维护成本。

$P_5$：再工程后预期年运行成本。

$P_6$：再工程后预期年业务收益。

$P_7$：估计的再工程成本。

$P_8$：估计的再工程日程。

$P_9$：再工程风险因子（名义上 $P_9=1.0$）

$L$：期望的系统生命期（以年为单位）。

具体成本：

和未执行再工程的持续维护相关的成本 $C_{maint} = [P_3 - (P_1 + P_2)] * L$

和再工程相关的成本 $C_{reeng} = [P_6 - (P_4 + P_5) * (L - P_8) - (P_7 * P_9)]$

再工程的整体收益 $C_{benefit} = C_{reeng} - C_{maint}$

**2.　再工程风险分析**

再工程和其他软件工程活动一样会遇到风险，因此必须在工程活动之前对再工程风险进行分析，以提高对策，防范再工程带来的风险。再工程风险有以下几个方面。

（1）过程风险：为进行再工程成本／效益分析或在规定的时间内未达到再工程的成本／效益要求，对再工程项目的人力投入缺乏管理，对再工程方案实施缺乏监督管理等。

（2）应用领域风险：再工程项目缺少本地应用领域专家的支持，对源程序代码不够熟悉等。

（3）技术风险：有些信息为得到充分应用，逆向工程得到的成果不能分享，缺乏再工程技术支持等。

（4）另外，还有人员风险、工具风险等。

# 本 章 小 结

软件配置管理是一种标识、组织和控制对正在建造的软件的修改技术，其目的是通过最大限度地减少错误来最大限度地提高生产率。配置管理的主要内容有标识配置项、基线控制、变更控制、版本管理和配置审核等。

软件维护是软件生命周期的最后一个阶段，也是持续时间长、工作量大且复杂的一个阶段。软件工程学的主要目的就是提高软件的可维护性，降低维护的代价。软件维护通常包括四类活动：改正性维护、适应性维护、完善性维护、预防性维护。

软件的可理解性、可测试性、可修改性、可移植性和可重用性，是决定软件可维护性的基本因素，软件重用技术是能从根本上提高软件可维护性的重要技术。

软件再工程是提高软件可维护的一项重要的软件工程活动。同软件开发相比，软件再工程不是从编写规格说明开始，而是从原有的软件出发，通过一系列的软件再工程活动，得到容易维护的新系统。软件再工程过程模型定义了库存目录分析、文档重构、逆向工程、代码重构、数据重构和正向工程6类活动。在某些情况下，以线性顺序完成这些活动，但也并不总是这样。上述模型是一个循环模型，这意味着每项活动都可能被重复，而且对于任意一个特定的循环来说，再工程过程可以在完成任意一个活动之后终止。

# 习　题

1. 什么是基线？为什么要建立基线？
2. 什么是配置活动？配置活动有哪些？
3. 配置审核与技术审核有什么不同？
4. 为什么软件需要维护？软件维护活动有哪些类型？
5. 软件的可维护性与哪些因素有关？
6. 在软件开发过程中应该采取哪些措施才能提高软件产品的可维护性？
7. 假设你的任务是对一个已有的软件做重大修改，而且只允许你从下述文档中选取两份：

（a）程序的规格说明。

（b）程序的详细设计结果（自然语言描述加上某种设计工具表示）；

（c）源程序清单（其中有适当数量的注解）。

你将选取哪两份文档？为什么这样选取？你打算怎样完成交给你的任务？

8. 如何提高软件的可维护性？
9. 什么是软件再工程？有何作用？
10. 为什么软件再工程比重新开发更有吸引力？
11. 从下列说法中选出五个正确的叙述：

（1）软件维护就是修改源代码。

（2）软件维护的目的之一就是提高软件的可维护性。

（3）在进行需求分析时应该考虑软件的维护问题。

（4）如果软件的时间效率和空间效率高，则可维护性一定好。

（5）软件维护过程本质上是修改和压缩了的软件定义和开发过程。

（6）软件过程是一个增加的过程。

（7）软件重构除了修改代码或数据外，还要修改整个软件的体系结构。

（8）如果在软件开发时重视软件工程的思想，则不会出现软件维护的问题。

（9）模块的独立性愈高，模块的可维护性愈好。

（10）"修改工资管理程序，以体现新的结算方法"是一种适应性维护。

计算机科学与技术专业规划教材

# 第9章 质量保证与软件工程标准化

【学习目的与要求】软件质量贯穿整个软件生命周期，是软件开发过程中所使用的各种技术、方法的最终体现。因此，软件质量的评价和质量保证是软件工程研究的重要内容之一。本章主要介绍软件质量、软件可靠性和复杂性、软件工程标准化和软件能力成熟度模型等基本概念，重点介绍软件质量保证体系和软件可靠性评价方法。通过本章的学习，要求掌握软件质量概念、质量保证、软件可靠性等基本理论知识，熟悉软件质量度量、建立软件质量保证体系和软件可靠性评价方法、步骤和策略，了解软件工程标准化、质量认证和CMM的基本知识，为今后的工作奠定坚实的理论和实践基础。

## 9.1 软件质量概念

质量通常指产品的质量，广义的还包括工作的质量。产品质量是指产品的使用价值及其属性。而工作质量则是产品质量的保证，它反映了与产品质量直接有关的工作对产品质量的保证程度。从项目作为一次性的活动来看，项目质量体现在由工作分解结构反映出的项目范围内所有的阶段、子项目、项目工作单元的质量所构成，即项目的工作质量。软件产品的质量实际上就是软件项目工作质量的反映。

### 9.1.1 软件质量及特征指标

#### 1. 软件质量的定义

什么是软件质量呢?有多种关于软件质量的定义。

美国国家标准协会（American National Standards Institute，ANSI）对软件质量的定义是："软件质量是软件产品或服务特性的整体"。

国际标准ISO6402对质量定义，质量是反映实体满足规定或潜在需要的特性总和。质量特性就是产品或服务为满足人们明确或隐含的需要所具备的能力、属性和特征的总和。现行的质量定义特别强调要满足顾客的需要。

IEEE（Institute of Electrical and Electronics Engineers，电气和电子工程师协会）对软件质量的定义包含四个方面内容：软件产品具备满足给定需求特性及特征的总体的能力；软件拥有所期望的各种属性组合的程度；用户认为软件满足他们综合期望的程度；软件组合特性可以满足用户预期需求的程度。

中华人民共和国国家标准（GB／T16260—1996）的定义：反映产品或服务满足明确或隐含需求能力的特征和特性的总和。软件质量特性是用以描述和评价软件产品质量的一组属性。一个软件质量特性可被细分成多级子特性。

#### 2. 软件质量可以用六个特征指标来评价

（1）功能特征：与一组功能及其指定性质有关的一组属性，这里的功能是满足明确或隐含的需求的那些功能。

（2）可靠性特征：与在规定的一段时间和条件下能维持其性能程度有关的一组属性。

（3）易用性特征：由一组规定或潜在的用户为使用软件所需做的努力和所作的评价有关的一组属性。

（4）效率特征：与在规定条件下软件的性能水平与所使用资源量之间关系有关的一组属性。

（5）可维护性特征：与进行指定的修改所需的努力有关的一组属性。

（6）可移植性特征：与软件从一个环境转移到另一个环境的能力有关的一组属性。其中每一个质量特征都分别与若干子特征相对应。

由此可见，软件质量反映了以下三个方面的问题：

质量的影响力不仅仅在开发产品和最终交付用户的时候存在，它还关系到产品的整个生命周期。追求产品的质量有两个主要目的：开发正确的产品和正确的开发产品。

定量地评价软件的质量，目前尚不能精确做到。一般采取由若干（6～10）位软件专家进行打分来评价。计算打分的平均值和标准偏差。根据评分的结果，对照评价指标，检查某个质量特性是否达到了要求的质量标准。如果某个质量特性不符合规定的标准，就应当分析这个质量特性，找出为什么达不到标准的原因。分析原因也应该自顶向下进行。按系统级、子系统级、模块级逐步分析。

## 9.1.2  质量评价模型

人们通常用软件质量模型来描述影响软件质量的特性。已有多种软件质量的模型，它们共同的特点是把软件质量特性定义成分层模型。在这种分层的模型中，最基本的叫做基本质量特性，它可以由一些子质量特性定义和度量。二次特性在必要时又可由它的一些子质量特性定义和度量。下面介绍几个影响较大的软件质量模型。

### 1. ISO 软件质量评价模型

按照 ISO / TC97 / SC7 / WG3 / 1985-1-30 / N382，软件质量度量模型由三层组成。

（1）高层（Toplevel）：软件质量需求评价准则（SQRC）。

（2）中层（Midlevel）：软件质量设计评价准则（SQDC）。

（3）低层（Lowlevel）：软件质量度量评价准则（SQMC）。

ISO 认为，应对高层和中层建立国际标准，在国际范围内推广软件质量管理（SQM）技术，而低层可由各使用单位视实际情况制定。ISO 的三层次模型来自 McCall 等人的模型。高层、中层和低层分别对应于 McCall 模型中的特性、度量准则和度量。其中，SQRC 由 8 个元素组成（见图 9-1）。由于许多人纷纷提出意见，按 1991 年 ISO 发布的 ISO / IEC 9126 质量特性国际标准，SQRC 已降为 6 个。在这个标准中，三层次中的第一层称为质量特性。该标准定义了 6 个质量特性，即功能性、可取性、可维护性、效率、可使用性、可移植性；第二层称为质量子特性，推荐了 21 个子特性，如适合性、准确性、互用性、依从性、安全性、成熟性、容错性、可恢复性、可理解性、易学习性、操作性、时间特性、资源特性、可分析性、可变更性、稳定性、可测试性、适应性、可安装性、一致性、可替换性等，但不作为标准。第三层称为度量。

### 2. McCall 软件质量评价模型

这是 McCall 等人于 1979 年提出的软件质量模型，其软件质量概念基于 11 个特性之上。

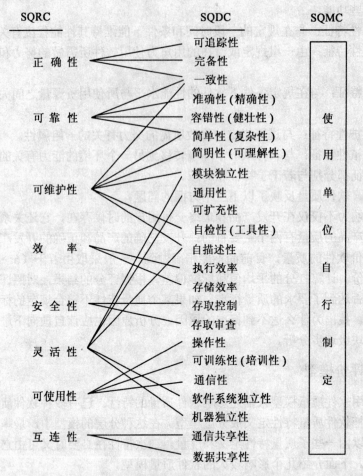

图 9-1　ISO 软件质量度量模型

而这 11 个特性分别面向软件产品的运行、修正、转移。它们与特性的关系如图 9-2 所示。

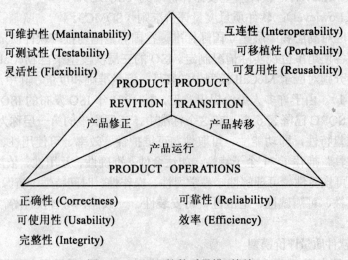

图 9-2　McCall 软件质量模型框架

McCall 等人给出的质量特性定义如表 9-1 所示。

| 表 9-1 | 质量特性表 |
| --- | --- |
| 正确性 | 在预定环境下，软件满足设计规格说明及用户预期目标的程度，它要求软件没有错误 |
| 可靠性 | 软件按照设计要求，在规定时间和条件下不出故障、持续运行的程度 |
| 效率 | 为完成预定功能，软件系统所需计算机资源的多少 |
| 完整性 | 为了某一目的而保护数据免受偶然或有意的破坏、被改动或遗失的能力 |
| 可使用性 | 对于一个软件系统，用户学习、使用软件及为程序准备输入和解释输出所需工作量的大小 |
| 可维护性 | 为满足用户新的要求，或当环境发生了变化，或运行中发现了新的错误时对一个已投入运行的软件进行相应诊断和修改所需工作量的大小 |
| 可测试性 | 调试软件以确保其能够执行预定功能所需工作量的大小 |
| 灵活性 | 修改或改进一个已投入运行的软件所需工作量的大小 |
| 可移植性 | 将一个软件系统从一个计算机系统或环境移植到另一个计算机系统或环境中运行时所需工作量的大小 |
| 可复用性 | 一个软件（或软件的部件）能再次用于其他应用（该应用的功能与此软件或软件部件的所完成的功能有联系）的程度 |
| 互连性 | 又称相互操作性，连接一个软件和其他系统所需工作量的大小。如果这个软件要联网，或与其他系统通信，或要把其他系统纳入自己的控制之下，必须有系统间的接口，使之可以联结 |

通常，对表 9-1 的各个质量特性直接进行度量是很困难的，在有些情况下甚至是不可能的。为此，定义了一组量度。对每个建立了质量指标的要素，找出属于该要素的所有准则。准则的权说明了准则和要素的特殊关系，即准则在要素中所占的比重。加权的结果形式如矩阵 $M$：

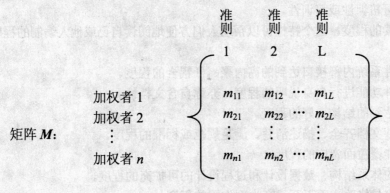

矩阵 $M$：

$$M = \begin{array}{c} \text{加权者 1} \\ \text{加权者 2} \\ \vdots \\ \text{加权者 } n \end{array} \begin{pmatrix} m_{11} & m_{12} & \cdots & m_{1L} \\ m_{21} & m_{22} & \cdots & m_{2L} \\ \vdots & \vdots & & \vdots \\ m_{n1} & m_{n2} & \cdots & m_{nL} \end{pmatrix}$$

其中，$m_{ij}$ 代理第 $i$ 个打分员为第 $j$ 个准则加的权。

对矩阵 $M$ 作适当变换，可以得到权重向量 $W$：

$w = (W_1, W_2, \cdots, W_j)$，其中 $W_j$ 是第 $j$ 个准则的权，$W_j$ 的计算方法如下：

$$W_j = \frac{1}{n} x \sum_{i=1}^{n} (m_{ij} / \sum_{j=1}^{L} m_{ij}) \qquad \text{而且} \sum_{j=1}^{L} W_j = 1$$

这里得到的准则的权值没有考虑到准则和其他要素可能发生的冲突。在准则的权值初步确定以后，可以考察要素与准则的关系，适当调整准则的权，提高对其他要素起有利影响的准则的权，降低对其他要素有不利影响的准则的权，使总的质量指标满足系统要求。

在考虑了准则与要素的关系后得到的权值 $W$，如果某个质量要素有 $L$ 个准则，这 $L$ 个准则对子系统来说分别得分是 $a_1, a_2, \cdots, a_L$，则，这个要素对该子系统的得分为：

$$Fq = a_1 \times w_1 + a_2 \times w_2 + \cdots + a_L \times w_L$$

McCall 建议软件属性分级范围一般从 0（最低）到 10（最高）。各评价准则定义如下：

可跟踪性：在特定的开发和运行环境下，跟踪设计表示或实际程序部件到原始需求的（可追溯）能力。

完备性：软件需求充分实现的程度。

一致性：在整个软件设计与实现的过程中技术与记号的统一程度。

安全性：防止软件受到意外或蓄意存取、使用、修改、毁坏及防止泄密的程度。

容错性：系统出错（机器临时发生故障或数据输入不合理）时，能以某种预定方式做出适当处理，得以继续执行和恢复系统的能力。又称健壮性。

准确性：能达到的计算或控制精度。又称精确性。

简单性：在不复杂、可理解的方式下，定义和实现软件功能的程度。

执行效率：为了实现某个功能，提供使用最少处理时间的程度。

存储效率：为了实现某个功能，提供使用最少存储空间的程度。

存取控制：软件对用户存取权限的控制方式达到的程度。

存取审查：软件对用户存取权限的检查程度。

操作性：操作软件的难易程度。通常取决于与软件操作有关的操作规程，以及是否提供有用的输入 / 输出方法。

易训练性：软件辅助新的用户使用系统的能力。这取决于是否提供帮助用户熟练掌握软件系统的方法。又称可培训性或培训性。

简明性：软件易读的程度。这个特性可以帮助人们方便地阅读自己或他人编制的程序和文档。又称可理解性。

模块独立性：软件系统内部接口达到的高内聚、低耦合的程度。

自描述性：对软件功能进行自身说明的程度。亦称自含文档性。

结构性：软件能达到的结构良好的程度。

文档完备性：软件文档齐全、描述清楚、满足规范或标准的程度。

通用性：软件功能覆盖面宽广的程度。

可扩充性：软件的体系结构、数据设计和过程设计的可扩充的程度。

可修改性：软件容易修改，而不至于产生副作用的程度。

自检性：软件监测自身操作效果和发现自身错误的能力。

机器独立性：不依赖于某个特定设备及计算机而能工作的程度。又称硬件独立性。

软件系统独立性：软件不依赖于非标准程序设计语言特征、操作系统特征，或其他环境约束，仅靠自身能实现其功能的程度。又称软件独立性或自包含性。

通信共享性：使用标准的通信协议、接口和带宽的标准化程度。

数据共享性：使用标准数据结构和数据类型的程度。

通信性：提供有效的 I／O 方式的程度。

需要特别注意的是，正确性和容错性是相互补充的。正确的程序不一定是可容错的程序，反过来，可容错的程序不一定是完全正确的程序。这就要求一个可靠的软件系统应当在正常的情况下能够正确地工作，而在意外的情况下，也能做出适当的处理，隔离故障，尽快地恢复，这才是一个好的程序。此外，有人在灵活性中加了一个评价准则，叫做"可重配置特性"，它是指软件系统本身各部分的配置能按用户要求实现的容易程度。在简明性中也加了一个评价准则，即"清晰性"，它是指软件的内部结构、内部接口要清晰，人机界面要清晰。

### 3. Boehm 质量评价模型

1976 年，Boehm 等人提出了定量地评价软件质量的概念，并给出了 60 个质量量度公式，说明怎样用来评价软件质量。他们第一次提出了软件质量度量的层次模型。Boehm 等人提出的软件质量量度模型，如图 9-3 所示。

Boehm 等人认为，软件产品质量主要应从以下三个方面来评价：

（1）软件的可使用性。

（2）软件的可维护性。

（3）软件的可移植性。

从模型可知，他们把软件质量概念分解为若干层次，对于最底层的软件质量引入数量化的概念，以此求得对软件质量的整体评价。

Boehm 等人关于软件质量特性定义如下：

（1）可使用性：程序可靠的、高效率的、考虑到人的因素的程度。

（2）可维护性：当需求改变时，程序修改和完善的难易程度。

（3）可移植性：程序在其他计算机配置上运行的难易程度。

（4）可靠性：程序完成预定功能的程度。

（5）效率：程序在一定资源情况下，完成预定功能的程度。

（6）环境工程：程序在用户一定时间和精力下或不影响用户信心的前提下，完成任务的程度。

（7）可测试性：为程序建立验证准则和性能评价的难易程度。

（8）可理解性：程序便于用户理解的难易程度。

（9）可修改性：程序便于修改的难易程度。

（10）设备独立性：程序能在其他硬件配置上运行的难易程度。

（11）完整性：给出程序的所有部分和各部分充分开发的程度。

（12）准确性：程序的输出满足原定目标的程度。

（13）一致性：程序中出现的标记、术语和符号前后一致的程度。

（14）设备效率：程序使用设备资源的程度。

（15）可存取性：可灵活选择程序构件的难易程度。

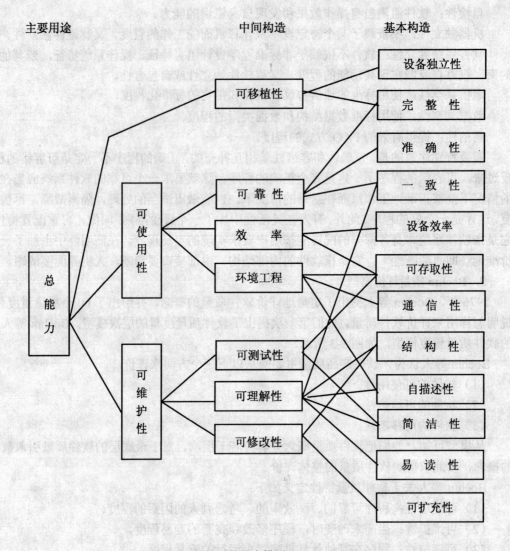

图 9-3　软件质量量度模型

（16）通信性：程序便于用户使用满足规格说明的输入和输出的难易程度。

（17）结构性：程序中相互依赖部分组织模式的确定程度。

（18）自描述性：用户在确定或验证程序目标、假设、限制、输入、输出和修改状态时，程序能提供信息的程度。

（19）简洁性：多余信息不在程序中出现的程度。

（20）易读性：通过阅读程序来理解其功能的难易程度。

（21）可扩充性：程序的计算能力或数据存储可扩充的程度。

### 9.1.3　质量控制与质量保证

在软件项目管理中，质量管理总是围绕着质量保证过程和质量控制过程两方面。

**1. 软件质量控制**

质量控制（Software Quality Control, SQC）是为了保证每一件工作产品都满足对它的需求而应用于整个开发周期中的一系列审查、评审和测试，这包括项目质量的事前控制、事中控制和事后控制的项目质量管理控制工作。

质量控制在创建产品过程中包含一个反馈循环。度量和反馈相结合，使得人们能够在得到的工作产品不能满足其规约时调整开发过程。质量控制活动可以是全自动的、全人工的或自动与人工相结合的。质量控制中的关键概念之一是所有工作产品是具有定义好的并可度量的规约。

质量控制活动包括代码检查、单元测试、集成测试、环境测试等，由开发人员负责。编码人员在编写代码时要进行同步单元测试，单元测试要达到分支覆盖，产品通过单元测试和编码检查后，应提交给测试部进行集成测试、系统测试。测试部的测试应达到质量目标要求，软件发布时应达到测试通过准则的要求。

**2. 软件质量保证**

质量保证（Software Quality Assurance，SQA）是为保证产品和服务充分满足用户要求的质量而进行的有计划、有组织、有系统的活动。SQA 的内容包括：一种质量管理方法；有效的软件、工程技术（方法和工具）；在整个软件工程过程中采用的正式的技术复审；一种多层次的测试策略；对软件文档及其修改的控制；保证软件遵从软件开发标准的规程；度量和报告机制。

软件质量保证的主要措施有如下三个方面：

（1）审查。在软件生命周期每个阶段结束之前，都正式用结束标准对该阶段生产出的软件配置成分进行严格的技术审查。统计数字表明，在大型软件产品中检测出的错误，60%～70%属于规格说明错误或设计错误，而正式技术复审在发现规格说明错误和设计错误方面的有效性高达 75%。由于能够检测出并排除掉绝大部分这类错误，复审可大大降低后续开发和维护阶段的成本。

（2）复查和管理复审。每个阶段开始时的复查，是为了肯定前一阶段结束时进行认真的审查，已经具备了开始当前工作所必需的材料。管理复查指向开发组织或使用部门的管理人员，提供有关项目的总体状况，成本和进度等方面的情况，以便他们从管理角度对开发工作进行审查。

（3）测试。测试包括测试计划，测试过程和测试案例。

如果将软件的生产比喻成一条产品加工生产线的话，那 SQA 只负责生产线本身的质量保证，而不管生产线中单个产品的实际质量情况。SQA 通过保证生产线的质量来间接保证软件产品的质量。而 SQC 不管生产线本身的质量，而只关注生产线中生产的产品在每一个阶段的质量是否符合预期的要求。

在质量控制和保证活动中可以采用控制图、帕累托图和统计抽样技术来进行软件质量分析。

## 9.1.4　质量保证体系

软件的质量保证活动涉及各个部门的活动，贯穿在软件生命周期的每个阶段。例如，如果在用户处发现了软件故障，用户服务部门就应听取用户的意见，再由检查部门调查该产品的检验结果，进而还要调查软件实现过程的状况，并根据情况确定故障原因，对不当之处加以改进。同时制定措施以防止再发生问题。为了顺利开展以上活动，事先明确部门间的质量保证业务，确立部门间的联合与协作的质量保证工作体制十分重要，这个体制就是质量保证体系。

在软件企业的质量保证体系建设过程中，一般需要独立完成五个流程：项目管理流程、软件开发流程、软件测试流程、质量保证流程和配置管理流程。这些流程相辅相成，各自之间都有相应的接口，通过项目管理流程将所有的活动贯穿起来，共同保证软件产品的质量。

软件企业在规划质量保证体系的时候都会选择一个模型，目前比较流行的模型有：ISO9000:2000、CMMI 等，具体选用哪种模型，需要根据企业的实际情况，能充分的协调人、技术、过程三者之间的关系，使之能充分地发挥作用，促进生产力的发展。

图 9-4 是软件质量保证体系的图例。在质量保证体系图上，各部门横向安排，而纵向则顺序列出在软件生命周期各阶段质量保证活动的工作。由图 9-4 可见，每项活动范围所涉及的相关部门，质量管理部门的质量控制活动贯穿在每项工作中。并且在软件生命周期每个阶段结束之前，都用结束标准对该阶段生产出的软件配置成分进行严格的评审。

制定质量保证体系图应注意以下一些问题：

（1）明确反馈途径。

（2）在体系图的纵向（纵坐标方向）顺序写明开发阶段，在横向（横坐标方向）写明组织机构，明确各部门的职责。

（3）确定保证系统运行的方法、工具、有关文档资料，以及系统管理的规程和标准。

（4）明确决定是否可向下一阶段进展的评价项目和评价准则。

（5）不断地总结系统管理的经验教训，改进系统。

在质量保证体系图的基础上制订质量保证计划。在这个计划中确定质量目标，提出在每个阶段为达到总目标所应达到的要求，对时间、人员、工作内容、工作职责、工作方法等做出详细的安排。

在这个质量保证计划中，包括的软件质量保证规程和技术准则有：

（1）指示在何时、何处进行文档检查和程序检查；

（2）指示应当采集哪些数据，以及如何进行分析处理，现有的错误如何修正；

（3）描述希望得到的质量度量；

（4）规定在项目的哪个阶段进行评审及如何评审；

（5）规定在项目的哪个阶段应当产生哪些报告和计划；

（6）规定产品各方面测试应达到的水平。

在计划中说明各种软件人员的职责时，要规定为了达到质量目标他们必须进行哪些活动。还要根据这个质量保证体系图，建立在各阶段中执行质量评价的质量评价和质量检查系统及有效运用质量信息的质量信息系统，并使其运行。

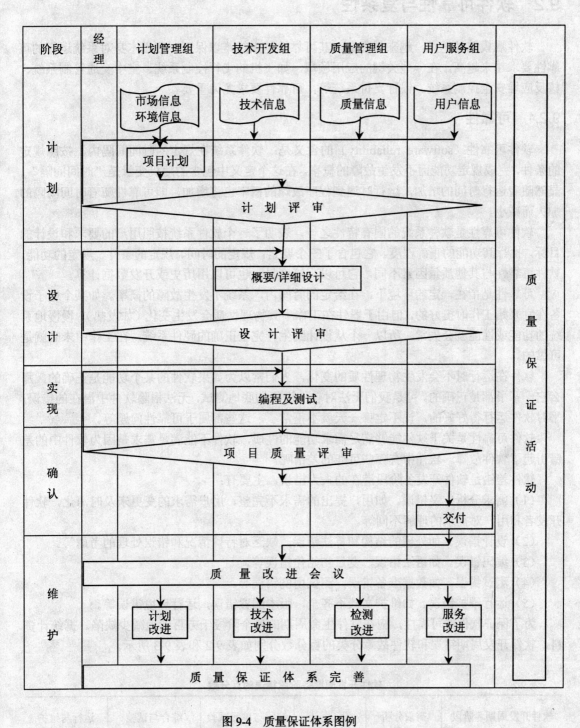

图 9-4　质量保证体系图例

## 9.2　软件可靠性与复杂性

软件规模越做越大，越来越复杂，其可靠性越来越难以保证。应用本身对系统运行的可靠性要求越来越高，在一些关键的应用领域，如飞机的飞行控制系统、空中交通管制系统、核反应堆安全控制系统、银行支付系统等，可靠性要求尤为重要。

### 9.2.1　可靠性

软件可靠性（software reliability）的含义是：软件系统在规定的时间间隔内，按照规定的条件，完成规定功能而不发生故障的概率。在这个定义中包含的随机变量是"时间间隔"。显然随着运行时间的增加，运行时遇到程序故障的概率也将增加，即可靠性随着时间间隔的加大而减小。

软件可靠性是软件系统的固有特性之一，表明了一个软件系统按照用户的要求和设计的目标，执行其功能的正确程度。它包含了三个要素：规定的时间、规定的条件、规定的功能。软件可靠性与其他质量因素不同，它可以直接度量，也可以用历史或开发数据计算。

可靠性是指在一定的环境下，在给定的时间内，系统不发生故障的概率。如某个电子设备在刚开始工作时挺好的，但由于器件在工作中其物理性质会发生变化（如发热），慢慢地系统的功能或性能就会失常。所以一个从设计到生产完全正确的硬件系统，在工作中未必就是可靠的。

软件在运行时不会发生物理性质的变化，人们常以为如果软件的某个功能是正确的，那么它一辈子都是正确的。可是我们无法对软件进行彻底地测试，无法根除软件中潜在的错误。平时软件运行得好好的，说不定哪一天就不正常了，这些都属于可靠性问题等。

软件可靠性是关于软件能够满足需求功能的性质，软件不能满足需求是因为软件中的差错引起了软件故障。软件中有哪些可能的差错呢？

软件差错是软件开发各阶段潜在的人为错误，主要有：

（1）需求分析定义错误。如用户提出的需求不完整，用户需求的变更未及时消化，软件开发者和用户对需求的理解不同等。

（2）设计错误。如处理的结构和算法错误，缺乏对特殊情况和错误处理的考虑等。

（3）编码错误。如语法错误，变量初始化错误等。

（4）测试错误。如数据准备错误，测试用例错误等。

（5）运行维护错误。如维护文档不齐全，版本配置错误，运行环境错误等。

为了保证软件的可靠性，应在软件生命周期的各个阶段千方百计地减少缺陷。据统计资料，软件开发周期错误和软件故障分类的百分数分别如表 9-2 和表 9-3 所示。

表 9-2　　　　　　　　　　软件开发周期各阶段错误的百分数

| 软件开发周期各阶段 | 需求分析 | 设　计 | 编码与单元试验 | 综合与试验 | 运行与维护 |
|---|---|---|---|---|---|
| 错误百分数（%） | 55 | 17 | 13 | 10 | 5 |

| 表 9-3 | | | 软件故障分类的百分数 | | | | | | |
|---|---|---|---|---|---|---|---|---|---|
| 故障分类 | 需求变化 | 逻辑设计 | 数 据 | 相 互 | 环 境 | 人的因素 | 计 算 | 文件提供 | 其 他 |
| 软件故障分类<br>百分数（%） | 36 | 28 | 6 | 6 | 5 | 5 | 5 | 2 | 7 |

由表 9-2 和表 9-3 中的统计数据可知，在软件生命周期的各个阶段都可能发生软件错误或故障。而需求分析和软件设计阶段发生错误或故障的比重占多数。

## 9.2.2 可靠性的评价指标

根据相关的软件测试与评估要求，可靠性可以细化为成熟性、稳定性、易恢复性等。对于软件的可靠性评价主要采用定量评价方法。选择合适的可靠性度量因子（可靠性参数），然后分析可靠性数据而得到具体参数值，最后进行综合评价。具体的评价指标有以下一些。

### 1. 可用性

可用性指软件运行后在任一随机时刻需要执行规定任务或完成规定功能时，软件处于可使用状态的概率。可用性是对应用软件可靠性的综合（即综合各种运行环境以及完成各种任务和功能）度量。简而言之，就是系统完成特定功能的时间总量。

### 2. 初期故障率

初期故障率是指软件在初期故障期（一般以软件交付给用户后的 3 个月内为初期故障期）内单位时间的故障数。一般以每 100 小时的故障数为单位。可以用它来评价交付使用的软件质量与预测什么时候软件可靠性基本稳定。初期故障率的大小取决于软件设计水平、检查项目数、软件规模、软件调试彻底与否等因素。

### 3. 偶然故障率

指软件在偶然故障期（一般以软件交付给用户后的 4 个月以后为偶然故障期）内单位时间的故障数。一般以每 1000 小时的故障数为单位，它反映了软件处于稳定状态下的质量。

### 4. 平均失效前时间（MTTF）

指软件在失效前正常工作的平均统计时间。

### 5. 平均失效间隔时间（MTBF）

指软件在相继两次失效之间正常工作的平均统计时间。在实际使用时，MTBF 通常是指当 n 很大时，系统第 n 次失效与第 n+1 次失效之间的平均统计时间。对于失效率为常数和系统恢复正常时间很短的情况下，MTBF 与 MTTF 几乎是相等的。国外一般民用软件的 MTBF 大体在 1000 小时左右。对于可靠性要求高的软件，则要求在 1000～10000 小时之间。

### 6. 缺陷密度（FD）

指软件单位源代码中隐藏的缺陷数量。通常以每千行无注解源代码为一个单位。一般情况下，可以根据同类软件系统的早期版本估计 FD 的具体值。如果没有早期版本信息，也可以按照通常的统计结果来估计。典型的统计表明，在开发阶段，平均每千行源代码有 50～60 个缺陷，交付后平均每千行源代码有 15～18 个缺陷。

### 7. 平均失效恢复时间（MTTR）

指软件失效后恢复正常工作所需的平均统计时间。对于软件，其失效恢复时间为排除故障或系统重新启动所用的时间，而不是对软件本身进行修改的时间（因软件已经固化在机器内，修改软件势必涉及重新固化问题，而这个过程的时间是无法确定的）。

### 8. 平均不工作时间（MTBD）

指软件系统平均不工作时的间隔时间，MTBD 一般比 MTBF 要长，它反映了系统的稳定性。

### 9. 平均操作错误时间（MTBHE）

指软件操作错误的平均间隔时间，它一般与软件的易操作性和操作人员的训练水平、因软件缺陷造成的不工作时间、因软件缺陷而损失的时间等有关。

### 10. 软件系统不工作时间均值（MDT）

指软件因系统故障不工作时间的平均值。

### 11. 初始错误个数（NC）

指在软件进行排错之前，估计出的软件中含有错误的个数。

### 12. 剩余错误个数（ND）

指在软件经过一段时间的排错之后，估计出软件中含有错误的个数。

## 9.2.3 系统的稳态可用性计算

如果在一段时间里，软件系统故障停机时间分别为 td1，td2，td3……正常运行时间分别为 tul，tu2，tu3……则系统的稳态可用性 A 为：

$$A = \sum tu_i / \left( \sum tu_i + \sum td_i \right)$$

如果引进系统平均无故障时间 MTTF 和系统平均维修时间 MTTR 的概念，那么，软件系统的稳态可用性可以表示为：

$$A = MTTF / (MTTF + MTTR) \times 100\%$$

由此可见，系统的可用性定义为系统保持正常运行时间的百分比。

例如，假设某软件系统平均每六个月出现一次故障，将该软件恢复到正常工作状态平均需要 60 分钟。则该软件系统的可用性为：

可用性 ＝6 个月 ／（6个月＋60 分钟）＝ 99.98%

平均维修时间 MTTR（Mean Time to Repair）是发生故障后维修和重新恢复正常运行平均花费的时间，它取决于维护人员的技术水平和对系统的熟悉程度，也和系统的可维护性有重要关系。即系统的可维护性越好，平均维修时间越短。

平均无故障时间 MTTF（Mean Time To Failure）是系统按照规格说明书的规定成功运行的平均时间，它主要取决于系统中潜伏的缺陷数目，因此和测试的关系十分密切。系统的可靠性越高，平均无故障时间越长。

为了直观地度量软件的可靠性，还可以采用"平均失效间隔时间"MTBF（Mean Time Between Failure）。具体来说，是指相邻两次故障之间的平均工作时间，也称为平均故障间隔。

$$MTBF = MTTF + MTTR$$

MTBF 值越大，无故障工作的时间越长，就越稳定可靠。

### 9.2.4 平均无故障运行时间的估算

软件的平均无故障运行时间 MTTF 是一个重要的质量指标,用户往往把 MTFF 作为对软件的一种性能需求提出来。为满足用户的需求,开发组织就应当在交付产品时估算出产品的 MTTF 值。

为了估算 MTTF,首先引入一组符号:

Et:测试之前程序中的缺陷总数;

It: 机器指令总数衡量的程序长度;

$\tau$: 测试(包括调试)时间;

Ed($\tau$):在 0~$\tau$ 时间内发现的错误总数;

Ec($\tau$):在 0~$\tau$ 时间内改正的错误总数;

E$\tau$:在 0~$\tau$ 时间后剩余的缺陷数。

建立一组基本假定:

(1)在类似的程序中,单位长度程序里的故障数 Et / It,近似为常数。根据美国的一些统计数据:$0.5×10^{-2}≤Et / It≤2×10^{-2}$,也就是说,在正常情况下,测试之前,1000 条指令里大约有 5~20 个缺陷。

(2)软件失效率正比于软件中潜藏的缺陷数,而 MTTF 和潜藏的缺陷数成反比。

(3)假定发现的缺陷都及时得到了改正,所以,Ed($\tau$)=Ec(r)。

(4)剩余的缺陷数:E$\tau$($\tau$)=Et-Ec($\tau$)。

(5)单位长度程序中剩余的缺陷数为:Et / It-Ec($\tau$) / It。

估算平均无故障运行时间:经验表明,软件的平均无故障时间和单位长度程序中剩余的故障数成反比,即:

$$MTTF = \frac{1}{K\left(E_t/I_t-E_c(\tau)/I_t\right)}$$

式中,K 为常数,它的取值应当根据历史数据选取。美国的一些统计数据表明,K 的典型值为 200。按照上式,可以估算出 MTTF 值,在用户提出了 MTTF 指标的情况下,也可以据此判断发现多少个错误后才可以结束测试工作。

已交付产品中潜伏的缺陷数是一个十分重要的量值。它既直接标志软件的可靠程度,又是计算 MTTF 的重要参数。严格地说,人们无法精确计算这一数据。但是从统计学的角度上来看,可以通过下面两种方法来对 Et 进行估算。

#### 1. 植入故障法

在测试之前,由专人在程序中随机地植入一些错误,测试之后,根据测试小组发现的故障中原有的和植入的两种故障的比例,来估计程序中原有的总故障数 Et。假设人为地植入了 Ns 个故障,经过一段时间的测试后,发现了 ns 个植入的故障,此外还发现了 n 个原有的故障。假定测试人员发现原有故障和植入故障的能力相同,那么能够在概率的意义上,估计出程序中原有的故障总数大约为

$$N=\frac{n}{n_s}N_s$$

## 2. 分别测试法

植入故障法的基本假定是所用的测试方案发现植入错误和原有错误的概率相同。但是这种假设并不总是成立，因此有时计算结果有较大的偏差。设想由两个测试人员同时测试一个软件程序的两个副本。用 T 表示测试时间。

在 T＝0 时，故障总数为 B0；

T=T1 时，测试员甲发现的故障数为 B1；

T=T1 时，测试员乙发现的故障数为 B2；

T=T1 时，测试员甲、乙发现的相同故障数为 Bc；

则在统计的角度上，测试之前的故障总数

$$B_0 = \frac{B_2 \times B_1}{B_c}$$

为进一步求精，可以每隔一段时间进行一次并行测试，如果几次估算的结果相差不多，则可取其均值作为 Et 的结果估算值。

例：对一长度为 72000 条指令的程序进行测试，第 1 个月由 A、B 两名测试员独立测试。第 1 个月后，A 发现并改正 40 个错误，使 MTTF 达到 20 小时。而 B 发现 32 个错误，其中的 8 个 A 也发现了。以后由 A 单独继续测试这个程序。问：

（1）刚开始测试时，程序原有错误共多少个？

（2）为使 MTTF 达到 360h，还必须改正多少个错误？

解：（1）本题采用了分别测试法，因此，可以估算出刚开始测试时程序中原有错误总数为：

（2）由

$$E_\tau = \frac{32}{8} \times 40 = 160$$

$$20 = \frac{72000}{K(E_\tau - 40)} = \frac{72000}{K \times 120}$$

则：

$$K = \frac{72000}{20 \times 120} = 30$$

如果：

$$360 = \frac{72000}{30(160 - E_c)}$$

那么：

$$E_c = \frac{360 \times 30 \times 160 - 72000}{360 \times 30} = 153$$

所以，为了达到平均无故障时间 360 小时，总共需改正 153 个错误，A 测试员已经改正 40 个错误，还需再改正 113 个错误。

## 9.2.5 复杂性

软件复杂性（complexity）是指程序的结构性、模块性、简明性、简洁性和可理解性的程度。比如 Windows XP 系统包含大约 4 千 5 百万行代码，这完全不是单独某个人可以理解甚至想象的。它必须兼容大量厂商生产的难以计数的不同设备。在现实世界中，人们不得不面对外界强加的各种要求。因此，复杂性可以分为两类：必然的复杂性，它要求人们必须通过优化组织、分析隐藏信息和模块化等手段找到办法来处理；另一类是人为的复杂性，这应该通过简化要解决的问题来消除之。

程序复杂性主要指模块内程序的复杂程度。它直接关联到软件开发费用的多少，开发周期的长短和软件内部错误的多少。程序复杂性度量的参数主要有：

规模：程序指令条数或源程序行数；

难度：与程序操作数和操作符有关的度量；

结构：与程序分支数有关的度量；

智能度：算法的难易程度。

程序复杂性度量的方法主要有三种。

**1. 代码行度量法**

它是用程序代码行（code line）的多少来衡量程序的复杂性。这是早期最简单的计算程序复杂性的量度。代码行数度量法基于两个前提：程序复杂性随着程序规模的增加不均衡地增长；控制程序规模的方法最好是分而治之，将一个大程序分解成若干个简单的可理解的程序段。

代码行度量法的基本考虑是统计一个程序模块的源代码行数目，并以源代码行数作为程序复杂性的度量。

设每行代码的出错率为每 100 行源程序中可能有的错误数目。Thayer 曾指出，程序出错率的估算范围是 0.04%～7%，即每 100 行源程序中可能存在 0.04～7 个错误。他还指出，每行代码的出错率与源程序行数之间不存在简单的线性关系。对于小程序，每行代码出错率为 1.3%～1.8%；对于大程序，每行代码的出错率增加到 2.7%～3.2%，这只是考虑了程序的可执行部分，没有包括程序中的说明部分。

Lipow 及其他研究者得出一个结论：

对于少于 100 个语句的小程序，源代码行数与出错率是线性相关的。随着程序的增大，出错率以非线性方式增长。

这种方法十分粗糙。因为对程序的数据结构和控制结构复杂的程序，其复杂程度肯定不同。

**2. McCabe 度量法**

McCabe 度量法，又称环路复杂性度量，是一种基于程序控制流的复杂性度量方法，是 McCabe T.J 于 1976 年在他的论文 "A Software Complexity Measure" 中提出的。McCabe 认为，程序的复杂性很大程度上取决于控制流的复杂性。单一的顺序结构最简单，循环和选择所构成的环路越多，程序就越复杂。

这种方法以图论为工具，基于一个程序模块的程序图中环路的个数，因此计算它先要画出程序图。程序图是退化的程序流程图。流程图中每个处理都退化成一个节点，流线变成连接不同节点的有向弧。程序图仅描述程序内部的控制流程，完全不表现对数据的具体操作。

计算环路复杂性的方法：在一个有向图 G 中，环路的个数 V（G）由以下公式给出：

$$V（G）=m-n+2$$

其中，V（G）是有向图 G 中环路个数，m 是图 G 中弧数，n 是图 G 中节点数。

Myers 建议，对于复合判定，如 （A＝0） ∩（C＝D）∪（X＝'A'）算做三个判定。

环路复杂度取决于程序控制结构的复杂度。当程序的分支数或循环数增加时其复杂度也增加。环路复杂度与程序中覆盖的路径条数有关。

McCabe 环路复杂度隐含前提是：错误与程序的判定加上例行子程序的调用数目成正比。McCabe 建议，对于复杂度超过 10 的程序，应分成几个小程序，以减少程序中的错误。

Walsh 用实例证实了在 McCabe 复杂度为 10 的附近，存在出错率的间断跃变。

### 3. Halstead 的软件科学

Halstead 软件科学是 Halstead M．H 于 1977 年在 *Elements O{software science}* 一书中提出的关于度量软件复杂性的一种最有效的方法，也是第一个软件分析法则。这种方法是根据程序中可执行代码行的操作符和操作数的数量来计算程序的复杂性。程序的操作符是有限的，其最大数目不会超过关键字的数目，而操作数的数目却随程序规模的增大而增加，一般来说操作符和操作数的量越大，程序结构也就越复杂。

Halstead 软件科学研究确定软件开发中的一些定量规律，它采用以下一组基本度量值。

H：表示程序长度（预测的 Halstead 长度）。

V：表示程序容量，即程序所需信息（位）的容量。

B：表示程序潜在错误数量。

$N_1$：表示程序中不同运算符（包括保留字）的个数。

$N_2$：表示程序中不同运算对象的个数。

则有：

$H＝N_1 \log_2 N_1＋n_2 \log_2 N_2$

$V＝H \log_2 （N_1＋N_2）$

$B＝H \log_2 （N_1＋N_2）/3000＝V/3000$

在定义中，运算符包括：

算术运算符、赋值符（＝或:=）、逻辑运算符、分界符（，或；或:)、关系运算符、括号运算符、子程序调用符、数组操作符、循环操作符等。

特别地，成对的运算符，例如：{…}、if（…）…else、for（…）、switch（…）、do…while（…）、while（…）、（…）等都当做单一运算符。

运算对象包括变量名和常数。

Halstead 认为程序中可能存在的差错与程序容量成正比。

## 9.2.6　提高软件可靠性的方法

提高和保证软件可靠性应贯穿整个软件生命周期，落实到软件生命周期中各阶段的每个环节。这样，软件生命周期中影响软件可靠性的各种因素才能得到控制，才能提高软件可靠性，实现软件产品的无故障运行。具体方法包括：

（1）建立以可靠性为核心的质量管理体系；

（2）选择合适的软件开发方法；

（3）最大限度地重用现有的成熟软件或模块；

（4）使用开发管理工具；

（5）加强测试；

（6）引入模型化技术和容错设计技术。

## 9.3　软件工程标准化

软件危机的出路在于软件开发的工程化和标准化。软件标准化包括程序设计语言的标准化和软件过程的标准化。

### 9.3.1　软件工程标准化的意义

软件工程的标准化会给软件工作带来许多好处，比如，提高软件的可靠性、可维护性和可移植性（这表明软件工程标准化可提高软件产品的质量），提高软件的生产率，提高软件人员的技术水平，减少差错和误解，有利于软件管理，有利于降低软件产品的成本和运行维护成本，有利于缩短软件开发周期。

另一方面，软件工程标准的类型也是多方面的。软件标准化包括程序设计语言的标准化和软件过程的标准化。它可能包括：过程标准（如方法、技术、度量等）、产品标准（如需求、设计、部件、描述、计划、报告等）、专业标准（如职业、道德准则、认证、特许、课程等）以及记法标准（如术语、表示法、语言等）等。

### 9.3.2　软件工程标准化的层次

根据软件工程标准制定的机构和标准适用的范围有所不同，它分为五个级别，即国际标准、国家标准、行业标准、企业（机构）标准及项目（课题）标准。以下分别对五级标准的标识符及标准制定（或批准）的机构作简要说明。

**1. 国际标准**

由国际联合机构制定和公布，提供各国参考的标准。

国际标准化组织（International Standards Organization,ISO）这一国际机构有着广泛的代表性和权威性，它所公布的标准也有较大影响。60 年代初，该机构建立了"计算机与信息处理技术委员会"（ISO / TC97），专门负责与计算机有关的标准化工作。这一标准通常标有 ISO 字样，如 ISO 8631—86 Information processing —Program constructs and conventions for their representation（信息处理——程序构造及其表示法的约定，现已被我国收入国家标准）。

**2. 国家标准**

由政府或国家级的机构制定或批准，适用于全国范围的标准，如：

GB——中华人民共和国国家技术监督局是我国的最高标准化机构,它所公布实施的标准简称为"国标"。现已批准了若干个软件工程标准（详见本章 9.3.3 节）。

ANSI（American National Standards Institute）——美国国家标准协会。这是美国一些民间标准化组织的领导机构，具有一定权威性。

FIPS（NBS）［Federal Information Processing Standards（National—Bureau of Standards）］——美国商务部国家标准局联邦信息处理标准。它所公布的标准均冠有FIPS 字样,如,1987 年发表的 FIPS PUB 132—87 Guideline for validation and verification plan of computer software 软件确认与验证计划指南。

BS（British Standard）——英国国家标准。

DIN（Deutsches Institut für Normung）——德国标准协会。

JIS（Japanese Industrial Standard）——日本工业标准。

**3. 行业标准**

由行业机构、学术团体或国防机构制定，并适用于某个业务领域的标准，如：IEEE（Institute of Electrical and Electronics Engineers）——美国电气和电子工程师学会。近年该学会专门成立了软件标准分技术委员会（SESS），积极开展软件标准化活动，取得了显著成果，受到了软件界的关注。IEEE通过的标准常常要报请ANSI审批，使其具有国家标准的性质。因此，人们看到IEEE公布的标准常冠有ANSI字头。例如，ANSI / IEEE Str 828—1983 软件配置管理计划标准。

GJB——中华人民共和国国家军用标准。这是由我国国防科学技术工业委员会批准，适合于国防部门和军队使用的标准。例如，1988年发布实施的GJB473—88 军用软件开发规范。

DOD-STD（Department Of Defense-Standards）——美国国防部标准。适用于美国国防部门。MIL-S（Military-Standards）——美国军用标准。适用于美军内部。

此外，近年来我国许多经济部门（例如，航天航空部、原国家机械工业委员会、对外经济贸易部、石油化学工业总公司等）开展了软件标准化工作，制定和公布了一些适应于本部门工作需要的规范。这些规范大多参考了国际标准或国家标准，对各自行业所属企业的软件工程工作起了有力的推动作用。

**4. 企业规范**

一些大型企业或公司，由于软件工程工作的需要，制定适用于本部门的规范。例如，美国IBM公司通用产品部（General Products Division）1984年制定的"程序设计开发指南"，仅供该企业内部使用。

**5. 项目规范**

由某一科研生产项目组织制定，且为该项任务专用的软件工程规范。例如，计算机集成制造系统（CIMS）的软件工程规范。

### 9.3.3　我国的软件工程标准化工作

1983年5月我国国家标准总局和原电子工业部主持成立了"计算机与信息处理标准化技术委员会"，下设13个分技术委员会，与软件相关的是程序设计语言分技术委员会和软件工程技术委员会。我国制定和推行标准化工作的总原则是向国际标准靠拢，对于能够在我国适用的标准一律按等同采用的方法，以促进国际交流。

从1983年起，我国已陆续制定和发布了20项国家标准。这些标准可分为四类。

**1. 基础标准**

GB/T 11457-89 软件工程术语

GB 1526-891（ISO 5807-1985）信息处理——数据流程图、程序流程图、系统结构图、程序网络图和系统资源图的文件编制符号及约定

GB/T 15538-1995 软件工程标准分类法

GB 13502-92（ISO 8631）信息处理——程序构造及其表示法的约定

GB/T 15535-1995（ISO 5806）信息处理——单命中判定表规范

GB/T 14085-93（ISO 8790）信息处理系统——计算机系统配置图符号及其约定

**2. 开发标准**

GB 8566-88　软件开发规范

GB　计算机软件单元测试

GB　软件支持环境

GB（ISO 6593-1985）信息处理——按记录组处理顺序文卷的程序流程

GB/T 14079-93　软件维护指南

**3. 文档标准**

GB 8567-88　计算机软件产品开发文件编制指南

GB 9385-88　计算机软件需求说明编制指南

GB 9386-88　计算机软件测试文件编制规范

GB　软件文档管理指南

**4. 管理标准**

GB/T 12505-90　计算机软件配置管理计划规范

GB　信息技术软件产品评价——质量特性及其使用指南

GB 12504-90　计算机软件质量保证计划规范

GB/T 14394-93　计算机软件可靠性和可维护性管理

GB/T 19000-3-94　质量管理和质量保证标准　第三部分：在软件开发、供应和维护中的使用指南。

除此以外，还有一批国家标准正在起草中，同时国防科工委组织制定了一套"军标"，各部委也正在制定和实施适用于本行业领域的标准或规范。总的说来，软件工程标准化工作仍处于起步阶段，它在提高我国软件工程水平，促进我国软件产业的发展以及加强和国外的软件交流等方面必将起到应有的作用。

## 9.3.4　ISO 9000 标准简介

ISO 9000 族标准源自英国标准 BS5750，为了在质量管理领域推广这一行之有效的管理方法，国际标准化组织（ISO）的专家和该组织的成员国经过卓有成效的努力和辛勤劳动，于 1987 年产生了首版 ISO 9000 族标准，即 ISO 9000：1987 系列标准。它包括: ISO 8402《质量——术语》、ISO 9000《质量管理和质量保证标准——选择和使用指南》、ISO 9001《质量体系——设计、开发、生产、安装和服务的质量保证模式》、ISO 9002《质量体系——生产和安装的质量保证模式》、ISO 9003《质量体系——最终检验和试验的质量保证模式》、ISO 9004《质量管理和质量体系要素——指南》等 6 项国际标准，通称为 ISO 9000 系列标准。

ISO 9000 系列标准的主体部分可以分为两组：

（1）"需方对供方要求质量保证"的标准——9001～9003；

（2）"供方建立质量保证体系"的标准——9004。

9001、9002 和 9003 之间的区别在于其对象的工序范围不同。9001 范围最广，包括从设计直到售后服务。9002 为 9001 的子集，而 9003 又是 9002 的子集。

ISO 9000　质量管理和质量保证标准——选择和使用指南

ISO 9001　质量体系——设计、开发、生产、安装和服务中的质量保证模式

计算机科学与技术专业规划教材

ISO 9002　质量体系——生产和安装中的质量保证模式

ISO 9003　质量体系——最终检验和试验中质量保证模式

ISO 9004　质量管理和质量体系要素——指南

ISO 9000 系列标准原本是为制造硬件产品而制定的标准，不能直接用于软件制作。曾试图将 9001 改写用于软件开发方面，但效果不佳。后以 ISO 9000 系列标准的追加形式，另行制定出 ISO 9000-3 标准，成为"使 9001 适用于软件开发、供应及维护"的"指南"。不过，在 9000-3 的审议过程中，日本等国曾先后提出过不少意见。所以，在内容上与 9001 已有相当不同。ISO 9000-3（即 GB/T19000.3-94），全称《质量管理和质量保证标准第三部分：在软件开发、供应和维护中的使用指南》。

### 9.3.5　质量认证

ISO 9000 是凝聚世界各国传统管理精华，融入现代质量管理原则的科学管理模式，是企业加强质量管理、建立质量管理体系、为企业内部和外部提供质量保证能力的一套管理性标准化文件。而质量体系认证则是通过第三方机构，依据规定程序对提供产品，服务单位的质量管理出具书面保证（ISO 质量管理体系认证合格证书），证明其符合 ISO 9000 标准规定要求所做出的评价。

**1. 质量管理体系认证的好处**

贯彻执行并适时取得质量管理体系认证，将为企业带来有别于传统管理的优势和好处。

（1）使企业管理规范化、程序化、法制化。企业的每项工作怎样做，都规定的明确、具体并便于检查，真正做到事事有人做，有章可依，有据可查；发生了事件，很清楚应由谁来处理，不会出现互相扯皮，无论企业或部门领导在不在，各项工作都有人负责，井井有条。

（2）与国际先进管理接轨的质量管理模式，将增强员工质量意识，优化质量成本，减少质量损失，使产品或服务保持稳定和一致性。高水平的产品质量或服务质量，使用户投诉减少，市场竞争力提高，企业经济效益上升。

（3）经过 ISO 质量体系认证，提高了企业自身素质，改善了企业形象和面貌，为供应方树立信誉、实施企业外部质量保证的一种国际认可的手段，为创造优质品牌打下坚实的基础。产品或服务品牌与 ISO 质量体系认证的结合，向社会展示了企业保证产品或服务的能力和信誉，使企业不断扩大市场份额，在优胜劣汰的质量竞争中战胜对手。

（4）有利于国际经济合作和技术交流。按照国际经济合作和技术交流的惯例，合作双方必须在产品（包括服务）品质方面有共同的语言、统一的认识和共守的规范，方能进行合作与交流。ISO 9000 品质体系认证正好提供了这样的信任，有利于双方迅速达成协议。

**2. 推行 ISO 9000 的五个必不可少的过程**

知识准备——立法——宣贯——执行——监督、改进。

以下是企业推行 ISO 9000 的典型步骤，可以看出，这些步骤中完整地包含了上述五个过程：

（1）企业原有质量体系识别、诊断；

（2）任命管理者代表、组建 ISO 9000 推行组织；

（3）制定目标及激励措施；

（4）各级人员接受必要的管理意识和质量意识训练；

（5）ISO 9001 标准知识培训；

（6）质量体系文件编写（立法）；

（7）质量体系文件大面积宣传、培训、发布、试运行；内审员接受训练；

（8）若干次内部质量体系审核；

（9）在内审基础上的管理者评审；

（10）质量管理体系完善和改进；

（11）申请认证

**3. 申请质量认证应具备的条件**

（1）产品质量认证的条件：

① 中国企业持有工商行政管理部门颁发的《企业法人营业执照》；外国企业持有有关机构的登记注册证明；

② 产品符合中国国家标准、行业标准及其补充技术要求，或者符合国务院标准化行政主管部门确认的标准；

③ 产品质量稳定，能正常批量生产，并提供有关证明材料；

④ 企业质量体系符合 GB／T19000－ISO 9000 族标准或者外国申请人所在国等同采用 ISO 9000 族标准及其补充要求。

（2）质量体系认证的条件：

① 持有有关登记注册证明；

② 已按 GB／T19000－ISO 9000 系列标准或其他国际公认的质量体系规范建立了文件化的质量体系。

# 9.4　软件能力成熟度模型 CMM

软件能力成熟度模型（Capability Maturity Model for Software，SW-CMM，我国在很多场合下所说的 CMM 就是 SW-CMM），是一种用于评价软件承包能力并帮助其改善软件质量的方法，也就是评估软件能力与成熟度的一套标准，它侧重于软件开发过程的管理及工程能力的提高与评估。它是由美国卡内基梅隆大学软件工程研究所 1987 年研制成功的，是目前国际上最流行最实用的软件生产过程标准和软件企业成熟度等级认证标准。

软件过程能力指通过遵循软件过程能够实现预期结果的程度。

软件过程成熟度是特定过程得以明确地定义、管理、测量、控制和生效的程度。

## 9.4.1　CMM 级别

任何一个软件的开发、维护和软件组织的发展离不开软件过程，而软件过程经历了不成熟到成熟、不完善到完善的发展过程。它是在完成一个又一个小的改进基础上不断进行的过程，而不是一朝一夕就能成功的。CMM 把软件过程从无序到有序的进化过程分成五个阶段，并把这些阶段排序，形成五个逐层提高的等级（见图 9-5）。这五个等级定义了一个有序的尺度，用以测量软件开发组织的软件过程成熟度和评价其软件过程能力。这些等级还能帮助软件开发组织把应做的改进工作排出优先次序。成熟度等级是妥善定义的向成熟软件开发组织前进途中的平台，每个成熟度等级都为软件过程的继续改进提供了一个台阶。开发的能力越强，开发组织的成熟度越高，等级越高。从低到高，软件开发生产的计划精度越来越高，每单位工程的生产周期越来越短，每单位工程的成本也越来越低。

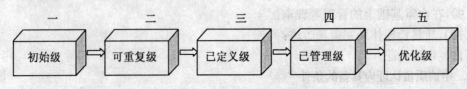

图 9-5　CMM 的能力成熟度级别

### 1. 初始级

在初始级，软件过程的特征是无序、没有规律，有时甚至是混乱的，基本上没有健全的软件工程管理制度，大多数行动只是应付危机，而不是完成事先计划好的任务，管理是反应式（消防式），项目能否成功完全取决于开发人员的个人能力。

### 2. 可重复级

在可重复级，软件开发组织建立了基本的项目管理过程，包括软件项目管理方针和工作程序，可用于跟踪成本、进度、功能和质量。对新项目的策划和管理过程可以重用以前类似软件项目的实践经验，使得有类似应用经验的软件项目能够再次取得成功。达到二级的一个目标是使项目管理过程稳定，这样可以使得软件开发组织能重复以前成功项目中所进行的软件项目工程实践。

### 3. 已定义级

在已定义级，已将管理和工程活动两个方面的软件过程文档化、标准化，并综合为该软件开发组织的标准软件过程，全部项目均采用与实际情况相吻合的、适当修改后的标准软件过程来进行操作。在此软件开发组织中，有一个固定的过程小组从事软件过程工程活动。

处于三级的软件开发组织的过程能力可以概括为无论是管理活动还是工程活动都是稳定的。在已建立的产品生产线上，成本、进度、功能和质量都受到控制，而且软件产品的质量具有可追溯性。

### 4. 已管理级

在已管理级，软件开发组织对软件过程和软件产品建立了定量的质量目标，所有项目的重要的过程活动都是可度量的。该软件开发组织收集了过程度量和产品度量的方法并加以运用，可以定量地了解和控制软件过程和软件产品，并为评定项目的过程质量和产品质量奠定了基础。

处于四级的软件开发组织的过程能力可以概括为软件过程是可度量的，软件过程在可度量的范围内运行。这一级的过程能力允许软件开发组织在定量的范围内预测过程和产品质量趋势，当发生偏离时，可以及时采取措施予以纠正，并可以预测软件产品是高质量的。

### 5. 优化级

在优化级，通过对来自过程、新概念和新技术等方面的各种有用信息的定量分析，能够不断地、持续地对过程进行改进。此时，该软件开发组织是一个以防止缺陷出现为目标的机构，它有能力识别软件过程要素的薄弱环节，有充分的手段改进它们。

处于五级的软件开发组织的过程能力可以概括为软件过程是可优化的。能够持续不断地改进其过程能力，既对现行的过程实例不断地进行改进和优化，又借助于所采用的新技术和新方法来实现未来的过程改进。

### 9.4.2　CMM 的内部结构和进化过程

#### 1. 内部结构

CMM 的每个成熟度等级有着各自的功能。除第一级外，CMM 的每一级按完全相同的内部结构构成，如图 9-6 所示。成熟度等级为顶层，不同的成熟度等级反映了软件组织的软件过程能力和该组织可能实现预期结果的程度。

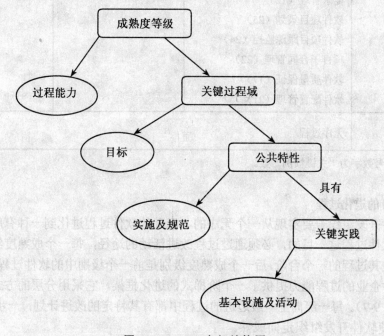

图 9-6　CMM 内部结构图

在 CMM 中，每个成熟度等级（第一级除外）中都规定了几个不同的关键过程域，每个关键过程域又按五个称为公共特性（对执行该过程的承诺，执行该过程的能力，该过程中要执行的活动，对该过程执行情况的度量和分析，及证实所执行的活动符合该过程）的部分加以组织，公共特性规定关键惯例，当这些关键惯例均得到实施时就能实现关键过程方面的目标。共计 18 个关键过程域，52 个目标，300 多个关键惯例。关键过程域是指一组相关联的活动，它们的实施对达到该成熟度等级的目标起到保证作用。而关键惯例是指使关键过程方面得以有效实现和制度化的作用最大的基础设施和活动，对关键过程的实践起关键作用的方针、规程、措施、活动以及相关基础设施的建立。关键实践一般只描述"做什么"而不强制规定"如何做"。一个软件开发组织如果希望达到某一个成熟度级别，就必须完全满足关键过程域所规定的要求。每一级的关键过程域的详细情况见表 9-4。

表 9-4 关键过程域分类表

| 过程<br>分类等级 | 管理方面 | 组织方面 | 工程方面 |
|---|---|---|---|
| 优化级 | | 技术改造（12）<br>过程改造管理（10） | 缺陷防范（18） |
| 可管理级 | 定量完成过程（19） | | 软件质量管理（13） |
| 已定义级 | 集成软件管理（19）<br>组间协调（17） | 组织过程聚焦（16）<br>组织过程定义（11）<br>培训程序（16） | 软件产品工程（20）<br>同级评审（9） |
| 可重复级 | 需求管理（12）<br>软件项目策划（25）<br>软件项目跟踪监控（24）<br>项目子合同管理（22）<br>软件质量保证（17）<br>软件配置管理（21） | | |
| 初始级 | 无序过程 | | |

注：表中括号数字为"关键惯例"数。

## 2. CMM 的进化过程

一个软件开发组织若要实现从一个无序的、混乱的软件过程进化到一种有序的、有纪律的且成熟的软件过程这一目的，必须通过过程改进活动的途径，每一个成熟度级别是该开发组织沿着改进其过程的一个台阶,后一个成熟度级别是前一个级别中的软件过程的进化目标。CMM 为软件企业的过程能力提供了一个阶梯式的进化框架，它采用分层的方式来解释其组成部分（见图 9-7）。每一级向上一级迈进的过程中都有其特定的改进计划，一步一步地完成这些计划而使软件开发组织走向成熟。

（1）初始级的改进方向。

建立项目过程管理，进行规范化管理；建立用户域软件项目之间的沟通，使项目真正反映用户的需求；建立各种软件项目计划，如软件开发计划、软件质量保证计划、软件配置管理计划、软件测试计划、风险管理计划及过程改进计划等；积极开展软件质量保证活动。

（2）可重复级的改进方向。

不再按项目制定软件过程，而是总结各种项目的成功经验，使之规则化。把具体经验归纳为全组织的标准软件过程，把改进软件组织的整体软件过程能力的软件过程活动，作为软件开发组织的责任；确定全组织的标准软件过程，把软件工程及管理活动集成到一个稳固确定的软件过程中，从而可以跨项目改进软件过程效果，也可以作为软件过程剪裁的基础；建立软件工程过程小组（SPEG）长期承担评估域调整软件过程的任务，以适应未来软件项目的要求；积累数据，建立组织的软件过程库及软件过程相关的文档；加强培训。

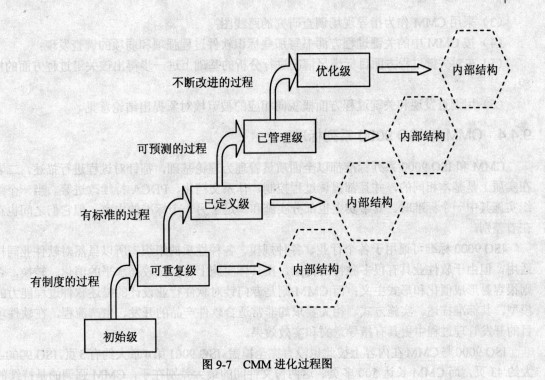

图 9-7　CMM 进化过程图

（3）已定义级的改进方向。

着手软件过程的定量分析，以求达到定量控制软件项目过程的效果；通过软件的质量管理实现软件质量的目标。

（4）已管理级的改进方向。

防范缺陷，不仅在发现了问题能及时改进，而且应采取特定行动防止将来出现这类缺陷；主动进行技术改革管理、标识、选择和评价新技术，使有效的新技术能在开发组织中实施；进行过程变更管理，定义过程改进的目的，经常不断地进行过程改进。

（5）优化级的改进方向。

保持持续不断的、可度量的过程改进，包括缺陷预防、技术更新管理和流程改造管理等。

## 9.4.3　利用 CMM 进行成熟度评估

CMM 有两个基本用途：软件过程评估和软件能力评价。软件过程评估的目的是确定一个开发组织的当前软件过程的状态，找出组织所面临的急需解决的与软件过程有关问题，进而有步骤地实施软件过程改进，使开发组织的软件过程能力不断提高。软件能力评价的目的是识别软件开发组织的能力。通过利用 CMM 模型确定评价结果后，就可以利用这些结果确定选择某一开发组织的风险。或者用来监控开发组织现有软件工作中软件过程的状态，进而提出应改进之处。

软件过程评估和软件能力评价过程有以下几步：

（1）建立评估组。评估组的成员应该对软件过程、软件技术和应用领域很熟悉，有实践经验、能够提出见解；

（2）采用成熟度问卷作为现场访问的出发点；

计算机科学与技术专业规划教材

（3）采用 CMM 作为指导现场调查研究的路线图；

（4）按 CMM 中的关键过程方面书写那些标识软件过程强项和弱项的调查发现；

（5）在对关键过程方面目标满足情况进行分析的基础上进一步得出该关键过程方面的概貌；

（6）用调查发现和关键过程方面概貌向相应的被审核对象提出结论意见。

## 9.4.4　CMM 与 ISO 9000 系列标准

CMM 和 ISO 9000 系列标准都以全面质量管理为理论基础，都针对过程进行描述，二者在实质上是基本相同的，并且都强调过程控制、体系文档化、PDCA 持续改进等。当一个组织实施其中一个标准时，其事实上也部分实施和满足了另一个标准的内容。但它们之间也存在着差别。

ISO 9000 标准可通用于各个行业、各种规模、各种性质的组织，所以虽然对软件业同样适用，但由于软件业具有很多独特的特点，在具体实施上需要做较高水平的消化、转换，否则很容易形成僵化和形式主义；而 CMM 则是专门针对软件行业设计的描述软件过程能力的模型，其标准描述、实施方式、相关要求均非常适合软件产品的开发、生产流程，在软件项目的开发管理过程中更具有指导意义和实效效果。

ISO 9000 与 CMM 在内容上彼此也没有完全覆盖。ISO 9001 第 4 章大约有 5 页，ISO 9000-3 大约 43 页，而 CMM 长达 500 多页。这两份文件间的最大差别在于，CMM 强调的是持续的过程改进——通过评估，可以给出一幅描述企业实际综合软件过程能力的"成就轮廓"；而 ISO 9001 涉及的是质量体系的最低可接受标准，其审核结果只有两个：达到（包括"整改"后达到）就"通过"，没有达到就"不通过"。另外，CMM 至少存在一个不足之处——它只强调"关键过程方面"和"关键惯例"。因此，接受 CMM 评估的组织往往容易忽视那些"非关键"的过程或惯例，而这些"非关键"的过程和惯例仍是必须执行的。按 ISO 9001 的精神去理解，软件开发组织倒不一定忽视这些必须执行的"非关键"。

由于 CMM 属于美国软件开发标准，评估人员的培训、资格认可和评估的实施均由美国相关机构实施管理，具有一定的垄断性。所以其较 ISO 9000 标准不够普及，咨询、评估不方便，且费用高昂。并且，CMM 虽然已在美国成为事实上的标准，但它毕竟只是美国一个研究所的一份技术报告，而且还一直处于修改和变更的过程中。企业在建立质量管理体系时，尤其对于大多数中小规模的软件企业，直接推动 CMM 认证费用较高，且有很大的风险。企业可选取一种分两步走的策略，即在推动 2000 版 ISO 9001 认证的基础上，结合 CMM 的要求，尤其是在建立质量管理体系的 B 层次文件时，尽量做得兼容。在通过 ISO 9001 认证的基础上，部分达到 CMM2～3 级的要求，为进行 CMM 认证做前期准备。

## 9.4.5　我国的软件评估体系 SPCA

"软件过程及能力成熟度评估"（SPCA）是软件过程能力评估和软件能力成熟度评估的统称，是我国信息产业部会同国家认证认可监督委员会在研究了国际软件评估体制，尤其是美国卡内基梅隆大学 SEI 所建立的能力成熟度模型 CMM，并考虑国内软件产业实际情况所建立的软件评估体系。

SPCA 所依据的标准是：SJ/T 11234《软件过程能力评估模型》和 SJ/T11235《软件能力成熟度模型》。这两个标准是在深入研究了 CMM、CMMI、ISO/IEC TR15504、ISO 9000、

TL 9000 以及其他有关的资料和文件以及国外企业实施的实际情况后，结合国内企业的实际情况，以 CMMI 作为主要参考文件最终形成的，这两个行业标准由信息产业部于 2001 年 5 月 1 日发布实施。

SJ/T 11234《软件过程能力评估模型》针对软件企业对自身软件过程能力进行内部改进的需要，与 CMMI 连续表示形式基本相同。该模型有 22 个过程，分为 4 大类，即：过程管理类、项目管理类、工程化类和支持类，每个过程能力从 0 到 5 划分为 6 个评估等级，每个等级包含了通用目标、通用惯例、特定目标和特定惯例，它们组成一套衡量准则。按此准则对实际运行的过程进行评估，可以确定当前软件过程的能力状态。

SJ/T 11235《软件能力成熟度模型》针对软件企业综合能力第二方或第三方评估的需求，与 CMMI 分阶段表示形式基本相同。该模型用成熟度 1～5 个等级来描述综合软件能力。除了成熟度等级 1 外，每个等级包含若干个过程方面，每个过程方面的实施情况由相应目标和惯例的实施情况体现。采用这种衡量准则可以评估软件企业的综合能力——软件能力成熟程度。

SPCA 评估遵循《软件过程及能力成熟度评估指南》，该指南是国家认监委和信息产业部 2002 年 8 月共同发布的利用 SJ/T11234 或 SJ/T11235 实施评估的操作指南。企业实施 SPCA 一般需进行七个阶段：标准培训、组织职能建立和文件体系完善、文件评审、差距分析、持续支持、中期评估、最终评估。

通过软件能力评估制度强化软件工程标准贯彻，带动软件过程方法的工具软件的开发与应用，促进软件过程管理专业化、规范化，降低软件开发风险、增加软件企业的市场竞争力。

# 本 章 小 结

本章主要介绍了软件质量的特性、软件质量保证体系、软件可靠性和复杂性，软件开发的工程化和标准化以及软件能力成熟度模型 CMM 等。

提高软件质量是软件工程活动追求的主要目标之一，软件质量是软件属性的各种标准度量的组合。在进行质量评价时，需要有对质量进行度量的准则与方法。选择合适的指标体系并使其量化是软件质量评估的关键。

软件质量保证是为保护产品和服务充分满足消费者要求的质量而进行的有计划、有组织、有系统的活动。在软件企业的质量保证体系建设过程中，一般需要独立完成五个流程，这些流程通过项目管理流程将所有的活动贯穿起来，共同来保证软件产品的质量。

软件可靠性是软件系统的固有特性之一，表明了一个软件系统按照用户的要求和设计的目标，执行其功能的正确程度。软件的可靠性评价主要采用定量评价方法，评价指标有很多种。软件复杂性是指程序的结构性、模块性、简明性、简洁性和可理解性的程度。提高和保证软件可靠性应贯穿整个软件生命周期，落实到软件生命周期中各阶段的每个环节。

软件危机的出路在于软件开发的工程化和标准化。ISO 9000 是现代质量管理原则的科学管理模式，推行 ISO 9000 有五个必不可少的过程。申请质量认证应具备产品质量认证和质量体系认证两个条件。

软件能力成熟度模型 CMM，是一种用于评价软件承包能力并帮助其改善软件质量的方法。CMM 有两个基本用途：软件过程评估和软件能力评价。软件过程评估的目的是确定一个开发组织的当前软件过程的状态，找出组织所面临的急需解决的与软件过程有关问题，进而有步骤地实施软件过程改进，使开发组织的软件过程能力不断提高。软件能力评价的目的是识别软件开发组织的能力。

# 习　题

1. 简述软件质量包括哪些特性。
2. 软件质量评估指标体系的主要指标是什么？
3. 质量度量模型主要有哪几种？各有什么特征？
4. 软件复杂性度量的主要参数有哪些？简单说明其含义。
5. 如何才能提高软件的可靠性？
6. 软件质量与软件质量保证的含义是什么？
7. 软件质量保证的主要任务是什么？
8. 某软件公司的评测部为了评估已开发的应用软件系统的可靠性，决定采用软件可靠性的植入故障法来进行测试和评估。评测部在评估时，做了下列三个假设：

（1）在测试前，单位长度的故障个数 Et / It 为一常数，此常数基本上落在一个固定的范围内。其中 It 为被测程序的长度（机器指令条数），Et 为被测程序中故障总数；

（2）失效率正比于软件中潜藏的故障数，平均无故障时间 MTTF 与单位长度的剩余故障个数成反比，即 $MTTF=1/(K*\varepsilon\gamma)$。其中 $\varepsilon\gamma$ 为单位长度剩余故障个数，$K$ 的典型值现取为 200；

（3）测试中发现的错误都得到了及时改正，在测试过程中没有引入新的错误。评测部对该软件人为地植入了 10 个错误，即 $N_s = 10$，在开始测试的一小段时间内，发现了 160 个固有故障，即 n = 160，又发现了植入的故障 2 个，即 $n_s = 2$，被测程序的长度（机器指令条数）为 105。

问题一：用植入故障法估算出被测程序的固有故障的个数 N 的值。如果通过测试一段时间后，发现的固有错误个数为 $E_d = 795$ 时，请估算此程序的平均无故障时间 MTTF 值。

问题二：若要求把此 MTTF 再提高 4 倍，应至少再排除多少个固有错误？请简要地列出有关计算式。

9. 甲、乙两位测试人员共同测试一个 10000 行的程序，各人独立工作。一周后统计，甲发现了 164 个错误，乙发现了 179 个错误，其中有 148 个错误是两人都发现了的。请估算这个程序的可靠性。

# 第10章 软件项目管理

【学习目的与要求】软件项目管理是软件工程学研究的重要内容，其目的是保证软件项目按照预算成本和质量要求，在规定的时间内完成。软件项目管理工作贯穿于软件生命周期的全过程。本章主要介绍软件项目管理的基本概念、风险管理、人员管理、进度管理、成本管理和文档管理等多方面内容，重点介绍软件规模估算、风险识别和评估方法和进度跟踪与控制技术等。通过本章的学习，要求掌握有关软件项目管理的基本理论，熟悉软件项目管理的方法、流程和工具，培养在软件开发组织中管理软件项目的基本能力。

## 10.1 软件项目管理概念

所谓管理就是通过计划、组织和控制等一系列活动，合理地配置和使用各种资源，以达到既定目标的过程。软件项目管理是为了使软件项目能够按照预定的成本、进度、质量顺利完成，而对人员、产品、过程等要素进行组织、计划和控制的活动。

### 10.1.1 软件项目的特点

软件开发不同于其他产品的制造，软件开发的整个过程都是复杂而抽象的设计过程，它把思想、概念、算法、流程、组织、效率、优化等融合在一起，与其他领域中大规模现代化生产有着很大的差别；软件开发主要使用人力资源，智力密集而自动化程度低；软件开发的产品是由程序代码、数据和技术文档构成的无形逻辑实体，产品质量难以用简单的尺度加以度量等。

基于上述特点，软件项目管理与其他项目管理相比，有很大的独特性。

### 10.1.2 软件项目管理的内容

软件项目管理的主要任务就是为了使软件项目开发成功，必须对软件开发项目的工作范围、可能遇到的风险、需要的资源（人、资金、设备）、要实现的任务、经历的里程碑、花费的工作量（成本）以及进度的安排做到心中有数。软件项目管理的内容包括计划、组织、指导、控制等几方面，具体见表 10-1。

表 10-1        项目管理基本内容

| 序号 | 内 容 | 意 义 |
|---|---|---|
| 1 | 问题定义与风险评估 | 为什么要做？有何风险？ |
| 2 | 确定项目的范围和目标 | 做到什么程度？ |
| 3 | 建立项目组织、调配人力资源、明确职责 | 谁来做？ |

续表

| 序号 | 内　　容 | 意　　义 |
|---|---|---|
| 4 | 分解工作、明确工作内容、层次和顺序 | 做什么？如何做？ |
| 5 | 制定项目计划、控制进度 | 何时做？先后顺序？ |
| 6 | 跟踪工作进程、评价工作质量 、控制项目预算 | 做得如何？ |
| 7 | 审查工作成果 | 做的结果满意否？ |
| 8 | 研究下一步工作 | 还要做什么？ |

## 10.2　风险管理

所谓风险就是一个潜在的、不确定的危险，它可能发生，也可能不发生。软件项目的风险是指在软件开发的过程中，可能遇到不确定因素出现而影响软件项目成果的质量和软件项目开发的成功率。如果提前重视风险，并且有所防范，就可以最大限度减少风险的发生，进行风险管理就是一种有效的手段。风险管理是指识别潜在风险，评估风险对项目的潜在影响，制订并实施计划以便将消极影响控制在最低程度的过程。风险管理不一定能消除风险，但可以在出现环境变化不确定性的情况下为成功完成项目提供最好的可能。

### 10.2.1　风险类型

根据风险因素的内容，可以将软件项目风险分为内部风险和外部风险。内部风险主要有需求风险、技术风险、管理风险、资金风险等。外部风险主要有市场风险、政策风险、自然灾害、不可抗力的出现等方面的不确定性也可能引起软件项目的损失，甚至造成软件项目失败。

**1. 需求风险**

需求已经成为项目基准，但需求还在继续变化；需求定义欠缺，而进一步的定义会扩展项目范畴；产品定义含混的部分比预期需要更多的时间；缺少有效的需求变化管理过程等。

**2. 技术风险**

潜在的设计、实现、接口、验证和维护、规格说明的二义性；一些必要的功能无法使用已有的代码和库实现，开发人员必须自行开发；代码和库质量低下,导致需要进行额外的测试和修改；过高估计了增强型工具对计划进度的节省量；分别开发的模块无法有效集成，需要重新设计或制作，由于采用的开发技术本身存在缺陷或对技术的掌握不够，造成开发出的产品性能及质量达不到要求等。

**3. 管理风险**

时间和资源配置不当，成本、时间与范围目标内部相互矛盾；未明确各项目间的轻重缓急，项目计划质量欠佳；项目管理学科知识应用不足、决策失误；低效的项目组结构降低生产率；关键人才缺失；在软件项目招标时，开发方为了尽可能争取到项目，对项目进度的承诺就已超出实际能做到的项目进度，从而使项目在开始时就存在严重的时间问题，导致项目进度延缓。

**4. 资金风险**

资金是支持软件项目顺利进行的重要资源，资金不足对软件项目的质量、进度产生重要的影响，甚至导致软件项目失败。资金风险主要包括为项目安排的资金量不足和资金不能及时到位两个方面。前者是由于项目工作量的估计失误，或者资源价格估计失误等原因使软件项目不能在预算的成本范围内完成任务，后者是由于软件项目用户方原因，或者双方协调工作存在的问题，或者第三方（如银行）的原因，使项目资金没有按时到位，从而导致项目缺乏资金而无法继续开展下去。

**5. 外部环境风险**

政治环境的变化，包括与项目相关的政策、规章、体制、战争等的变化。

市场环境变化，如汇率、利率、价格、标准、经济危机等的变化。

自然条件变化，如地震等自然灾害。

## 10.2.2　风险识别

风险管理活动首先是识别和评估潜在的风险事件。风险事件是对项目顺利实施产生破坏性影响的事件。

**1. 风险识别的过程**

（1）选择合适的方法，确定风险的来源和产生的条件。

（2）将已知风险编写为文档。通过编写风险陈述和详细说明相关的风险背景来记录已知风险，相应的风险背景包括风险问题的何事、何时、何地、产生原因及其影响结果。

（3）交流已知风险。以口头和书面方式交流已知风险，在大家都参加的会议上交流已知风险，同时将识别出来的风险详细记录到文档中，以便查阅。

**2. 风险识别的方法**

风险识别没有一个标准的方法和工具，它是经验的总结。人们经常使用的方法有检查表法、德尔菲（Delphi）法、SWOT 分析技术、头脑风暴法、面谈法、图形法等。

（1）检查表法。就是建立风险项目检查表，这种检查表可以帮助管理人员和技术人员了解项目中存在哪些可能的风险，不断搜集并分析常见的实施改进点、应用操作错误和解决办法，对照检查潜在的风险。风险项目检查表可用提问或表格两种方式来组织（见表 10-2）。

表 10-2　　　　　　　　　　检查表示例

| 填表人 | | 时　　间 | | |
|---|---|---|---|---|
| 序号 | 风　险　事　件 | | 肯定结果 | 否定的原因 |
| 1 | 高层软件管理者和用户已正式承诺支持该项目了吗？ | | | |
| 2 | 需求已被软件项目组和他们的用户完全理解了吗？ | | | |
| 3 | 用户已充分参加到需求定义中了吗？ | | | |
| 4 | 软件项目组拥有合适的技能吗？ | | | |
| 5 | 项目组的人员数量能够完成该项目吗？ | | | |
| 6 | 最终用户期望现实吗？ | | | |
| 7 | 最终用户对该项目和待构造的系统支持吗？ | | | |
| 8 | 项目的工作范围稳定吗？ | | | |
| 9 | 所有的用户对项目的重要性和待构造的系统需求有共识吗？ | | | |

计算机科学与技术专业规划教材

如果对这些提问中的任何一个回答是否定的，那么就应该确定启动对该问题的风险缓解、监控和管理的步骤，以减少可能的风险。

使用检查表的优点是：它使人们能按照系统化、规范化的要求去识别风险，且简单易行。其不足之处是：专业人员不可能编制一个包罗万象的检查表，因而使检查表方法具有一定的局限性。

（2）德尔菲（Delphi）法。就是向该领域专家或有经验人员了解项目中会遇到哪些困难，将专家的意见汇总、分析对比、综合以确定可能的风险及应对措施（见图 10-1）。但专家"专"的程度及对项目的理解程度是工作中的难点，尽管 Delphi 技术可以减轻这种偏差，专家评估技术在评定一个新软件实际成本时通常用得不多，但是，这种方式对决定其他模型的输入时特别有用。

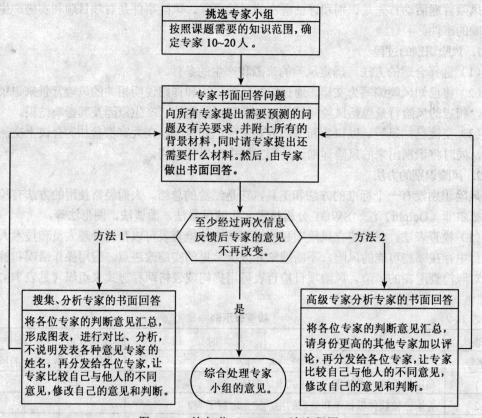

图 10-1　德尔菲（Delphi）法流程图

（3）SWOT 分析技术。SWOT（优势 Strength、劣势 Weakness、机会 Opportunity 和威胁 Threats）分析或称态势分析，实际上是将对企业内外部条件各方面内容进行综合和概括，进而分析组织的优劣势、面临的机会和威胁的一种方法。

SWOT 分析的步骤如下：

① 分析企业的优势和劣势，可能的机会与威胁。

② 将优势、劣势与机会、威胁相组合，形成 SO、ST、WO、WT 策略。

SO 策略：依靠内部优势，利用外部机会。

WO 策略：利用外部机会，弥补内部劣势。

ST 策略：利用内部优势，规避外部威胁。

WT 策略：减少内部劣势，规避外部威胁。

③ 对 SO、ST、WO、WT 策略进行甄别和选择，确定企业目前应该采取的具体战略与策略。

（4）头脑风暴法。头脑风暴法可分为直接头脑风暴法和质疑头脑风暴法。前者是在专家群体决策基础上尽可能激发创造性，产生尽可能多的设想的方法，后者则是对前者提出的设想，方案逐一质疑，发现其现实可行性的方法。这是一种集体开发创造性思维的方法。

头脑风暴法的基本程序如下：

① 确定议题：在会前确定一个目标，使与会者明确通过这次会议需要解决什么问题，同时不要限制可能的解决方案的范围。

② 会前准备：为了使头脑风暴畅谈会的效率较高，效果较好，可在会前做一点准备工作。如可收集一些资料预先给大家参考，以便与会者了解与议题有关的背景材料和外界动态；会场可作适当布置，以便活跃气氛，促进思维。

③ 确定人选：一般以 8～12 人为宜，也可略有增减（5～15 人）。与会者人数太少不利于交流信息，激发思维；而人数太多则不容易掌握，并且每个人发言的机会相对减少，也会影响会场气氛。

④ 明确分工：推定 1 名主持人，1 名记录员（秘书）。主持人的作用是在头脑风暴畅谈会开始时重申讨论的议题和纪律，在会议进程中启发引导，掌握进程，活跃会场气氛。记录员应将与会者的所有设想都及时编号，简要记录，最好写在黑板等醒目处，让与会者能够看清。记录员也应随时提出自己的设想。

⑤ 规定纪律：如要集中注意力积极投入，不消极旁观，不要私下议论，发言要针对目标，开门见山，不要客套，也不必做过多的解释，要相互尊重，平等相待，切忌相互褒贬、禁止批评等。

⑥ 掌握时间：一般来说以几十分钟为宜。时间太短难以畅所欲言，太长则容易产生疲劳感。经验表明，创造性较强的设想一般要在会议开始 10～15 分钟后逐渐产生。

（5）图形法。通过图形技术可以清晰地指出造成问题的原因和子原因，帮助人们把问题追溯到它们最根本的原因上。常用的图形技术有以下三种：

① 因果图（又叫石川图或鱼刺图）：从产生问题的结果出发，首先找出影响问题的大原因，再找中、小原因，直到能够采取措施为止（见图 10-2）。这是一种系统分析方法，它直观地显示出各项因素如何会与各种潜在问题或结果联系起来，对识别风险的原因十分有用。

② 系统或过程流程图：显示系统的各要素之间如何相互联系以及因果传导机制。如把这些要达到的目的和所需的手段按顺序层层展开，直到可采取措施为止，并绘制成图（见图 10-3），就能对问题有一个全面的认识，然后从图中找出问题的重点，提出实现预定目标的最佳途径。

③ 影响图：复杂因素之间的联系并非都像因果图所示的"单线联系"，而是错综复杂的"多头联系"，通过影响图把风险事件及主要因素之间的因果关系，用箭条线连接起来，进而找出解决问题的适当措施的一种方法（见图 10-4）。

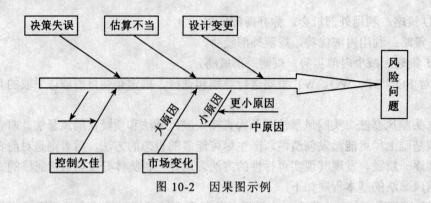

图 10-2　因果图示例

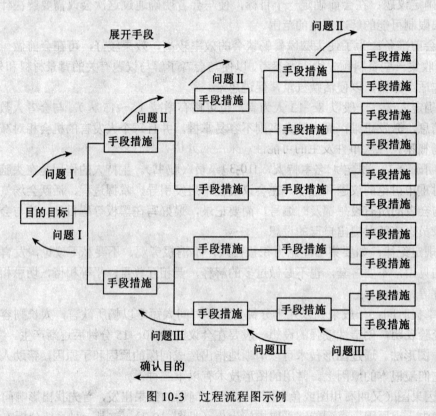

图 10-3　过程流程图示例

　　风险识别不是一次就可以完成的事，各种方法经常综合使用，风险识别应当在项目的自始至终定期进行。

### 10.2.3　风险评估

　　通过风险识别过程所识别出的潜在风险数量很多，但这些潜在的风险对项目的影响是各不相同的。风险评估就是通过分析、比较、估算等各种方式，确定各风险的重要性，对风险排序并估计其对项目可能造成的后果，使项目实施人员可以将主要精力集中于为数不多的主要风险上，从而使项目的整体风险得到有效的控制。

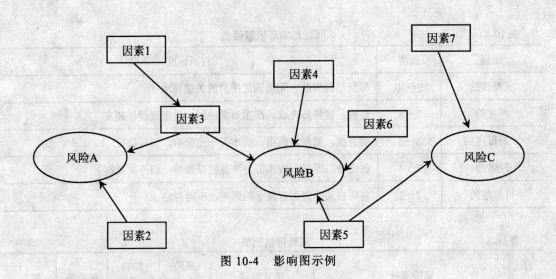

图 10-4　影响图示例

主要包括三项内容：分析风险发生的概率、估算风险后果、计算风险值并确定优先等级。

**1. 分析风险发生的概率**

风险概率指风险事件发生的可能性。采用的分析方法有多种，如多人独立评估，综合折中。风险概率取值范围为 1～10（见表 10-3）。

表 10-3　　　　　　　　　　　　　　　　风险概率取值表

| 级别 | 数值 | 判断标准 |
| --- | --- | --- |
| 及高 | >8 | 任何与之相关的事件都会成为问题 |
| 高 | 7～8 | 这样的风险转换成问题的机会很高 |
| 中等 | 5～6 | 这样的风险转换成问题的可能性对半 |
| 低 | 3～4 | 这样的风险偶尔会成为问题 |
| 极低 | <2 | 这个风险几乎不可能成为问题 |

**2. 估算风险后果**

风险后果是指风险造成损失的大小，采用的估算方法有多种，由多人独立评估，综合折中。风险影响后果的取值范围为 1～10（见表 10-4）。

**3. 计算风险值并确定优先等级**

风险值也称为风险危险度，指风险概率与风险后果的乘积，即：

$$风险值＝风险概率×风险影响后果$$

优先等级：根据风险值大小顺序确定优先等级，风险值最大的优先级最高。

表 10-5 是风险评估表的应用案例，项目管理人员可以根据风险表中的概率、影响后果及风险值来进行排序，以便确定在项目管理中应当特别关注的风险并制订相应的应急计划。

计算机科学与技术专业规划教材

表 10-4 风险影响后果取值表

| 级别 | 数值 | 判断标准 |
|---|---|---|
| 灾难性的 | 9～10 | 导致项目失败、无法满足用户的关键要求 |
| 严重的 | 7～8 | 影响关键任务完成、严重质量缺陷、进度延缓、超支 |
| 一般程度的 | 5～6 | 对进度、质量、范围、成本有一定影响，但可接受 |
| 轻微的 | 3～4 | 在进度、质量、成本等方面有轻微影响，但不能忽略 |
| 可忽略的 | 1～2 | 对项目某些方面有微小的影响，但可忽略 |

表 10-5 风险评估例表

| 序号 | 风险事件 | 风险类别 | 风险概率 | 影响后果 | 风险值 | 排序 |
|---|---|---|---|---|---|---|
| 1 | 工作量严重估计不足 | 需求风险 | 5 | 9 | 45 | 3 |
| 2 | 编码重用程度低于计划 | 技术风险 | 4 | 6 | 24 | 8 |
| 3 | 增强型工具掌握困难，严重影响进度 | 技术风险 | 6 | 7 | 42 | 4 |
| 4 | 用户水平不适应软件 | 环境风险 | 3 | 5 | 15 | 10 |
| 5 | 人员流动频繁 | 资源风险 | 6 | 8 | 48 | 2 |
| 6 | 资金难以及时到位 | 资金风险 | 5 | 8 | 40 | 5 |
| 7 | 用户需求变化 | 需求风险 | 8 | 7 | 56 | 1 |
| 8 | 工期要求提前 | 进度风险 | 5 | 7 | 35 | 6 |
| 9 | 设备网络故障 | 资源风险 | 4 | 7 | 28 | 7 |
| 10 | 文档不符合要求 | 质量风险 | 7 | 3 | 21 | 9 |

### 10.2.4 风险应对策略

在对软件项目完成风险识别和预测工作以后，必须制订风险应对方案。采取何种措施应对风险是项目管理人员实际面对的问题，风险应对方案要求切合风险的严重程度，迎接挑战时具有成本效益，行动要及时以保证成功，在项目的具体环境中要切实可行，要得到所有参与者的同意，并落实到具体负责人员身上。通常需要在若干方案中选择最佳风险应对方案。风险应对策略主要有三个方面：风险避免和减轻、风险监控、应急计划。

**1. 风险避免和减轻**

避免风险永远是最好的策略，虽然不可能排除所有的风险事件，但某些具体风险则是可以避免的。通过分析找出发生风险事件的原因，制定策略和应对计划来消除这些原因，以避免一些特定风险事件的发生。诸如缩小范围以避免高风险活动、增加资源或时间、采用熟悉的方法而不是别出心裁的创新方法、避免使用不熟悉的分包商等，都是回避的具体例子。

如果不能避免风险，那么减轻风险影响也是良好策略。螺旋形模型就是通过快速原型方法来尽可能降低风险。通过降低风险事件发生的概率或影响后果来减轻风险对项目的影响，也可以采用风险转移的方法来减轻风险对项目带来的影响。

以上面的风险评估例表（即表 10-5）为例。如果将频繁的人员流动确定为一个项目风险，根据历史和管理部门的经验，人员频繁流动的概率估算为 6（60%），而影响后果确定为 8 级（严重的）。为了避免或缓解这一风险，项目管理组必须千方百计地减少人员流动。因此，可能采用如下策略：

（1）研究人员流动的原因（工作条件差、报酬低、人才市场竞争等）。

（2）在项目开始前，就把缓解这些原因的工作列入风险管理计划。

（3）项目过程中如果出现人员流动，就能采取一些技术措施，以保证人员离开后工作的连续性。

（4）有良好的沟通渠道，以便问题的及早发现和处理。

（5）定义文档标准和建立相应机制，保证能及时开发相关文档。

（6）对所有工作都要进行详细评审，使得能有更多的人熟悉该项工作。

（7）对每一项关键技术都要培养后备人员。

**2. 风险监控**

风险监控主要包括以下活动：

（1）跟踪已识别的风险，监视残余风险和识别新的风险。

（2）确保项目风险应对计划的执行。

（3）评估风险应对措施实施的效果，也就是风险应对措施是否像期望的那样有效，是否需要制订新的应对方案。

（4）收集能用于未来风险分析的信息。

风险监测和控制是项目整个生命周期中的一种持续的过程。随着项目的进行，风险会不断变化，可能会有新的风险出现，也可能预期的风险会消失。良好的风险监测和控制过程能提供信息，帮助管理者在风险发生前做出有效决策。

风险监控的主要技术手段有：项目风险对策审查、定期项目风险评审、赢得值分析法、技术绩效测量、附加风险应对计划。

（1）项目风险对策审查。项目风险对策审查是指风险审计员按风险管理的规定，定期检查与文字记录有关的规避、转移、或缓解风险等风险应对措施的有效性，以及风险承担人的有效性，提出监控报告。通常用于风险监督和控制的报告包括：问题日志、问题措施清单、危险警示或事态升级通知。

（2）定期项目风险评审。项目风险评审应是所有定期项目进展会议议程中的一项，在项目生命期内，风险值和优先次序可能会发生变化。任何变化可能都需要进行额外的定性和定量分析。

（3）赢得值分析法。赢得值分析用于监督整个项目相对于其基准计划的绩效。它将范围、成本（或资源）、与进度量度综合到一起，以帮助项目管理者评估项目绩效。赢得值分析的结果可以显示出项目完成时成本和时间上潜在的偏差。当一个项目明显偏离于基准计划时，应进行更新的风险识别和分析。

（4）技术绩效测量。将项目实际执行中技术工作方面取得的进展，与项目计划中相应的进度计划进行比较，检查其中的偏差。例如在某一里程碑未按计划证明其功能，可能暗示对实现项目范围存在着某种风险。

（5）附加风险应对计划。如果出现了一种风险，而风险应对计划中又没有预计到这种风险，或者该风险对目标的影响比预期的大，那么原计划的应对措施可能就不是很适当。为了控制风险，有必要编制附加风险应对计划。

**3. 应急计划**

如果风险缓解工作失败，风险已成为现实，就要启动应急计划。项目应急计划主要是针对项目的风险开发和制定一个风险应对的方案，目的是提高实现项目目标的机会。风险应对计划包括项目主要风险事件，针对该风险事件的主要应对措施，每个措施必须有明确的责任人，要求完成的时间以及进行的状态（见表 10-6）。

表 10-6　　　　　　　　　　　　　风险管理记录表

| 项目名称 | | 填表时间 | | 填表人 | |
|---|---|---|---|---|---|
| 风险名称 | | | | 风险类别 | |
| 风险发生概率（1～10） | | | 风险事件描述 | | |
| 风险影响后果（1～10） | | | | | |
| 风险值（概率×后果） | | | | | |
| 风险事件条件／触发点 | | | | | |
| 风险事件应急计划（应对措施、应对措施的预算、人员、时间安排等） | | | | | |

继续上面的例子，假如项目正在进行中，一些人员宣布将要离开，若按照缓解策略行事，则有后备人员可用，信息已经文档化，有关知识也已在项目组内广泛交流，项目管理者还可临时调整资源和进度。与此同时，应该要求那些离开的人员停止工作，并在离开前的最后几周内进行知识交流，包括视频的讲座、注释文档开发、与仍留在项目组中的成员进行交流等。

# 10.3　人员组织管理

组织管理是项目管理基本任务之一。人员组织管理就是通过建立组织结构，规定职务或职位，明确责权关系，以使组织中的成员互相协作配合，共同劳动，有效实现组织目标的过程。

### 10.3.1 项目组织结构

项目组织是项目正常实施的组织保证体系，组织管理包括组织建设、人员配备等人力资源管理的多方面。参与软件项目的人员可以分为以下五类：

（1）高级管理者：负责确定商业问题，这些问题往往对项目会产生很大影响。所有涉及外部组织和个人的承诺只能由高级管理者验证确定。

（2）项目（技术）管理者：对项目的进展负责。包括制订项目计划、组织、控制并激励软件开发人员展开工作。负责和用户代表交流，获取项目的需求与约束条件。和用户代表协商，进行变更控制。协调内部软件相关组的工作，安排必要的培训。

（3）开发人员：负责开发一个产品或者应用软件所需的各类专门技术人员。根据工作性质的不同，又可以划分成不同的角色，比如系统分析员、系统架构师、程序员、测试工程师等。按照项目开发计划所赋予的任务和角色的岗位职责开展工作。

（4）用户代表：负责说明待开发软件需求的人员。同时和项目管理者协作控制项目开发过程中的各类变更，负责系统确认测试的实施。

（5）辅助人员：如文档录入员、技术秘书等。

按树形结构组织软件开发人员是一个比较成功的经验，常见的项目管理结构如图 10-5 所示。

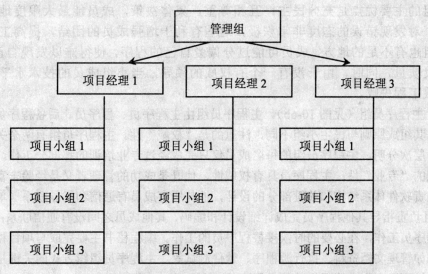

图 10-5　软件项目管理组织结构

树的根是管理组，树的节点是项目小组。为了减少系统复杂性，便于项目管理，树的节点每层不要超过 7 个，在此基础上尽量降低树的层数。小组的人数应视任务的大小和完成任务的时间而定，一般是 3～5 人。为降低系统开发过程的复杂性，小组之间、小组内程序员之间的任务界面必须清楚并尽量简化。

管理组中一般包括高层经理、项目总监等，在项目开发的各个阶段进行技术审查、管理监督和协调作用，重点是质量保证活动。

项目经理负责一个具体项目的活动，如计划、进度、审查、复审等，通常领导 1～3 个项目小组。项目经理的责任是制订软件开发工程计划，监督与检查工程进展情况，保证工程按照要求的标准在预算成本内完成。项目经理有相当大的独立性和权限。

对于大型应用软件开发项目组织，首先从整体考虑项目组织的组成，然后再重点考虑项目内部组织的结构。从整体上考虑，还可分为若干个按项目小组，如用户代表组、技术开发组、质量保证组、支持组等。

用户代表组一般包括用户方的项目经理、用户方的技术工程师、最终使用者、咨询顾问等。

技术开发组一般包括系统架构师、设计师、程序员等。

质量保证组一般包括测试经理、质量保证经理、测试员等。

支持组一般包括配置管理员、数据迁移工程师、培训师、文档员等。

在项目开发的实现阶段，开发人员的组织主要是程序员的组织，其形式通常有以下三种：

（1）民主制小组（见图 10-6a）。民主制程序员组的一个重要特点是平等和民主，在民主小组内，没有固定的负责人，所有成员完全平等，享受充分的民主权利，大家通过协商的方式，做出技术决策。小组成员间的通信是平行的（互相之间有用箭头表示的通信），对于有 $n$ 个成员的小组而言可能的通信信道会有 $n(n-1)/2$ 条。民主小组的成员比较少，一般情况下由 3～5 人组成，有一个成员担任组长，他起召集人的角色作用。民主小组的主要优点是充分民主，互相尊重，集体决策，成员能最大限度地发挥各自的优势，对发现错误的态度非常积极，这些有利于增强成员的团结，提高工作效率。民主小组也有不足的地方，成员可能过分偏爱自己的程序，使得难以发现自己的错误，影响开发质量，同时，由于没有一个有权威的领导，当小组成员的技术水平不高时，可能导致工程失败。

（2）主程序员组（见图 10-6b）。主程序员组由主程序员、程序员、后备程序员、编程秘书组成，其组成原则与民主小组不同，注重的是"权威"性。主程序员组有两个关键特征：专业化、层次分明。主程序员组的每名成员仅只完成经过专业培训的那部分工作，工作内容具有很强的"专业"性；主程序员具有权威性，他既是成功的管理者又是经验丰富的高级程序员，负责软件体系结构和关键部分的设计，他与所有成员有通信和指导联系（单向箭头表示），并且负责指导其他程序员完成详细设计和编码，其他成员之间没有通信联系；后备程序员协助程序员工作，在必要的时候接替程序员的工作。编程秘书主要完成与项目相关的事务工作，例如管理文档资料、执行源程序、软件测试等。主程序员组织方式的关键是物色理想的技术熟练而又有丰富管理经验的主程序员。

（3）层次小组（见图 10-6c）。当一个软件项目比较大时，可以将任务分解，组织多个类似于主程序员的小组，统一由项目经理管理，人员组织形成层次结构。上级计划和指导下级（单向箭头），下级之间可以通信（双向箭头），这种方式既体现了上级的统一管理，又适度地开放了下级之间的交流，既有集中又有民主，是一种开发大型项目的好形式。

## 10.3.2　人员配置

人力资源的组织是一个科学的管理过程，有一定的规律。根据许多大、中型软件开发项目的统计，对开发人员资源的需求与项目推进时间形成一个指数变化规律，项目开始时，人员需求较小，然后逐渐上升，到达某个时间段时，人员需求达到高峰，而后逐渐下降，其规律可用图 10-7 表示。

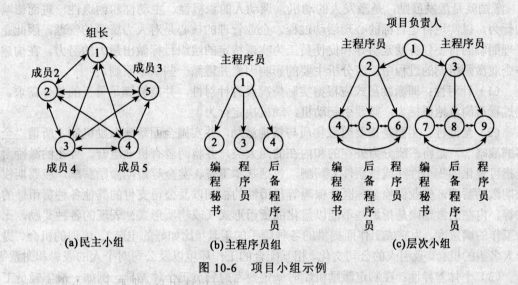

图 10-6  项目小组示例

软件工程的各个阶段需要不同的人力资源，阶段不同，参与的人员不同，参与的人员的层次也不同。参与的人员既不能平均分配，也不能没有层次的区别，各类人员的参与程度也要有所侧重。图 10-8 表示了各个阶段对人员参与的要求情况。这个规律表明，在软件项目的开发全过程中，人员分配不可能是平均的，要根据不同阶段合理安排。

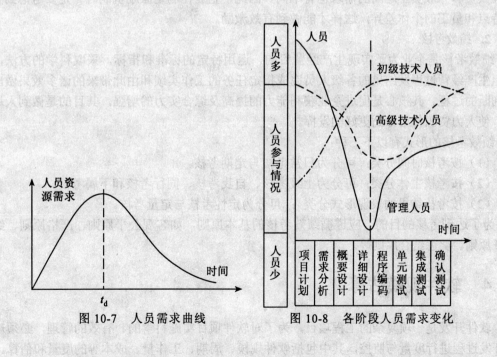

图 10-7  人员需求曲线          图 10-8  各阶段人员需求变化

### 10.3.3 激励与考核

**1. 激励机制**

激励就是激发鼓励，是激发人的动机，调动人的积极性、主动性和创造性，进而影响人的行为，以实现特定目标的心理活动过程。企业管理的核心是对人力资源的管理。因此企业管理面临的首要任务就是引导和促使员工为实现特定的组织目标做出最大的努力。在构建中小企业激励机制的过程中，应分析主要的影响因素并遵循一些基本原则。

（1）针对性：即激励形式应根据实际情况具有针对性，并能够满足员工的具体需求。激励过程可简单地概括为：需要引起动机，动机决定行为。

（2）全面性：主要是指要兼顾物质与精神激励，并实施全面薪酬激励机制。所谓"全面薪酬战略"，是将薪酬分为外在的和内在的两大类，并将两者有机地组合。外在的激励主要是指可量化的货币性（或物质性）薪酬，包括基本工资、奖金等短期激励薪酬，股票期权等长期激励薪酬，失业保险金、医疗保险等货币性的福利以及公司支付的其他各种货币性的开支等。内在的激励则是指那些不能以量化的货币形式（或物质形式）表现的各种奖励。比如对工作的满意度、为完成工作而提供的各种顺手的工具（比如好的电脑）、培训的机会、提高个人名望的机会、吸引人的公司文化、相互配合的工作环境以及公司对个人的表彰和谢意等。

（3）个体差异性：在制定激励机制时一定要考虑到员工个体差异。例如一般年轻员工自主意识比较强，对工作条件等各方面的要求比较高，因此"跳槽"的可能性较大。而较年长员工则因家庭等原因比较安于现状，相对而言比较稳定。从受教育程度看，有较高学历的人一般更看重自我价值的实现，既包括物质利益方面的，但他们更看重的是精神方面的满足，例如工作环境、工作兴趣、工作条件等，这是因为他们在基本需求能够得到保障的基础上而追求精神层次的满足，而学历相对较低的人则首要注重的是基本需求的满足。在职务方面，管理人员和一般员工之间的需求也有不同。因此，企业在制定激励机制时一定要考虑到企业的特点和员工的个体差异，这样才能做到有效激励。

**2. 绩效考核**

绩效考核是企业为了实现生产经营目的，运用特定的标准和指标，采取科学的方法，对承担生产经营过程及结果的各级人员完成指定任务的工作实绩和由此带来的诸多效果做出价值判断的过程。其核心是促进企业获利能力的提高及综合实力的增强，其目的是做到人尽其才，使人力资源作用得到更好的发挥。

绩效考核的形式有以下三种：

（1）按考核时间分类：可分为日常考核与定期考核。

（2）按考核主体分类：可分为上级考核、自我考核、同行考核和下属考核。

（3）按考核结果的表现形式分类：可分为定性考核与定量考核。

为了达到考核的目的，应遵循绩效考核的基本原则，如客观公平原则、严格原则、结果公开原则、奖惩结合原则等。

# 10.4　软件规模估算

软件开发是一项复杂的工程项目，为了对软件项目实施科学的、有效的管理，必须对软件开发过程进行度量与监控，其中包括软件规模、周期、工作量、成本等的度量和估算。估算一般可能做不到非常精确，尤其软件更是如此。在软件工程范围内，度量是软件产品、软件开发过程或资源简单属性的定量描述，而估算则是软件产品、软件开发过程或资源的预测，软件项目估算是项目计划活动的基础。

### 10.4.1　常用估算技术

**1. 代码行技术**

代码行（Line of Code，LOC）技术是最流行的软件项目规模的定量估算方法。它根据以往开发类似项目的经验和历史数据来估算一个功能可能需要的源程序代码的行数，以 KLOC（千代码行）作为计量单位。当以往开发类似项目的历史数据丰富时，用这种方法估计出的代码行数是比较准确的。估算的步骤如下：

（1）多名有经验的软件开发人员对软件项目的某个功能（或过程）估计源程序代码的行数大小。每人分别给出 3 个估计值：最小行数（$a$）、最大行数（$b$）、最有可能的行数（$m$）。

（2）计算最小行数、最大行数、最有可能的行数的平均值：$\bar{a}$、$\bar{m}$、$\bar{b}$。

（3）使用公式（10-4-1）求出估计的代码行数（$L$）。

$$L = \frac{\bar{a} + 4\bar{m} + \bar{b}}{6}$$

（10-4-1）

（4）估算工作量=代码总估算长度/估算生产率。

（5）估算总成本=月平均薪水×估算工作量。

**2. 功能点技术**

代码行法没有考虑软件功能特性的复杂性，更没有对开发环境变化的预测，功能点法则在这些方面有很大的改进。功能点技术是依据对软件产品提供的功能点度量作为规范值的估算方法，它把软件功能的复杂程度的影响因素（功能点数）以及软件技术复杂度的影响因素（技术因子）都作为估算参数。功能点的度量则由软件的信息域特性和软件复杂性的评估结果而导出。

（1）信息域特性。功能点技术定义了信息域的五个特性来描述软件功能的复杂度，这五个特性分别是：

①输入项数（Inp）：用户向软件输入的提供应用的数据项数，不包括用于查询的输入数。

②输出项数（Out）：软件输出的项数。报表、屏幕、出错信息等（不包括报表中的数据项）。

③查询项数（Inq）：用户所有可能的查询数。

④主文件项数（Maf）：逻辑主文件的项数（如数据的一个逻辑组合，它可能是某个大型数据库的一部分或是一个独立的文件）。

⑤外部接口数（Inf）：机器可读的全部接口数。

（2）估算功能点的步骤：

① 计算未调整的功能点数 UFP。

与 LOC 方法不同，计算 UFP 要以软件功能复杂性的度量值作为估算参数。软件产品中的度量项有五项，即 Inp、Out、Inq、Maf、Inf，其中每一项度量点又有分派了经验参数等级的功能点数，然后按照公式（10-4-2）计算 UFP：

计算机科学与技术专业规划教材

$$UFP = a_1 \times Inp + a_2 \times Out + a_3 \times Inq + a_4 \times Maf + a_5 \times Inf \qquad （10-4-2）$$

公式中 $a_3$ 至 $a_5$，有简单的、平均的、复杂的三种取值范围。要根据软件功能的具体情况选取相应的参数值。各参数值的取值范围见表 10-7。

UFP 的计算值，表现的是软件功能的特性因素，还没有考虑软件技术方面的复杂程度，所以不能作为最终的 FP 值。

表 10-7　　　　　　　　　　度量项不同级别的功能点分配值

| 度量项 | 简单级 | 平均级 | 复杂级 |
| --- | --- | --- | --- |
| Inp | 3 | 4 | 6 |
| Out | 4 | 5 | 7 |
| Inq | 3 | 4 | 6 |
| Maf | 7 | 10 | 15 |
| Inf | 5 | 7 | 10 |

② 计算技术复杂因子 TCF。

计算技术复杂因子（TCF）将度量 14 种技术因素对软件规模的影响程度，包括：数据通信、分布式数据处理、性能计算、高负荷的硬件、高处理率、联机数据输入、终端用户效率、联机更新、复杂的计算、重用性、安装方便、操作方便、可移植性、可维护性。每一项的取值范围在 0 到 5 之间（0 表示无，5 表示最大）。

TCF 的计算有两步：

- 计算总影响程度（Degree of Influence，DI）：对 14 项因子各分配一个影响值，然后通过求 14 项因子之和得到 DI 的值。
- 运用公式（10-4-3）计算 TCF：

$$TCF = 0.65 + 0.01 \times DI \qquad （10-4-3）$$

③ 计算功能点数 FP。

运用公式（10-4-4）计算 FP 的值：

$$FP = UFP \times TCF \qquad （10-4-4）$$

功能点数与所用的编程语言无关，因此，功能点技术比代码行技术更为合理。同时，由于考虑了软件的功能特性与技术复杂性，估算的结果也比较准确。

④ 估算工作量=项目估算 FP/估算生产率（由经验获得）。

⑤ 估算总成本=平均月工资×估算工作量。

根据统计分析，采用功能点方法比代码行方法估计误差明显减少。若用代码行方法，最大可能的平均误差是一般情况的 8 倍，而功能点方法平均误差可缩小到最多 2 倍。

**3. 对象点技术**

对象点（Object Point, OP）技术是基于对象的软件产品规模估算。20 世纪 90 年代，软件工程研究所（SEI）的 Watts Humphrey 描述了一种新的基于对象的软件产品规模估算方法，这种方法称为 PROBE 方法。采用这种方法估算产品规模，需要企业开发一个历史数据库，存储实现各种类型和复杂性的对象和方法所需的代码行数。尽管每个组织可以开发自己的数据表，但是 Watts Humphrey 为 C++提供了一个初始表，如表 10-8 所示。

| 表 10-8 | 不同方法和复杂性所确定的 C++对象规模（Humphrey，1995） | | | | |
|---|---|---|---|---|---|
| 方法种类 | 很小 | 小 | 中 | 大 | 很大 |
| 计算 | 2.34 | 5.13 | 11.25 | 24.66 | 54.04 |
| 数据 | 2.6 | 4.79 | 8.84 | 16.31 | 30.09 |
| I/O | 9.01 | 12.06 | 16.15 | 21.62 | 28.93 |
| 逻辑 | 7.55 | 10.98 | 15.98 | 23.25 | 33.83 |
| 设置 | 3.88 | 5.04 | 6.56 | 8.53 | 11.09 |
| 文本 | 3.75 | 8.00 | 17.07 | 36.41 | 77.06 |

PROBE 方法估算步骤如下：

（1）基于产品需求构建体系结构和概要设计。

（2）对设计中的每个类（面向对象方法中的 class）的输入和交互，标识所设计的对象属于表 10-8 中哪类方法并估算其复杂性。

（3）将上述标识的结果构造成一个如表 10-8 形式的矩阵，然后将这个矩阵中的值与表 10-8 中对应的值相乘。

（4）将上述所有相乘结果相加求和，产生估算结果。

**4. 类比估算法**

类比估算法是指参考已经完成的类似项目进行类推估算。类比法适合评估一些与历史项目在应用领域、环境和复杂度方面相似的项目，通过新项目与历史项目的比较得到规模估计。类比法估计结果的精确度取决于历史项目数据的完整性和准确度。因此，用好类比法的前提条件之一是组织建立起较好的项目评价与分析机制，且历史项目的数据分析是可信赖的。

类比法的基本步骤是：

（1）理出项目功能列表和实现每个功能的编码行数。

（2）标识出每个功能列表与历史项目的相同点和不同点，特别要注意历史项目做得不够的地方。

（3）通过步骤（1）和（2）得出各个功能的估计值。

（4）得出规模估计。

**5. 自顶向下估算法**

先对整个系统进行总工作量估算，再考虑子系统，把总工作量逐步分解为各组成部分的工作量，要考虑到开发该软件所需要的资源、人员，以及进行质量保证、系统集成安装等的工作量。

**6. 自底向上估算法**

先对开发各个子系统或每个模块的工作量进行估算，再逐步相加得出整个系统工作量。这是一种常见的估算方法。

**7. 参数估算法**

根据实验或历史数据，总结出软件项目工作量的经验估算公式，然后根据这些公式或模型进行估算。目前经常采用的有 IBM 模型、Putnam 模型、COCOMO 模型。这些模型通过对大量不同类型组织已完成项目进行研究，得出项目规模与工作量之间的关系和转换方法。这些行业性的模型可能不如自己的历史数据精确，但是非常有效。下面章节将分别详细介绍。

### 10.4.2　IBM 模型

1977 年，IBM 的 Walston 和 Felix 提出了如下的估算公式：

$E = 5.2 \times L^{0.91}$，L 是源代码行数（以 KLOC 计），E 是工作量（以 PM 计）。

$D = 4.1 \times L^{0.36}$，D 是项目持续时间（以月计）。

$S = 0.54 \times E^{0.6}$，S 是人员需要量（以人计）。

$DOC = 49 \times L^{1.01}$，DOC 是文档数量（以页计）。

在此模型中，一般指一条机器指令为一行源代码。一个软件的源代码行数不包括程序注释、作业命令、调试程序在内。对于非机器指令编写的源程序，如汇编语言或高级语言程序，应转换成机器指令源代码行数来考虑。

### 10.4.3　Putnam 模型

这是 1978 年 Putnam 提出的模型，是一种动态多变量模型。它是假定在软件开发的整个生存期中工作量有特定的分布。这种模型是依据在一些大型项目（总工作量达到或超过 30 个人/年中收集到的工作量分布情况而推导出来的，但也可以应用在一些较小的软件项目中。

Putnam 模型可以导出一个"软件方程"，把已交付的源代码（源语句）行数与工作量和开发时间联系起来。

$$L = Ck \times K^{1/3} \times td^{4/3} \tag{10-4-5}$$

其中，

L——源代码行数（以 LOC 计）；

K——整个开发过程所花费的工作量（以人/年计）；

td——开发持续时间（以年计）；

Ck——技术状态常数，它反映"妨碍开发进展的限制"，取值因开发环境而异，其典型值的选取如表 10-9 所示。

表 10-9　　　　　　　　　　　　　　Ck 常数取值表

| Ck 的典型值 | 开发环境 | 开发环境举例 |
| --- | --- | --- |
| 2000 | 差 | 没有系统的开发方法，缺乏文档和复审，批处理方式 |
| 8000 | 好 | 有合适的系统的开发方法，有充分的文档和复审，交互式执行 |
| 11000 | 优 | 有自动开发工具和技术 |

从上述方程加以变换，可以得到估算工作量的公式：

$$K = L^3 / (Ck^3 \times td^4) \tag{10-4-6}$$

还可以估算开发时间：

$$td = [L^3 / (Ck^3 \times K)]^{1/4} \tag{10-4-7}$$

## 10.4.4　COCOMO 模型

这是由 TRW 公司开发的。Boehm 提出的结构型成本估算模型，是一种精确、易于使用的成本估算方法。

COCOMO 模型（Constructive Cost Model）考虑开发环境，将软件开发项目的总体类型分为以下三种：

（1）结构型（organic）：相对较小、较简单的软件项目。开发人员对开发目标理解比较充分，与软件系统相关的工作经验丰富，对软件的使用环境很熟悉，受硬件的约束较小，程序的规模不是很大（<50000 行）。

（2）嵌入型（embedded）：要求在紧密联系的硬件、软件和操作的限制条件下运行，通常与某种复杂的硬件设备紧密结合在一起。对接口、数据结构、算法的要求高。软件规模任意。如大而复杂的事务处理系统、大型/超大型操作系统、航天用控制系统、大型指挥系统等。

（3）半独立型（semidetached）：介于上述两种软件之间。规模和复杂度都属于中等或更高。最大可达 30 万行。

COCOMO 模型由工作量决定。该模型分为基本、中间、详细三个层次，分别运用于软件开发的三个不同阶段。

（1）基本 COCOMO 模型用于系统开发的初期，估算整个系统（包括维护）的工作量和软件开发所需要的时间，程序规模用估算的代码行表示。

基本 COCOMO 模型的估算公式：

工作量：

$$MM = a \times (KDSI)^b$$

进度：

$$TDEV = c \times (MM)^d$$

其中，

DSI——源指令条数，即代码或卡片形式的源程序行数。若一行有两个语句，则算做一条指令，不包括注释语句。KDSI＝1000DSI。

MM——表示开发工作量，度量单位为人/月。

TDEV——表示开发进度，度量单位为月。

经验参数 $a$、$b$、$c$、$d$ 取决于项目的总体类型：结构型（organic）、半独立型（embedded）或嵌入型（embedded），通过统计 63 个历史项目的历史数据，得到如下模型参数（见表 10-10）。

表 10-10　　　　　　　　　　　　基本 COCOMO 模型参数

| 总体类型 | $a$ | $b$ | $c$ | $d$ | 适用范围 |
| --- | --- | --- | --- | --- | --- |
| 结构型 | 2.4 | 1.05 | 2.5 | 0.38 | 各类应用程序 |
| 半独立型 | 3.0 | 1.12 | 2.5 | 0.35 | 各类实用程序、编译程序 |
| 嵌入型 | 3.6 | 1.20 | 2.5 | 0.32 | 实时处理、控制程序、操作系统 |

（2）中间 COCOMO 模型用于估算各个子系统的工作量和开发时间，软件开发工作量为与代码行和一组工作量调节因子相关的函数。

中间 COCOMO 模型的形式是在基本 COCOMO 模型的基础上增加一个工作量调节因子

计算机科学与技术专业规划教材

EAF 构成的。

$$MM = a \times (KDSI)^b \times EAF$$

其中，$a$、$b$、$c$ 是常数，取值如表 10-11 所示。

表 10-11 中间 COCOMO 模型参数

| 总体类型 | $a$ | $b$ | $c$ |
|---|---|---|---|
| 结构型 | 3.2 | 1.05 | 2.5 |
| 半独立型 | 3.0 | 1.12 | 2.5 |
| 嵌入型 | 2.8 | 1.20 | 2.5 |

工作量调节因子 EAF 与软件产品属性、计算机属性、人员属性和项目属性的共 15 个要素 Fi（i=1，2，…，15）有关。如表 10-12 所示。

$$EAF = \prod_{i=1}^{15} Fi$$

表 10-12 中间 COCOMO 模型的工作量调节因素 Fi

| 成本因素 | 级别 | | | | | |
|---|---|---|---|---|---|---|
| | 很低 | 低 | 正常 | 高 | 很高 | 极高 |
| 软件可靠性 | 0.75 | 0.88 | 1.00 | 1.15 | 1.40 | |
| 数据库规模 | | 0.94 | 1.00 | 1.08 | 1.16 | |
| 数据复杂性 | 0.70 | 0.85 | 1.00 | 1.15 | 1.30 | 1.65 |
| 程序执行时间 | | | 1.00 | 1.11 | 1.30 | 1.66 |
| 程序占用内存大小 | | | 1.00 | 1.06 | 1.21 | 1.56 |
| 软件开发环境的变化 | | 0.87 | 1.00 | 1.15 | 1.30 | |
| 开发环境的响应速度 | | 0.87 | 1.00 | 1.07 | 1.15 | |
| 系统分析员的能力 | 1.46 | 1.19 | 1.00 | 0.86 | 0.71 | |
| 应用经验 | 1.29 | 1.13 | 1.00 | 0.91 | 0.82 | |
| 程序员的能力 | 1.42 | 1.17 | 1.00 | 0.86 | 0.70 | |
| 开发环境的经验 | 1.21 | 1.10 | 1.00 | 0.90 | | |
| 程序设计语言的经验 | 1.14 | 1.07 | 1.00 | 0.95 | | |
| 程序设计的实践 | 1.24 | 1.10 | 1.00 | 0.91 | 0.82 | |
| 软件工具的质量数量 | 1.24 | 1.10 | 1.00 | 0.91 | 0.83 | |
| 开发速度的要求 | 1.23 | 1.08 | 1.00 | 1.04 | 1.10 | |

（3）详细 COCOMO 模型用于估算独立的软部件，它包含中间模型的所有特性，并详细对工作量调节因子在软件过程中每个步骤的影响做出评估。首先把系统分为系统、子系统和模块多个层次，然后在模块层应用估算方法得到它们的工作量，再估算子系统层，最后算出系统层。详细的 COCOMO 对于生存期的各个阶段使用不同的工作量系数。

目前，还没有一种估算模型能够适用于所有的软件类型和开发环境，从这些模型得到的结果必须根据项目的实际情况慎重使用，或者采用多个模型进行估算，掌握工作量的基本范围并与实际的工作量计划比较。

# 10.5 计划与进度管理

项目管理的过程就是制订计划然后按计划工作的过程。进度管理是项目管理基本任务之一。进度管理是分析项目活动顺序、活动所需时间与资源要求，以制订项目日期表。它是跟踪和沟通项目进展状态的依据，也是跟踪变更对项目影响的依据。

## 10.5.1 软件项目计划

软件项目计划是对软件项目实施所涉及的活动、任务的划分、开发的进度、资源的分配和使用等方面作出的预先规划。

**1. 项目计划的内容**

项目计划一般包含以下内容：

（1）确定执行项目需要的特定活动，明确每项活动的职责；

（2）确定这些活动的完成顺序；

（3）计算每项活动所需要的时间和资源；

（4）制订项目预算。

**2. 项目计划的方法**

项目计划的方法有以下两种：

（1）自顶向下。由一个或者一部分人单独完成，目的是服务高层领导和用户，而不是项目组。主要依据项目进度的要求和约束，针对项目中的重大活动（如需求分析、软件设计等）制订的一个粗略的软件项目计划，一般只能作为目标进度表，不作为实施进度表。

（2）自底向上。计划由制订者负责，所有项目组成员参与制订，一般供项目组用于实际项目的实施，要求项目组成员事先了解和认可，详细定义了计划中的所有活动（不仅仅是那些重大活动），明确了活动的参与者、持续时间以及活动之间的关系。

## 10.5.2 工期估算

工期估算就是估算完成软件项目所需的所有工作时间，以决定软件的交付日期。正确地确定工期对软件开发项目的进度安排至关重要。应该对软件开发任务进行认真分析，根据历史数据和经验，尽可能最好地利用资源和合理地分配工作量，正确地估算工期，才能制订出切实可行的进度计划。

在软件规模和工作量确定后，可以根据估算技术（本书 10.4 节）中的数学模型，对项目开发过程中的项目持续时间进行估算。

### 1. IBM 模型

$$E = 5.2 \times L^{0.91}$$

式中，L 是源代码行数（以 KLOC 计），E 是工作量。

$$D = 4.1 \times L^{0.36}$$

式中，D 是项目持续时间。

### 2. Putnam 模型（动态变量模型）

$$td = [L^3/(Ck^3 \times K)]^{1/4}$$

式中，td 是项目持续时间，L 是源代码行数（以 LOC 计），K 是整个开发过程的工作量，Ck 是技术状态常数。

### 3. 基本 COCOMO 模型

$$MM = a \times (KDSI)^b$$

$$TDKV = c \times (MM)^d$$

式中，MM表示开发工作量，TDEV表示项目持续时间，DSI表示源指令条数，KDSI＝1000×DSI，a、b、c、d是常数。

### 4. 中间 COCOMO 模型

$$MM = a \times (KDSI)^b \times EAF$$

$$TDKV = c \times (MM)^d$$

式中，EAF 表示工作量调节因子，其余符号意义同（3）。

实际工作中，影响项目工期的因素很多，但软件规模、风险、人力资源及用户状况是其中最重要的，对软件开发的影响也最大，因此在进行工期估算时必须充分考虑。综合这些因素的项目工期的估算模型是：

估算工期=$a \times (b \times S + c \times R + d \times P + e \times S)$

式中，S 表示规模因素，R 表示风险因素，P 表示人力资源因素，S 表示用户因素，常数 $a$、$b$、$c$、$d$、$e$ 根据历史经验进行确定。

### 10.5.3 项目任务分解

项目任务分解就是把复杂的项目任务逐步分解成一层一层的要素（工作），直到具体明确为止。通过分解可以得到两项可操作的结果：一是通过项目工作由粗到细的分解过程，得到可操作的简单任务；二是能够落实各项工作的具体责任部门和人员。项目分解的常用工具是工作分解结构（Work Breakdown Structure，简称 WBS）技术。

WBS 是一个分级的树形结构，是一个对项目工作由粗到细的分解过程。主要是将一个项目分解成易于管理的几个部分或几个任务包，以便确保找出完成项目工作范围所需的所有工作要素。它是一种在项目全范围内分解和定义各层次工作包的方法，WBS 按照项目发展的规律，依据一定的原则和规定，进行系统化的、相互关联和协调的层次分解。结构层次越往下层则项目组成部分的定义越详细，WBS 最后构成一份层次清晰，可以具体作为组织项目实施的工作依据。

WBS 的层次结构为认识和把握复杂项目的逻辑关系提供了良好的工具。WBS 是范围、成本、进度和风险计划的基础，WBS 提供组织对项目的成本、进度状态进行监督的依据，WBS 可以使项目经理在合适的控制点，度量、评审、控制变更的发生，评估影响，做出变更控制的决定。

WBS 随着项目规模的差异所起的作用不尽相同。小的项目只需要很简单的 WBS 结构，结构的划分基本上是一目了然的，获得的结果容易得到认可。项目规模越大，WBS 也越重要，从另外一个角度来讲也越难做好。对大型项目而言，确定项目的 WBS 结构往往不可一蹴而就，需要经过多次反馈和迭代、修正，最后才能得到一个项目各方都能接受的 WBS 结构。

**1. WBS 工作分解**

（1）工作分解的主要原则：

① 分解应包括项目活动的全部工作内容，并能够充分使用范围、时间和成本进行定义。

② 项目分解应适应组织管理的需要，确保能把职责赋予完成该项工作的单位（如部门、小组或者个人）。

③ 分解后的任务应该是可管理的、可定量检查的、可分配任务的和独立的。

④ 根据项目的特点或差异将大项目分为几个不同的子项目，复杂工作至少应分解成两项任务。

⑤ 表示出任务间的联系，但不表示顺序关系。

⑥ 最低层的工作叫做工作包，工作包是完成一项具体工作所要求的一个特定的、可确定的、可交付的以及独立的工作单元，为项目控制提供充分且合适的管理信息。一般要有全面、详细和明确的文字说明。完成时间一般不超过两周。

⑦ 规划好约定和编码的层次，便于用计算机软件进行计划的自动汇总。

（2）工作分解的方法。制定工作分解结构的方法多种多样，主要包括类比法、自上而下法、自下而上法等。

类比法，就是以一个类似项目的 WBS 为基础，制定本项目的工作分解结构。

自上而下法，是从项目最大的单位开始，逐步将它们分解成下一级的多个子项，直至到达需要进行报告或控制的最底层水平为止。自上而下法常常被视为构建 WBS 的常规方法。一般步骤如下：

① 总项目；

② 子项目或主体工作任务；

③ 主要工作任务；

④ 次要工作任务；

⑤ 小工作任务或工作元素（工作包）。

自下而上法，是要让项目团队成员从一开始就尽可能地确定项目有关的各项具体任务，然后将各项具体任务进行整合，并归总到一个整体活动或 WBS 的上一级内容当中去。自下而上法一般都很费时，但这种方法对于 WBS 的创建来说，效果特别好。项目经理经常对那些全新系统或方法的项目采用这种方法，或者用该方法来促进全员参与或项目团队的协作。

**2. WBS 工作编码**

在工作分解的基础上通过对各项任务进行编码，把项目的所有要素在一个共同的基础（WBS）上建立关联，在此基础上建立各管理过程的所有信息沟通。

编码应具备以下基本原则：

（1）编码应能反映出任务单元在整个项目中的层次和位置。

（2）当发生任务增加和删减时，整个的层次体系不会发生巨大变化，只是在恰当的位置进行增删。

（3）编码方便进行任务的索引。

（4）编码方便与其他过程管理的相互参照。

编码方法：代码与结构是有对应关系的。结构的每一层次代表代码的某一位数，由高层向低层用多位码编排，要求每项工作有唯一的编码。在一个既定的层次上，应尽量使同一代码适用于类似的信息，这样可以使代码更容易理解。此外，设计代码时还应考虑到用户的方便，使代码以用户易于理解的方式出现。例如，在有的 WBS 设计中，用代码的第一个字母简单地给出其所代表的意义，例如用 M 代表人力，用 E 代表设备。

**3. WBS 的层次设计**

WBS 结构的层次设计对于一个有效的工作系统来说是个关键。结构应以等级状（层次结构）（见图 10-9）或目录树状（组织结构）（见图 10-10）来构成，使底层代表详细的信息，而且范围很大，逐层向上。即 WBS 结构底层是管理项目所需的最低层次的信息，在这一层次上，能够满足用户对交流或监控的需要，这是项目经理、项目组成员管理项目所要求的最低水平。

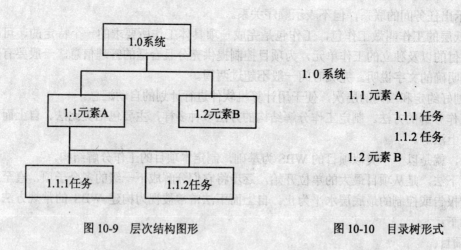

图 10-9　层次结构图形　　　　　　　　图 10-10　目录树形式

结构上的第二个层次将比第一层次要窄，而且提供信息的对象层次也应比低一层 WBS 的用户层次要高，以后依此类推。

结构设计的原则是必须有效和分等级，但不必在结构内建立太多的层次，因为层次太多了不易有效管理。对一个大项目来说，4～6 个层次就足够了。

在设计结构的每一层中，必须考虑信息如何向上流入第二层次。原则是从一个层次到另一个层次的转移应当以自然状态发生。此外，还应考虑到使结构具有能够增加的灵活性，并从一开始就注意使结构被译成编码时，对于用户来说是易于理解的。

示例：一个软件项目的 WBS 层次结构如图 10-11 所示，工作分解结构表如表 10-13 所示。

## 10.5.4　进度安排

进度安排就是在确定的工期和任务的基础上制订进度计划。软件项目的进度安排与其他任何多任务工作的进度安排几乎没有什么不同。所以，一般的项目安排技术和工具不需做大的修改就可用于软件项目的进度安排。

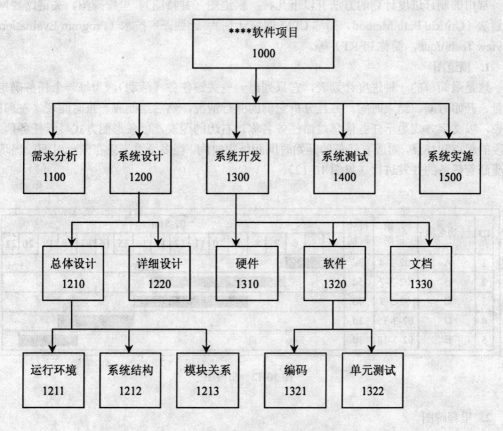

图 10-11　软件项目 WBS 层次结构

表 10-13　　　　　　　　　　　项目工作分解结构表

| 项目名称: | | 项目负责人: | |
|---|---|---|---|
| 单位名称: | | 制表日期: | |
| 工作分解结构 | | | |
| 任务编码 | 任务名称 | 主要活动描述 | 负责人 |
| 1000 | 软件项目 | | |
| 1100 | 需求分析 | | |
| 1200 | 系统设计 | | |
| 1x00<br>　1x10<br>　　1x11<br>　　1x12 | | | |
| 项目负责人审核意见: | | | |

常用的制订进度计划的方法有以下几种：横道图（甘特图）、里程碑图、关键路径网络计划法（Critical Path Method，简称 CPM 网络计划）、计划评审技术（Program Evaluation and Review Technique，简称 PERT）等。

### 1. 横道图

这是最简单的一种进度计划表，它只列出一些关键任务（活动），为每一个任务确定工作量、开始时间、结束时间，并且分析它们的并行情况，然后绘制成一张时间表。左部的工作表，以文字方式显示任务信息，如任务名称。右边的图表，以条形图方式显示任务信息，线段的起点和终点，对应着任务的开始时间和结束时间。当多个水平条在同一时间段出现时，则蕴涵着任务的并发进行（见图 10-12）。

| ID | 活动名称 | 开始日期 | 持续时间 | 02-Mar 4 | 5 | 6 | 7 | 8 | 9 | 10 | 11 | 12 | 13 | 14 | 15 | 16 | 17 | 18 | 19 | 20 | 21 |
|----|---------|---------|---------|----|---|---|---|---|---|----|----|----|----|----|----|----|----|----|----|----|----|
| 1 | A | 02-3-4 | 3d | ███ | | | | | | | | | | | | | | | | | |
| 2 | B | 02-3-7 | 5d | | | | ████ | | | | | | | | | | | | | | |
| 3 | C | 02-3-9 | 4d | | | | | | ████ | | | | | | | | | | | | |
| 4 | D | 02-3-15 | 2d | | | | | | | | | | | ██ | | | | | | | |
| 5 | E | 02-3-18 | 3d | | | | | | | | | | | | | | ███ | | | | |

图 10-12　横道图

### 2. 里程碑图

与甘特图类似，标识项目计划的特殊事件或关键点，是项目工作中的主要检查控制点，是完成阶段性工作的标志。不同类型的项目里程碑不同。图 10-13 为一项目的里程碑计划图，左边为里程碑事件，三角形符号为检查点，旁边的日期为检查日期。

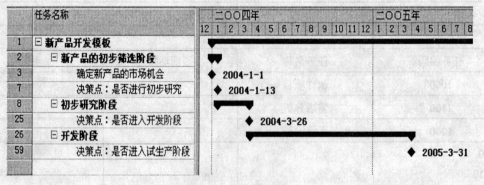

图 10-13　里程碑图

### 3. 关键路径网络计划法（Critical Path Method，简称 CPM 网络计划）

关键路径法是项目时间管理中的最常用技术，是以网络图为基础的计划模型。它的基本原理是利用网络图表示计划任务的进度安排及其中各项工作之间的相互关系，在此基础上进行网络分析，计算网络时间，确定关键活动和关键路径，并利用时差，不断改善 CPM 网络计划，求得工期、资源与成本的优化方案。

关键路径法的主要目的就是确定项目中的关键工作，以保证实施过程中能重点监控，保证项目按期完成。

网络图由箭线、节点和由节点与矢线连成的通路组成。

（1）节点又称事件（任务）：网络图中两条或两条以上的箭线的交接点就是节点，节点是前一个工序结束，后一个工序开始的瞬间，是两个工序间的连接点，既不消耗资源，也不占用时间，起承上启下的作用，用圆圈加上数字表示。

（2）矢线：是项目中的一项具体工序，其中有人力、物力、财力的付出。箭尾表示活动的开始，箭头表示活动的结束，箭头的方向表示活动前进的方向。通常把活动的代号标在矢线的上方，工序时间标在箭线的下方。虚矢线：只是为了表达各项工序的逻辑关系，本身不消耗任何资源。

（3）通路：从网络图的始点事件开始到终点事件为止，是由一系列首尾相连的矢线和节点所代表的活动和事件所组成的通道。网络图一般有多条线路。一条线路上各工序时间的总和称为路长。线路上工序时间之和最大的一条线路称为关键路径，通常用粗矢线或双矢线表示。

绘制网络图的七项原则如下：

（1）相邻两个节点之间的矢线唯一，进入某一个节点的箭线可以有多条，但其他任何节点直接连接该节点的矢线只能有一条。

（2）网络图的始点、终点各有一个。

（3）矢线一般指向右边，不允许出现循环线路。

（4）每项活动都应有节点表示其开始和结束，即矢线首尾都应有一节点，不能从一矢线中间引出另一矢线。

（5）如果在两节点之间有几项活动平行进行，除一项活动可以直接相连接外，其余活动都必须增加节点和引用虚矢线予以分开。

（6）网络图中，进入某一节点的矢线所代表的工序必须全部完成，从该节点引出的矢线所代表的工序才能开始。

（7）箭头节点的编号要大于箭尾节点的编号，编号可以不连续。

编制网络计划的基本步骤见图 10-14。具体解释如下：

（1）工作分解：将一个项目根据需要分解成各种活动，可采用工作分解结构（WBS）技术进行。越过整个项目分解结构阶段而直接进入网络计划，可能会漏掉一些重要的工作，造成工作被动或工作失效。

（2）确定工序时间定额：工序时间就是完成一项活动（或工序）所需要的时间。有单点时间估计法和三点时间估计法两种估计方法。

单点时间估计法：对各项活动的工序时间仅确定一个时间值，估计时应以完成任务可能性最大的时间为准。应用于不可知因素很少、有同类工程或类似产品的工时资料可供借鉴的情况下。

三点时间估计法：需要三个时间估计，包括最有利时间 a、正常时间 m 及最不利时间 b。

$$工序时间 T=（a+4m+b）/6$$

（3）计算网络时间参数：有图上计算法和表上计算法。主要的时间参数如下：

节点最早开始时间：指以该节点开始的各项工序最早可以开始的时刻，在此时刻之前，各项工序不具备开工的条件。计算方法：按节点编号，由小到大、逐个由左向右计算。

节点最迟结束时间：指以该节点结束的各项工序最迟必须结束的时刻，若在此时刻不能完工，则会影响后续工序的开工。计算方法：按节点编号的反顺序，从大到小、逐个由右向左计算。

工序最早开始时间：指该工序最早可能开始时间，它等于代表该活动的矢线的箭尾节点的最早开始时间。

工序最早结束时间：指该工序最早可能结束的时间，它等于代表该活动的矢线的箭尾节点的最早开始时间加上该工序的工序时间（即等于该工序的最早开始时间与本工序的工序时间之和）。

工序最迟结束时间：指该工序最迟可能结束的时间，它等于箭头节点的最迟结束时间。

工序最迟开始时间：指该工序最迟可能开始的时间，它等于该项工序的最迟结束时间减去该工序的工序时间。

时差：指在不影响整个工程项目完工时间的条件下，某项工序的最迟开始时间与最早开始时间之差，或某项工序的最迟结束时间与最早结束时间之差。这一差值表明该项工序的开始（结束）时间允许延迟的最大限度。时差又称为"宽裕时间"和"机动时间"。时差可分为总时差和单时差。

总时差是指在不影响项目周期的前提下，工序可以推迟开始或推迟结束的一段时间。它等于工序的最迟开始时间和最早开始时间之差。

单时差是指在不影响其后工序最早开始时间的前提下，该工序可以推迟开始或结束的一段时间。它等于工序的箭头节点的最早开始时间与活动的最早结束时间之差。

（4）确定关键路径：关键路径是网络计划中总时差最小的工作，当计划工期等于计算工期的时候，总时差为零的路线。总时差为零的工序为关键工序，项目工期等于关键路径的长度。通路时差是关键路径和非关键路径的时间之差，它等于线路上各工序的单时差之和。

（5）优化：所谓的优化是指在总成本和总工期不变的情况下，如何使每个任务作业的资源（人力、时间）消耗量最少。例如可以将非关键路径上的某个任务的人员安排适当缩减，适当延长持续时间，以节约人力资源。

【例 10-1】假设有一软件项目，其各工序之间的逻辑关系如表 10-14 和图 10-15 所示，用 CPM 方法求关键路径。

表 10-14                 各工序之间的关系

| 节点 (i, j) | 工序名称 | 紧前工序 | 工序时间 | 节点 (i, j) | 工序名称 | 紧前工序 | 工序时间 |
|---|---|---|---|---|---|---|---|
| (1, 2) | A | — | 4 | (3, 6) | F | B | 4 |
| (1, 3) | B | — | 5 | (3, 7) | G | B | 6 |
| (1, 4) | C | — | 2 | (4, 6) | H | C | 5 |
| (1, 5) | D | — | 3 | (5, 7) | I | B,D,E | 2 |
| (2, 5) | E | A | 3 | (6, 7) | J | H,F | 4 |

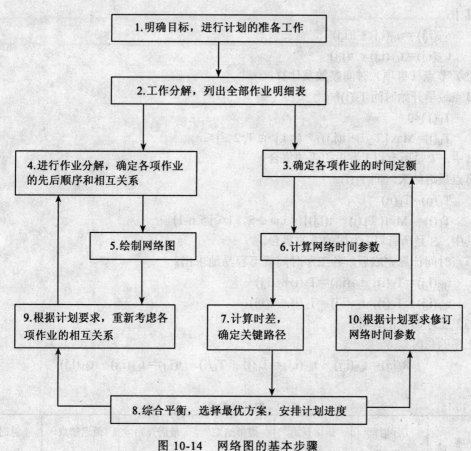

图 10-14 网络图的基本步骤

其网络图如图 10-15 所示。

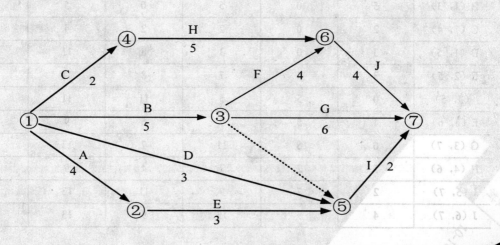

图 10-15 例 10-1 网络图

网络图时间参数计算及关键路径确定如下：

（1）工序时间参数计算（见表 10-15）：

其中，

$$t_{EF}(i,j) = t_{ES}(i,j) + t(i,j)$$
$$t_{LS}(i,j) = t_{LF}(i,j) - t(i,j)$$

（2）节点（事项）时间参数及计算：

节点最早开始时间 $T_E(i)$：

$$T_E(1) = 0$$
$$T_E(j) = \text{Max}\{T_E(i) + t(i,j)\} \quad (<i,j> \in T, 2 \leq j \leq n)$$

其中，T 是所有以 j 为头的弧的集合。

节点最迟结束时间 $T_L(i)$：

$$T_L(n) = T_E(n)$$
$$T_L(i) = \underset{j}{\text{Min}}\{T_L(j) - t(i,j)\}(<i,j> \in S, 1 \leq j \leq n-1)$$

其中，S 是所有以 i 为尾的弧的集合。

节点时间计算完成后，各工序时间就可容易地求出：

$$t_{ES}(i,j) = T_E(i), \quad t_{EF}(i,j) = T_E(i) + t(i,j)$$
$$t_{LF}(i,j) = T_L(j), \quad t_{LS}(i,j) = T_L(j) - t(i,j)$$

（3）工序时差的计算：

工序的总时差

$$R(i,j) = t_{LS}(i,j) - t_{ES}(i,j) = T_L(j) - T_E(i) - t(i,j) = t_{LF}(i,j) - t_{EF}(i,j)$$

表 10-15 时间参数表

| 工序 | 工序时间 $t(i, j)$ | 最早开始 $t_{ES}(i, j)$ | 最早结束 $t_{EF}(i, j)$ | 最迟开始 $t_{LS}(i, j)$ | 最迟结束 $t_{LF}(i, j)$ | 总时差 $R(i, j)$ |
|---|---|---|---|---|---|---|
| A（1，2） | 4 | 0 | 4 | 4 | 8 | 4 |
| B（1，3） | 5 | 0 | 5 | 0 | 5 | 0 |
| C（1，4） | 2 | 0 | 2 | 2 | 4 | 2 |
| D（1，5） | 3 | 0 | 3 | 8 | 11 | 8 |
| E（2，5） | 3 | 4 | 7 | 8 | 11 | 4 |
| （3，5） | 0 | 5 | 5 | 11 | 11 | 6 |
| F（3，6） | 4 | 5 | 9 | 5 | 9 | 0 |
|  | 6 | 5 | 11 | 7 | 13 | 2 |
|  | 5 | 2 | 7 | 4 | 9 |  |
|  |  | 7 | 9 | 11 | 13 | 4 |
| J（6，7） | 4 | 9 | 13 | 9 | 13 | 0 |

键工序，则关键路径是关键工序的集合，即为 B→F→J（见图

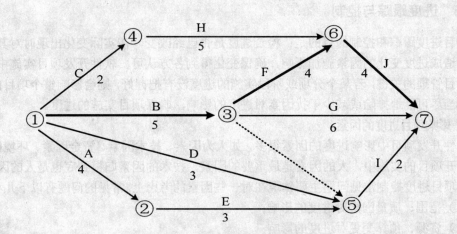

图 10-16　计算关键路径

**4. 计划评审技术（Program Evaluation and Review Technique，简称 PERT）**

PERT 是 20 世纪 50 年代末美国海军部开发北极星潜艇系统时为协调 3000 多个承包商和研究机构而开发的，其理论基础是假设项目持续时间以及整个项目完成时间是随机的，且服从某种概率分布。PERT 可以估计整个项目在某个时间内完成的概率。

PERT 的形式与 CPM 网络计划基本相同，只是在工作延续时间方面，CPM 以经验数据为基础仅需要一个确定的工作时间，而 PERT 需要工作的三个时间估计，包括最有利时间、正常时间及最不利时间，然后按照 β 分布计算工作的期望时间，即 PERT 工作时间作为随机变量来处理。所以，前者往往被称为肯定型网络计划技术，而后者往往被称为非肯定型网络计划技术。

PERT 对各个项目活动的完成时间按三种不同情况估计。

（1）最有利的时间 a（optimistic time）：任何事情都顺利的情况，完成某项工作的时间。

（2）正常时间 m（most likely time）：正常情况，完成某项工作的时间。

（3）最不利时间 b（pessimistic time）：最不利的情况，完成某项工作的时间。

假定三个估计服从 β 分布，由此可算出每个活动的期望 T：

$$T=(a+4\times m+b)/6$$

**【例 10-2】**某一工作在正常情况下的工作时间是 15 天，在最有利的情况下工作时间是 9 天，在最不利的情况下其工作时间是 18 天，那么该工作的最可能完成时间是多少天？

最可能工作时间

$$t=(9+4\times 15+18)/6=14.5（天）$$

采用不同的进度计划方法，本身所需的时间和费用是不同的。时间进度表编制时间最短，费用最低。CPM 要把每个活动都加以分析，如活动数目较多，还需用计算机求出总工期和关键路径，因此花费的时间和费用将更多。PERT 法可以说是制订项目进度计划方法中最复杂的一种，所以花费时间和费用也最多。应该采用哪一种进度计划方法，主要应考虑项目的规模大小、复杂程度、对项目细节掌握的程度、紧急性、编制计划的技术能力等因素。

### 10.5.5　进度跟踪与控制

项目进度跟踪和控制的目的是：检查进度是否已经改变，在实际变化出现时对其进行管理，对造成进度变化的因素施加影响，确保变化得到各方认可。软件开发项目实施中进度控制是项目管理的关键，若某个分项或阶段实施的进度没有把握好，则会影响整个项目的进度。因此应当尽可能地排除或减少干扰因素对进度的影响，确保项目实施的进度。

#### 1. 影响项目进度的因素

软件开发项目中影响进度的因素很多，如人为因素、技术因素、资金因素、环境因素等。在软件开项目的实施中，人的因素是最重要的因素，技术的因素归根到底也是人的因素。软件开发项目进度控制常见问题主要体现在对一些因素的考虑上。常见的问题有以下几种情况：

（1）范围、质量因素对进度的影响；

（2）资源、预算变更对进度的影响；

（3）低估了软件开发项目实现的条件；

（4）编制的计划不准确，在人员、技术等方面考虑不周；

（5）项目状态信息收集的情况；

（6）执行计划的严格程度；

（7）计划变更调整的及时性；

（8）未考虑不可预见事件发生造成的影响。

#### 2. 进度跟踪和控制的内容

软件开发项目进度控制主要表现在组织管理、技术管理和信息管理等几个方面。

组织管理包括这样几个内容：

（1）项目经理监督并控制项目进展情况；

（2）进行项目分解，如按项目结构分，按项目进展阶段分，按合同结构分，并建立编码体系；

（3）制定进度协调制度，确定协调会议时间、参加人员等；

（4）对影响进度的干扰因素和潜在风险进行分析。

软件开发项目的技术难度需要引起重视，有些技术问题可能需要特殊的人员，可能需要花时间攻克一些技术问题。技术措施就是预测技术问题并制订相应的应对措施。控制的好坏直接影响项目实施进度。

信息管理主要体现在编制、调整项目进度控制计划时对项目信息的掌握上。这些信息主要是：

预测信息，即对分项和分阶段工作的技术难度、风险、工作量、逻辑关系等进行预测。

决策信息，即对实施中出现的计划之外的新情况进行应对并做出决策。参与软件开发项目决策的有项目经理、企业项目主管及用户的相关负责人。

统计信息，软件开发项目中统计工作主要由参与项目实施的人员自己做，再由项目经理或指定人员检查核实。通过收集、整理和分析，写出项目进展分析报告。根据实际情况，可以按日、周、月等时间要求对进度进行统计和审核，这是进度控制所必需的。

#### 3. 项目进度跟踪和控制的方法

（1）定期进行项目状态会议，由各组成员报告项目的进展和问题。

（2）评价所有在软件工程过程中进行的评审结果。

（3）确定正式的项目里程碑是否已经在进度安排的时间内完成，必须特别注意关键路径和非关键路径的活动。例如非关键路径活动的重大延误对项目总体影响甚微，而关键路径或接近关键路径上一个短得多的延误却有可能要立即采取行动。

（4）与实践者举行非正式会议，以得到他们对项目的进展时间和问题层的客观评价，及早发现偏差，及时予以纠正。

（5）使用赢得值的分析，定量地评价进展。

（6）预测偏差。偏差分析是时间控制的一个关键因素。将目标日期同实际或预测的开始与终止日期进行比较，可以获得发现偏差以及在出现延误时采取纠正措施所需的信息，提前预防。

（7）通过沟通、肯定、批评、奖励、惩罚、经济等不同手段，对项目进度进行监督、影响、制约。

总之，只有编制好的工程项目进度计划、制订出好的进度计划的执行措施及有效的控制措施，才能提高项目进度控制的水平，避免因工期延误造成的经济损失。

# 10.6　成本管理

成本管理是项目管理基本任务之一。成本是生产、销售或服务过程中所耗费资源用货币计量的经济价值。成本管理的目标是确保在批准的预算内完成项目，成本管理的任务是对每项工作的成本或开支进行预算、监督和控制。成本管理的过程是：建立软件资源计划，进行成本估算，形成成本预算计划，在软件项目开发过程中，对软件项目施加控制使其按照计划进行。

## 10.6.1　资源计划

项目资源计划是指通过分析，确定出完成特定软件项目需要投入的资源的种类（人力、设备、材料、资金等）、资源的数量和投入的时间，以此而进行的项目管理活动。编制资源计划所依赖的数据主要有：工作分解结构 WBS、项目工作进度计划、历史信息等。编制资源计划常用的方法有：专家判断法、头脑风暴法、德尔菲法、数学模型方法等。

资源计划一般要回答以下基本问题（5W2H）：

Why：为什么要开展这个项目？其必要性是什么？

What：项目要完成的工作是什么？

Who：在工作分解结构（WBS）中每部分由谁负责？

Where：项目的实施地点在哪里？

When：项目需要多长时间？具体于何时开始和结束？

How：怎样完成项目？

How much：为完成项目需要多少资源？（即种类和数量）

资源计划工具有以下几种：

（1）资源矩阵：资源矩阵也称资源计划矩阵，它是项目工作分解结构的直接产品，即根据具体工作分解结构情况来对资源进行分析、汇总。资源矩阵能够清晰表示 WBS 的结果，解决 WBS 中无法解决的问题。

（2）资源数据表：不同于资源计划矩阵，其主要表示的是在项目进行过程中，项目资源的使用和分配情况，而不是对项目所需资源进行的统计说明。

（3）资源甘特图：是进行资源平衡的主要工具，能有效显示行动时间的规划，适用于项目计划和项目进度安排。在网络计划技术出现之前，甘特图是计划和控制的重要手段。

（4）资源负荷图：检查分析各项资源分配是否超负荷，如资源超负荷过多，则该计划很难执行。

### 10.6.2 成本估算

成本估算指的是根据资源计划安排的结果，预估完成项目各工作所需资源（人力、材料、设备等）的费用的近似值。

常用的估计的工具和方法有以下几种：

（1）类比估计法：通常是与原有的类似已执行项目进行类比以估计当期项目的费用。

（2）参数模型法：将项目的特征参数作为预测项目费用数学模型的基本参数。如果模型依赖于历史信息，模型参数容易数量化，且模型应用仅是项目范围的大小，则它通常是可靠的（参见 10.4 节）。

（3）从下向上的估计法：这种技术通常首先估计各个独立工作的费用，然后再汇总从下往上估计出整个项目的总费用。

（4）从上往下估计法：同上述方法相反是从上往下逐步估计的，多在有类似项目已完成的情况下应用。

比如，已知开发人员平均工资和开发工作量，则：

开发期间的人工成本=开发人员平均工资×开发工作量（工期）。

### 10.6.3 成本控制

成本控制就是保证各项工作要在它们各自的预算范围内进行。费用控制的基础是事先就对项目进行费用预算。预算计划实际上是把估算的活动进行细化，落实到每项具体的任务中，其实质是估算的汇总再分解。估算一般用于项目立项和可行性研究阶段，而预算则用于具体的实施单位来控制费用，也就是建立预算的基准。在这个程度上预算的精确度要高于估算的精确度。

成本控制的基本方法是规定各部门定期上报其费用报告，由控制部门对其进行费用审核，以保证各种支出的合法性，然后再将已经发生的费用与预算相比较，分析其是否超支，并采取相应的措施加以弥补。

成本控制的起点，或者说成本控制过程的平台，就是成本控制的基础工作。成本控制不从基础工作做起，成本控制的效果和成功可能性将受到大大影响。成本控制的基础工作包括以下三个方面：

（1）定额制定。定额是企业在一定生产技术水平和组织条件下，人力、物力、财力等各种资源的消耗达到的数量界限，主要有材料定额和工时定额。成本控制主要是制定消耗定额，只有制定出消耗定额，才能在成本控制中起作用。

（2）标准化工作。标准化工作是现代企业管理的基本要求，它是企业正常运行的基本保证，它促使企业的生产经营活动和各项管理工作达到合理化、规范化、高效化，是成本控制成功的基本前提。在成本控制过程中，下面四项标准化工作极为重要。

第一，计量标准化。计量是指用科学方法和手段，对生产经营活动中的量和质的数值进行测定，为生产经营，尤其是成本控制提供准确数据。如果没有统一计量标准，基础数据不准确，那就无法获取准确成本信息，更无从谈控制。

第二，价格标准化。成本控制过程中要制定两个标准价格，一是内部价格，即内部结算价格，它是企业内部各核算单位之间，各核算单位与企业之间模拟市场进行"商品"交换的价值尺度；二是外部价格，即在企业购销活动中与外部企业产生供应与销售的结算价格。标准价格是成本控制运行的基本保证。

第三，质量标准化。质量是产品的灵魂，没有质量，再低的成本也是徒劳的。成本控制是质量控制下的成本控制，没有质量标准，成本控制就会失去方向，也谈不上成本控制。

第四，数据标准化。制定成本数据的采集过程，明晰成本数据报送人和入账人的责任，做到成本数据按时报送，及时入账，数据便于传输，实现信息共享；规范成本核算方式，明确成本的计算方法；对成本的书面文件实现国家公文格式，统一表头，形成统一的成本计算图表格式，做到成本核算结果准确无误。

（3）制度建设。在市场经济中，企业运行的基本保证，一是制度，二是文化，制度建设是根本，文化建设是补充。没有制度建设，就不能固化成本控制运行，就不能保证成本控制质量。成本控制中最重要的制度是定额管理制度、预算管理制度、费用审报制度等。

# 10.7　文档管理

软件文档也称文件，通常指的是一些记录的数据和数据媒体，它具有固定不变的形式，可被人和计算机阅读。它和计算机程序代码共同构成了能完成特定功能的计算机软件产品。软件文档的编制在软件开发工作中占有突出的地位和相当的工作量。高效率、高质量地开发、分发、管理和维护文档对于转让、变更、修正、扩充和使用文档，对于充分发挥软件产品的效益有着重要意义。

## 10.7.1　文档编制目的

文档是表达用户需求、描述设计方案、说明使用维护规范、管理开发过程所必需的。在开发过程中，文档的作用是为了明确思想和过程，防止瞬间的、口头的、不确定的想法和说法，避免遗漏或误解，观察和控制开发过程，它是开发人员相互交流与通信的手段。

对于较大规模的软件，可能需要若干人员工作多年，完成数十万或者数百万条程序代码的编制。在此期间，人员的分工、参与人员的变动、项目目标与进度的调整等方面都会发生变化。如果没有良好的文档管理，开发活动就无从控制，从而造成低效与失败的严重后果。因此，编制软件文档的目的可以归结为：

（1）作为开发人员在一定阶段工作中的结束标志；

（2）向管理人员提供开发过程的进展状态；

（3）详细记录开发过程的技术信息，为以后的测试、调试、维护等工作提供依据；

（4）提供软件运行、维护、培训的信息，便于管理人员、开发人员和用户之间的信息沟通。

## 10.7.2　文档编制内容

按照编制目的，软件文档可分为用户文档、技术文档和维护文档三类。

（1）用户文档是指提供给用户的文档，如：系统开发计划书、外部规范手册（包括功能说明、语法手册、使用指南、操作指南）。

（2）技术文档是指开发人员使用的文档，如：各种内部规范书（包括基本规范书、功能规范书、结构规范书、逻辑规范书、源程序清单、单元测试规范书、子系统测试规范书和综合测试规范书）；开发管理和作业步骤书，其中规定开发过程的作业标准，包括项目开发计划、项目完成计划、工程管理标准和作业步骤书；开发日志，即开发人员日常备忘录记载文档。

（3）维护文档，如：系统操作指南、系统信息及代码集、内部结构说明书、故障分析指南、数据区、运行日志和定期检查记录等。

国家标准"计算机软件产品文件编制指南"规定的基本文档有 14 种，即：可行性报告；项目开发计划；软件需求说明书；数据要求说明书；概要设计说明书；详细设计说明书；数据库设计说明书；用户手册；操作手册；开发进度月报；项目开发总结；模块开发卷宗；测试计划和测试分析报告。

### 10.7.3　提高文档编制的质量

文档质量是软件质量的重要组成部分，提高文档质量应注意以下一些方面：

（1）针对性：文档编制以前应分清读者对象，按不同的类型、不同层次的读者，决定怎样适应他们的需要。例如，管理文档主要是面向管理人员的，用户文档主要是面向用户的，这两类文档不应像开发文档（面向软件开发人员）那样过多地使用软件的专业术语。

（2）精确性：文档的行文应当十分确切，不能出现多义性的描述。同一课题若干文档内容应该协调一致，应是没矛盾的。

（3）清晰性：文档编写应力求简明，如有可能，配以适当的图表，以增强其清晰性。

（4）完整性：任何一个文档都应当是完整的、独立的，它应自成体系。例如，前言部分应作一般性介绍，正文给出中心内容，必要时还有附录，列出参考资料等。同一课题的几个文档之间可能有些部分相同，这些重复是必要的。例如，同一项目的用户手册和操作手册中关于本项目功能、性能、实现环境等方面的描述是没有差别的。特别要避免在文档中出现转引其他文档内容的情况。比如，一些段落并未具体描述，而用"见××文档××节"的方式，这将给读者带来许多不便。

（5）灵活性：各个不同的软件项目，其规模和复杂程度有着许多实际差别，不能一律看待。比如，对于规模较小的软件项目，可将用户手册和操作手册合并成用户操作手册；软件需求说明书可包括对数据的要求，从而去掉数据要求说明书；概要设计说明书与详细设计说明书合并成软件设计说明书等。

（6）可追溯性：由于各开发阶段编制的文档与各阶段完成的工作有着紧密的关系，前后两个阶段生成的文档，随着开发工作的逐步扩展，具有一定的继承关系。在一个项目各开发阶段之间提供的文档必定存在着可追溯的关系。例如，某一项软件需求，必定在设计说明书，测试计划以至用户手册中有所体现。必要时应能做到跟踪追查。

### 10.7.4　文档的管理和维护

在整个软件生存期中，各种文档作为半成品或是最终成品，会不断地生成、修改或补充。为了最后能得到高质量的产品，必须加强对文档的管理。

（1）软件开发小组应设一位文档保管人员，负责集中整理保管本项目已有文档的两套主文本。两套文本内容完全一致，一套留档备案，另一套可按一定手续办理借阅。

（2）软件开发小组的成员可根据工作需要，保存与其工作相关的部分文档。这些文档一般都应是主文本的复制件，并注意和主文本保持一致，在作必要的修改时，也应先修改主文本。

（3）在软件开发过程中，可能发现需要修改已完成的文档，特别是规模较大的项目，主文本的修改必须特别谨慎。修改以前要充分估计修改可能带来的影响，并且要按照提议、评议、审核、批准和实施等步骤加以严格的控制。

（4）当新文档取代了旧文档时，管理人员应及时注销旧文档。在文档内容有更动时，管理人员应随时修订主文本，使其及时反映更新了的内容。

（5）项目开发结束时，文档管理人员应收回开发人员的个人文档。发现个人文档与主文本有差别时，应立即着手解决。这常常是未及时修订主文本造成的。

<h1 style="text-align:center">本 章 小 结</h1>

软件工程管理工作贯穿于软件生命周期的全过程，本章主要介绍了风险管理、人员管理、进度管理、成本管理和文档管理。

风险管理是指识别潜在风险、评估风险对项目的潜在影响、制订并实施计划以便将消极影响控制在最低程度的过程。风险管理不一定要消除风险，而是在出现环境变化不确定性的情况下为成功完成项目提供最好的可能。

软件开发人员的组织、分工与管理是软件工程管理的重要工作，它直接影响到软件项目的成功与失败。

进度管理和成本管理是对执行的项目任务和活动制定的工作日期安排和预算安排，它决定是否达到预期目的，它是跟踪和沟通项目进展状态的依据，也是跟踪变更对项目影响的依据。进度管理和成本管理的主要目标是在给定的限制条件下，按照工作计划用预算成本，以最小风险完成项目工作。常用的制定进度计划的方法有关键日期表、甘特图、关键路径网络计划、计划评审技术等。

文档本身就是软件产品，没有文档的软件，不成其为软件，更谈不到软件产品。高效率、高质量地开发、分发、管理和维护文档对于转让、变更、修正、扩充和使用文档，对于充分发挥软件产品的效益有重要意义。

<h1 style="text-align:center">习 　 题</h1>

1．选择题

（1）下列活动中，不属于软件项目管理的是＿＿＿＿＿＿。

　A．进度安排　　　　B．版本控制　　　C．成本估算　　　　D．测试

（2）下列选项中，制订项目进度计划的常用工具是＿＿＿＿＿＿＿。

　A．PERT　　　　　　B．甘特图　　　　C．数据流图　　　　D．系统流程图

（3）下列对基线的理解中，不正确的是＿＿＿＿＿＿。

　A．一个软件配置项一旦成为基线，则不能修改

　B．基线标志软件开发过程的各个里程碑

C．对基线的修改必须执行有效的访问控制和同步控制，对于未成为基线的软件配置项，可以进行非正式修改

2．名词解释

（1）甘特图　　　　（2）风险事件　　　　（3）COCOMO 模型

（4）WBS　　　　　（5）功能点　　　　　（6）需求风险　　　　（7）风险评估

（8）资源计划　　　（9）SWOT　　　　（10）CPM 网络计划

3．问答题

（1）软件项目管理包括哪些内容？

（2）软件项目人员有哪几类？其主要工作是什么？

（3）软件项目计划必须满足什么要求？

（4）风险评估对应策略有哪些？

（5）如何提高文档编制的质量？

（6）如何进行软件项目进度跟踪和控制？

（7）成本估算的方法有哪些？

（8）用 WBS 技术如何分解一个软件项目所包含的工作（试举例说明）？

（9）如何用甘特图来编制软件项目进度计划（试举例说明）？

（10）头脑风暴法的基本程序是什么？

# 参 考 文 献

[1] 张海藩. 软件工程导论（第三版）[M]. 北京：清华大学出版社，1998.

[2] 郑人杰，殷人昆，陶永雷. 实用软件工程[M]. 北京：清华大学出版社，1997.

[3] 殷人昆. 软件工程复习与考试指导[M]. 北京：高等教育出版社，2001.

[4] Roger S. Pressman. 软件工程——实践者的研究方法（第 5 版）[M]. 梅宏，译. 北京：机械工业出版社，2002.

[5] Karl E. Wiegers，陆丽娜，王忠民. 软件需求[M]. 王志敏，译. 北京：机械工业出版社，2000.

[6] 刘超，张莉. 可视化面向对象建模技术——标准建模语言 UML 教程[M]. 北京：北京航空航天大学出版社，1999.

[7] 吴洁明，袁山龙. 软件工程应用实践教程[M]. 北京：清华大学出版社，2003.

[8] 王立福，张世琨，朱冰. 软件工程——技术、方法与环境[M]. 北京：北京大学出版社，1997.

[9] 周之英. 现代软件工程基本方法篇[M]. 北京：科技出版社，2000.

[10] 张敬，宋广军等. 软件工程教程[M]. 北京：北京航空航天大学出版社，2003.

[11] 郝克刚. 软件设计研究[M]. 西安：西北大学出版社，1992.

[12] 朱三元. 软件质量及其评价技术[M]. 北京：清华大学出版社，1989.

[13] 齐治昌，谭庆平等. 软件工程[M]. 北京：高等教育出版社，2001.

[14] 邓成飞，李洁. 软件工程管理[M]. 北京：国防工业出版社，2000.

[15] 郑人杰等. 软件工程（初级、中级、高级）[M]. 北京：清华大学出版社，1999.

[16] 钟珞等. 软件工程重点综述与试题分析[M]. 北京：中国民航出版社，2000.

[17] 邵维忠，杨芙清. 面向对象的系统分析[M]. 北京：清华大学出版社，1998.

[18] Shari Lawrence Pfleeger. 软件工程——理论与实践（第二版 影印版）（SOFTWARE ENGINEERING-Theory and Practice（Second Edition））[M]. 北京：高等教育出版社，2001.

[19] 杨文龙，古天龙. 软件工程（第 2 版）[M]. 北京：电子工业出版社，2004.

[20] 李芷，窦万峰等. 软件工程方法与实践[M]. 北京：电子工业出版社，2004.

[21] 刘润彬，张华. 软件工程简明教程[M]. 大连：大连理工大学出版社，1994.

[22] Wendy Boggs, Michael Boggs. UML with rational rose 从入门到精通[M]. 邱仲潘，译. 北京：电子工业出版社，2000.

[23] 李朝晖，张婷. Project 2003 项目管理与实施范例应用[M]. 北京：中国青年出版社，2004.

[24] 苏金树，等. 计算机辅助软件工程 CASE 基础与技术[M]. 北京：人民邮电出版社，1997.

[25] Glenford J. Myers. The Art of Software Testing（Second Edition）. Published by John Wiley & Sons,Inc. Hoboken,New Jersey. 2004.

[26] 古乐，史九林．软件测试技术概论[M]．北京：清华大学出版社，2004．

[27] Paul C. Jorgensen．软件测试（第二版）[M]．北京：机械工业出版社，2003．

[28] 柳纯录，黄子河．软件测评师教程[M]．北京：清华大学出版社，2005．

[29] 郑人杰．计算机软件测试技术[M]．北京：清华大学出版社，1990．

[30] 张海藩．软件工程导论（第四版）[M]．北京：清华大学出版社，2003．

[31] James Rumbaugh,Ivar Jacobson, Grady Booch. UML 参考手册[M]．北京：机械工业出版社，2001．

[32] 刘润东．UML 对象设计与编程[M]．北京：北京希望电子出版社，2001．

[33] 巴拉赫，兰宝．车皓阳，杨眉，译，UML 面向对象建模与设计（第 2 版）[M]．北京：人民邮电出版社，2006．

[34] Grady Booch, James Rumbaugh, Ivar Jacobson．邵维忠，张文娟，孟祥文译．UML 用户指南[M]．北京：机械工业出版社，2001．

[35] 杨文龙，古天龙．软件工程[M]．北京：电子工业出版社，2004．

[36] 朱三元，钱乐秋，宿为民．软件工程技术概论[M]．北京：科学出版社，2002．

[37] 卢潇，孙璐等．软件工程[M]．北京：清华大学出版社，北京交通大学出版社，2005．

[38] 江开耀，张俊兰等．软件工程[M]．西安：西安电子科技大学出版社，2003．

[39] 韩万江，姜立新．软件项目管理案例教程[M]．北京：机械工业出版社，2005．

[40] 多切蒂．俞志翔，译．面向对象分析与设计（UML 2.0 版）[M]．北京：清华大学出版社，2006．

[41] 王珊，萨师煊．数据库系统概论[M]．北京：高等教育出版社,2006．

[42] 张林，马雪英，王衍．软件工程[M]．北京：中国铁道出版社，2009．

[43] 臧铁钢等.软件工程[M]．北京：中国铁道出版社，2007．

[44] Ron Patton．张小松，王钰，曹跃，等，译．软件测试[M]．北京：机械工业出版社，2008．

[45] 朱少明．软件测试[M]．北京：人民邮电出版社，2009．

[46] Rex Black．郭耀，等，译．软件测试实践[M]．北京：清华大学出版社，2008．

[47] 佟伟光．软件测试[M]．北京：人民邮电出版社，2008．

[48] 李伟波，刘永祥，王庆春．软件工程[M]．武汉：武汉大学出版社，2006．